सेराज बैंड बाजा

सेराज बैंड बाजा

जयनंदन

वाणी प्रकाशन

वाणी प्रकाशन
4695, 21-ए, दरियागंज, नयी दिल्ली 110 002

शाखा
अशोक राजपथ, पटना 800 004

फ़ोन: +91 11 23273167 फ़ैक्स: +91 11 23275710

www.vaniprakashan.in
vaniprakashan@gmail.com

SERAJ BAND BAJA
by Jainandan

ISBN : 978-93-5072-361-6
Collection of Stories

प्रथम संस्करण
मूल्य : ₹ 200

न्यू कृष्णा ऑफ़सेट, दिल्ली-110093 में मुद्रित

वाणी प्रकाशन का लोगो मक़बूल फ़िदा हुसेन की कूची से

अनुक्रम

सेराज बैंड बाजा

माघी खलको का वह पहला दिन था जब बारात में अपने सिर पर ट्यूब लाइट का गमला ढोनेवाली रेजा का काम शुरू कर रही थी। प्रथम ग्रासे मक्षिका पातः वाली कहावत चरितार्थ हो गयी थी। बारात चली ही थी कि मूसलाधार वर्षा शुरू हो गयी। सभी बुरी तरह भींग गये, लेकिन माघी को भींगना कुछ ज्यादा ही असर कर गया। उसके साथ ग्यारह रेजायें और थीं, लेकिन वे काफी दिनों से यह काम कर रही थीं। उनका अभ्यास था, इसलिये वे गमले को एक हाथ से पकड़कर भी चल ले रही थीं, दूसरे हाथ से बदन के पानी पोंछ ले रही थीं। कभी-कभी तो वे दोनों हाथ छोड़कर भी चल ले रही थीं। माघी सन्तुलन बनाने के मामले में एकदम कच्ची थी और गमला दोनों हाथ से पकड़े बिना चलना मुश्किल था।

उसका एक-एक वस्त्र भींगकर लथपथ हो गया था। पानी उसके एक-एक अंग को भिंगोकर एक लघु नदी बनकर उर्ध्वाकार बहने लगा था उसके पांव से होकर जमीन पर, लेकिन मजबूरी थी कि वह पानी पोंछ तक नहीं सकती, चूँकि दोनों हाथों से वह गमला पकड़ी हुई थी। वह आगे या पीछे भी नहीं हो सकती, चूँकि उसके आगे और पीछे तीन-तीन गमले वाली और भी चल रही थीं जो बिजली के एक तार से सम्बद्ध थीं। बिजली देने वाला जेनरेटर एक रिक्शा पर रखा हुआ फट-फट की जोरदार आवाज लगा रहा था।

रिक्शा बरातियों के साथ धीमी चाल से रेंग रहा था। उसके पीछे कारों का एक काफिला था। सबसे अगली कार में मजे से दूल्हा और उसके कुछ खास रिश्तेदार बैठे हुए अपनी विशिष्टता को इंज्वाय कर रहे थे। सबसे आगे दो पंक्ति में बैंड पार्टी वाले फिल्मी धुनें बजाने की जिम्मेवारी का वहन कर रहे थे। उनके बीच में लड़के-लड़कियों का हुजूम मस्ती में नाच रहा था और कुछ लड़के छत्री की मदद से पटाखे-फुलझड़ी चलाने की कोशिश कर रहे थे।

नवम्बर का महीना था, ठंड पड़ना शुरू हो गया था। माघी पानी से भींगकर ठिठुरने लगी। कन्धे से लगी हुई शॉल भी नीचे सरक गयी। अपने सीने के उभार के उजागर हो जाने से वह झेंपने लगी। ऐन इसी वक्त कोई कीड़ा रेंगता हुआ साड़ी के भीतर से उसके दाहिने पैर पर चढ़ने लगा। इसके पहले कि वह जांघ तक पहुँचता,

माघी बुरी तरह अव्यवस्थित हो गयी। उसके हाथ गमला छोड़कर स्वतः ही कीड़े को झाड़ने में लग गये। गमला सिर से नीचे गिर पड़ा और उसकी पंक्ति में चल रही सारी बत्तियां तार के खिंच जाने से बुझ गयीं। अँधेरा होते ही एक अराजक स्थिति उत्पन्न हो गयी। रंग में भंग पड़ने से बारातीवाले और बैंडपार्टी के मालिक उसे दुत्कारने और कोसने लगे। नाच रहे कुछ लौंडे तो उस पर लप्पड़-थप्पड़ चलाने की नीयत से लपक पड़े, तभी उसके बगल से ट्रम्पेट बजाते हुए चलने वाला सेराज मियां अपने दोनों हाथ फैलाकर उसका रक्षा-कवच बन गया।

बैंड ऑनर ने तो उसे उसी वक्त काम से भगा दिया। लेकिन अगले दिन सेराज ने उसे दूसरी जगह काम दिला दिया। वह बहुत सुन्दर नहीं थी, फिर भी चेहरे पर एक भोलापन, मासूमियत और दयनीयता थी जो देखने वाले को अपनी ओर चिपका लेती थीं। सेराज ने महसूस किया कि उसके दिल के किसी नर्म कोने को माघी ने छू सा दिया है।

माघी को चौबीस-पच्चीस की छोटी-सी उम्र में ही बेहद त्रासद स्थितियों से सामना करना पड़ा था। वह अपने गाँव डुगरिया में अपने बाबा-माई की छत्रछाया में बहुत बेफिक्र जीवन जी रही थी और अपने गदराते यौवन की खुमारी उसमें नये-नये सपने भर रही थी। इन्हीं दिनों उसके घर पर जैसे वज्रपात हो गया। एक रात उसके माँ-बाबा कुछ नकाबपोश अपराधियों द्वारा गोलियों से भून दिये गये। इस आशंका से कि गाँव में हुई एक परिवार की हत्या में उसके भाई रोगला खलको का हाथ है।

कुछ माह पहले उसका बी.ए. तक का पढ़ा-लिखा भाई रोगला खलको जंगल की तरफ निकल गया और वापस नहीं लौटा। एक परिवार के गुजारे के लायक अच्छी जमीन-जोत थी, लेकिन वह एक अदद नौकरी की तलाश में भागता फिरता रहा। एक राजनीतिक दल से जुड़कर बहुत दिनों तक वह नेताओं के आगे-पीछे करता रहा, उनके भाषण स्थल पर भीड़ जुटाने का काम करता रहा, लेकिन बदले में उसे कुछ भी मनोवांछित नहीं मिला। उसने देखा कि उसकी ही जाति-समाज और रंग-रूप के शीर्ष पर पहुँचे कुछ नेताओं ने चन्द महीनों में अरबों-खरबों की अवैध कमाई कर ली और गरीबों तथा बेरोजगारों के सपनों के निवाले छीन लिये। जहाँ विकास की गंगा बहनी चाहिए थी, वहाँ दो-चार बूंद का टपकना भी मुहाल हो गया। ऐसे में उम्मीद करने के लिए शराफत की पगडंडी का कोई अर्थ नहीं रह गया, और फिर उसने जंगल का रास्ता पकड़ लिया।

उसके गये कुछ ही माह बीते होंगे कि गाँव का एक दबंग ठेकेदार परगना महतो के घर पर रात को आठ-दस सशस्त्र लोगों न हमला कर दिया और उसके दो भाइयों को गोलियों से भून डाला। गाँव में जिला पुलिस ने एक नागरिक सुरक्षा समिति बनायी थी, परगना उसका अध्यक्ष था। अध्यक्ष होने की आड़ में वह गाँव वालों पर कई तरह की ज्यादतियां वरपा करता था। लोग उससे डरते थे, चूँकि पुलिस

उसका संरक्षक बन गयी थी। रोगला अक्सर उसकी बहुत सारी नाजायज कारगुजारियों का विरोध किया करता था। अतः वह उसे अपना घोषित विरोधी मानता था। समिति ने मीटिंग करके तय किया कि रोगला खलको ने ही उसका सुराग देकर उसके परिवार की हत्या करवायी है। बदले में उसके परिवार को भी खत्म करके करारा जवाब देना चाहिए। और फिर एक दिन सांझ ढलते ही उसके माँ-बाबा छूरे से गला रेतकर मार दिये गये। माघी घर से बाहर थी इसलिये बच गयी। अब उसका गाँव में रहना खतरे से खाली नहीं था। अड़ोस-पड़ोस में जो उसके गिने-चुने शुभचिंतक थे, सबने सलाह दी कि वह भागकर शहर चली जाये। अपने माँ-बाबा की वह अन्तयेष्टि भी न कर सकी। पुलिस ने ही सबकुछ किया।

शहर में कई जगह भटकने के बाद उसे पहला काम बारात में ट्यूब लाइट का गमला ढोने का मिला, जिसमें उसे कड़े इम्तहान से गुजरना पड़ा और वह नाकामयाब रही। सेराज मियां ने सहारा न दिया होता तो पता नहीं उसकी क्या-क्या दुर्गति हो गयी होती। बगल के गाँव के जिस लड़के से बाबा ने उसकी शादी तय की थी, उस वारदात के बाद डर से उसने भी मुँह मोड़ लिया।

सेराज ने उससे एक दिन कहा, "मैं चाहता हूँ कि बत्ती ढोनेवाली रेजा के काम से तुम्हें छुटकारा मिल जाये। तुम सिलाई-कढ़ाई का काम सीख लो। बैंड-बत्ती का काम तो ऐसे भी साल भर चलता नहीं है। शादी का सीजन नहीं रहने पर सारे बैंडवाले दूसरे धन्धे में लग जाते है। कोई टेलरिंग में, कोई फल बेचने में, कोई मोबाइल रिपेयरिंग में, कोई टीवी रिपेयरिंग में, कोई घड़ी रिपेयरिंग में, कोई शूरमा, इत्र और चूड़ी बेचने में, कोई दीवार पेंटिंग में, कोई रिक्शा चलाने में।"

माघी ने मन में विचार किया और कहा, "मैं वही काम करना चाहती हूँ जो आप करते हैं। आप सिलाई जानते हैं, मुझे सिलाई सिखा दीजिये...आप क्लार्नेट और ट्रम्पेट बजाना जानते हैं, मुझे भी बजाना सिखा दीजिये। मैं आपके हर कदम पर आपके साथ चलना चाहती हूँ। बारात में मेरा काम चाहे जो भी हो, हमें उसमें शरीक होना अच्छा लगता है। गाना, बजाना, नाचना और आतिशवाजी मेरे भीतर एक लहर पैदा कर देती है। मेरी बहुत सारी कड़वाहटें और दुख कम हो जाते हैं।

सेराज ने उसे दिल से चाहा और हर तरह की मदद की। माघी भी उससे खुलती, घुलती और आत्मीय होती चली गयी। एक तरह से उसने उसके विस्थापित जीवन को पनाह दे दिया। काम दिलाया, घर दिलाया, कामचलाऊ पढ़ना-लिखना सिखाया, चर्चित फिल्मी गानों से परिचित कराया और सबसे बड़ी बात कि क्लार्नेट जैसा कठिन वाद्ययंत्र बजाना सिखा दिया। शायद वह पहली ऐसी औरत होगी इस शहर में जिसने क्लार्नेट बजाने जैसी कला को साध लिया।

माघी क्लार्नेट सीख रही है। सेराज उसे सा रे ग म सिखा रहा है। रियाज कई कई घंटे रोज चलने लगता है। एक दिन माघी क्लार्नेट पर उस गाने का बोल निकाल

देती है, जिसे उसने सिखाया ही नहीं था। 'खुदा जाने के मैं फिदा हूँ...खुदा जाने मैं मिट गया...खुदा जाने ये क्यूं हुआ है...कि बन गये हो तुम मेरे खुदा।'

सिलाई मशीन पर उसे सीना सिखा रहा है। एक साथ पैडल पर पैर भी चलाना और ऊपर कपड़े को भी संभालना। एक दिन माघी सबसे पहले जो सिलती है वह उसके लिए एक कमीज होती है। सेराज हैरान रह जाता है। औरतों में सिलाई-कढ़ाई और रसोई करने के गुण शायद जन्म ज़ात होते हैं।

वह स्लेट पेंसिल लेकर ककहरा सिखाता है। कम वक्त में ही वह लिखना-पढ़ना सीख जाती है। पहले भी वह गाँव के स्कूल में दो-चार साल तक आती-जाती रही थी। ककहरा का उसे ज्ञान था। किसी भी चीज के सीखने में लगन वह इस तरह लगा लेती थी कि हुनर तुरन्त ही सध जाते थे। एक दिन जब वह लिखकर चली जाती है तो स्लेट पर लिखा हुआ पढ़ता है सेराज। पढ़कर अचम्भित रह जाता है। उसने लिखा है–"सेराज बाबू, मेरा तो रोम-रोम आपका कर्जदार हो गया है। कैसे चुकाऊंगी यह कर्ज? आपने पूरी तरह मुझे जीत लिया। अब तो माघी पर माघी का ही अख्तियार नहीं है। आप न होते तो लोग मुझ यतीम को एक गटर में बदल चुके होते। आपको कभी मेरी जान की भी जरूरत हो तो निस्संकोच माँग लीजियेगा।"

सेराज ने बहुत उम्र तक शादी नहीं की थी। उसका एक भाई था नेयाज, जो नौकरी करने सऊदी अरब चला गया और घर को पूरी तरह भूल गया। उसकी घरवाली और उसका एक बच्चा यहीं रह गये। इनकी परवरिश की जिम्मेवारी सेराज पर ही आ गयी। नेयाज का कोई अता-पता नहीं रह गया। न कोई चिट्ठी-पत्री, न कोई टेलीफोन। इन्तजार में कई वर्ष बीत गये। सेराज को उसके अब्बा और उसकी भाभी मेहंदी के नैहरवाले उसे अपना घर बसाने से रोकते रहे...कहीं नेयाज नहीं आया तो...कहीं नेयाज आ गया तो!

इसी बीच उसके अब्बा और उसकी भाभी मेहंदी ने माघी से बढ़ रही उसकी नजदीकी को ताड़ना शुरू कर दिया। जब उन्हें लगा कि अब इसे रोकना मुश्किल होगा तो मेहंदी के मायके वालों से और मौलवी से उन्होंने बातचीत करके एक फैसला ले लिया कि सेराज का निकाह अब मेहंदी से करा दिया जाये। वह तो इस उम्मीद से ही इस घर में टिकी हुई थी। मन ही मन वह नेयाज की बेदिली से नफरत करने लगी थी। अगर वह इत्तफाक से आ भी जाता तो उससे पहले की तरह उसका जुड़ना मुमकिन नहीं होता।

सेराज ने साफ इन्कार कर दिया कि वह भाभी से निकाह नहीं करेगा। लेकिन इस मुद्दे पर वह बिल्कुल अकेला पड़ गया। चारों तरफ का दबाव उस पर तारी होने लगा। सबकी सहानुभूति मेहंदी के साथ थी। सेराज के सामने एक बड़ा धर्मसंकट पैदा हो गया।

सेराज का इन्कार सुनकर उसकी भाभी उसके आगे बिछ गयी, "क्या मैं तुम्हें

इतनी बुरी लगती हूँ? वर्षों से इस घर में रही हूँ, तुम लोगों की खिदमत की है, क्या उसका यही सिला मिला कि अब मुझे बेघर हो जाना पड़ेगा। नेयाज के चले जाने के बाद मैं अगर टिकी रही यहाँ तो बुनियाद तुम्हीं थे। अब तुम मुझे ठुकरा दोगे तो मैं तो कहीं की नहीं रह जाऊँगी। अगर ऐसा ही करना था तो तुम इतने दिन खुद क्यों निकाह के लिए रुके रहे, कर लेते तो मैं भी कोई उपाय ढूँढ़ लेती। अपनी उम्र के जवानी वाले आठ-दस साल जाया तो न होने देती।" मेहंदी की आवाज एक निराश फरियाद की तरह जैसे आंसुओं से तर-ब-तर हो गयी थी। उसका आठ साल का बेटा सेराज की पीठ पर झूलने लगा था, जैसे अपनी माँ की तस्दीक करते हुए कह रहा हो कि मुझे इतने दिनों तक लाड़-दुलार किया, क्या अब पराया कर दोगे छोटे बा?

सेराज क्या जवाब देता, उसके पास जवाब ही क्या था। मेहंदी कुछ भी तो गलत नहीं कह रही। उसने वाकई उसका कितना खयाल रखा था, खाने-पीने से लेकर पहनने-ओढ़ने और बिछाने-सोने तक। बच्चा तो मानो उसके हँसने-खिलखिलाने, तरन्नुम गढ़ने और उसमें बहनें का एक खुशगवार ठिकाना था।

यह असमंजस चल ही रहा था कि माघी का पूर्व मंगेतर नरसा मुर्मू एक दिन सेराज से मिलने चला आया। माघी की दिनचर्या और हालचाल पर वह अपनी पैनी नजर बनाये हुए था। उसने सेराज को धमकाते हुए जैसे एक विशालकाय चट्टान रख दिया उसके आगे कि जरा इसे फलांग कर दिखाओ, "तुमने माघी की मदद की, उसे सहारा दिया, हम इसका बहुत एहसान मानते हैं। लेकिन तुम उससे शादी नहीं बना सकते। उसकी शादी हमसे तय की हुई है, हम करेंगे उससे शादी।"

"इतने दिनों से तुम कहाँ थे। उसकी तो कभी खोज-खबर नहीं ली। जबकि मुसीबत के वक्त तुम्हें उसका साथ देना था।"

"हम गाँव का गरीब आदमी है, हम बहुत डर गया था। परगना महतो बहुत कसाई आदमी है। उसने हमको धमकी दे दिया था कि माघी से शादी बनायेंगे तो हमको गाँव से बाहर कर दिया जायेगा।"

"क्या अब वो तुम्हें गाँव से बाहर नहीं करेगा?"

"हम अब माघी के साथ ही शहर में आकर रहेगा।"

"क्या इस बारे में तुमने माघी से पूछा, तुमसे शादी करने और शहर में तुम्हारे साथ रहने के लिए वह तैयार है?"

"पूरा गाँव जानता है कि उसके बाबा ने माघी से मेरा रिश्ता पक्का कर दिया था। वह तैयार हो, न हो, तुम उससे शादी नहीं करोगे। करोगे तो अच्छा नहीं होगा। बुरा नतीजा से बचाने के लिए हम तुमको बोलने आया है। काहे कि माघी को तुमने बहुत मदद किया है।"

सेराज सन्न रह गया। अपनी भाभी से निकाह के मुद्दे को अगर वह निष्ठुरता से लांघ भी जाये मगर नरसा मुर्म नामक घातक चट्टान को वह कैसे पार करे। माघी

को उसने सारा माजरा बताया तो मानो उसकी देह का खून जम गया। कदम-कदम पर औरत की बलि देने के लिए कसाई तैनात हैं। अपने को बचाकर यहाँ तक लायी, सेराज जैसा मसीहा का साथ मिला तो अब भी उस पर तलवार तनी है। सेराज के गले में यह निवाला उगले तो अन्धा और निगले तो कोढ़ी जैसा बन गया। माघी ने सेराज की आँखों में सब कुछ लुट-पिट जाने जैसी छायी बेबसी को पढ़ लिया। उसने उसे इतना गमगीन कभी नहीं देखा था।

माघी ने सेराज की हथेलियों को अपनी अंजुरी में भर लिया। प्यार के अगाध, अलौकिक और स्निग्ध सम्मोहन के साथ उसे निहारा और कहा, "आप चिन्ता में न पड़िये सेराज बाबू। आपका अपनी भाभी से ही निकाह करना ज्यादा जरूरी है। मेरी परवाह न कीजिये, आपके लिए मेरे मन में जरा-सी भी शिकायत नहीं है। नरसा से मैं निपट लूँगी। मैं उसकी कोई खरीदी हुई जायदाद नहीं हूँ। वह कितने पानी में है, औकात बता दूँगी। जान पर खेल जाऊँगी, लेकिन उसके जैसे खुदगर्ज को अपने पास फटकने नहीं दूँगी। आपने मुझे इतना मजबूत बना दिया है कि मैं अकेले भी जिन्दगी जी सकती हूँ। जितना कुछ आपसे मुझे मिला है, मैं ताउम्र आपकी कर्जदार रहूँगी।"

सेराज ने उसके हाथों को चूम लिया, "आज तुमने मुझे यह इल्म करा दिया कि तुम डुगरिया गाँव से आयी सहमी-सिमटी माघी खलको से बदलकर एक कद्दावर शख्सियत वाली लड़की बन गयी हो। मुझे फख्र होता है तुम्हें देखकर। तुमसे निकाह मैं कर पाता तो मेरे लिये यह खुदा की सबसे बड़ी नेमत होती। मेहंदी से निकाह करना मुझसे ज्यादा औरों को खुशी देगा। मैं शादी नहीं कर रहा, शहादत दे रहा हूँ। यह मलाल मैं ताउम्र ढोऊंगा कि तुम्हें मैं अपना न बना सका।"

"आपको भले लगता हो कि मुझे अपना बना न सके, लेकिन मैं तो आपको ही अपना बनाकर जिऊंगी सेराज बाबू। दिल की दुनिया में किसी निकाह, मजबूरी और बंदिश की कोई जगह कहाँ होती है भला।"

"मुझे अच्छा लगा यह जानकर कि तुम मुझसे नाराज नहीं हो रही और खुद को मुझसे अलग नहीं समझ रही। तुम्हारी इस दिलासा से हमेशा मुझे एक ताकत मिलती रहेगी। तुम्हें जब भी मेरी मदद की तलब हो, कहने में कोताही न करना।"

माघी ने सेराज को अपनी बाहों में भर लिया। उसे लगा कि काश कायनात यहीं ठहर जाती।

सेराज ने उसे एक भद्र मोहल्ले में रहने के लिए एक अच्छी सी भाड़े की कोठरी दिला दी थी। वह इन दिनों शहर के एक नामी मुन्ना बैंड पार्टी में काम कर रही थी। मालिक उसे खूब तरजीह देता था, चूँकि वह हर फन में माहिर हो गयी थी। किसी भी बजनिया के नागा करने पर वह कोई भी इंस्ट्रुमेन्ट बजा लेती थी। नागा न हो तो फिर वह गमला ढोने में भी शर्म नहीं करती थी। बैंड की दुनिया चूँकि मर्दों

की थी, इसलिये कदम-कदम पर उसे परेशानी उठानी पड़ती और उनसे बच लेने का उसे रास्ता निकालना पड़ता। सेराज उसकी ढाल बनकर खड़ा रहा करता था। अब सब जान गये थे कि वह माघी को छोड़ मेहंदी से निकाह कर रहा है। जब बैंड में काम नहीं होता तो वह अपने घर में ही सिलाई का काम शुरू कर देती। ज्यादातर उसका काम मोहल्ले के लोगों से चल जाता। कभी टान हो जाने पर वह बड़े दुकानों से काम ले आती।

सेराज अपना निकाह एकदम सादगी से करना चाहता था, चूँकि उसका उत्साह एकदम सिकुड़-सा गया था। लेकिन उसके दोस्त और घरवाले इसरार कर बैठे कि वह सबकी बारात निकालता रहा है, फिर उसका निकाह बगैर बारात निकले, यह वाजिब नहीं हो सकता। दुल्हन की भले ही दूसरी शादी हो, लेकिन दूल्हे की तो पहली है, लिहाजा बारात, बैंडपार्टी, नाच-गाने और आतिशबाजी की धूम के साथ एक दिन के हीरो बनने का एहसास तो उसे मिलना ही चाहिए।

बारात निकली, शानदार निकली। शहर के प्रायः सभी बैंडवाले उसके लिए अपनी भागीदारी देने को तैयार बैठे थे। सेराज ने मुन्ना बैंड को ही यह जहमत दी। माघी चाहती थी कि उसे क्लार्नेट बजाने का मौका मिले और उस्ताद सेराज की निगहवानी में उसने जितने गाने के रियाज कर रखे थे, सब बजा डाले। दुर्भाग्य से आज कोई बजनिया अनुपस्थित नहीं था। अन्ततः उसके नसीब में इस बारात में ट्यूब लाइट का गमला ढोना ही बदा था। वह माथे पर गमला लेकर चल रही थी। जिस बारात में उसे दुल्हन होना था, उसमें वह एक रेजा बनकर रोशनी का गमला ढो रही है। उसकी निगाहें दूल्हे के रूप में सजे सेराज को देखना चाह रही थीं। सेराज भी थोड़ी दूरी पर अपनी रेंग रही भाड़े की कार में बैठा माघी के दीदार के लिए तरस रहा था।

अपने भाग्य के इस खेल पर माघी का चेहरा मलिन हो उठा। वह रौशनी लेकर चलती है, लेकिन खुद बेरौशन रह जाती है। तीस की होने को आयी, दर्जनों बारात लेकर चली, लेकिन उसकी बारात निकलने के कोई आसार नहीं। कितनों के ब्याह का एक जिंस बनी, लेकिन लगता है खुद सारी उम्र कुंवारी ही रह जायेगी।

कभी सेराज ने माघी के साथ मिलकर सपना देखा था कि दोनों मिलकर एक विशाल बैंडपार्टी की दुकान खोलेंगे और साथ ही एक विश्वसनीय टेलरिंग हाउस भी चलायेंगे। माघी सोचती है कि सपने तो सपने होते हैं, वे सच भी हो जायें, जरूरी तो नहीं।

माघी रोज सपने देखती, जो नींद खुलने पर तार-तार हुए रहते। वह मन ही मन सोचती कि काश इन सपनों को भी सिलने की कोई मशीन होती। वह जब कोई अच्छा सा कपड़ा सिल रही होती तो उसे लगता जैसे वह अपने अधूरे और तार-तार हुए सपने को ही सिलकर पूरा कर रही है।

नरसा मुर्मू एक दिन उसके घर आ धमका। पहले तो अपलक निहारा उसे, फिर कहने लगा, "अब टैम आ गया है माघी। हम तुमसे शादी बनाने को तैयार है।"

"तुम बहुत लालची और डरपोक हो नरसा। तुम किसी के पति होने के लायक नहीं हो, मेरे तो बिल्कुल ही नहीं। मैंने तो तुम्हारी याद को गाँव से निकलते हुए नाले में ही बहा दिया। दो शादी तो सुना, तुम पहले भी कर चुके, फिर क्या मुँह लेकर आये हो कि मुझे कुछ भी पता न होगा? निकल जाओ यहाँ से। दोबारा फिर अपनी शक्ल दिखाने का साहस मत करना।"

"ज्यादा अकड़ मत दिखाओ, माघी। तुम कोई सती-सावित्री नहीं हो। हम भी जानते हैं कि तुम शहर में कौन-कौन करम करके टिकी हुई हो। तुम्हारी हालत थोड़ी बदल गयी है तो हमने सोचा कि चलो, हम भी तुमको साथ दे दें। जिन बुरे मर्दों के चंगुल में फंसी हो, उनसे मुक्ति दिला दें। तुम्हारा भाई रोगला एक दिन हमारे घर आ गया। उसने हमारे माथे से पिस्तौल सटा दिया और कहा कि मेरी बहन से तुम शादी करोगे कि उड़ा दूं भेजा। उसी के कहने पर तुम्हारे पास आये हैं।"

माघी को लगा कि दीवार से अपना सिर फोड़ ले। रोगला उसे आबाद करना चाहता है या कि बर्बाद। खुद को और माँ-बाबा को तो बर्बाद कर ही चुका, एक मैं बची हूँ तो लगता है अब मैं भी कहाँ बचूंगी। जो उसे गंदी और बुरी लड़की समझता है और डरकर शादी करने को तैयार हुआ है, वह उसका कहाँ तक और कितना भला करेगा?

माघी ने खरी-खरी सुना दी, "रोगला फिर मिले तो कह देना कि वह मेरी फिक्र न करे। उसके फिक्र करने से सिवा तबाही और बर्बादी के कुछ नहीं होता। मुझे वह अपने हाल पर छोड़ दे। तुम भी अगर सचमुच मेरा भला चाहते हो तो आगे कभी मुझसे मिलने की मेहरबानी मत करना।"

"तुम कम से कम इतना तो बता दो माघी कि वो कौन-कौन लोग हैं, जो तुम्हें अकेले जानकर तुम्हारे साथ बुरा बर्ताव करते हैं।"

"औरत अकेली हो या अपने शुभचिंतकों की भीड़ में, उसकी मर्जी के बिना बुरा बर्ताव करने की किसी की हिम्मत नहीं हो सकती। तुम जाओ नरसा, मेरा ज्यादा खैरख्वाह मत बनो। तुम्हारे जैसे लोग जब खैरख्वाह बनते हैं तो मुसीबत वहीं से शुरू हो जाती है।"

"शहर ने तुम्हें बहुत बोलना सिखा दिया है, माघी। लेकिन भूलना मत कि तुम एक आदिवासी लड़की हो। तुम्हारी यह पहचान तुम्हारा पीछा नहीं छोड़ेगी और शायद हम भी नहीं। अभी चलते हैं।"

लोग कितना मोहताज बना देते हैं एक उस अकेली लड़की को जो अपने दम पर अपनी दुनिया बसाना चाहती है। यह सच था कि बैंड में शामिल लोग और बारात में चलते हुए बहुत सारे लोग उसे बस एक सेक्स मशीन ही समझते रहे थे और

उसे तरह-तरह से गंदे प्रलोभन देते रहे थे। लेकिन अब माघी इन सबको निरुत्तर करना सीख गयी थी या कि सेराज ने उसे सिखा दिया था।

शादी के पहले सेराज से वह लगभग हर पल मोबाइल से जुड़ी रहती थी। हर रोज उसकी नींद उसके गुडमॉर्निंग कॉल से ही खुलती। रात को वह गुडनाइट कहकर लव यू डार्लिंग जरूर कहा करता। माघी जोहार कहकर हँस देती। यह सिलसिला अब लगभग खत्म हो गया। दिन में कभी-कभार माघी, कभी वह, एक-दूसरे का हालचाल पूछ लिया करते। संवाद का यह गैप क्रमशः बढ़ता चला गया। दिन से सप्ताह, पखवारा और फिर महीना हो गया। माघी बीच-बीच में मिसकॉल करती कि अगर परिस्थिति बात करने के माकूल होगा तो वह बात कर लेगा। उधर से कोई उत्तर न पाकर उसने कई बार अन्तिम घंटी बजने तक कॉल किया। उधर से कोई रिप्लाई नहीं। माघी को चिन्ता हो गयी कि कहीं उसकी तबीयत तो खराब नहीं हो गयी? वह कहा करता था कि क्लार्नेट और ट्रम्पेट बजाने वाले को अक्सर साँस की बीमारी हो जाती है। उसका भी दम रह-रह कर फूलने लगता है।

चिंतातुर होकर माघी ने दनादन कॉल करना शुरू कर दिया। खीज से भरकर उधर से कॉल उठाया मेहंदी ने, “हाँ माघी बोलो। कौन सा कुफ्र टूट पड़ा, जो इतनी बेसब्री से खलल डालने पर आमादा हो।”

माघी ने विनय भाव से कहा, “बहुत दिनों से सेराज बाबू की कोई खबर न मिली। वे खैरियत से तो हैं न।”

“आज के बाद फिर कभी कॉल मत करना। तुम्हें उसके साथ जितनी मस्ती करनी थी, कर ली। अब वह मेरा शौहर है। मुझे यह पसन्द नहीं कि मेरा शौहर किसी गैर औरत से गुटरगूँ करे। उसकी खैरियत तुमने पूछी है तो बता दूँ कि वह इन दिनों बीमार चल रहा है। उसकी नाक में ऑक्सीजन लगी है। अल्ला हाफिज।”

माघी अनेक दुश्चिंताओं से घिर गयी। कहीं ऐसा तो नहीं कि सेराज बाबू अब कभी क्लार्नेट और ट्रम्पेट नहीं बजा पायेंगे। फिर उनकी गुजर-बसर कैसे होगी? सोचते-सोचते उसकी आँखें छलछला आयीं। मन होने लगा कि वह भागकर उनके घर पहुँच जाये और उनके गले लगकर उन्हें तसल्लियों से लाद दे। आप फिक्र न करें, सेराज बाबू। आपकी साँसें अगर साथ न देंगी तो क्या हुआ, आप मेरे होठों से और मेरी साँसों से क्लार्नेट बजायेंगे। मेरे क्लार्नेट और ट्रम्पेट से आपके ही बोल निकलेंगे।

वह रात उनींदेपन में ही कट रही थी। ढाई-तीन बजे होंगे कि दरवाजे पर एक दस्तक और हाँक सुनायी पड़ी। कहीं गलत इरादे लेकर नरसा तो नहीं आ धमका। पुकारने की आवाज को जरा ध्यान से सुना तो उसे विश्वास ही नहीं हुआ। आवाज उसके भाई रोगला की थी, धीमी, आत्मीयता से भरी हुई और स्नेह से पगी। उसने

दरवाजा खोला, रोगला अन्दर आ गया। उसके पांच साथी और थे जो बाहर ही रह गये, पहरेदारी में। माघी ने सिर से लेकर पैर तक उसे कई बार निहारा। एक बहुत ही मैले-कुचैले फौजी लिबास में रोगला किसी बुत की तरह खड़ा था। उसकी कमर से एक पिस्टल लटक रही थी। कई हफ्तों से न नहाने की एक गंध वहाँ पसरने लगी थी।

रोगला ने पूछा, "कैसी हो दीदी?"

जवाब में फफक कर रो पड़ी माघी। रोगला ने उसे अपने गले से लगा लिया। आँसुओं की रुकी हुई बाढ़ पता नहीं दुख के किस-किस जमे हिमालय से पिघलने लगी। माँ-बाबा की नृशंस हत्या पर भी तो उसे रोने का मौका नहीं मिला था। कहाँ रोती? किसके कन्धे पर सिर रखकर रोती? कितने लोगों ने इस शहर में उसे अकेली जान हवस का शिकार बनाना चाहा, उसकी आँखें कहाँ भींगी। सेराज जीवन साथी बनते-बनते न बना, इस आघात पर भी उसने मन मार लिया। नरसा ने उसे झटका पर झटके दिये, वह जब्त करके रह गयी।

रोगला ने उसके आँसुओं को अपने रुमाल में मानो सहेजते हुए कहा, "हम तुम्हारे और माँ-बाबा के अपराधी हैं, दीदी। क्या करें, व्यवस्था से हम पूरी तरह नाउम्मीद हो गये हैं। कदम-कदम पर हमें ठगा जा रहा है। सरकारी तिजोरियों की सरेआम लूट और बन्दरबाट हो रही हैं। इस भ्रष्ट युग में कौन भ्रष्ट, बेईमान, अपराधी और चोर नहीं है, पहचानना मुश्किल हो गया है। जब लगा कि सारे रास्ते बन्द हैं तभी हमने जंगल का रास्ता अपनाया।"

"लेकिन जंगल का रास्ता समाधान का रास्ता नहीं है भाई। अगर है तो मुझे भी अपने साथ ले चलो। थक गयी हूँ मैं...हर कोई अकेली और जरूरतमंद समझकर खिलौना बना लेना चाहता है।"

"नहीं दीदी, नहीं, बिल्कुल नहीं। कभी सोचना भी मत हमारे रास्ते जाने के बारे में। वहाँ जिस दलदल और कांटों से गुजरना पड़ता है, हम तुम्हें उससे गुजरते नहीं देख सकते। यहाँ तुम जैसी भी हो, ठीक हो। हर पल मौत का खुला हुआ दरिंदा जबड़ा तुम्हारे सामने नहीं है।"

"अगर इतना बुरा है वहाँ सब कुछ, तो तुम भी वापस क्यों नहीं आ जाते?"

"हम वापस नहीं आ सकते दीदी। हमारे पैर उस दलदल में इस तरह लिथड़कर फंस गये हैं कि निकल नहीं सकता। हम अब जिन्दगी के नहीं मौत की दुनिया के निवासी है। तुम्हारे बारे में मैं सब खबर रखता रहा हूँ। अब तो बस तुम्हें देखकर ही जरा सी जीवन की अनुभूति कर लेता हूँ। सुना है कि तुम बहुत सारे साज बजाना सीख गयी हो। सेराज ने तुम्हें साथ नहीं दिया, तुम दुखी मत होना। नरसा से तुम शादी नहीं करना चाहती, मत करो। तुम अपना एक बैंड पार्टी बनाना

चाहती हो, बनाओ दीदी, खूब भव्य बनाओ। जितने पैसे चाहिए, मुझसे ले लो।"

"नहीं रोगला, मैं तुम्हारे पैसे से बैंड की दुकान नहीं चला सकती।"

"ठीक है, तुम मेरी मदद को उचित नहीं मानती, मेरे पैसे को स्वच्छ नहीं मानती। कोई बात नहीं। लेकिन वो पैसा तो तुम्हें लेने में कोई एतराज नहीं होना चाहिए, जो डुगरिया के अपने घर और खेत बेचने से मिलने वाले हैं। चूँकि वहाँ अब न तुम रहने वाली हो और न मैं, फिर उन्हें रखने का कोई मतलब भी क्या है।"

माघी ने इसका कोई जवाब नहीं दिया, जिसे रोगला ने उसकी स्वीकृति मान लिया।

रोगला ने आगे कहा, "तुम्हारे पास गाँव का एक लड़का आयेगा और एक दस्तावेज पर दस्तख्त करवायेगा। उससे तुम्हें पैसे मिल जायेंगे। बैंड की एक शानदार दुकान खोलना दीदी, जो इस शहर के लिए मिसाल बन जाये। मैं चाहता हूँ कि मेरा जीवन भी तुम्हें ही मिले और मेरी हसरत भी तुममें ही फलित हो। मेरा क्या, कभी मैं मौत के आगे भाग रहा हूँ, कभी मौत मेरे आगे भाग रही है। तुमसे ज्यादा संपर्क बनाकर मैं तुम्हें खतरे में नहीं डालना चाहता। नहीं जानता कि इस तरह तुमसे आगे कभी मिल पाऊँगा भी या नहीं।" कहते हुए रोगला की आँखें भर आयीं। माघी ने अपने आँचल में उसके आँसुओं को समेट लिया, जैसे मोती के दाने सहेज रही हो। रोगला ने एक बार फिर उसे गले से लगा लिया।

"चलता हूँ दीदी। पुलिस वालों को कभी भी भनक लग सकती है। मैं तुम्हें दिखूंगा नहीं, लेकिन ऐसी कई आँखें हैं, जिनकी मार्फत अपनी साँस चलने तक तुम्हें देखना जारी रखूंगा।"

रोगला बाहर निकलकर निविड़ अंधेरे में गुम हो गया। उसकी आवाजें और उसकी उपस्थिति उसके जेहन में किसी शिलालेख की तरह खुद गयी।

माघी ने अपने गाँववाले घर और खेत की बिक्री वाले पैसे से शहर के मुख्य बाजार में भाड़े की एक जगह लेकर सेराज बैंड बाजा नाम से एक भव्य दुकान खोल दी। सेराज, उसकी बेगम मेहंदी और उसके अब्बा अचम्भित रह गये। माघी की सेराज से मोहब्बत और एहतराम की ऊँचाई की इससे बड़ी सबूत और क्या होगी। एक दिन सेराज हाँफता और खाँसता हुआ उसकी दुकान में तशरीफ ले आया। माघी ने उसके दर्शन से खुद को धन्य-धन्य करते हुए कहा, "यह दुकान आपकी ही है सेराज बाबू, मैं तो बस आपकी एक मुलाजिम की तरह काम करूंगी। आपको आने में तकलीफ न हो तो रोज आया करें और संभाले यहाँ की गद्दी।"

सेराज ने अपनी बिखरती साँसों को संभालते हुए कहा, "इतनी बड़ी दुकान! इतने नये-नये आधुनिक इंस्ट्रुमेन्ट! इतनी सारी नयी-नयी रंग-विरंगी पोशाकें! शहर

के चुने हुए साजिंदों की टीम! कैसे मुमकिन बना दिया माधी? इतनी ऊँची उड़ान भरनेवाले पंख आखिर तुम्हें मिले कहाँ से?"

"सब कुछ आपका ही दिया हुआ है सेराज बाबू। मैं जो कुछ हूँ आपकी वजह से ही तो हूँ।"

सेराज को लगा जैसे माधी ने उसकी जिन्दगी के रुके हुए सफर को एक नयी मंजिल दे दी। उसकी असाध्य बीमारी का इससे बड़ा अचूक इलाज भला और क्या होगा? माधी एक जीवन दायक औषधि की तरह उसकी नस-नस में बहने लगी।

सेराज बैंड बाजा एक विश्वसनीय और उच्चस्तरीय ब्रांड बनकर छा गया पूरे शहर में। हर बड़े आयोजन, हर बड़ी बारात और हर बड़े जुलूस में सेराज बैंड ही बुक होने लगा। सारे साजिंदे भड़कीले यूनिफार्म में होते, लेकिन माधी लाल ब्लाउज और लाल पाड़ की सफेद साड़ी में आंचल को कमर से बाँधकर डुगरिया गाँव की आदिवासी लड़की की पहचान में क्लार्नेट बजाती दिखती और फिल्मी धुनों के गागर में सागर छलका देती। देखनेवाले-सुननेवाले हैरान हो उठते।

सूबे का एक पूर्व मुख्यमन्त्री, जो 35 से 40 हजार करोड़ रुपये के गबन के आरोप में जेल में बन्द था और जेल में रहते हुए उसने लोकसभा का चुनाव जीत लिया था, के गुर्गे एक भव्य विजय जुलूस निकालने की तैयारी करने लगे थे। सेराज बैंड बाजा से संपर्क किया गया। माधी ने इन्कार कर दिया। मुँहमाँगा शुल्क देने को वे तैयार हो गये। उसने फिर भी अपना निर्णय नहीं बदला।

सेराज ने उसे समझाने की कोशिश की, "हम पैसों के लिए काम करते हैं। हमें ले जानेवाला कौन है, इससे हम मतलब नहीं रखते। यह आदमी कितना भी बुरा है, लेकिन जनता ने वोट देकर जिताया है, तो फिर हम कौन होते हैं उसे खारिज करने वाले।"

माधी के चेहरे पर एक रोष उभर आया और उसकी आवाज में एक तल्खी समा गयी, "उसने गरीब जनता में हराम के बेइंतहा पैसे बहाकर और बांटकर जीत हासिल की है। फटीचर और बिकाऊ युवाओं में एक हजार मोटरसायकिल बांटकर वोटों की लूट करवायी है। उसने राज्य के विकास कोश में सेंध लगाकर युवाओं को जंगल का रास्ता पकड़ाकर बागी बनने के लिए मजबूर किया है। वह देशद्रोही है, हमारा बैंड उसके जश्न में शामिल होकर उसका समर्थन नहीं करेगा। हम पैसे के लिए काम जरूर करते हैं, लेकिन एक घोषित भ्रष्ट आदमी के लिए काम करना हमारी लाचारी नहीं है, सेराज बाबू।"

यह पहला मौका था जब माधी ने सेराज से असहमति व्यक्त करते हुए एक

बड़े उसूल की लकीर खींच दी थी, जिसमें उसके अपने भाई रोगला की पीड़ा भी समाहित थी। सेराज नाराज होने की जगह माघी पर और भी आसक्त हो उठा।

अगले दिन उस पतित और भ्रष्ट नेता के गुन्डों ने सेराज बैंड बाजा में घुसकर भारी तोड़-फोड़ मचा दी। कई नये इंस्ट्रुमेन्ट हैंगर से निकालकर पटक दिये गये और कई नयी पोशाकें फाड़ दी गयीं। माघी को इस उत्पात का कोई दुख न हुआ। उसे बस सन्तोष था तो इस बात का कि एक शातिर देशद्रोही नेता के जश्न में शामिल होने से उसने खुद को बचा लिया।

लोकतन्त्र की पैकिंग

मुदित चन्द्र अब गरीबी से पूरी तरह निकल आया था। कम्पनी में उसने छोटी नौकरी से ही शुरुआत की। अब जब सैंतीस वर्ष पूरे हो गये तो उसके जीवन में काफी कुछ बेहतर हो गया। बेटी की नौकरी हो गयी। उसने मनपसन्द लड़के से शादी कर ली। दोनों बेटों ने प्रतिष्ठित कॉलेजों से इंजीनियरिंग कर ली और बहुत ऊँची पगार वाली नौकरी भी ज्वाइन कर ली। उसकी अपनी तनख्वाह 40 हजार के आसपास पहुँच गयी। काफी पहले शहर के एक कोने में अपना घर बना लिया। अब कोई निजी जिम्मेवारी बची नहीं रह गयी। उसकी अपनी जरूरतें भी बहुत सीमित थीं। लेकिन एक सार्वजनिक जिम्मेवारी वह बराबर महसूस करता था। बहुत गरीबी और गुरबत से निकला था, फांके और बेबसी के दिन उसने झेले थे, इसलिये इन हालात से गुजर रहे लोगों पर उसकी नजर बराबर बनी रहती थी।

गाँव में दो–ढाई बीघे की मामूली खेती पर मजबूरी से टिके अपने चचेरे भाइयों की दुर्दशा उसे बराबर याद आती रहती। वह अपने सरप्लस पैसे में से कुछ उन्हें भेज दिया करता। पत्नी को ऐसा करना बिल्कुल पसन्द नहीं था। एक बार उसने उसकी औकात को मानो अपने तराजू पर तौल दिया, "आप अपने आपको समझते क्या हैं? ऐसी कौन सी बड़ी तनख्वाह है आपकी और कौन सी बड़ी पूँजी जमा कर ली है आपने? शहर के सूनसान और अविकसित इलाके में अपना एक फालतू सा राममड़ैया बना लिया है तो तीसमार खाँ नहीं हो गये आप? कौन रहेगा उस घर में जाकर? हमें शहर की सबसे अच्छी जगह पर डुप्लेक्स फ्लैट चाहिए। हमने कम्पनी के इस अतिसाधारण फ्लैट में जीवन गुजार दिया...अब जब हमारे दोनों बेटे कमाने लगे हैं तो कुछ तो शौक पूरा कर लें। अब आपकी अल्टो-फल्टो कार भी मुझे नहीं सुहाती।"

मुदित चन्द्र सन्न रह गया। आदमी अपना दुर्दिन कितना जल्दी भूल जाता है। गाँव से आयी यह औरत शुरुआती दिनों में सार्वजनिक नल से पानी ढोती रही, लाइन में लगाकर फारिग होती रही, कोयले के चूल्हे पर खाना बनाती रही, एक कमरे के किराये वाले घर में दिन गुजारती रही। आज उसे कम्पनी का यह ठीक-ठाक सा फ्लैट खराब लग रहा है। टीवी, कम्प्यूटर, माइक्रोवेव ओवन, फ्रीज, वाशिंग मशीन, गैस चूल्हा,

सोफा, एयरकंडीशन, कार आदि की सुविधायें भी उसे अधूरी जान पड़ रही हैं।

मुदित जानता था कि वह सिलौटी देवी को समझा नहीं सकता। दोनों बेटे उदार और उपकार माँ के ही समर्थक थे। चूँकि इन लोगों ने तो अभाव कभी देखे ही नहीं थे। इनका ख्वाब अब जमीन पर नहीं आसमान में करवटें ले रहा था। अपने पिता मुदित की दुनिया उसे बहुत सतही और संकुचित लगती थी।

मुदित की इच्छा थी कि गाँव के अपने तंगहाल परिवार से किसी एक जहीन लड़के को यहाँ लाकर अच्छी तरह पढ़ा-लिखा दें, ताकि वह काबिल होकर अपने परिवार की स्थिति बदल सके। इस प्रस्ताव पर पहले तो सिलौटी उखड़ गयी कि किसी पराये बच्चे की तीमारदारी उससे नहीं होगी। दोनों बेटों ने भी उसे मोबाइल पर भाषण पिला दिया, "आपके दिमाग में क्या अंट-शंट आता रहता है। माँ जीवन भर क्या यही सब करती रहेगी, हम उसे घर में एक स्थायी नौकरानी रखकर आराम देने को सोच रहे हैं और आप उसे जोते रखना चाहते हैं। हद हो गयी।"

मुदित ने तय किया कि इनलोगों से बिना कहे उस बच्चे के लिए हरेक माह एक अच्छी रकम मनीऑर्डर कर देगा। वह ऐसा करने भी लगा। कुछ ही माह बीते होंगे कि इसकी भनक सिलौटी को लग गयी। उसने खुद तो झगड़ा किया ही, बेटों से भी चुगली करके बात सुनवा दी। उपकार की सलाह पर उसने मुदित के ज्वाइंट सैलरी एकाउंट के बैंक पासबुक और एटीएम कार्ड अपने कब्जे में कर लिया। कहा, "आज से सारा इन्तजाम मैं देखूंगी। आपको अपनी जरूरत के लिए जितने पैसे चाहिए होंगे, माँग लीजियेगा।"

मुदित उजबक की तरह उसका मुँह देखता रह गया। गाँव के बोरा छाप स्कूल से महज सातवीं क्लास पास सिलौटी आज कितनी एडवांस हो गयी। गाँव से यहाँ आकर साथ रहने के लिए वह उन दिनों कुछ भी शर्त मानने को तत्पर थी। आज वह बेटों की शह पर न सिर्फ उसका शासक बन गयी बल्कि खुद को ज्यादा अक्लमंद भी समझने लगी।

एटीएम से वह खुद ही पैसे निकालती और उसे पाँच सौ रुपल्ली पकड़ा देती, इस नोट के साथ कि आपको खैनी-पान-सिगरेट आदि की लत तो है नहीं, कभी-कभार पकौड़ी और फुचका पर आपकी लार टपक पड़ती है। सब्जी-भाजी और सौदा-सुलुफ तो मैं ही करती हूँ। इतना तो आपके एक महीने के लिए काफी होगा। गाड़ी में जब पेट्रोल भराना हो तो मुझे बता दीजियेगा।

महीने में दो-तीन बार ठेले से फुचका या पकौड़ी खाने में कितना खर्च होता! तीन-साढ़े तीन सौ तो जरूर ही बच जाया करता।

मुदित को आते-जाते अनगिनत भिखमंगे रोज दिख जाते थे। इनमें से कुछ तो बेहद

लाचार—बेहद अपाहिज होते। घर में होने से भी बाहर से माँगने की आवाजें आती रहतीं। ऐसे कितने अभागे, लाचार, अपाहिज, भूखे, नंगे होंगे इस देश में? शायद लाखों-करोड़ों। इनकी रायशुमारी या सर्वे किसी संस्था या सरकारी मशीनरी ने करने की जरूरत नहीं समझी होगी। मुदित बहुत पहले से रोज सोचता आ रहा था कि अपनी अच्छी तनख्वाह से कुछ पैसे इनके लिए भी निकालने चाहिए, लेकिन बस सोचकर ही रह जाता। शायद ही वह महीने में पच्चीस-तीस रुपया भीख में दे पाता होगा। किसी-किसी महीने तो यह अदनी राशि भी खरचना मुमकिन नहीं होता। बाइक से या कभी कार से ऑफिस गये और फिर वापस आ गये। सघन ट्रैफिक के बीच में रुककर कुछ करना उचित नहीं लगता। कभी सरकारी उपेक्षा से खीजते हुए यह भी मन में आता कि आखिर कितनों की मदद की जाये, कोई एक तो है नहीं।

मुदित को दो चार मिनट के लिए रोज एक अपराध बोध घेर लेता। वह खुद को इनकी जगह रखकर देखता। उसके भी कोढ़ फूट जाते, उसका भी कोई घर न होता, कोई तालीम न होती, कोई मददगार या रिश्तेदार न होता तो...? गंदे, लावारिस, बेकार और बेपहुँच वाले किसी भूखण्ड पर प्लास्टिक, तिरपाल, बोरे, गत्ते, पुआल, टिन, लकड़ी आदि से सिर छुपाने का एक ठौर बनाता, जो कुछ ही दिन बाद सामूहिक अगलगी का या फिर बुलडोजर का शिकार बन जाता। सरकार के किसी खाते में या सूची में उसका नाम नहीं होता, अतः उसके लिए कोई अनुदान नहीं, कोई योजना नहीं, कोई कार्यक्रम नहीं, कोई व्यवस्था नहीं, कोई तारणहार नहीं। जानवरों से भी बदतर उसकी खानाबदोश और यतीम जिन्दगी को न कोई नागरिकता, न कोई अधिकार, न उसका कोई भगवान। क्या इस तरह के लोग पुश्त दर पुश्त इसी हालत में रहेंगे, कभी इनका कायाकल्प नहीं होगा?

मुदित अपने कोटे के बचे पैसे इन अभागों में वितरित करने लगा। सिलौटी तक इस दानशीलता की खबर पहुँचने में कई महीने लग गये। जब वह जान गयी कि श्रीमान बहुत बड़े राजा हरिश्चन्द्र बन रहे हैं तो अगली बार से वह पाँच सौ में दो सौ घटाकर तीन सौ पर आ गयी। साथ में यह फिकरा भी पकड़ा दिया, "रह-रहकर आप पर पुण्य कमाने का दौरा क्यों पड़ने लगता है? कभी यह तो न हुआ कि दो-चार धाम जाकर दर्शन कर आयें। बार-बार खीजती रही लेकिन आज तक कभी एक तीर्थ भी ले जाना गवारा न हुआ। इस महँगाई में तीस-पैंतीस हजार कमाते हैं तो बड़ा धर्मात्मा बनने चले हैं, जैसे सारे भिखमंगे का इन्हीं से उद्धार हो जायेगा। महीने में तीन-चार लाख कमाने वाला तो इन्हें एक कौड़ी दान में नहीं देता।"

मुदित को सिलौटी के संभाषण की आखिरी पंक्ति गलत नहीं लगी। सचमुच जो जितना कमाता है वह उतना ही काइयां होता है।

छोटे बेटे उदार तक जब सिलौटी ने यह संवाद पहुँचाया तो उसने अपने सेल

पर आधे घन्टे का प्रवचन पिला दिया, "पापा, मैं चाहता हूँ कि लोअर मिड्ल क्लास की जिन्दगी से हम ऊपर उठकर दुनिया की तमाम बड़ी सहूलियतों को हासिल करने में सक्षम हो सकें। आज तक आप या मम्मी ने हवाई जहाज पर पांव तक नहीं रखे, ट्रेनों में प्रथम श्रेणी की यात्रा नहीं की। मेरी इच्छा है कि मैं आपलोगों को अमेरिका, ब्रिटेन, फ्रांस, आस्ट्रेलिया, स्विट्जरलैंड आदि खूबसूरत देशों की यात्रा पर ले जाऊँ। पुणे, दिल्ली, मुम्बई, बंगलोर आदि महानगरों में हमारे फ्लैट हों। मैं और उपकार भैया इसीलिये अच्छे पैकेज के मोह में बार-बार जॉब बदल रहे हैं। आप जिस पैसे को सरप्लस समझ रहे हैं, वह सरप्लस नहीं है। आप जिस तनख्वाह को बड़ी तनख्वाह समझ रहे हैं, वह बहुत तुच्छ है। आपकी ही कम्पनी में ऐसे सौ से ज्यादा उच्च अधिकारी होंगे जिनकी तनख्वाह सलाना पचास लाख से ज्यादा होगी...।"

इसके आगे उदार ने अनुदार होकर क्या कुछ कहा उसने कुछ नहीं सुना। उसका ध्यान बस इसी एक बिन्दु पर अटक कर रह गया कि ऐसे सौ से ज्यादा अधिकारी होंगे जिनकी तनख्वाह सालाना पचास लाख से ज्यादा होगी।...और ऐसे ठेकेदार कर्मियों की संख्या कितनी होगी, जिनकी तनख्वाह महीने में दो हजार से भी कम है? ऐसे लोग पूरे देश में कितने होंगे जिनकी आमदनी महीने में सौ रुपये भी नहीं है? वह तो समझ रहा था कि जिम्मेवारी न हो तो एक छोटे शहर में एक छोटे परिवार के लिए महीने का दस हजार ही काफी है।

आखिर क्यों लेते हैं लोग इतने-इतने पैसे? हजारों कम्पनियाँ होंगी, जिनमें से ऐसे हजारों अधिकारी होंगे, जो इतनी मोटी तनख्वाह ले रहे हैं। जनता के प्रतिनिधि कहानेवाले साँसद और विधायक सरकार से सारी आलीशान सुविधायें लेकर भी अपना भत्ता और तनख्वाह खुद से ही बढ़ाकर लाखों की रकम हर माह अपने खाते में भर रहे हैं। हजारों-लाखों उद्योगपति, व्यवसायी, घोटालेबाज, ठेकेदार, फिल्म स्टार, स्पोर्ट्स स्टार जो साल में करोड़ों की बचत कर रहे हैं, क्या करते हैं वे इन मोटे पैसों का?... वही विदेश यात्रा, बड़े शहरों में आलीशान कोठी, कार, ड्राइवर, नौकर-चाकर, गैजेट्स, निवेश और फिर स्विस बैंक में डिपॉजिट। अनुमानतः इस तरह का एक अमीर बराबर दस हजार गरीब।

अपनी कम्पनी पर उसकी निगाह फैल गयी।

सत्तर हजार में चालीस हजार स्थायी कर्मचारियों की जबरन स्वैच्छिक अवकाश देकर छंटनी। उनकी जगह दर्जनों ठेकेदारों का निबन्धन और फिर इनकी मार्फत असंगठित श्रेणी के चालीस-पचास हजार सिखुआ-नवसिखुआ मजदूरों का प्रवेश। इनमें से बहुतों को कोई साप्ताहिक अवकाश नहीं, खासकर सिक्युरिटी गार्ड का काम करने वालों को। किसी भी कारण से नागा करने पर वेतन की कटौती। मतलब इन्हें न बीमार पड़ने का हक, न कोई पारिवारिक जिम्मेवारी निभाने का हक। इनकी पगार

सूखा-सुक्खी एक हजार रुपये से लेकर अधिकतम चार हजार। कम्पनी की बचत और मुनाफे का ग्राफ तेजी से ऊपर। पहले उत्पादन तीन से चार मिलियन टन और सत्तर हजार को आजीविका। अब वार्षिक उत्पादन सात मिलियन टन और स्थायी कर्मचारी सिर्फ तीस हजार। देखते-देखते विदेशों में कई और कंपनियों की खरीद और ग्लोबल कम्पनी का दर्जा हासिल। देश के कुछ और हिस्सों में ग्रीन फील्ड स्टील प्रोजेक्ट लगाने हेतु एमओयू हस्ताक्षरित और दलितों, वंचितों तथा छोटे किसानों को हटाकर भूमि अधिग्रहण का काम शुरू।

काम कसाई का लेकिन चेहरा हातिमताई का। कम्पनी के शीर्ष दरबारियों, दलालों और ढिंढोरचियों द्वारा जन-कल्याण, समाज-कल्याण और जनजातीय-कल्याण करने के सुर्खियों वाले बड़े-बड़े खोखले दावे। काम के नाम पर सिर्फ ढोंग, दिखावा, खानापूरी, स्थानीय असन्तोष, नाराजगी व क्षोभ की आग पर पानी डालते रहने का पाखण्ड। समाज सेवा के भारी-भरकम कागजी दिखावे पर आयकर में भारी छूट तथा यूनेस्को, यूनीसेफ और यूएनओ से मोटी-मोटी अनुदान राशि की खेपें। कितनी राशि आयी और कहाँ लगी, जनता को इसका कोई इल्म नहीं।

अब तो सरकारी प्रतिष्ठानों का भी यही हाल। वहाँ भी छंटनी और आउटसोर्सिंग का खेल जारी। लेकिन गाज सिर्फ मजदूरों पर। अधिकारियों की ऊँची तनख्वाह पर कोई संकट नहीं। तीन हजार-चार हजार रुपये के मासिक वेतन में पारा शिक्षक बहाल। जबकि स्थायी शिक्षकों की तनख्वाह बीस हजार से लेकर चालीस-पचास हजार तक। समान योग्यता और समान काम के लिए सौतेलापन की यह असहनीय हद। फिल्म-स्टारों को एक-एक फिल्म करने के करोड़ों की फीस, डेढ़-दो मिनट वाले विज्ञापन में अपना चेहरा दिखाने के कई-कई करोड़। इनमें स्पोर्ट्स स्टार भी शामिल। कहते हैं अमिताभ बच्चन और शाहरूख खान एक विज्ञापन करने के जितने पैसे लेते हैं, उतना बिहार के एक जिले के सारे किसान कठिन परिश्रम करके भी नहीं कमाते।

क्या इतने बड़े भेदभाव और चोटी-खाई के अन्तर पर कोई देश या समाज शान्त और अनुशासित रह सकता है? मुदित ने अपने अतीत को एक बार फिर लौटकर देखा। जब तक गाँव में रहा कभी भरपेट खाना नहीं मिला, जबकि खेती में पूरी तरह झोंक डाला था खुद को। जब जमीन कम हो तो कितनी भी मेहनत कर ली जाये, उपज सीमा से बाहर तो नहीं हो जायेगी। अगर वही स्थिति रह जाती अर्थात वह गाँव में ही रह जाता तो या तो चोर बन जाता या डकैत या नक्सलाइट। उसके लिए यह एकदम नागवार था कि किसी का गोदाम भरा हो और किसी का चूल्हा भी न जले। किसी के पास लाखों-करोड़ों हो और किसी के पास इतना कम हो कि जीना दूभर हो जाये। उसकी कम्पनी में बड़ी संख्या में मजदूरों की छंटनी के उपरांत अधिकारियों की तनख्वाह में दुगुनी-तिगुनी की वृद्धि। धनवान और निर्धन की खाई घटाने की जगह और चौड़ी।

मुदित ने तय किया कि वह एक मामूली आदमी है, कोई बड़ी क्रांति या आंदोलन का सूत्रपात तो नहीं कर सकता, लेकिन इतना तो कर ही सकता है कि अपनी सैलरी को वह सीमित कर दे, शायद इससे अपने हिस्से का पाप वह कम कर सके, दूसरों तक कोई संदेश जा सके या उनमें एक शर्म पैदा हो सके।

उसने प्रबन्धन को लिखकर दे दिया कि उसका वेतन चालीस हजार से घटाकर बीस हजार कर दिया जाये और आगे उसे कोई वेतन-वृद्धि या वेतन-पुनरीक्षण का लाभ न दिया जाये। उसकी सारी पारिवारिक जिम्मेवारी अब खत्म हो गयी है। जहाँ हजारों जरूरतमंदों को जरूरत भर पैसे नहीं मिल रहे, वहाँ उसके लिए यह एक गुनाह है कि जरूरत न रहने पर भी ज्यादा पैसा ले।

प्रबन्धन के पास अब तक कोई ऐसा मामला नहीं आया था। बात शीर्ष प्रबन्धन तक पहुँच गयी। वे भौंचक रह गये कि चालीस हजार मिल रहा है तो वह कम करने के लिए कह रहा है, लेकिन वे तो लाखों ले रहे हैं तथा इस फिराक में रहते हैं कि और बड़ी राशि मिले, ज्यादा से ज्यादा तरक्की हो। यह तो एक बड़ी खबर और एक बड़ी चुनौती बन जायेगी कि एक छोटा कर्मचारी होकर ऐसा बड़प्पन दिखा रहा है और वे शीर्ष पर हैं, कुल प्रॉफिट का उन्हें वार्षिक लाभांश भी मिलता है फिर भी वे संतुष्ट नहीं हैं और कोई त्याग की भावना उनमें नहीं है। दूसरी तरफ निचले स्तर के कर्मचारियों का जहाँ तक सवाल है तो उनकी तरफ से यूनियन ज्यादा से ज्यादा पैसा दिलाने के लिए हमेशा जूझती रहती है। पिछले छह महीने से प्रबन्धन और वर्कर्स यूनियन के बीच वेतन पुनरीक्षण पर रगड़ा चल रहा है। ऐसे परम सन्तोषी कर्मचारी होने लगेंगे तो यूनियन की सौदेबाजी की धार क्या कुन्द नहीं पड़ जायेगी?

शीर्ष प्रबन्धन के निर्देश पर मुदित के विभाग प्रमुख ने उसे बुलाकर जोरदार झाड़ पिलायी, "ये क्या नौटंकी कर रहे हो तुम? पैसे अगर तुम्हें ज्यादा हो रहे हैं तो चैरिटी कर दो...दुनिया में इतने गरीब हैं, उन्हें बांट दो। या फिर पैसे नहीं चाहिए तो नौकरी से रिजाइन कर दो।"

"नौकरी से रिजाइन तो मैं नहीं कर सकता सर। एक तो निष्क्रिय होकर घर में बैठना सम्भव नहीं है, दूसरा मुझे बीस हजार तो चाहिए ही चाहिए, तीसरा पैसे जब मिल जाते हैं तो चैरिटी करना या दान देना मेरे वश में नहीं रह जाता।"

"कहीं ऐसा करके तुम हीरो तो नहीं बनना चाह रहे?"

"अगर ऐसा है तो आपकी तनख्वाह तो काफी ज्यादा है सर, शायद बत्तीस लाख सलाना। कितना भी रईसी से रहते होंगे तो साल में बारह-पन्द्रह लाख तो बच ही जाता होगा। आप ही अपनी तनख्वाह कम करवा कर हीरो क्यों नहीं बन जाते?"

"तुम यहाँ से जा सकते हो। कम्पनी में ऐसा कोई प्रावधान नहीं है कि किसी की सैलरी कम कर दी जाये।"

"प्रावधान तो बनाने से बनता है सर।"

"लगता है तुम्हारा दिमाग फिर गया है। हैरत है कि इस महँगाई के जमाने में पैंतीस-चालीस हजार रुपये तुम्हें ज्यादा लग रहे हैं।"

"आप अगर ऐसा मानते हैं कि पैंतीस-चालीस हजार ज्यादा नहीं है और आप जैसे उच्च अधिकारियों के लिए लाखो-लाख भी कम है, फिर उनके लिए आप क्या कहेंगे जो डेढ़-दो हजार से लेकर चार-पांच हजार रुपये तक में अपना खून-पसीना बहा रहे हैं? उनका काम कैसे चलता होगा, कभी प्रबन्धन ने सोचा?"

"तुम छोटा मुँह बड़ी बात कर रहे हो। प्रबन्धन को क्या करना है, क्या सोचना है, इसमें तुम्हारी राय वांछनीय नहीं है। तुम्हारा इस तरह का कुछ भी कहना अनुशासनहीनता मानी जायेगी।"

"मैं अपनी हैसियत जानता हूँ सर कि मेरे जैसे अदने आदमी का कुछ भी बेसुरा कहने से आप जैसे बड़े लोगों की सत्ता की लय बाधित हो जाती है। इसीलिये तो मैंने सिर्फ अपनी सैलरी घटाने की अर्जी दी है।"

हमें पता है कि तुम्हारे दो बेटे इंजीनियर हैं और तुम्हारी बेटी भी इस कम्पनी में जॉब कर रही है। क्या वे लोग तुम्हारे इस निर्णय से सहमत हैं?

"मेरे इस निर्णय से उनका सहमत होना जरूरी नहीं है सर। मैं अपना मालिक स्वयं हूँ।"

यूनियन के तीन-चार बड़े ओहदेधारी उनके घर पधार गये। इनके आने से सिलौटी देवी भी इस विस्मयकारी प्रस्ताव से अवगत हो गयी। भीतर ही भीतर गुस्से से वह खौलकर रह गयी। लगता है मति सचमुच ही मारी गयी है इस आदमी की। यूनियन वालों ने कहा, "तुम पर यह क्या खब्त सवार हो गया है भाई। हमलोग रात-दिन लड़ते-मरते रहते हैं कि कैसे अपने साथियों की पगार और बेहतर बनायें और तुम हो कि बदतर करने के लिए आवेदन कर रहे हो! इसका अंजाम तुम्हें पता है? प्रबन्धन को एक हथियार मिल जायेगा कि वर्कर तो इतना ही में बहुत संतुष्ट हैं। मान लो कि तुम्हें अधिक की जरूरत नहीं है, लेकिन ऐसे हजारों लोग हैं, जिनकी जिम्मेवारी सारी की सारी बची हुई है।"

"प्रबन्धन को अगर हथियार मिल जायेगा तो इसके निशाने पर ज्यादा तो वे लोग ही हैं। उनकी पगार तो वर्करों से कई गुणा ज्यादा है, पहले वे कम करें अपनी पगार। ऐसे भी मैंने आवेदन दूसरों के लिए नहीं अपने लिये दिया है।"

यूनियन वाले चले गये। उन्होंने यही निष्कर्ष निकाला कि जरूर इस आदमी के दिमाग का कोई स्क्रू ढीला हो गया है। वे सिलौटी से कह गये कि इसे किसी मनोचिकित्सक से इलाज करवा लीजिये अन्यथा इसकी स्थिति आगे और बिगड़

सकती है। कम्पनी को अगर लग गया कि यह मानसिक असन्तुलन के दौर से गुजर रहा है तो इसे नौकरी में बना रहना मुश्किल होगा। सिलौटी ने उसकी जी भरके बखिया उधेड़ी और गुस्से से फनफनाकर मोबाइल से बड़े बेटे से सम्पर्क किया और कहा कि जल्दी से जल्दी वह घर आये। उसके बाप पर एक गम्भीर दौरा पड़ा है।

उदार उसे समझा चुका था, अब उपकार की बारी थी। उसने उनकी हालत पर तरस खाते हुए कहा, "आप दुनिया को बहुत कम जानते हैं पापा। आप जिन्हें लेकर समझते हैं कि आपके पास सब कुछ है, वह आपका भ्रम है। आपने सही मायने में सुख और ऐश्वर्य को देखा ही नहीं है। जिनकी पगार आपको बहुत ज्यादा लगती है, वस्तुतः कम्पनी उनके ही बल पर चलती है, न कि वर्करों के बल पर। कच्चे माल के जुगाड़ से लेकर तैयार माल की बिक्री तक सारा इन्तजाम उनके ही जिम्मे होता है। उनकी पगार आपको ज्यादा इसलिये लगती है कि आप उन्हें अपने चश्मे से देख रहे हैं। आपने एक टीवी खरीद लिया और उसे तब तक चलाते रहेंगे जब तक वह पूरी तरह बेकार न हो जाये। यही शर्त कार, फ्रीज, ओवन, मोबाइल, फर्नीचर, वाशिंग मशीन आदि के लिए भी लागू है। लेकिन वे पचास-साठ लाख में कार खरीदेंगे और तीसरे साल में बदल डालेंगे। एक लाख में टीवी खरीदेंगे और ढाई-तीन साल में दूसरा मॉडल ले लेंगे। उनकी कलम पचहत्तर हजार की होगी, मोबाइल एक लाख का होगा और एक नहीं कई-कई होगा, घड़ी डेढ़ लाख की इर्म्पोटिड होगी। उनके पास कैसियो होगा, कैमरा होगा, कम्प्यूटर होगा। तात्पर्य यह कि उनके घर हर गैजेट होगा, और सबके सब अनमोल...बेशकीमती...नायाब। उनके घर की दीवारें और फर्श ताजमहल की चिकनाई और शोभा को भी पीछे छोड़ देंगी। उनके पास हीरे-जवाहरात की दर्जनों अंगुठियाँ होंगी और आभूषणों से आलमारी तथा लॉकर ठसाठस भरे होंगे। वे चालीस-पचास हजार के जूते और ब्रांडेड पतलून तथा कमीज पहनेंगे। आपकी तरह नहीं कि जब तक फट नहीं जाये, दूसरा नहीं लेंगे। आप एक बाल्टी पानी से नहा लेते हैं, वे अपने बाथ टब में तैरते हुए पचास बाल्टी से नहायेंगे...।"

मुदित चन्द्र बुरी तरह चिढ़ गया, "क्या यही लोकतन्त्र है। कोई राजा और कोई रंक।"

"कैसा लोकतन्त्र, कहाँ है लोकतन्त्र? आप फिर भूल कर रहे हैं समझने में। जिसे आप लोकतन्त्र कह रहे हैं, वस्तुतः लोकतन्त्र की पैकिंग में वह राजतन्त्र ही है। कौन चुनकर जाता है संसद और विधानसभा में? क्या कोई गरीब या साधारण आदमी? इस समय लोकसभा में सौ से ज्यादा ऐसे सदस्य हैं जो अपने बाप-दादा या मृत पति की विरासत के बल पहुँचे हैं। किसकी कूबत है कि चुनाव लड़ने के लिए पचास लाख से एक करोड़ तक खर्च कर सके। क्या इसे आप लोकतन्त्र कहेंगे?"

मुदित चन्द्र को लगा कि वह अपने बेटे की बात नहीं सुन रहा बल्कि नींद

में एक बहुत बुरा सपना देख रहा है। उसने जागते हुए से अकबका कर पूछा, “इस तरह देश कब तक चलेगा?”

“देश और दुनिया सदियों से ऐसे ही चल रहा है, पापा। राजा और रंक यहाँ कब नहीं थे? देश को चलाने और सम्भालने के लिए बहुत बड़े-बड़े लोग हैं। आप इतना बड़ा बोझ अपने सिर पर मत लीजिये। नहीं ढो पायेंगे आप। आपको सिर्फ अपनी घर-गृहस्थी और सुख-दुख देखना है, आपकी यही सीमा रेखा है।”

क्या आजादी का यही मतलब है? मुदित की आवाज गले में ही रुंधकर रह गयी। वह समझ गया कि उसके पास ऐसा कोई सवाल नहीं है जिसका जवाब उसके बेटे के पास न हो। वह समझ गया कि त्याग, उपकार, भलाई, नेकी आदि मानवता के तमाम पर्यायवाची शब्दों के अर्थ उसके बेटों के शब्दकोश में अपना अर्थ खो चुके हैं। बहुत चिंतन-मनन करके उसने दोनों के नाम उदार और उपकार रखे थे, लेकिन ये नाम आँख के अन्धा नाम नयनसुख कहावत को चरितार्थ कर गये। गनीमत है कि पिता का अर्थ घिसकर भी कुछ बचा हुआ सा लगता है।

अगले दिन उपकार अपनी माँ सिलौटी देवी के साथ मुदित के विभाग प्रमुख को समझा आया कि उसके पिता के आवेदन को गम्भीरता से न लिया जाये। मस्तिष्क में कुछ रासायनिक असन्तुलन के कारण वे मानसिक अवसाद से गुजर रहे हैं। जल्दी ही ठीक हो जायेंगे। पन्द्रह दिनों की उन्हें छुट्टी दे दी जाये, चिकित्सा के लिए वह अपने साथ चेन्नई लेकर जा रहा है।

उपकार ने चेन्नई के लिए तीन हवाई टिकट मंगवा लिये। वह हवाई जहाज से चेन्नई ले जाकर दिखाना चाहता था कि देखिये जिन्दगी के मायने सिर्फ जमीन ही नहीं आकाश भी है, अन्तरिक्ष भी है।

जिस दिन जाना था, मुदित उसी दिन बिना कुछ कहे लापता हो गया। टिकट रद्द करवाने पड़े। काफी खोजबीन के बाद पता चला कि वह गाँव चला गया है और अपने साथ एक सेविंग डिपॉजिट को बीच में ही तोड़कर उसके पचास हजार रुपये भी लेता गया है।

घर-फूँक तमाशा

रात्रि के दो बज गये। यों ही टीवी ऑन कर बैठा था टेकलाल। पर्दे पर क्या दृश्य उभर रहे हैं, वह देखकर भी कुछ देख नहीं रहा था। जब चित्त अशान्त हो तो चेहरे की आँखें एक कठपुतली की आँख भर होकर रह जाती हैं। घर के सभी लोग अब तक सो चुके थे—दोनों बेटे, दोनों बेटियाँ। पत्नी कई बार सो जाने के लिए आवाज लगा चुकी थी। वह जाकर बिस्तर पर लेट गया। नींद नहीं थी उसकी आँखों में। उसकी मुकम्मल नींदें पिछले डेढ़ साल से हर महीने थोड़ा-थोड़ा करके किस्तों में उससे छिनती रही थीं। कल सोफा बिक गया तो उसके साथ नींद की एक और किस्त भी चली गयी।

सोफा बनवाना उसका एक सपना था जिसे कई सालों में वह पूरा कर पाया था। विभिन्न मैन्युअलों में देखकर और कई फर्नीचर दुकानों में जा-जाकर उसने एक मनोनुकूल डिजाइन का चयन किया था। मिस्त्री को इसे समझाने और दिखाने में कई हफ्ते लग गये थे। उससे लकड़ी का विवरण लेकर आरा मशीन में उसने सागवान की लकड़ी चिरवायी थी। इसे आकार देने के लिए मिस्त्री बुलवाने की स्थिति दो साल बाद आयी थी। मिस्त्री ने उसका मजाक उड़ाते हुए कहा था, "टेकलाल जी, इस सोफे को क्या आप सरकारी पंचवर्षीय योजना की तरह पूरा करेंगे?"

टेकलाल ने कोई जवाब नहीं दिया था। वह जानता था कि पाँच साल लग जाना उसके लिए कोई बड़ी बात नहीं है और सचमुच पाँच साल लग ही गया। ढाँचा बन गया तब काफी दिनों बाद पॉलिश करवायी, फिर काफी दिनों बाद उसने फोम खरीदकर कुशन बनवाया। बैक पिलो और कवर आदि से लैस होकर जब सोफे ने घर में अपनी जगह ली तो यह देखने लायक एक आलीशान हाऊस-होल्ड के कलेवर में ढल गया था। जो भी घर आता सोफे को मुग्धभाव से देखता रह जाता-टेकलाल जैसे मामूली आदमी के घर में ऐसा भव्य सोफा! उसने अपने घर में बताया था कि उसके खानदान के लिए यह पहला अवसर है जब किसी ने सोफा बनवाया...कल वही सोफा बिक गया।

टेकलाल हर आधे घंटे में उठ-उठ कर पानी पीता और पेशाब करता। पत्नी

ताड़ रही थी। सोयी वह भी नहीं थी, लेकिन मटियाकर वह यह दिखाना चाहती थी कि सो गयी।

अचानक कमरे की बत्ती जल उठी। बड़ा लड़का विशेष सामने खड़ा था।

"पापा, मैंने देख लिया कि आप अब तक जाग रहे हैं। माँ भी सिर्फ सोने का दिखावा कर रही है...आखिर कब तक आपलोग जागते रहेंगे?"

"अरे भाई, मैं तो सोया ही हुआ था, अभी-अभी तो पानी पीने के लिए उठा हूँ।"

"आज आपकी झूठ मैंने पकड़ ली पापा, जिस सोफे को आपने बेच दिया, उसके आकार लेने की कहानी मेरे मन में कल से ही आगे-पीछे हो रही है। नींद मुझे भी आज नहीं आयी। पापा, आखिर ऐसा क्यों है कि हमारी किस्मत दूसरों की मर्जी पर डिपैंड हो जाती है। दूसरों के किये की सजा हमें भोगनी पड़ती है। चन्द लोग मूर्खता और नालायकी करते हैं और उससे त्रस्त पूरा देश हो जाता है। आखिर ये कारखाने बन्द क्यों हो रहे हैं? रुपये का मूल्य रोज-रोज गिरता क्यों जा रहा है? इस घर फूँक तमाशे का कौन जिम्मेदार है...आपने तो कुछ नहीं बिगाड़ा?"

कोई जवाब नहीं था टेकलाल के पास। उसने कहा, "इसका जवाब अन्तरराष्ट्रीय मुद्रा कोष, विश्व बैंक और अमेरिका के सिवा शायद इस देश में किसी के पास नहीं है, बेटे! हमने तो देख ही लिया है कि भिन्न विचारों वाली कई सरकारें आयीं-गयीं, किसी से यह घर-फूँक तमाशा रोकना सम्भव नहीं हुआ। खैर, इस मुद्दे पर मुझे अकेले शोक करने दो और तुम अपने लिये कोई युक्ति निकालो। मुझे उम्मीद है कि तुम कोई नौकरी जरूर ढूँढ़ लोगे।"

"मुझे तो इसकी कोई उम्मीद नहीं दिखती। एक नौकरी के लिए जहाँ एक-एक हजार उम्मीदवार हों वहाँ ऐसी उम्मीद महज एक खुशफहमी है, पापा। नये की छोड़िये, जब पुराने नौकरीशुदा लोग नौकरी से हर जगह सरप्लस बताकर हटाये जा रहे हैं, जब हजारों संस्थान बन्द हो रहे हैं, कम्प्यूटर और रोबोट आदमियों की जगह ले रहे हैं तो नयी युक्ति के फिर स्कोप ही कहाँ बचते हैं।"

"विशेष!" माँ ने हस्तक्षेप किया, "दुनिया फिर भी चलेगी बेटे...कोई रास्ता तो निकलेगा ही। तुम्हें अभी से जरा-सा भी निराश नहीं होना चाहिए। हमारे आगे जीने का आधार तो तुम्हें ही बनना है। चलो, अभी हम सो जायें।"

टेकलाल जानता है कि कहना आसान है लेकिन खुद को भी समझाना इतना आसान नहीं होता। वह अपनी हालत जरा-सा भी सामान्य कहाँ कर पा रहा है!

समय काटे नहीं कटता, जैसे दिन-रात की मियाद बरस भर लम्बी हो गयी हो। टेकलाल को लगता है कि इसी गति से वह बूढ़ा भी होने लगा है, अर्थात एक दिन-रात में उसकी आयु एक बरस जितनी कम होने लगी है।

एक आयु की ढलान ही है कि बहुत तेजी से बढ़ रही है बाकी तो सबकुछ रुक ही गया है...बच्चों का पढ़ना, बीमारी का इलाज, ब्याह-शादी, जिन्दगी की हंसी-खुशी और

शौक-लुत्फ। बल्कि यह सबकुछ रुक गया है इसीलिये आयु और भी तेजी से हांथ से फिसल रही है...और ये सारा कुछ इसलिये रुक गया है कि उसका कारखाना रुक गया।

यह कारखाना स्टील वायर प्रोडक्ट लि. जो अब तक अरबों कील-कांटी बना चुका होगा और उन कील-काटियों पर अब भी कितना कुछ टिका होगा, कितना कुछ टंगा होगा...लेकिन आज यह कारखाना खुद ही बेकील हो गया। नट-बोल्ट और वायर-रड भी इसके मुख्य उत्पाद थे। इसके बनाये नट-बोल्टों और वायर-रडों पर न जाने कितने स्ट्रक्चर खड़े होंगे, कितने मोटर-सायकिल के पहिये घूम रहे होंगे, कितनी छतरियां तनी होंगी, कितने ऊँचे-ऊँचे वाटर टावर कायम होंगे, कितनी रेल-पटरियां फिक्स होंगी, कितनी छतें टिकी होंगी...मगर आज उन मूलभूत उत्पादों का निर्माता खुद ही टिका न रह सका... दूसरों को थामने का जरिया उपलब्ध करानेवाला खुद ही थमे रहने के लिए जरिये का मोहताज हो गया। यह कैसी विडम्बना है?

बताया गया कि करोड़ों रुपये का बिजली बिल बकाया हो गया था। लाइन काट दी गयी। प्रबन्धन की ओर से कहा गया कि माल बिक नहीं रहा। विदेशी माल से देशी बाजार अटा पड़ा है। इनके सामने माल बिकता भी है तो बहुत घाटे के सौदे पर। घाटा बढ़कर अब एकदम बेकाबू हो गया है। कारखाना चलाने से ज्यादा फायदेमन्द है इसका न चलाना।

सभी मजदूर और यूनियन के लोग हैरान हैं। पहले तो यही कारखाना खूब बम-बम चल रहा था... खूब प्रॉफिट कर रहा था। मजदूरों को एकदम समय पर वेतन और बोनस दिये जा रहे थे। सबकी गुजर-बसर ठीक-ठाक हो रही थी। माल का न बिकना तो कोई मुद्दा ही नहीं था। ओवरटाइम करवाकर प्रोडक्शन करवाया जाता था, ग्राहकों की माँगें फिर भी पूरी नहीं होती थीं।

यूनियन किसी जिच को लेकर एक दिन की भी हड़ताल की धमकी देती थी तो प्रबन्धन में अफरा-तफरी मच जाती थी कि सारा सन्तुलन बिगड़ जायेगा।

आज कैसा वक्त आ गया है कि मालिक स्वयं कारखाना बन्द कर देने में अपना भला समझ रहा है, जबकि यूनियन चाहती है कि यह किसी भी शर्त पर चलता रहे। लेकिन यूनियन का कुछ भी नहीं चल रहा। इस समय सबसे नाकारा और अस्त्रहीन कोई संगठन बन गया है तो वह है यूनियन। न इसे सरकार का समर्थन है, न अदालतों का। बन्द को अब मालिक ने अपना अस्त्र बना लिया है और वह इसके उपयोग के लिए एकदम आजाद है।

टेकलाल रोज किसी न किसी फैक्टरी के बन्द होने की खबर अखबार में पढ़ लेता है। अब तक देश की अच्छी-भली चलनेवाली हजारों फैक्टरियां बन्द हो गयीं और लाखों कामगार बेरोजगार हो गये। क्या सबकी हालत टेकलाल जैसी ही नहीं हो गयी होगी?

यहाँ तो सबकी हालत कमोबेश एक जैसी ही है। हमेशा हँसने और मजाक

करनेवाले चेहरे को भी मानो काठ मार गया है। उसके साथ काम करनेवाला मिल ऑपरेटर सोनाराम के होठों पर सुनाने के लिए हमेशा कई नये-नये चुटकुले धरे होते थे और कुछ साथियों से वह हरदम घिरा होता था। आजकल बन्द मिल के सामने बोरा और पेपर आदि बिछाकर मायूस और बदहवास से लोग बैठे रहते हैं, उनमें सोनाराम भी होता है लेकिन चुटकुले की जगह लगता है उसके होठों से एक विलाप रिस रहा हो। लगभग पाँच सौ मीटर लम्बी विशाल मिल की शिथिल और निष्प्राण काया को लोग यों निहारते रहते हैं जैसे अपने सबसे घनिष्ठ और खास शुभचिन्तक के शव देख रहे हों। मिल चलती थी तो फर्नेस से गर्म बिलेट (इस्पात पिंड) रोलर से रोल होकर गुजरता था और तार बनकर इतनी तेजी से ऑटोमेटिकली क्वॉयल में बदल जाता था जैसे एक मिसाइल छूटने का दृश्य उपस्थित हो गया हो और इससे ध्वंस का नहीं निर्माण का एक अजस्र संगीत फूटने लगा हो। टेकलाल सोचता रहता था कि इस मिल में लगभग 100 करोड़ की लगी पूँजी क्या यों ही व्यर्थ हो जायेगी? बेचारी यह मिल तो अब भी पूरी तरह तैयार है। जरा सी बिजली दौड़ा दी जाये तो तुरन्त प्रोडक्शन चालू हो जायेगी और निर्माण के संगीत शुरू हो जायेंगे। देश भर में न जाने ऐसी कितनी पूँजी बन्द मिलों के रूप में जंग खा जायेगी। क्या राष्ट्रीय-धर्म पर प्रवचन करनेवालों को इस राष्ट्रीय पाप का एहसास नहीं होना चाहिए?

दस माह बन्द रहने के बाद आठ माह पहले पता नहीं किस अस्थायी मकसद को लेकर यह कारखाना चालू किया गया था। सभी थके-हारे मजदूरों में एक नयी जान आ गयी थी। पूरे तन-मन से वे अपने-अपने काम में भिड़ गये थे। टेकलाल मिल का चीफ ऑपरेटर था। उसने अपने अधीनस्थ सभी साथियों से कहा कि हमें मात्रा, गुणवत्ता और लागत के मामले में इतना अच्छा प्रदर्शन कर देना है कि कम दाम में भी माल बेचकर मालिक को नुकसान न उठाना पड़े और फिर मिल बन्द करने की नौबत ही खत्म हो जाये। ऐसा किया भी सबने मिलकर। मजदूरों की यह एक अभूतपूर्व संलग्नता थी कि वे घर तक जाना भूल जाते थे। टेकलाल तो घर में भी होता था तो ध्यान कारखाने पर ही लगा रहता। जी नहीं मानता तो बीच-बीच में क्वार्टर से आकर घन्टे-दो घन्टे के लिए फिर काम में भिड़ जाता।

इस दौरान मजदूरों की कॉलोनी में फिर से चहल-पहल बहाल हो गयी। बच्चों के जो मैदान और पार्क सन्नाटे में घिर गये थे, उनमें फिर से किलकारियाँ गूंजने लगीं। सहम-दुबक जाने वाली महिलाओं की बैठकबाजियाँ फिर से जमने लगीं। युवाओं-युवतियों के ठहाके और अनावश्यक भाग-दौड़ फिर चालू हो गयी। प्रेम करने वाले जोड़ों के ठहरे हुए संवाद आगे चल पड़े। क्वार्टरों और फ्लैटों के रसोईघरों से तेल-मसाले की तेज खुशबुएँ फिर से हवा में तैरने लगीं। मतलब एक कारखाने के चालू ताल पर सारा कुछ सुरीला और लयात्मक हो गया। काश कि यह ताल स्थायी हो जाता।

तीन महीने बाद कारखाना फिर बन्द कर दिया गया। बिजली कट गयी और मालिक ने मजदूरों से कहा, "हम कोशिश में हैं कि नये उपाय करके इसे फिर चालू कर सकें। तब तक आधी पगार हम आपको देते रहेंगे।"

कॉलोनी के मैदानों, पार्कों, सड़कों, घरों, पुलियों, क्लबों आदि को जैसे फिर किसी शोक ने डंस लिया।

पूरी पगार जब मिलती थी तब भी काट-कपटकर ही जीवन चलता था, अब तो आधी में जैसे-तैसे सिर्फ पेट ही भरा जाना सम्भव था। विशेष भुवनेश्वर में रहकर बी एस सी कर रहा था। चूँकि बिहार में दो साल की पढ़ाई चार-पाँच साल से पहले पूरी नहीं होती। जब उसे यह जानकारी मिली कि कारखाना तीन महीने चलकर फिर बन्द हो गया, वह पढ़ाई छोड़कर टाटा आ गया। जानता था कि पिता वापस नहीं बुलायेंगे और घर में जब तक बेचने के लिए सामान होंगे, वे बेचते रहेंगे और जितना ज्यादा सम्भव हो सकता है उसे पैसे भेजते रहेंगे और अपनी दो जून की रोटी की भी परवाह नहीं करेंगे। परिवार के साथ रहकर आधी पगार में कम से कम सबको रूखा-सूखा खाना तो मिल जायेगा।

शाम में सोनाराम टेकलाल के घर आ जाता या फिर टेकलाल सोनाराम के पास चला जाता। मुसीबतों के दो सहयात्री नये-नये उपजे अपने दुखों की गुत्थियों को सुलझाने की नाकाम कोशिश करते और अपनी उदासी पहले से कुछ और बढ़ा लेते। एक दिन सोनाराम ने बताया, "मेरी बिनब्याही बड़ी बेटी गर्भ से रह गयी थी और कल वह यह कहकर घर से चली गयी कि मैं जा रही हूँ बाउजी! यहाँ आपकी कई मुसीबतों के ऊपर एक बड़ी मुसीबत बनकर मैं रहना नहीं चाहती। मेरा ब्याह करना आपके वश में नहीं रहा... यह जानती हूँ। इसलिये जोखिम उठाकर जा रही हूँ...जो होगा अच्छा ही होगा। अच्छा नहीं भी होगा तो इससे बुरा भी क्या होगा कि मैं कुंवारी माँ बन जाऊँगी और लोग आपकी हंसी उड़ायेंगे।"

वह कहाँ गयी...किसके साथ गयी? टेकलाल सोनाराम से पूछना चाहता था लेकिन यह सोचकर नहीं पूछा कि हो सकता है इसका जवाब इसके पास भी न हो।

सोनाराम ने आगे खुद ही कहा था, "मैं ही इसका जिम्मेदार हूँ, टेकलाल भाई! इस लड़की के ब्याह को सोचकर मैंने एल आई सी में एक स्कीम ले रखी थी। कारखाना बन्द हो गया तो स्कीम भी बन्द हो गयी और पिछले साल इसके पैसे निकालकर पत्नी की बीमारी में लगा दी। शादी में देने के लिए कई सामान खरीद कर रखे थे... कुछ गहने, कुछ घरेलू सामान, पलंग, टी वी, आलमारी, डाइनिंग सेट, किचेन सेट। एक-एक कर वे भी बिक गये। बेटी की उम्मीद दम तोड़ती चली गयी। मैं सचमुच उसका ब्याह करने लायक कहाँ रह गया था! पहले तो दो-एक लड़केवाले लड़की देखने और बात चलाने में दिलचस्पी भी ले रहे थे, अब कोई दिलचस्पी नहीं

लेता। बन्द कारखाने के लेबर से लेन-देन की अपेक्षा नहीं रखी जा सकती न!"

टेकलाल का ध्यान अपनी बेटियों पर चला गया। बड़ीवाली अब वयस्क हो रही है। दसवीं में पढ़ती है...लेकिन अब शायद ही आगे पढ़ सके। कहती है मन नहीं करता। नवीं तक तो कक्षा में पाँच अव्वलों में शामिल रहा करती थी। दसवीं में फेल हो गयी। पटरी पर कुछ रह ही नहीं गया तो यह कैसे रहती! इस लड़की का कसूर नहीं है।

छोटी लड़की को उसने बड़े शौक से अंग्रेजी स्कूल में दाखिला दिलवाया था। सात साल पढ़ी वहाँ। इस साल हटाकर सरकारी स्कूल में डालना पड़ा। बहुत कुण्ठित और हीन भावना से ग्रस्त रहती है।

छोटा लड़का अशेष उच्च प्रथम श्रेणी से इंटर पास करके इंजीनियरिंग प्रवेश परीक्षा की कोचिंग लेने लगा था। कहा था, "आप मुझे चांस दीजिये पापा, मैं आपको इंजीनियर बनकर दिखा दूंगा।"

बेटे के आत्मविश्वास को देखते हुए टेकलाल अपने खयालों में यह पोलाव पकाने लगा था कि उसका यह होनहार और मेधावी बेटा लगता है उसकी मजदूर क्लास हैसियत को ऊपर उठाकर रहेगा। वह जानता था कि यों ऐसा कम ही होता है कि मजदूर का लगा ठप्पा मिट जाये...फिर भी इस कम की पंक्ति में उसे शामिल होना है।

टेकलाल अब समझ गया कि आसान नहीं है वर्गांतरण। अशेष को कोचिंग छोड़नी पड़ी। अगर प्रवेश-परीक्षा पास भी कर जाता तो इंजीनियरिंग की ऊँची फीस कहाँ से आती। इंजीनियरिंग की ऊँची फीस अपने आप में एक तल्ख सच्चाई है कि गरीब के बेटे के लिए नहीं बनी है यह पढ़ाई। यह पढ़ाई उसके लिए है जो सिर्फ मेधावी ही नहीं सुखी सम्पन्न भी हो।

अशेष ने कहा, "अब मैं कोई नौकरी नहीं करूँगा पापा। अब इस समाज के झाड़-झँखाड़ को साफ करने की मुहिम में मैं शामिल हो रहा हूँ। मैं एक पार्टी ज्वाइन कर रहा हूँ, अब मैं उसका होलटाइमर सदस्य हूँगा। आपलोग अब मुझे भूल जाइये।"

टेकलाल उसका मुँह देखता रह गया। मुँह देखने के सिवा उसके पास और मुँह भी कहाँ था कि उसे रोक पाता। अशेष उसके सामने ही घर की चौखट लांघकर बाहर हो गया। उसकी माँ उमा देवी अपने रूँधे गले से उसे पुकारने की कोशिश करती रह गयी जिसे वह बुद्ध की तरह अनसुना करके चलता चला गया।

बन्दी के लगभग डेढ़ साल तक हर महीने एक से दस तारीख के बीच आधी पगार मिल जाया करती थी। इसके बाद ऐसा होने लगा कि मिलने की तारीख अनिश्चित हो गयी। लोग व्यग्र प्रतीक्षा करते और तारीखें टलती जातीं...कभी पच्चीस, कभी उनतीस, कभी एकतीस।

एक दिन प्रबन्धन की ओर से कहा गया कि पगार जब भी देनी होगी हम आपको खबर कर देंगे। अब कारखाने में आकर आठ घंटे बैठने की कोई जरूरत नहीं है। आप अपने घरों में रहें या अन्यत्र कोई काम करना चाहें तो करें।

मजदूरों की तरफ से लोग संशय में घिर गये...कहीं यह प्रबन्धन की कोई चाल तो नहीं है? कुछ लोगों ने अपनी आवाज मुखर की, "घर में आखिर हम बैठकर करेंगे भी क्या? यह कारखाना हमारे लिये कर्मस्थल ही नहीं पूजास्थल भी है। हमें यहाँ आने से न रोका जाये। बाहर हम काम भी क्या करेंगे...कहाँ करेंगे! अब इस उद्योगनगरी में जीवित उद्योग रह ही कितने गये हैं कि हमें काम मिलेगा!"

प्रबन्धन ने कहा, "ठीक है... अगर आप अन्दर ही आकर बैठना चाहते हैं तो बैठें। हम तो इस खयाल से कह रहे थे कि आपको आजादी दी जाये ताकि आजीविका के लिए अपने मनोनुकूल जुगाड़ बैठाने में आप कोई पाबन्दी महसूस न कर सकें।"

टेकलाल ने इस निर्णय पर बहुत राहत महसूस की। घर में तीसों दिन चौबीस घंटे रहना एक बहुत बड़ी यातना तो है ही, दुनिया से बुरी तरह कट जाने की एक मर्मांतक वेदना भी है।

पहले कारखाने से शिफ्ट शुरू होने वाले घंटे में अर्थात ए शिफ्ट के लिए सुबह छः बजे, जेनरल शिफ्ट के लिए सुबह सात बजे, बी शिफ्ट के लिए दोपहर दो बजे और सी शिफ्ट के लिए रात दस बजे सायरन बजा करता था। अब सायरन नहीं बजता, इससे अब लगता ही नहीं कि यह कोई औद्योगिक नगरी है। सायरन ड्यूटी की मानसिकता बनाता था और भीतर एक नयी तरंग पैदा करता था। टेकलाल सायरन के बिना भी ठीक सात बजे कारखाने में दाखिल हो जाता है। रास्ते में सोनाराम को भी अपने साथ कर लेता है। सोनाराम की आदत थी-गेट पर पान की गुमटी से एक बन्डल बीड़ी रोज खरीदता था। अब उसने बीड़ी पीनी भी छोड़ दी और न भी छोड़ी होती तो यहाँ से वह बीड़ी नहीं खरीद पाता। बीड़ी का ही क्या, चाय-पकौड़ी, भुंजा-सत्तू, खैनी-चूना आदि की यहाँ कई गुमटियाँ अवस्थित थीं, वे सब अब बन्द हो गयी हैं। पान के कई घनघोर शौकीनों ने पान खाना छोड़ दिया। कुछ मजदूर ऐसे थे जिन्हें पहले कोई लत नहीं थी, अब वे शराब की लत में फँस गये हैं। कर्जा ले-लेकर शाम होते ही वे दारू की बोतलें लेकर बैठ जाते हैं। आबाद होने के लिए शायद कुछ आसार बचा नहीं बाकी तो बर्बाद होने की राह पर वे बढ़ गये। ऐसे आत्महंता मजदूरों की आधी पगार को भी हड़प जाने के लिए कारखाने के गेट पर पठान मड़राते नजर आ जाते या फिर उधार वसूलने वाले महाजन-दुकानदार चक्कर काटते दिख जाते।

सभी जानते थे कि किसी भी समय यह आधी पगार भी रुक सकती है और यह सच हो गया, पगार रुक गयी। मजदूर आँख फाड़े और मुँहबाये रह गये।

टेकलाल, सोनाराम आदि बैठे होते कभी वायर मिल के सामने, कभी रड मिल के सामने, कभी नट-बोल्ट के मशीन-सेक्शन के सामने, कभी बार्बेड वायर (कँटीले या फेंसिंग तार) मिल के सामने। ऑफिस की ओर से कोई चपरासी, क्लर्क या ऑफिसर आता दिखता तो उनकी उत्कंठा तीव्र हो जाती...कहीं वे खबर करने तो नहीं आ रहे कि पगार आ गयी है।

मगर इस पगार को नहीं आना था और कई महीने हो गये वह नहीं आयी। जाहिर है, यहीं से पेट चलाने के लिए घर के सामान औने-पौने दाम में बिकने शुरू हो गये।

सोफा के बाद टेकलाल ने टीवी बेच दिया। उसने बैंक से छत्तीस किस्त में चुकता होनेवाले कर्ज लेकर यह कलर टीवी खरीदा था। बैठे-ठाले वक्त को गुजारने का यह सबसे बड़ा मुफ्तखोर साधन था। इसे लगातार दो-तीन घंटे देखने पर दो-तीन घंटे की अधमरी नींद आ जाती थी। अब फालतू में बैठना भी मुहाल हो गया और सोना भी।

जिस दिन टीवी बिका उसी दिन बड़ा बेटा विशेष रेल किराये के नाम पर कुछ रुपये लेकर किसी दूसरे शहर के लिए चल पड़ा। कहा, "अब इस मरते हुए शहर में आप पर बोझ बनकर रहना अन्याय है। मैं जा रहा हूँ पापा...कहाँ जाना है यह मालूम नहीं...तीन-चार शहरों में जोर आजमाइश करूँगा, जहाँ कोई काम मिल जायेगा, वहाँ टिक जाऊँगा और फिर आपको खत लिखूँगा।"

टेकलाल के दिमाग में अचानक कौंधा कि पहले दूरदराज के शहरों या गाँवों से लोग इस औद्योगिक शहर में आते थे और उन्हें उनकी काबिलयत के लायक बड़े या फिर छोटे कारखाने में प्रायः काम मिल जाता था। आज इस औद्योगिक शहर में विस्थापित होकर काम की तलाश में दूसरी गैरऔद्योगिक जगह जाना पड़ रहा है। क्या अर्थिक उदारीकरण का लक्ष्य इसी रसातल स्थिति पर पहुँचना था कि देश के तमाम मजदूरी के अवसर और मजदूरों की खुशियों में एक साथ सेंध लग जाये?

कई महीने गुजर गये...आधी तनख्वाह के फिर से शुरू होने की उम्मीद पर पानी फिरा का फिरा ही रह गया। इस बीच पता नहीं कौन-सा वह स्रोत था जहाँ से यह खबर फैला दी जाती कि किसी बहुराष्ट्रीय कम्पनी से मालिक की बात चल रही है, कारखाना जल्दी चालू कर दिया जायेगा। स्थानीय अखबारों में इस आशय की खबरें बीच-बीच में छप जाया करतीं। टेकलाल को इस तरह की खबर पढ़ना अच्छा लगता। एक दिन ऐसी ही एक खबर को पढ़कर भाषा की भूमिका ने उसे बाँध लिया और उसे लगा कि इसमें सच्चाई है। बहुत उत्साहित होकर वह घर लौटा।

उमा देवी चौंक गयी, "क्या बात है, कोई नौकरी तो आपको नहीं मिल गयी।

अर्सा बाद आप इतना खुश दिख रहे हैं।"

उसने कहा, "अब इस उम्र में भला मुझे कौन नौकरी देगा। था वह कोई जमाना जब मालिक ने मेरे स्किल को देखकर मुझे इसरार करके बुलाया था और बहाली दी थी। आज खुश इसलिये हूँ कि एक अखबार ने बहुत जोर देकर लिखा है कि कारखाना निश्चितरूप से जल्दी ही चालू हो जायेगा।"

पता नहीं क्यों उमा देवी को इस पर जरा सा भी यकीन नहीं हुआ और किसी खास मकसद से छपवाया गया अखबार का यह एक सफेद झूठ प्रतीत हुआ। फिर भी पति के चेहरे पर अर्से बाद उभरे हर्ष के प्रतिबिम्ब को तिरोहित नहीं करना चाहती थी वह। अतः उसने भी कह दिया, "हाँ, मैंने भी सुना है...पड़ोस की औरतें चर्चा कर रही थीं कि अब यह कारखाना जल्दी ही खुल जायेगा।"

टेकलाल हर्षविग में चहक उठा, "तुमने भी ऐसा सुना, मतलब काफी चर्चा है इसकी, तब तो इसमें जरूर ही सच्चाई है।"

उसने पत्नी से खाना माँगा और बँधी खुराक से दो रोटी ज्यादा खायी। रोज उमा देवी के कई बार कहने पर वह अनमने भाव से खाने बैठा करता था। उसने खाते हुए कहा, "तुम्हारे सारे कपड़ों पर कई-कई पैबन्द चढ़ गये हैं। पहली पगार मिलते ही तुम्हारे और बच्चियों के नये कपड़े बनवा दूँगा।"

उमा देवी ने कहा, "तुम्हारे कपड़े भी तो सारे फट गये हैं। कारखाने के लिए जो नीली ड्रेस मिली थी अब तो वे भी साबुत नहीं बची हैं। तुमने घूमने-फिरने में भी इसका ही उपयोग किया। मैं तो तुम पर तरस खा-खाकर रह गयी।"

"ठीक है, मिल चालू होगी तो नयी ड्रेस भी मिल जायेगी, मेरा काम चलने लगेगा, तुम लोगों के तो सिलाने ही होंगे।"

उस अखबार में कारखाना शुरू होने के बारे में जो कुछ छपा था, छः-सात दिन बाद एक दूसरे अखबार ने उसे पूरी तरह निरस्त कर दिया। उसने छापा कि मालिक को मिल चलाने से कोई मतलब नहीं है। वह किसी से कोई बात नहीं कर रहा। इस समय वह यहाँ की गर्मियों से बचने के लिए पेरिस और लंदन की सैर का मजा ले रहा है। अगर वह इसे बेचेगा भी तो यहाँ दूसरे उद्योग लगेंगे और दूसरे मजदूर बहाल होंगे।

इस खबर को पढ़ते ही टेकलाल फिर से पस्त हो गया और जैसे उसकी उम्र दो साल और फिसल गयी।

अब तो बेटे पर ही आस बँधी थी। चिट्ठी का उसे इन्तजार था। ऐसी चिट्ठी जिसे पढ़कर उसकी उम्र चार साल पहले वाली हो जाती। लेकिन ऐसी चिट्ठी नहीं आयी। आयी भी तो एकदम ठंडी और दयनीय-सी। लिखा था—"मेरी चिन्ता आप लोग न करें। मैं मुम्बई में हूँ और ठीक-ठाक हूँ।"

टेकलाल को लगा कि शायद उसे कोई काम मिल गया है। अगली बार जरा गर्मजोशी से लिखेगा। मगर अगली बार भी उसने ऐसा ही लिखा कि "मैं ठीक हूँ, आप लोग मेरी चिन्ता न करें।"

टेकलाल झुंझला गया—"अरे भाई ठीक हो तो क्या ठीक हो, क्या कर रहे हो...यह क्यों नहीं बताते!"

एक दिन सोनाराम ने दबे स्वर में एक राज खोलने की तरह कहा, टेकलाल भाई, टी.वी. नहीं होने के कारण आपने परसों का समाचार तो नहीं देखा होगा। मैंने सेठ की दुकान में देखा। असामाजिक तत्त्वों का एक गिरोह दिखाया जा रहा था, जिसे पुलिस ने गिरफ्तार कर लिया था। उसमें कुछ लड़कों से सवाल पूछे जा रहे थे...मुझे तो ऐसा लगा कि उसमें एक आपका बेटा विशेष भी था।"

एकबारगी देह कंपकंपा गयी टेकलाल की। अपने को संभालते हुए कहा, "नहीं सोनाराम, ऐसा नहीं हो सकता। तुम्हें देखने में जरूर कोई भूल हुई है। मेरा बेटा गलत रास्ते पर नहीं जा सकता।"

कहने को कह तो दिया टेकलाल ने लेकिन अंदर से वह एकदम विचलित हो गया। रात में नींद तो नहीं ही आती थी। एकाध घंटे की झपकी ले लेता था। इसी झपकी के दौरान उसने एक भयानक सपना देख लिया—"विशेष को एक विदेशी गुप्तचर संस्था के कुछ लोग समझा रहे हैं—तुम्हें हम पचास लाख रुपये देंगे। तुम मानव बम बनकर फलाँ नेता को उड़ा दो। तुम्हारे पूरे परिवार का भाग्य खुल जायेगा और उनका क्लास बदल जायेगा। एक आदमी की कुर्बानी से अगर परिवार के लोग रातोंरात सुखी हो जाते हैं तो सौदा बुरा क्या है। ऐसे भी आदमी परिवार को सुख देने के लिए जिन्दगी भर किस्तों में मरता ही तो रहता है। फिर क्यों नहीं एक ही बार मरा जाये?

विशेष कहता है, "हाँ मैं तैयार हूँ।"

"नहीं...नहीं...नहीं" करते हुए उठकर बैठ गया टेकलाल। उमा देवी भौंचक-सी उसे देखती रह गयी। उसने कहा, "अपना विशेष लगता है किसी मुश्किल में फंस गया है।"

अगले दिन उसने तय किया कि अब वह सपरिवार मुम्बई ही चला जायेगा। अब यहाँ रहकर भी क्या होगा। बेचने को भी तो कुछ नहीं बचा। वहाँ वह विशेष का पता लगायेगा, मुसीबत में उसे उन सबकी जरूरत होगी।

कई लोग इस कॉलोनी से जा चुके थे, अब टेकलाल जा रहा था।

कॉलोनी के सभी लोग कारुणिक मुद्रा में उन्हें निहार रहे थे। जड़ से उखड़ने की टीस सभी परिवार-जनों के चेहरे से झांक रही थी। घर के सामान तीन-चार बक्से-पेटी में अंट गये थे। जब वह यहाँ आया था तो सामान ट्रक में लाने पड़े थे।

सोनाराम उन्हें स्टेशन पर छोड़ने गया। वह भीतर से एकदम विह्वल था...कैसे कटेगी अब उसकी दिनचर्या...किसे दिखायेगा अब वह अपने मन के घाव?

टेकलाल ने सोनाराम की हथेलियों को अपनी अंजुरी में भर लिया, "जा रहा हूँ सोनाराम। बेटे को ढूंढूंगा, मुझे भी अब लगने लगा है कि मेरा बेटा जरूर किसी संकट में फंस गया है। वह अच्छी स्थिति में होता तो सब कुछ साफ-साफ बताते हुए मुझे लम्बा खत लिखता। मैं वहाँ जाकर तुम्हें अपना पता भेजूंगा, अगर कारखाना चालू हो गया तो मुझे खबर करना भाई...।"

सोनाराम को लगा कि टेकलाल अपने बेटे को ढूंढने नहीं बल्कि खुद भी सपरिवार मुम्बई में खो जाने के लिए जा रहा है।

भितरघात

मकसूद अली अक्सर सोचने लग जाता कि कितने-कितने ऐसे लोग हैं, जिनके जन्म लेने और इस दुनिया में होने का कोई मतलब नहीं है। न कोई ढंग का काम, न ढंग की जिन्दगी, न कोई मिशन, न मुस्तकबिल के अच्छा होने की कोई उम्मीद। वह ऐसे ही लोगों में खुद को भी शामिल समझता। चैताली न होती तो शायद उसका निस्सार-बोध और भी बड़ा हो जाता। उसे बस इसी बात की थोड़ी तसल्ली थी कि इतनी बड़ी दुनिया में कोई एक तो है, जो उसे प्यार करती है। वह चैताली बोराल से अक्सर कह दिया करता, "यह देश कहीं से भी मुझे अपना नहीं लगता। अगर मैं जरा-सा जुड़ रहा हूँ तो इसलिये कि यहाँ तुम हो।"

चैताली इसका कड़ा प्रतिवाद करती और कहती, "तुम सौ फीसदी हिन्दुस्तानी मिट्टी के होकर भी ऐसा सोचते हो, यह ठीक नहीं है, जबकि मेरे पिता बंगलादेश से आये फिर भी ऐसा मानती हूँ कि सिर्फ और सिर्फ यही देश है जो मेरा हो सकता है।"

दोनों प्रेम भी करते और एक-दूसरे से गहरे मतभेद भी रखते। मकसूद को यों महसूस होता कि चैताली उससे जितना प्रेम करती है, उतना ही प्रेम नहीं भी करती है। मकसूद कहा करता कि उनकी दोस्ती बस इसी बिना पर है कि उन्हें एक-दूसरे से खूब लड़ने की आजादी है। आपस में लड़ना और टांग खींचना अर्थात मतांतर रखना भी प्रेम का आधार हो सकता है, इसका वे दोनों एक विरल उदाहरण थे।

लड़ने की लत व फितरत में उन्हें लुत्फ आने लगा था। पहले तो उन्हें लगता था कि वे एक दूसरे से करीब नहीं बल्कि दिन व दिन दूर हो रहे हैं। अब उनकी राय बदल गयी थी कि वास्तव में प्रेम विचारों की समानता से ज्यादा टकराव में पनपता है। जब आप गुरुत्वाकर्षण के विरुद्ध संघर्ष कर रहे होते हैं तो आकाश में उड़ने लगते हैं...पानी को काटते हैं तो धारा के विरुद्ध तैरने लगते हैं...आग में तपकर धातु या अन्न एक नया जीवन प्राप्त कर लेता है...नर-मादा जब एक-दूसरे के विरुद्ध संघर्ष करते हैं तो संभोग का सुख मिलता है और सन्तानोत्पत्ति होती है।

वे मानकर चल रहे थे कि लड़ाई और खिंचाई में ही उन्हें प्रेम का तत्त्व ढूंढना है और बसर करने की बेहतर गुंजाइश निकालनी है। फिजां अब ऐसी ही रहेगी,

ज्यादा नामाकूल और नागवार और थोड़ा अच्छा और सुहाना...ऐसा ही धूप-छांव वाला आसार क्रमशः पक्का होता जा रहा था।

एक दिन जैसे मौसम बदल गया और धूप झरते आसमान से बर्फवारी होने लग गयी।

जैसे आँखों के आगे फैला रेगिस्तान किसी जल-प्रांतर में रूपांतरित हो गया।

जैसे सूखी हुई गर्म रेतवाली नदी में पलक झपकते ही शीतल सलिला प्रवाहित होने लगी।

जैसे पतझड़ से नंगा हुआ कोई पेड़ एकबारगी हरियाली के बोझ से लदकर धराशायी होने लगा।

सारा कुछ इतना अविश्वसनीय कि आँखें मल-मलकर देखना पड़ जाये कि जो कुछ दिखाई पड़ रहा है, क्या वो वाकई वैसा ही है जैसा दिखाई पड़ रहा है? दिखने और दिखकर चौंकाने की ऐसी ही रूप-सज्जा लेकर प्रकट हुई चैताली।

मकसूद ने गौर किया कि उसकी उथली आँखों की गहराई बढ़ी हुई है। हमेशा अस्त-व्यस्त और बेख्याल रहनेवाला उसका हुलिया सजा, संवरा और निखरा हुआ है। उदास और चुप-चुप रहनेवाली उसकी काया चंचल और वाचाल बन गयी है। प्रेम करते हुए भी सर्वथा अप्रकट रहनेवाली उसकी आंगिक क्रियाएँ एकदम मुखर हो गयी हैं। आज वह विपक्ष में नहीं बल्कि समान सुर में संगत करनेवाले एक साज की तरह बजने लगी है।

उसने मकसूद अली को चरम आसक्ति से निहारा और उसकी हथेलियों को अपने कपोलों से लगा लिया। फिर वाणी में शहद-सी घोलती हुई एक बांसुरी की तरह बज उठी, "आज मैं दिन भर तुम्हारे साथ हूँ...हम साथ ही खाना खायेंगे... सिनेमा देखेंगे...सैर करेंगे और खूब सारी बातें करेंगे।"

मकसूद उजबक की तरह उसका मुँह देखने लगा। ऐसी तो कभी न रही चैताली। हमेशा एक हड़बड़ी में भागती हुई ही वह दिखी। प्रेम करने का और जताने का उसका ऐसा तरीका कभी न रहा। बल्कि उसने जब कभी ऐसा चाहा चैताली ने हमेशा हतोत्साहित कर दिया, "छीः इस तरह बेवकूफों की मानिंद हम प्रेम का बेमतलब फिल्मी दिखावा नहीं कर सकते। भला यह भी कोई प्रेम हुआ कि जब मन किया चूमने लगे, चाटने लगे और घंटों बैठकर निरर्थक प्रशंसात्मक प्रलाप करने लगे।"

ऐसा मंतव्य रखनेवाली आज खुद ही बेवकूफी करने का आमंत्रण दे रही है... कहीं कुछ गड़बड़ तो नहीं है?

चैताली ने जैसे उसकी दुविधा को भांप लिया और उन्हें अवांछित कंकड़ की तरह चुनकर परे कर दिया, फिर अपनी स्वाभाविक मासूमियत से उसे सराबोर करती हुई कहने लगी, "मैंने अब तक हमेशा अपने मन का किया, आज सब कुछ तुम्हारे मन से करना चाहती हूँ।"

चैताली ने उसे अपने आलिंगन में भरकर उसके अधरों को अपने मुँह में समा लिया। इस अप्रत्याशित घटाटोप अन्तरंगता से वह अवाक होता चला गया...उनके बीच प्रेमाभिव्यक्ति के ऐसे दृश्य कभी भी सृजित नहीं हुए। मकसूद के लिए अब यह थाहना आसान था कि जरूर कोई ऐसी बात है जो साधारण नहीं है। आज उसका इस तरह पेश आना साफ-साफ इंगित कर रहा था कि कोई नया अध्याय शुरू होने वाला है, जिसके शुरू होने के पहले चैताली की मंशा है हर मलाल, हर शिकायत और हर हसरत का समाधान कर देना।

एकबारगी मकसूद के जेहन में 'इंसाफ-ए-कबीला' का नाम कौंध गया। कहीं चैताली ने इंसाफ-ए-कबीला की पेशकश मंजूर तो नहीं कर ली! उसकी पेशानी पर पसीने की बूंदें चुहचुहा आयीं। हकबकाते हुए पूछा उसने, "कहीं तुम इंसाफ-ए-कबीला ज्वाइन तो करने...।"

"हाँ, मैं कबीला ज्वाइन करने जा रही हूँ," चैताली ने उसके रुक गये वाक्य का सिरा थाम लिया, "और जो एसाइनमेंट मुझे करना है, उसका भी करार मैंने कर लिया है। क्या पता कल रहूँ न रहूँ? सोचती हूँ आज वे सारी मुरादें पूरी कर लूँ, जो तुम्हारे भीतर भी अंकुराती रहीं और मेरे भीतर भी।"

रोयें सिहर गये मकसूद के, लेकिन चैताली के निश्चय में एक दृढ़ता साफ दिख रही थी।

इंसाफ-ए-कबीला...एक दहशतगर्द दस्ता। एसाइनमेंट...यानी फिदायीन कार्रवाई यानी मौत का खुला खेल। किसी धरोहर को मटियामेट करना है...किन्हीं सार्वजनिक महत्व के व्यक्तियों को दुनिया से उठा देना है और ऐसा करने के लिए खुद के जीवन को भी दांव पर लगा देना है। इसे कहते हैं खुद को मिटा देने की कीमत चुकाकर बताये गये मकसद को हासिल करने का अन्धा खब्त। बदले में दस लाख...बीस लाख...तीस लाख अर्थात जितना में सौदा पट जाये...मरणोपरान्त उसके परिवार को राशि का पहुँचाना सुनिश्चित। चैताली ने भी यह रास्ता चुन लिया। मतलब अब वह खत्म हो जायेगी। बम के धमाकों से उसके गोरे-मुलायम जिस्म के चिथड़े उड़ जायेंगे या फिर सुरक्षा गार्डों की गोलियों से वह छलनी हो जायेगी।

उसे देखने का बस आज आखिरी दिन है। उसकी मोहब्बत का सफर बिना मुकाम पर पहुँचे ही आज ठहर जायेगा। किसी के बारे में यह जानना कितना तकलीफदेह है कि कल से उसका वजूद मिट जायेगा। खासकर मिट जानेवाला अगर उसका अजीज हो तो इस सदमे को बर्दाश्त करना एक हड़कंप यातना से गुजरना है। बिना किसी मालूमात के किन्हीं कुदरती वजहों से कोई चला जाता है तो इस तरह आघात नहीं पहुँचता।

मकसूद बहुत तरस खाती निगाहों से उसे एकटक देखने लगा। चैताली ने दयनीयता भरी अपनी आँखों को उसकी मातमजदा आँखों में डाल दिया। चारों आँखें

कोरस सी करती हुई एक साथ बह उठीं, फिर दोनों ने एक-दूसरे को जोर से बाहों में भींच लिया, मानो इस जनम के सारे अरमान तेलरहित हो गये दीये की अन्तिम लौ की तरह भभककर एक साथ प्रकट होंगे और बुझ जायेंगे।

मकसूद की तहायी हुई स्मृतियाँ उलट-पलट होने लगीं। तो आखिर उजरत खान ने चैताली को रजामंदकर फांसने में कामयाबी हासिल कर ली! कबीला का वह एक आला मुलाजिम था। उसका कहना था कि हिन्दुस्तान में तथा दुनिया के कई अन्य देशों में उसके सैकड़ों कारकुन फैले हुए हैं। उजरत बाजू के मोहल्ले में रहता था और लोग उसके बारे में समझते थे कि वह आयात-निर्यात का धन्धा करने वाला एक निहायत शरीफ आदमी है। उजरत, मकसूद और चैताली तीनों सहपाठी रहे थे, इसलिये उनके ताल्लुकात काफी अच्छे थे। कॉलेज से निकलने के बाद वे लम्बे समय तक किसी नौकरी या किसी अच्छे धन्धे की तलाश में भटकते रहे थे और भटककर पस्त व मायूस होते चले गये थे।

उजरत ने एक दिन खासतौर पर तशरीफ लाकर फरमाया कि अब उसने अपनी बेकारी का हल ढूंढ लिया है और खुश है। उसके चेहरे पर थकान या निराशा की जगह एक निश्चिंतता का भाव था। वह मकसूद और चैताली के प्रेम से वाकिफ था और उसे यह भी मालूम था कि दोनों की माली हालत बेहद फटेहाल है, यानी न्यूनतम जरूरत पूरी करने जितनी आय की व्यवस्था करने में भी दोनों नाकामयाब सिद्ध हो रहे हैं। चैताली और उसके पूरे परिवार पर जो सितम ढाये जा रहे हैं, उसकी पर्त दर पर्त पर उसकी नज़र थी। मकसूद का भी एक भाई, जो ट्रक ड्राइवर था और घर की रीढ़ था, एक महीने से ट्रक और माल सहित गायब था। पुलिस उसे ढूँढ़ने की बजाय उल्टे उसके परिवार पर तोहमत मढ़ रही थी कि माल डकारने के लिए उसने यह चाल चली है और परिवारवालों को इसकी पूरी जानकारी है। गाहे-ब-गाहे मालवाले सेठ के दवाब पर पुलिस घर से किसी न किसी को उठाकर थाने ले जाती थी और घंटों जलील करके पूछताछ करती थी। मक़सूद एकदम असहाय बन गया...कैसे निकले इस पचड़े से।

पुलिस की इस बेमुरव्वती और लगातार दुश्मन की तरह व्यवहार करने की नीयत पर उसकी सहन-शक्ति एक दिन जवाब दे गयी और उसने थाने के सामने बैठकर भूख हड़ताल करने का फैसला कर लिया। उजरत ने उसे समझाया, "इस तरह अपना खून सुखाने से कोई फायदा नहीं है। इस तथ्य को जितना जल्दी समझ लोगे उतनी आसानी होगी कि पुलिस और सरकार कुछ ही लोगों की सहूलियत के लिए होती है, जिन्हें मकसूस और बुर्जुआ कहते हैं। पुलिस और सरकार का सिर्फ एक काम है, उनकी जान और उनकी जायदाद की पहरेदारी करना और खलल डालने वाले आम आदमी को रौंद देना तथा उन्हें औकात में रखना। आम आदमी के लिए पुलिस के होने का यही मतलब है। तुम एक आम और मामूली आदमी हो, समझ सकते हो कि पुलिस की डिक्शनरी में तुम्हारा मानी कितना हकीर है।"

उसने एक खैरख्वाह की तरह मदद करने की भंगिमा दिखाते हुए टटोलने के ख्याल से पूछ लिया, "अगर तुम चाहो तो जिस तंजीम को मैंने ज्वाइन किया है, उसमें तुम लोग भी ज्वाइव कर सकते हो।"

मकसूद को इसकी जरा-सी भी कल्पना नहीं थी कि जिस संस्था की उजरत बात कर रहा है वह एक विश्वख्यात आतिवादी संस्था है और जिसका किसी मुल्क या इंसानियत से कोई ताल्लुक नहीं है। बड़े-बड़े विस्फोट और अन्धाधुन्ध गोलीबारी के जरिये जान-माल की भारी क्षति पहुँचाकर दहशत फैलाना इस संस्था का एकमात्र मेनिफेस्टो है। मकसूद का चेहरा तो जैसे इस संस्था का नाम सुनते ही पीला पड़ गया। उसने बेसाख्ता इन्कार करते हुए कह दिया, "मुझे अपनी मुफलिसी और गर्दिश मंजूर है, लेकिन खुदा के लिए मुझे ऐसी संस्थाओं से जुड़ने के लिए न कहो। मैं अपने वतन, अपने कौम और अपनी ईमानदारी से गद्दारी नहीं कर सकता, भले ही इनसे मुझे नगदी में एक कौड़ी फायदा नहीं हो रहा।"

उजरत ने खिल्ली उड़ाने के अन्दाज से उसे देखा और कहा, "ठीक है, अगर इन बातों से तुम्हारा पेट भर जाता है, तसल्ली मिल जाती है तो मुझे भला क्या पड़ा है कि ज्यादा रोटी खाकर हाजमा खराब करने के लिए कहूँ। सब्र और बर्दाश्त करने की अहलियत का तुम्हारा पैमाना क्या है, चलो मैं भी देखता हूँ।"

उजरत उस दिन तो यह कहकर चला गया, लेकिन वह महीने-दो महीने में आता रहा और दस्ते के बारे में नयी-नयी जानकारी देता रहा। अभी हाल की एक घटना थी–फिदायीन हमलावर एक मस्जिद में घुसकर अन्धाधुन्ध गोलियाँ बरसाने लगे। नमाज अदा कर रहे दस लोग मौके पर ही ढेर हो गये। बाद में वे मस्जिद में भी आग लगाकर भागने लगे तो पुलिस की गोली ने उन्हें भी वहीं भून कर रख दिया। यह खबर वह पहले ही पढ़ और सुन चुका था, लेकिन उसे यह मालूम नहीं था कि उजरत खान का दस्ता 'इंसाफ-ए-कबीला' ने इसे अंजाम दिया है। इसके तुरन्त बाद एक मन्दिर पर भी इसी तरह हमले हुए, जिसमें मन्दिर के कई कंगूरे और मीनारें हिल गयीं तथा पचास लोग मार दिये गये। आगे चलकर संसद पर भी हमले हुए और एक बड़ी तबाही होने से बाल-बाल बच गया।

मकसूद ने बहुत नफरत से पूछा था, "आखिर यह कौन-सा कारोबार है और इससे मिलता क्या है? दुनिया का भला करने की जगह इसे मिटा देने के इस पागलपन से फायदा क्या हो रहा है? तबाही और बर्बादी के ऐसे खेल चलाने के खर्च कहाँ से जुटाये जा रहे हैं? मरने के एवज में मुआवजे की बड़ी-बड़ी रकमों को भुगतान कहाँ से हो रहा है?"

"मैं इस दस्ते का एक मामूली कड़ी हूँ, मकसूद। बहुत सारे सवाल के जवाब मेरे पास भी नहीं हैं। अगर जानता भी तो शायद बताने की इजाजत नहीं होती। मुझे

बस उससे मतलब रखना है, जो करने के लिए मुझे कहा गया है। मेरा जिम्मा नये भरोसेमन्द लोगों को इससे जोड़ने का है।" उजरत ने बड़े सादगी से कहा।

"एक बात मैं तुम्हें बता देना चाहता हूँ, उजरत, मुझे तुम इससे नहीं जोड़ पाओगे। मैं उस मिट्टी का नहीं बना हूँ जो दलदल की शक्ल अख्तियार कर देश को डुबाने में लग जाये। अपना वक्त तुम बेकार ही जाया कर रहे हो।"

"इस दस्ते से कोई भी शौक से नहीं जुड़ता, मकसूद। ईमान, सच्चाई और शराफत के रास्ते जब उसे थका देते हैं, तभी वह यह रास्ता चुनता है। मुझे पूरा यकीन है कि तुम प्रेमी जोड़े में से कोई एक जरूर हमारा साथ देगा। तुम मेरे दोस्त हो इसलिये भरोसा करके मैं अपना अच्छा वक्त गुजारने तुम्हारे पास आता हूँ। मुझे तुम्हारा ऐतराज, तुम्हारा गुस्सा, तुम्हारा तेवर अच्छा लगता है और मैं दुआ करता हूँ कि तुम्हें मैं लाख कहूँ, तुम मेरी बात न मानो...तुम मेरे साथ न आओ। लेकिन मैं जानता हूँ ऐसा नहीं होगा--तुम्हारी काबिलियत को जो मौका मिलना चाहिए, वह यकीनन नहीं मिलेगा और तुम कुण्ठित होने से बच नहीं पाओगे। तुम्हारे भाई का अता-पता सिर्फ नमाज पढ़ने और सिजदा करने से नहीं मिलनेवाला है। पुलिस की ज्यादती यों ही बेचारा और शरीफ बने रहने से थमनेवाली नहीं है। उसे या तो एक बड़ा चढ़ावा चाहिए या फिर एक ताकतवर धौंस। तुम्हारी चैताली पर जो कुफ्र बरस रहा है, वह भी रुकनेवाला नहीं है। उसकी आजिजी का एक न एक दिन इन्तहाँ होना ही है।"

उजरत का कहा सच हो गया। मकसूद ने तो अब तक खुद को बचाये रखा लेकिन चैताली टूट गयी। जबकि ढाढ़स, हिम्मत और उम्मीद बँधाने में अक्सर वही तत्पर रहा करती थी। सदैव सकारात्मक सोचना और बदतर नतीजे आने के बावजूद जोश में कमी न आने देना उसका स्वभाव था। मकसूद में ऐसा हौसला कम था और कोई भी दुख और निराशा उसे जल्दी घेर लेती थी, इसे वह जानती थी और इसीलिये उसके सन्तुलन का ग्राफ नीचे न आने देने के लिए अपने तरकश में अनेक समाधान रखती थी।

मकसूद का परिवार जीवन के एक-एक साधन जुटाने के लिए कड़े संघर्षों से गुजरनेवाला निम्नवर्गीय परिवार था। उसे अब इस बात का अंदेशा रहने लगा था कि कहीं उजरत इसका फायदा उठाकर उसके किसी भाई को न बरगला दे। घर में उसका आना-जाना लगा रहता था और वह बहुत पहले से सबसे घुला-मिला हुआ था। घर में उसके तीन छोटे भाई थे, वृद्ध माँ-पिता और दो कुंवारी बहने थीं। भाइयों में सबसे बड़ा मकसूद एम कॉम और सबसे छोटा इस्हाक बी ए, एलएलबी किया हुआ था। बीच के दो भाई शमशुल और अनवारुल छः-आठ क्लास तक ही महदूद रह गये थे। शमशुल चौराहे पर ठेला लगाकर फल बेचता था और अनवारुल ट्रक ड्राइवर था। पिता एक छोटी फैक्ट्री में लेथ मशीन के ऑपरेटर थे और अब बुढ़ापे

के कारण घर में ही रहते थे। मकसूद एक दो-पहिया वितरक फर्म में जूनियर एकाउंटेट था। इस्हाक एक बड़े वकील का सहायक होकर कोर्ट में बैठता था और कमाने के नाम पर एक तरह से टाइम पास कर रहा था।

चूँकि सभी कुछ न कुछ कमा लेते थे इसलिये घर की गुजर-बसर खींच-तानकर निभ जाती थी। मुश्किलें तब पेश आती थीं जब कोई बड़ा काम सिर पर लद जाता था। जैसे माँ के पेट में पथरी हो गयी और उसके ऑपरेशन का मुद्दा सामने आ गया। कर्जा-पैंचा लेकर काम तो हो गया मगर उसे वूसलने में हालत बहुत दिनों तक पतली बनी रही। अभी बहनों की शादी एक बड़ी चुनौती थी। भाइयों को भी अपना घर बसाना था। इसके लिए ज्यादा बड़ा घर और ज्यादा मात्रा में राशन का जुगाड़ करना था। घर के अभावों की खस्ताहाल चादर को जरा दुरुस्त करने की उम्मीद मकसूद और इस्हाक पर ही टिकी थी, चूँकि वे पढ़े-लिखे थे। एक अच्छी नौकरी की उम्मीद बस खिंचती जा रही थी और अब धीरे-धीरे धुंधली भी होने लगी थी। दोपहिया सेठ की दुकान में मकसूद भी एक तरह से टाइम पास ही कर रहा था वरना उससे ज्यादा आमदनी तो फल बेचनेवाले शमशुल या फिर ट्रक चलानेवाले अनावरुल की हो जाती थी। अनवारुल ट्रक लेकर लम्बी दूरी की खेप पर निकलता था तो कई-कई सप्ताह बाद घर आता था। घर को कुछ बदलने की उम्मीद अब शिफ्ट होकर इसी पर टिकती जा रही थी।

बदकिस्मती से वह भी अचानक लापता हो गया और परिवार पर एक नयी मुसीबत आयद कर गया। मकसूद बुरी तरह पस्त सा हो गया। चैताली ने एक लड़खड़ाती बेल को थामनेवाले अवलम्ब के रूप में खुद को ढालते हुए कहा, "हम दुखों के सिपाही हैं, जब तक दम है, लड़ेंगे उससे। तुम मर्द होकर इतना कमजोर बनोगे तो मेरा क्या होगा? मैं भी सामना कर रही हूँ दरिंदों का। हम कुछ नहीं कर सकते तो इतना तो कर ही सकते हैं कि हम जुल्म सहने का अपना हाशिया बड़ा कर दें।"

हैरत है, मकसूद तो अपनी जगह कायम रहा, लेकिन चैताली को परिस्थितियों ने उसकी धूरी से डिगा दिया। उसका अच्छाई और मूल्य से अचानक ही मोहभंग हो गया। परिस्थितियों के दुष्चक्र ने अपने गुंजलक में यों जकड़ा कि उसका कुछ भी यथास्थान नहीं रह गया, मानो कोई भूकम्प गुजरकर सब कुछ ध्वस्त कर गया हो।

1971 के बंगलादेश मुक्ति संग्राम में चारों ओर फैली हिंसा में उसके दादा और चाचा दंगाइयों की भेंट चढ़ गये थे। उस वक्त उसके पिता भूषण बोराल की उम्र 22 वर्ष थी। अपनी जान पर भी मौत का साया मँडराते देख वह भागकर अपने चाचा के पास आ गया। भारत-पाक बंटवारे के समय चाचा इधर ही रह गये थे। उनका कोई वारिस नहीं था, इसलिये वे बहुत पहले से भूषण को भारत आ जाने का प्रस्ताव दे रहे थे। मुक्ति संग्राम जब छिड़ा तो कट्टरपन्थियों से जान बचाने के लिए भागना ही एक

उपाय रह गया। वह भारत आ गया। चाचा-चाची काफी बूढ़े हो गये थे। भूषण बोराल के आ जाने से वे बहुत खुश हुए। उसे वारिस बनाकर अपना रिहाइशी मकान उसके नाम लिख दिया। कुछ साल बाद इसी आधार पर उसे स्वतः भारतीय नागरिकता मिल गयी। समय अनुकूल साबित हुआ और थोड़े ही अर्से बाद अनुसूचित जाति वर्ग में होने के कारण पुलिस में उसे आसानी से थानेदार की नौकरी मिल गयी। नौकरी के बाद उसने शादी कर ली। चाचा-चाची चार-पांच साल में एक-एक कर चल बसे।

भूषण का आना बाजू के मकान वाले पर बड़ा नागवार गुजर गया। चाचा के घर पर उसकी निगाह लगी थी और उनके मरणोपरान्त उसे हथिया लेने का वह मन बनाया हुआ था। भूषण के आ जाने के बाद उसका ख्यालीपोलाव हांडी में चढ़ ही नहीं पाया। जब उसे पुलिस की नौकरी मिल गयी तो बाजूवाले के लिए यह एक और बड़ा धक्का साबित हुआ। अब भला वे एक पुलिसवाले से पंगा कैसे ले सकेंगे? उस घर के कई भाइयों वाले परिवार में एक-डेढ़ दर्जन निठल्ले जवान चेहरे तैयार हो रहे थे। उनमें एक लड़का पुटुस पैरा था, जिसकी छवि छिटपुट लुच्चई-लफंगई के कारण दबंग और खूंखार वाली बनती जा रही थी। वह कुछ उचक्के और दागी लड़कों से अक्सर अपने को घिरा रखता था। भूषण उसे कई बार पकड़कर अन्दर कर चुका था और अपना पुलिसिया जलवा दिखाकर सुधर जाने की सबक दे चुका था। वह लड़का सबक लेकर सुधरने की जगह और भी कमीना व वहशियाना तेवर अख्तियार करता चला गया। भूषण को तबादले के कारण दूसरे शहरों में भी जाने और रहने की मजबूरी झेलनी पड़ रही थी। बेशक पत्नी और अब तक हो चुकी तीनों बेटियों को स्थायी तौर पर यहीं रहना होता था।

एक दिन बाजार से लौट रही उसकी पत्नी को एक जीप ने जोरदार टक्कर मार दी और हवा हो गयी। टक्कर का मकसद जान लेना ही था सो उसने मौके पर ही दम तोड़ दिया। चैताली और उसकी दो छोटी बहनें 10 से 14 साल के बीच की थीं। वे अब इतना समझने लायक हो गयी थीं कि उनकी माँ को जान-बूझकर मारा गया है। पिता के पुलिस की नौकरी में होने के बावजूद इतनी बड़ी ज्यादती उन पर बरपा हो गयी। बल्कि सभी लोग यही मान रहे थे कि पुलिस में होने की वजह से ही यह वारदात करायी गयी। भूषण ने अपने महकमे में जी भरकर गुहार लगायी, मगर महकमे ने दो टुक कह दिया—बिना ठोस प्रमाण के ऐसे कद्दावर आदमी के खिलाफ कार्रवाई की जोखिम उठाकर अपनी फजीहत नहीं करायी जा सकती। इस कठदलील पर हैरान रह गया भूषण। सबूत जुटाना तो पुलिस का ही काम होता है। वह समझ गया—किसी में दम नहीं है कि उसके खिलाफ चूँ कर दे। अधिकारियों द्वारा इस मामले को गम्भीरता से न लेने की एक और वजह उसे समझ में आती थी। सबको चिढ़ थी कि वह बंगलादेश से आया और आकर पुलिस में लग गया। उसे लोग ढकहिया कहकर उसके किसी भी संदर्भ को गाजर-मूली के भाव तौल देते थे।

पुटुस पैरा दस-बारह साल अपराध की सीढ़ियों से ऊपर चढ़ते हुए धीरे-धीरे राजनीति में आ गया और जैसा कि होता है, उसे एक राष्ट्रीय पार्टी ने एमेले का टिकट दे दिया और वह चुनाव जीत गया। देखते ही देखते उसका रुतबा इतना बड़ा हो गया कि किसी भी मामूली थाने या थानेदार की वकत नहीं रह गयी कि उसे हाथ लगा दे। भूषण की योजना थी कि इधर-उधर के दो तीन तबादलों की खानापूर्ति करके फिर से अपना शहर आ जायेगा, मगर पुटुस पैरा के नेता बन जाने पर उसने यह फैसला मुल्तवी कर दिया और अपना तबादला बहुत दूर के इलाके में हो जाने दिया, ताकि पैरा की किसी भी कारगुजारी की उसे कोई आहट न लगे।

उसके सामने बड़ी विकट स्थिति उत्पन्न हो गयी थी। वह यहाँ रह भी नहीं सकता था और घर को खाली छोड़ भी नहीं सकता था। जवान हो रही बेटियों को भी अकेले छोड़ना लाजिमी नहीं था। लिहाजा उसने एक और शादी कर ली, ताकि बेगम उनकी बेटियों की निगहबानी कर सके।

चैताली कॉलेज में पढ़ने लगी थी और मकसूद से उसके रिश्ते बनने शुरू हो गये थे। पुटुस पैरा के आतंक के कारण ज्यादातर लड़के चैताली से नजदीकी कायम करने में परहेज करते थे। मगर मकसूद इसकी कतई परवाह नहीं करता था। पैरा के भाई-भतीजे उसे आँखें तरेरकर देखते थे, जिसे वह बुरी तरह अनदेखा करके आराम से उसके घर हो आता था। चैताली खुद भी निर्भीक और खुले दिल की लड़की थी, उनकी हरकतों को वह गीदड़भभकी से ज्यादा का भाव नहीं देती थी। फिर भी उसे इस परिस्थिति में मकसूद का साथ देना अच्छा लगता था। चैताली अकेली नहीं है, उसके भी कुछ लोग हैं, यह आभास कराने के लिए मकसूद के तीन अन्य भाई किसी न किसी बहाने से आना-जाना लगाये रखते थे।

तनातनी का यह दौर लगातार जारी था। कई साल इसी तरह कट गये। भूषण बोराल ने एक तरह से पुटुस पैरा से बचाव और पलायन की मुद्रा अपना ली थी। मगर वह बाजूवाला भला क्यों बाज आने वाला था? उसकी तरफ से एक जोर का अनपेक्षित ब्रह्मास्त्र चला दिया गया। उसने वकील का एक नोटिस भिजवाया, जिसमें लिखा था—'35 साल पहले घर के बदले ली गयी रकम लौटाने की मियाद इस साल खत्म हो रही है। अगर साल के अन्त तक ली गयी रकम 10,000 रुपये, जो बैंक दर से ब्याज जोड़कर अब 12,80,000 हो गयी है, न लौटायी गयी तो मकान पर रकम देने वाले का कानूनन कब्जा हो जायेगा।' कोर्ट से कराये हुए एकरारनामे की एक कॉपी भी इसके साथ संलग्न थी। इस कॉपी में लिखा था—'मैं अपने मकान के एवज में दस हजार रुपये उधारी ले रहा हूँ। अगर मैं वर्ष 2004 तक इसे बैंक के आवर्ती जमा द्वारा मिलनेवाले ब्याज (पांच साल में दोगुना) के हिसाब से चुकता न कर दूँ तो मकान स्वतः रुपया देने वाले (बाजूवाले का नाम) का हो जायेगा। कॉपी पर चाचा, दो गवाह और न्यायिक दण्डाधिकारी के दस्तख़त थे और तारीख थी 3.12.69।

नोटिस ने पूरी तरह हिला दिया भूषण बोराल को। चाचा ने तो इस आशय की कभी जानकारी नहीं दी। अगर वे बता दिये होते तो इसे बहुत पहले चुकता कर दिया जाता। अब बारह लाख अस्सी हजार का जुगाड़ करना कितना मुश्किल है। कोई भी समझ सकता था कि यह सरासर एक झूठ और धोखा है। उसने अपने विभागीय अधिकारियों और कानून के जानकारों से दरयाफ्त किया। घुमा-फिराकर सबने यही राय दी कि बहुत ऊपर तक पहुँच रखने वाले इस बाहुबली नेता से पंगा लेना बेकार है, इस तरह के किसी भी एकरारनामे की वैधता का आधार कानून से ज्यादा व्यक्तिगत ताकत होती है, इसलिये रुपये देकर पिंड छुड़ा लेना ज्यादा अच्छा है। कहना कितना आसान था सबके लिए, जैसे 12 लाख की नहीं 12 रुपये की बात कह रहे हों।

पुलिसवाला होकर वह एक अपराधी के सामने इस तरह घुटने टेक दे, उसकी जालसाजी का शिकार बने, कितना शर्मनाक था यह! वह इतना भ्रष्ट होता कि लाखों की कमाई बिस्तर के नीचे रखी होती तो अफसोस नहीं होता कि चलो हराम का माल हरामी के पास जा रहा है। वह जानता था कि उसका महकमा उसकी कोई मदद नहीं करेगा...आज तक नहीं किया था, महज इसलिये कि उसकी पहचान के साथ बंगलादेश जुड़ा था और दूसरा वह आरक्षण कोटे से आता था।

भूषण ने घर में सबसे राय-मशविरा किया। उसने कहा, "अब रास्ता यही है कि इस झंझट से निकल जाने के लिए मकान छोड़ दिया जाये। अचानक इतने रुपये का बन्दोवस्त असम्भव है। अगर इस असम्भव को साध भी लिया जाये तो क्या पता कल यह आदमी कोई दूसरी आफत खड़ा कर दे। इतने रुपये में तो मनचाहा और झंझटमुक्त अच्छा फ्लैट खरीदा जा सकता है।"

चैताली अब तक जायज-नाजायज को परिभाषित करने हेतु पर्याप्त सयानी और बौद्धिक हो चुकी थी। उसने असहमत होते हुए कहा, "बाबा, हमें सरेंडर नहीं करना है, बल्कि हमें इसका सामना करना है। हम कोर्ट में चुनौती देंगे और अगर वहाँ हार गये तो घर नहीं छोड़ेंगे रुपया देंगे। हम डरकर नहीं, डटकर जियेंगे बाबा।"

"रुपया देंगे, मगर कहाँ से? तुम तो ऐसे कह रही हो जैसे हमारे बैंक खाते में जमा हो रुपया।"

"आप चाहें तो जुटा सकते हैं, बाबा। अभी से इन्तजाम में लग जाइये। 27 साल से नौकरी में हैं आप, चाहेंगे तो फण्ड, सोसायटी और कर्ज आदि से रुपये मिल जायेंगे। पुटुस पैरा से हमें डरना नहीं है बाबा। यह देश जितना उसका है, उतना ही हमारा भी। आप पुलिसमैन हैं और वो एक अपराधी है। डरना आपका नहीं उसका काम है।"

भूषण बोराल विस्मय से देखता रह गया था अपनी बेटी के आत्मविश्वास से भरे चेहरे को। चैताली के समर्थन में मिताली और रुपाली भी हामी भर रही थी। उसमें एक नयी स्फूर्ति संचरित हो उठी। उसे पहली बार महसूस हुआ कि आदमी जब असमंजस

में हो तो इस तरह का आत्मीय उत्साहवर्धन बहुत निर्णायक बल प्रदान करता है। अगले ही दिन उसने वकील से जवाबी नोटिस भिजवा दिया कि हम इस एकरारनामे को एक जालसाजी मानते हैं और इसका अदालत में सामना करने के लिए तैयार हैं।

दो दिन बाद जब भूषण बोराल अपनी ड्यूटीवाले शहर जाने के लिए स्टेशन जा रहा था तो उसके रिक्शा से उतरते ही एक ट्रक उसे सरपट कुचलता हुआ पार कर गया। वह पिसकर वहीं ढेर हो गया।

उसके परिवार पर जैसे वज्र टूट पड़ा। उसकी तीनों बेटियाँ पलक झपकते अनाथ हो गयीं। उनकी नयी माँ चैताली के निर्णय को इसका जिम्मेदार ठहराकर उसे कोसने लगी। अभी शोक का कोहरा अपनी जगह ठहरा ही हुआ था कि एक गुमनाम चिट्ठी आयी घर में। लिखा था—'घर के एक-एक सदस्य के साथ यही हश्र होगा।' उसकी नयी माँ तो जैसे भय से थर-थर कांप उठी और उसने तेरहवीं के बाद यहाँ से हमेशा के लिए अपना मायका प्रस्थान कर जाने का फैसला कर लिया। उसने यह भी ऐलान कर दिया कि उनकी भविष्य निधि वगैरह का जो भी पैसा मिलेगा उसे वह व्यर्थ के काम में खर्च नहीं होने देगी।

चैताली ने पुलिस के कई अधिकारियों से मुलाकात की और पूरे घटनाक्रम से अवगत कराते हुए सुरक्षा देने की माँग की। पुटुस पैरा को सीधे और खुलकर अपने माँ-बाप का हत्यारा बताते हुए कहा कि वह उसके परिवार के एक-एक जन को मिटा डालने पर आमादा है। कुछ अधिकारियों ने कार्रवाई करने का कोरा आश्वासन दे दिया और कुछ ने सहानुभूति जताने का अभिनय करते हुए ऑफ द रेकॉर्ड नेक सलाह पकड़ा दी कि बेहतर हो इस आदमी से दुश्मनागत कम कर लिया जाये या फिर इसके दायरे से बाहर हो जाया जाये। जल में रहकर मगरमच्छ से बैर का परिणाम सुखद नहीं हो सकता।

उनका मतलब साफ था कि उसकी शरण में जाकर उसे मकान सुपुर्द कर दें या फिर शहर छोड़कर अन्यत्र चले जायें। उसे घोर वितृष्णा हुई कि यह कैसी पुलिस है जो अपने ही एक आदमी पर हो रहे सर्वविदित अत्याचार के खिलाफ कोई भी कार्रवाई करने का दायित्व महसूस नहीं कर रही...आम आदमी के साथ फिर इसका क्या रवैया होता होगा।

मकसूद उसे समझाने की कोशिश कर रहा था, "हम इस मामले को ऊपर ले जायेंगे चैत, मुख्यमन्त्री, गृहमन्त्री और राष्ट्रपति के पास। पुटुस की बर्बरता और पुलिस की काहिली का हम मीडिया में खुलासा करेंगे। तुम अकेले नहीं हो, मैं और मेरा पूरा परिवार तुम्हारे साथ है।"

चैताली के भीतर जैसे कोई ज्वालामुखी फट पड़ी। उसने मकसूद को अनसुना करते हुए कहा, "अब हम किसी से गिड़गिड़ाकर इसका समाधान नहीं ढूंढेंगे सूद।"

यही वो क्षण था जब उसे कहीं से भी कोई उम्मीद नहीं रह गयी और उसे उजरत खान याद आ गया। उसने किसी भी कीमत पर पुटुस पैरा जैसे जालिम आदमी से हार मानना गवारा नहीं किया।

पुटुस के बाप ने पैसे वसूलने या मकान पर कब्जा पाने के लिए कोर्ट में मामला दायर कर दिया। चार-पांच तारीखों में सुनवाई हुई और अन्ततः फैसला उसी के पक्ष में हो गया। या तो 12,80,000 देने को कहा गया या फिर मकान छोड़ देने की हिदायत दे दी गयी। अब चैताली ने ठान लिया कि हर हाल में इस राशि की व्यवस्था करनी है।

...और उसने इंसाफ-ए-कबीला से समझौता कर लिया।

"चैत, तुम अपने आप पर इतना जुल्म कर सकती हो, मुझे यकीन नहीं आ रहा। मानता हूँ कि तुम्हारे साथ बहुत नाइंसाफी हुई है, मगर इसका हल खुद को मिटा लेना नहीं है, चैत। यह तो बेइंसाफी से लड़ने और उन्हें सजा देने के बदले हारकर खुद को ही सजा देना है। तुम खुद को बेहद प्यार करती रही हो...इस दुनिया को तुम हमेशा बहुत हसीन कहती रही हो...मुझे भी तुमने शायद सच्चे दिल से ही चाहा है।"

"अब इन बातों का कोई अर्थ नहीं है, सूद। मैंने फैसला कर लिया है। जब सब कुछ लुट गया और उम्मीद की कोई किरण न रही तो होना अब यही था कि हम तीनों बहनें हालात के हवाले हो जाते और धीरे-धीरे मिट जाने के रास्ते पर बढ़ते चले जाते। मुझे लगा कि एक के जोखिम उठाने से दो की जिन्दगी बच सकती है। मैं बड़ी थी तो यह काम मुझे ही करना था। मुझे इस बात की तसल्ली रहेगी कि मैं न भी रही तो क्या, मेरी दो बहनें रहेंगी और उन्हें जो चाहिए जीवन में, उसका उन्हें अभाव नहीं रहेगा।"

"मतलब, तुमने अपनी जान का सौदा कर लिया, लेकिन इसका खयाल तुम्हें एकदम नहीं आया कि तुम्हारी जान किसी की जान से जुड़ी हुई है।"

"उसी जुड़ाव के वशीभूत तो आज आयी हूँ मैं तुम्हारे पास। मेरी आखिरी ख्वाहिश अगर कुछ है तो वह तुम्हीं से शुरू और तुम्हीं से खत्म होती है। आज मैं तुम्हें जीभर कर महसूस कर लेना चाहती हूँ। कई बार लम्हें भर का प्यार उम्र भर के साहचर्य से बड़ा बन जाता है।"

मकसूद बस एकटक देखता रह गया उसे। कोई और दिन होता तो वे अब तक आपसी तकरार में उलझ गये होते। भला प्यार करना क्या किसी गुल्लक में सिक्का डालना होता है कि एक ही दिन एक महीने, एक साल या उम्र भर का कोटा डाल दिया! उसे लगा कि उसके प्यार में वो ताकत नहीं थी जो मुसीबतों में जीने की संजीवनी प्रदान करती है। अपने आप पर उसे तरस आया कि प्यार के नाम पर

शायद वे एक नकली स्वांग रचते रहे। चैताली का निर्णय कहीं से भी उसे वाजिब नहीं लगा। यह तो कोई बात नहीं हुई कि परिस्थिति से संघर्ष करने या जूझने की जगह सीधे विध्वंस का शार्टकट रास्ता अपना लिया जाये...बुराई के ठीकरे से लड़ने के लिए बुराई के पहाड़ की गोद में बैठ जाया जाये!

चैताली उसकी असहमत और उदास मुद्रा को भांपकर कहने लगी, "सूद, मैं तुम्हारे पास मातम मनाने नहीं आयी हूँ और नाहीं अपने फैसले की स्वीकृति लेने आयी हूँ। जानती हूँ कि जो एकमुखी राह मेरे सामने बिछ गयी है उस पर चलने की मेरी खुद की भी स्वीकृति नहीं है। लेकिन जब जिधर जाओ उधर मौत ही मौत बिछी हो तो अपनी समझ से मैंने एक ऐसी मौत चुन ली जिसमें एक कारोबार की गुंजाइश समायी थी। खैर, आज सिर्फ इतना ही वक्त है हमारे पास कि कुछ ऐसी यादें हम सुरक्षित कर लें, जिनसे हमारे थोड़े मलाल कम हो जायें।"

मकसूद भावशून्य सा उसे ताकता रहा, "तो तुमने अपने को मिटा देने की पूरी तैयारी कर ली है?"

"तैयारी तो मिट जाने की ही है, लेकिन इसे मैं मिटना नहीं मानती। मेरी बहनों को तो इससे एक नया भविष्य मिल जायेगा। मेरा वजूद उन्हीं में कहीं न कहीं प्रतिबिम्बित होता रहेगा। देखो, यह है मेरा आइडेंटिटी कार्ड।"

चैताली ने अपने बैग से एक कार्ड निकालकर उसे दिखाया, जिस पर उसका नाम जाहिदा खातुन और शहर रावलपिंडी दर्ज किया हुआ था। मकसूद ने हैरानी से देखा तो वह समझ गयी। "नाम व पता जानबूझकर बदल दिया गया है ताकि मेरी लाश की पहचान करने में गुमराह किया जा सके और मेरे परिवार पर कोई आँच न आये।"

मकसूद की तो जैसे बोलती बन्द हो गयी। उसे एकबारगी लगा जैसे चैताली की जगह कोई और व्यक्ति आकर खड़ा हो गया है। उसका तो वही तेवर उसे कायल बनाता था...लड़ना, भिड़ना, प्रतिवाद करना और अन्त में सुलह कर लेना और फिर एक दूसरे की नजदीकियों के लिए आहें भरना।

उसे कहीं से भी चैताली का यह नया ड्राफ्ट स्पर्श नहीं कर पा रहा था। दुनिया में कितने लोग होते हैं जो जुल्म की चक्की में पिस-पिसकर आटा बन जाते हैं लेकिन वे इस तरह अपने वतन और अपने वजूद के प्रति गद्दारी के बारूद नहीं बन जाते। चैताली आज पूरे समर्पण भाव से प्रेम करने आयी थी, मगर मकसूद को लगा कि उसके इस रूपान्तरण से प्रेम किया ही नहीं जा सकता। वह तो मुरीद था उसकी इन्सानियत, वतनपरस्ती और जिन्दगीनामा की उसकी पक्षधरता का। अतः उसके खुले आमन्त्रण के बावजूद वह जरा सा भी सुर्खरू नहीं हो पाया।

चैत ने उसकी उदासीनता का अर्थ अपने विछोह से आहत होना लगा लिया। सान्त्वना देने के लिए कहने लगी, "सूद, इतना मायूस क्यों होते हो। मैंने तो ईश्वर को कभी नहीं माना, लेकिन तुम तो ईश्वर की सत्ता का हमेशा हामी रहे। फिर आज

यह क्यों नहीं मान लेते कि जो उसकी मर्जी है, वही हो रहा है। क्या पता मेरा पटाक्षेप इसी तरह निर्धारित हो। और अगर नहीं तो हो सकता है मैं लक्ष्य को भेदकर इस तरह निकल आऊँ कि मेरी सलामती जस की तस बनी रह जाये।"

मकसूद की नजर में अपने आप एक उपेक्षा समा गयी थी। पूछने का मन नहीं था फिर भी उसने पूछ लिया, "ऐसा कैसे हो सकता है?"

"उजरत ने ऐसा होने के मुझे कई किस्से सुनाये हैं।"

होंठ बिचक गये उसके...उजरत ने कई किस्से सुनाये हैं! राजी करने के लिए वह फरेबी तो इस तरह कहेगा ही।

चैताली ने आगे कहा, "कबीला ने जो काम सौंपा है उसे करके अगर कोई बच के निकल गया तो यह उसकी खुशकिस्मती है। कबीला उसे इनाम के तौर पर सौदे की रकम डेढ़ गुना कर देता है। तो बस तुम दुआ करो सूद कि मैं अपना लक्ष्य भेदकर सही सलामत निकल आने में कामयाब हो जाऊँ।"

मकसूद कहना चाहता था कि तुम अब जीवित ही कहाँ हो जो बचकर निकल आओगी। तुमने तो यह कदम उठाकर ही एक तरह से खुद को सिफर में तब्दील कर लिया।

मकसूद ने पूछ लिया, "बाई द वे, क्या मैं जान सकता हूँ कि तुम्हें काम क्या दिया गया है?"

"बताना तो नहीं चाहिए, लेकिन तुमसे भला क्या छिपाना! दुनिया में कोई तो एक होना चाहिए जो राजदार हो। मैं चाहती हूँ कि मरने के बाद मैं पहचानी न जा सकूँ, फिर भी तुम्हें मालूम हो कि मरने वाली मैं थी...और अगर न मरी तो भी तुम्हें मालूम हो कि एक बड़े विध्वंस को अंजाम देकर भी बच जाने वाली मैं थी। मुझे राजधानी स्थित नूर किला उड़ा देना है, कुछ इस तरह कि उसमें पच्चीस-पचास लोग भी मर जायें।"

मकसूद के रोयें सिहर गये इस ऐतिहासिक और दुनिया भर में चर्चित कलात्मक किले के नष्ट होने के नाम पर। इस किले के बिना अपना देश कितना खाली-खाली सा हो जायेगा। ऊपर से पच्चीस-पचास निरीह सैलानियों को भी हलाक कर देने की बात कर रही है! कभी फूलों के मुरझा जाने पर भी दुखी हो जानेवाली लड़की क्या अचानक इतना नृशंस हो सकती है?

चैताली कहती जा रही थी, "इसके एवज में मेरे परिवार यानी मेरी बहनों को 14 लाख रुपये मिलेंगे। और अगर मैं इस कांड को अंजाम देकर भी महफूज रह गयी तो 21 लाख मिलेंगे। आगे मुझे फिर इस तरह का टास्क लेने पर बाध्य नहीं किया जायेगा। कबीला के लिए मैं चाहूँ तो काम करती रहूँगी और उजरत खान की तरह तनख्वाह लेती रहूँगी।"

"तुमने अपनी बहनों को सब कुछ बता दिया है? क्या वे राजी हैं अपनी एक

सगी बहन को गंवा देने की कीमत पर इस तरह से अर्जित पैसों से जीने के लिए?

"इस तरह भला कौन अपना राजी हो सकता है? मैं उनके नाम चिट्ठी छोड़ जाऊँगी। अभी तो मैं यों ही काम ढूंढने के बहाने लेकर जा रही हूँ।"

अब तक मकसूद के चेहरे का रंग काफी बदल चुका था। चैताली के लिए उसमें अब जरा सी भी नमीं नहीं रह गयी थी। अभी से वह एक शातिर मुजरिम सी लगने लगी थी और वह उससे एक गहरा विकर्षण महसूस करने लगा था। उसे यह कतई सहन नहीं हो रहा था कि देश की ही नहीं दुनिया की वह अनमोल थाती बेमतलब मटियामेट कर दी जायेगी, जिसे बनाने में बरसों बरस लगे होंगे। इसे देखने दुनिया भर से लाखों सैलानी आते रहे हैं। यह है तो लगता है कि अभावों के बावजूद अपने इस देश की समृद्धि का दुनिया में कोई सानी नहीं है। इसका मिट जाना एक बड़ी अपूरणीय क्षति होगी। आखिर कौन है वह शैतानी कबीला और उसे क्या फायदा मिलता है ऐसी राष्ट्रविरोधी कार्रवाई करके?

उसकी उदासी के मायने समझने में भूल करती हुई चैताली ने उसे धैर्य देने की युक्ति में उसकी हथेलियों को अपने हाथों में भरकर अपने सीने से लगा लिया। पिघलती सी आवाज में अपनी आत्मीयता जताते हुए कहने लगी, "सूद! मैं अपने अति दुर्लभ लम्हें लेकर तुम्हारे पास आयी हूँ और चाहती हूँ कि इन लम्हों पर तुम्हारी स्मृति इतनी गहरी खुद जाये कि मैं इस जीवन के पार भी उसे भूल न पाऊँ।"

मकसूद ने उसे यों निहारा जैसे उसे मितली आ गयी हो। उसने तय कर लिया कि अब उसका एकदम बेलिहाज होकर पेश आना ज्यादा लाजिमी है। उसने कहा, "चैत, तुम मिटने और मिटाने की जिस खौफनाक मंसूबे को लेकर आयी हो वह तुम्हें प्यार की नहीं बल्कि नफरत की अलामत बनाती है। मुझे ऐसा महसूस होता है कि आदमी सब कुछ में मिलावट कर सकता है, बेईमानी कर सकता है, लेकिन प्यार करने के मामले में वह ऐसा नहीं कर सकता...कम से कम मैं तो नहीं कर सकता। तुम अच्छी तरह जानती हो कि मैं अदाकारी या दिखावा करने में हमेशा बहुत फिसड्डी रहा। मैं झूठ नहीं बोलूँगा...इस वक्त मुझे तुमसे बेपनाह नफरत हो रही है। मुझे समझ में नहीं आ रहा कि मैं कैसे बर्दाश्त करूँगा जब तुम महज कुछ लाख रुपये हासिल करने जैसे अपने निजी मतलब के लिए मुल्क की एक फखिया जागीर को खाक में मिला दोगी और मैं जानता होऊँगा कि ऐसा करनेवाली तुम हो। इस तरह धन अर्जित करना, डकैती या जिस्मफरोशी से धन कमाने की तुलना में, मुझे कहीं ज्यादा खतरनाक और वहशियाना लग रहा है। यह तो सरासर देशद्रोह है। मुझे माफ करना, मैं कहीं से भी इसे पचा पाने में समर्थ नहीं हो पा रहा हूँ। तुम जा सकती हो।" कहकर मकसूद ने अपनी आँखें बन्द कर लीं, जिसका तात्पर्य स्पष्ट था कि उसे इस वक्त कुछ भी देखना गवारा नहीं है, यहाँ तक कि उसका चेहरा भी नहीं।

चैताली सन्न रह गयी। उसे ऐसे सलूक की कतई उम्मीद नहीं थी। मकसूद

को वह न जाने किन-किन मामूली बातों के लिए डांट देती रही...झिड़क देती रही...बुरा-भला कह देती रही, पर उसने कभी उसका अन्यथा नहीं लिया और उसकी चाहत में कोई कमी नहीं आयी। बल्कि वह उससे और-और घनिष्ठ होता गया। मगर आज जब वह पूरी तरह शहद बनकर आयी थी और कतरा भर भी उसमें तिक्तता नहीं थी, वह एक गैरनिजी मुद्दे पर उससे इस तरह विच्छेद हो गया जैसे विद्युत प्रवाहित तार पर अचानक कैंची चल गयी हो।

चैत ने अपने मन में झाँककर देखा तो पाया कि उसके प्रति उसकी रागात्मकता और सघन हो गयी है...उसकी चाहत में और भी तीव्रता समा गयी है। उसे लग रहा था कि वह पड़ोसियों और राहगीरों को आवाज दे-देकर बुला ले और बता दे कि देखो, तुमलोगों ने जो एक आम धारणा बना कर रखी है, वह सच नहीं है। एक मुसलमान ऐसा भी होता है जो आतंकवाद और राष्ट्रविरोधी हरकतों पर लानत भेजता है, घृणा करता है और अपनी निजी क्षति की परवाह न कर अपनी मोहब्बत तक को नकार देता है।

चैताली ने उसकी आँखें खुलवाने का कोई उमक्रम नहीं किया। उसने देखा कि बन्द पलकों से ही आँसू की कुछ बूँदें रिस पड़ी हैं। वह समझ सकती थी कि अपने भीतर उपजी घृणा को वह आँसुओं से धोने का प्रयास कर रहा है। वह भारी मन लेकर वहाँ से चल पड़ी।

मकसूद के कई दिन इसी तरह बीत गये...गोया दुनिया को अब देखने की उसकी इच्छा मर गयी हो। कई दिनों तक वह बिस्तर पर बीमार पड़ा रहा...ज्यादातर अपनी आँखें बन्द किये हुए। सभी घरवाले हतप्रभ थे...तीमारदारी में जुटे हुए कि एकाएक आखिर ऐसा क्या हो गया?

मकसूद लगभग साँसें रोककर दहला देने वाली उस घटना की प्रतीक्षा कर रहा था, जिसे चैत के हाथों सम्पन्न होना था। कई बार उसका संयम अपनी बाँध तोड़कर उसे धिक्कार पिलाने लगता कि वह जानते हुए भी इसे रोकने का उपाय नहीं कर रहा। क्या एहतियात बरतने के लिए उसे पुलिस को खबर नहीं कर देनी चाहिए? एक ऐतिहासिक धरोहर की सुरक्षा में एक नागरिक के नाते क्या उसका फर्ज नहीं है? मगर वह सिर पीट लेता कि उस भरोसे के साथ गद्दारी कैसे करे जो उस पर चैत व्यक्त करती रही!

वह मन ही मन कामना करता रहा कि चैत में घटना के पहले ही ऐसा अन्तर्ज्ञान जग जाये कि वह खुद ही वारदात से पहले तौबा कर ले।

अफसोस, ऐसा नहीं हुआ और आखिर वह काला दिन आ ही गया। नूर किला एक महाविस्फोट से पूरी तरह हिल गया और उसका एक बहुत बड़ा हिस्सा ध्वस्त होकर किसी उजड़े हुए खंडहर में तब्दील हो गया। सभी खबरिया चैनलों पर यह

विस्फोट पहली और लगातार दोहराये जानेवाली बड़ी खबर बन गया। ढही दीवारों और छतों से दबकर 15 लोग मारे गये और एक दर्जन घायल हो गये। पूरे देश में जैसे भूचाल आ गया। सुरक्षा एजेंसियों की नाकामयाबी पर बहस छिड़ गयी। टेलीविजन पर जो दृश्य दिखाये जा रहे थे उसे देखकर मकसूद का कलेजा थर्रा उठा। चैताली निश्चित रूप से टुकड़ों में बंटकर वहीं कहीं मलबों में छितरा गयी होगी और उसका जाहिदा खातुन और रावलपिण्डी वाला पहचान-पत्र वहीं कहीं पड़ा होगा, जिसे देखकर पुलिस वाले सीमापार के फिदायीन हमलावर होने की ताईद कर चुके होंगे। उसके इस हृदयविदारक अन्त को सोचकर उसकी आँखें भर आयीं। उसके न रहने का जहाँ उसे अत्यधिक दुख था, वहीं इस बात का भी बेहद मलाल था कि देश के माथे पर सुशोभित एक कलगी की हैसियत रखनेवाली अद्वितीय वास्तुकला को मटियामेट कर देने का पाप चैत को अपने सिर लेना पड़ा।

इस आत्मपीड़क व अव्यक्त सदमे से घिरकर उसकी हालत और भी दयनीय होती गयी। एक दिन उजरत आ गया। इस महाविनाश लीला से अनजान छोटा भाई बड़े भाई के दर्द की दवा ढूँढ़ने की कोशिश में चैताली के पास गया और उसे गैर हाजिर पाकर उजरत के पास चला गया। उजरत भी घर के सभी लोगों से परिचित था। आते ही कहा उसने, "तुम्हारा मर्ज क्या है, मैं जानता हूँ। सुनकर यकीन नहीं करोगे, चैताली साफ बचकर निकल गयी है, उसे कुछ भी नहीं हुआ।"

सुनकर जैसे उछल पड़ा मकसूद। बहुत देर तक उसके चेहरे पर उगे सच की विश्वसनीयता को जांचकर आत्मसात करता रहा। मन तो हो रहा था कि इस खबर पर उसके हाथों को चूम ले, मगर उसने जब्त किया और अपने उत्साह को दबा लिया। वह कहीं से भी यह जाहिर नहीं होने देना चाहता था कि कबीला से चैत के जुड़ने के बाद भी उसमें उसकी दिलचस्पी कायम है।

उजरत ने आगे कहा, "एक डेढ़ सप्ताह में वह यहाँ वापस आ जायेगी। देखना अब उसकी सारी मुश्किलें खत्म हो जायेंगी। कोई ऐरा-पैरा अब उसके रास्ते में नहीं आयेगा।

चैताली अपनी जिन्दगी की बदली हुई नयी किस्त लेकर वापस आ गयी। अब तक मीडिया में नूर किला काण्ड की गूँज मंद पड़ गयी थी। इक्की-दुक्की जो रिपोर्ट आ रही थी उसमें अब तक अपराधियों के कोई सुराग न मिलने की पुलिस की विफलता को लथाड़ा जा रहा था और आतंकवाद से लड़ने की सरकार की नीतियों को कठघरे में खड़ा किया जा रहा था।

चैताली ने यों ही थोड़ा समय गुजार कर कोर्ट में 12,80,000 रुपये जमा करवा दिये। बाजूवाले घर के सभी छोकरे जैसे चिड़चिड़ा गये। बाप के गुजर जाने और उसके बहुत सारे फंड के पैसे सोतेली माँ के द्वारा लेकर चले जाने के बाद भी इतनी

बड़ी राशि के इन्तजाम कर लेने की उन्हें बिल्कुल उम्मीद नहीं थी और वे इसे अपने मुँह पर एक थप्पड़ की तरह महसूस कर रहे थे। उनकी मुद्रा यों हो गयी थी मानो अपनी दमन चक्की की चपेट में आने के लिए तैयार रहने की मौन धमकी दे रहे हों। चैत को पहले भी इनकी परवाह कम थी, अब तो इन्हें धूल-गर्द से भी ज्यादा अहमियत देने को तैयार न थी।

उजरत ने बताया था कि चैताली को अगर कुछ होता है तो इसे चैताली से ज्यादा कबीला अपने ऊपर हमला समझेगा। यह उसकी अजेयता के लिए चुनौती होगी। कबीला के किसी आला कारकुन ने फोन करके पुटुस पैरा को चेता दिया कि अब चैताली या उसके परिवार पर कोई भी खरोंच आयी तो उसके और उसके पूरे कुनबे की हस्ती पर उसी दिन खतरों के जाल बिछा दिये जायेंगे। बताते हैं कि पुटुस पैरा कबीला और उसके इस नुमाइंदे का नाम सुनते ही थरथर कांपने लगा था। वह अवगत था कि इस कबीला ने जिसे भी टार्गेट कर लिया, उसे बचाया न जा सका। यहाँ तक कि किसी बड़े पुलिस अधिकारी से भी उनकी ठन गयी तो पूर्व चेतावनी के बावजूद वे हजार उपाय करके भी खुद की हिफाजत न कर सके।

चैताली मिलने आ गयी मकसूद से। आते ही चहकते हुए से कहा उसने, "देखो सूद, मैं वापस आ गयी। शुक्र है कि मेरी पहचान जाहिदा खातुन और रावलपिंडी के रूप में तब्दील नहीं हुई और अपनी चैताली को बचा लेने में मैंने सफलता प्राप्त कर ली।"

मकसूद ने बिना कुछ कहे अपनी आँखें मूँद लीं। चैत ने सोचा था कि मकसूद उसे सही-सलामत देखते ही खिल उठेगा और उसे अपनी बाहों में भर लेगा। उसे हैरत हुई कि उसकी घृणा अपनी जगह अब भी ठहरी हुई है। जिसकी एक-एक पल की करीबी के लिए वह पागल बना रहता था, आज इस तरह देखने तक से खुद को महरूम करके जैसे खुद को ही यातना दे रहा हो। स्पष्ट था कि कबीला से चैत के जुड़ाव पर उसका ऐतराज स्थायी था और अब उसकी चाहत की वापसी मुमकिन नहीं थी। चैत को लगा कि कोई शूल गहरे तक चुभ गया उसकी आत्मा में। उसके बिना जीवन तो पतझड़ ही बनकर रह जायेगा। एक ऐसे मुद्दे के लिए जो उसकी व्यक्तिगत नहीं है, जो सार्वजनिक है, इस तरह अपने लगाव को निरपेक्ष कर लेना, चैत में उसके प्रति और भी खिंचाव जगा गया। कबीला से जुड़ने की इतनी बड़ी कीमत चुकानी होगी, ऐसा अनुमान तो उसे कतई नहीं था। इस तरह तो उसने जितना पाया, उतना ही गंवा भी दिया।

चैत जहाँ पारिवारिक उलझनों के मामले में निश्चिन्त हो गयी थी, वहीं अपने निजी मामले में उसकी बेचैनी बढ़ गयी कि मकसूद का सान्निध्य अब उसके साथ नहीं है। हैरत की बात यह थी कि वह भी ऐसा मानती थी कि मकसूद के उससे नफरत

के जो कारण है, वे गैरवाजिब नहीं हैं। उसे वह और भी कद्दावर दिखने लगा था और उसके प्रति आसक्ति बढ़ती चली गयी थी। उसके वश में नहीं था कि उसकी मुंदी आँखों के जवाब में वह भी मुँह फेर ले।

उसकी बड़ी इच्छा थी कि उसने रातोंरात जितना कमा लिया है, उससे उसकी तकलीफें भी कम करने में हाथ बंटाये। काश, मकसूद की इसमें रजामन्दी हो पाती! वह चाहती थी कि उसके लापता भाई के भी ढूँढ़ने में कबीला के स्रोतों का उपयोग किया जाये। गुम हुए साल भर हो चला था। कुछ लोगों का यह मानना था कि अनवारुल को गायब करवाने में पुटुस पैरा का हाथ है। ऐसा करके उसने चैताली के पक्ष लेने और उसके दोस्त होने की चिढ़ निकाली है। मकसूद इस आशंका को बेबुनियाद करार नहीं दे पा रहा था...शातिर तो वह है ही, कुछ भी कर-करा सकता है और किसी भी हद तक जा सकता है। परिवार के लोग इस गम में घुन खाये काठ की तरह खोखले होते जा रहे थे। ट्रक का मालिक मुकदमा ठोक चुका था कि माल सहित ट्रक पचा लेने की नीयत से अनवारुल कहीं छुप गया है, जिसमें उसके परिवारवालों की भी मिलीभगत है। अतः उसके परिवारवालों से मुआवजा वसूलकर दिलाया जाये। कोर्ट में तारीखें पड़ने लगी थीं। घरवालों पर मुकदमा लड़ने का एक नया बोझ लद गया था।

उजरत खुद को खैरख्वाह की तरह पेश करते हुए उसके घर अब कुछ ज्यादा ही आने-जाने लगा था। चैताली भी आती थी और घरवालों, खासकर उसकी बहनों और माँ से मिलकर चली जाती थी। घरवालों को अब तक समझ में नहीं आया था कि चैताली से मकसूद ने अपना मुँह क्यों मोड़ लिया?

उजरत ने एक दिन फिर बात छेड़ दी थी, “तुम्हारी शराफत और नेकनीयती का मैं कायल हूँ, मकसूद लेकिन मुझे यह समझ में नहीं आता कि वैल्यूज है कहाँ, जिसके पक्ष में तुम खड़े हो। इस देश का ही सिस्टम है कि तुम्हारा भाई गायब हो जाता है और इस देश का ही सिस्टम है कि उसे ढूँढ़ने की जगह तुम्हीं पर मुकदमा चलाया जाता है।”

“वैल्यूज अपने मन में होता है उजरत। मैं जानता हूँ कि गलत क्या है और सही क्या है, यह तुम भी जानते हो, फिर भी निराशा और नाउम्मीदी के कारण थोड़े से सुख की चाह में तुम गलत के साथ हो गये।”

“देखो, तुम चाहो तो अभी भी कबीले के स्रोत से भाई का ढुंढवा सकते हो और इस मुकदमे को खत्म करवा सकते हो। मेरा दावा है कि तुम्हारा भाई अगर जीवित है तो कबीला उसे पाताल से भी ढुंढवा लेगा।”

“यार उजरत, दो-तीन दिन पहले टेलीविजन पर एक खबर आयी कि एक दहशतगर्द तंजीम ने ताजमहल उड़ा देने की नापाक स्कीम बनायी है। कैबिनेट की

इस पर हंगामी बैठक भी हो चुकी है। मैं तुमसे एक बात पूछना चाहता था, अब तो काफी दिन हो गये तुम्हें कबीला ज्वाइन किये हुए...तुम्हारा यह कबीला देखने में तो बेशक्ल और बेसिफत लगता है, मगर वास्तव में इसके तार किसी देश की सरकार से भी तेज और ताकतवर है। आखिर कहाँ से और कौन इसकी जेरेनिगरानी करता है?"

"इस सवाल का जवाब मुझे नहीं देना चाहिए, लेकिन तुम्हारा खसलत जानता हूँ कि तुम जानकर भी इसका बेजा फायदा नहीं उठाओगे। कबीला का हेडक्वार्टर सिंगापुर में है और इसे स्पांसर करनेवाले कई ऐसे धनी देश हैं जो हिन्दुस्तान जैसे मुल्कों को तरक्की करने और उसे अम्न से रहने नहीं देना चाहते।"

"यह जानकर भी तुम कबीला के साथ हो और उसकी हिमायत कर रहे हो?"

"यार मकसूद, बात बहुत साफ है... जब मुल्क हमारे लिये नहीं सोचता, हमारी चिंता नहीं करता तो हम क्यों मुल्क के बारे में सोचकर दुबला होते रहें। हम अगर वतनपरस्ती करने लग जायें तो क्या हमारा पेट भर जायेगा...हमारी माली हालत सुधर जायेगी? तो जिससे हमारी हालत सुधरती है, वह काम हमें क्यों नहीं करना चाहिए? जिन्हें कौमी खिदमत और वतनपरस्ती के नाम पर तमाम सहूलियतें और मोटी तनख्वाहें मिलती हैं, जब वे रात-दिन गद्दारी, भ्रष्टाचार और बेईमानी करते रहते हैं तो फिर जज्बात में हमीं खुद को क्यों गीला करें?"

मकसूद यह जवाब सुनकर उसका मुँह ताकता रह गया। पहली बार उसे महसूस हुआ कि उजरत ने खुद को जस्टिफाई करने के लिए एक वजनदार दलील गढ़ ली है। कुछ देर के लिए उसके भीतर गलत-सही के बीच एक द्वन्द्व छिड़ गया...ठीक है कि ये आतंक फैलानेवाली और तोड़-फोड़ करनेवाली संस्थायें देशद्रोही हैं, लेकिन वे कौन से देशद्रोही से कम हैं जो विधानसभा, लोकसभा और सरकार में बैठकर देश से भितरघात करते हैं, बेईमानी और भ्रष्टाचार से लूटकर उसे खोखला बनाते हैं। वे नौकरशाह जो बड़े-बड़े पदों पर बैठाये जाते हैं और ऊँची-ऊँची तनख्वाहें लेते हैं, पूरी उम्र देश को चरने में ही बिता देते हैं। लेकिन इसका क्या अर्थ है कि सबको गलत करने की छूट मिल जानी चाहिए? अपराध तो अपराध होता है, उसे करनेवाला मन्त्री हो या अधिकारी या फिर आम नागरिक, कानून का डर तो उसे बना रहता ही है और वह अपना अपराध हमेशा छुपाने का प्रयत्न करता है।

मकसूद ने कहा, "यह कोई बात नहीं हुई दोस्त कि किसी को अच्छा मौका नहीं मिला तो उसे खूनी, कातिल और दंहशतर्ग होने का हक मिल गया। कोई दूसरों के जुर्म की मिसाल देकर खुद जुर्म करने की छूट नहीं ले सकता और इस बुनियाद पर उसे माफी नहीं मिल सकती। फिर तो सारा सिस्टम मार-काट और लूट-खसोट से संचालित सिर्फ बलवानों के उस अराजक जंगल राज में तब्दील हो जायेगा, जहाँ कोई आखिरी बलवान नहीं होता। तुम खुद में ईमानदारी से झाँककर देखो तो तुम्हें

पता चलेगा कि तुम एक बेगुनाह आदमी की तुलना में कहीं न कहीं कमजोर और डरे हुए हो, भले ही ऊपर से तुम्हें लगता होगा कि तुम बहुत ताकतवर और निडर आदमी हो। तुम्हारी संस्था से वो आदमी कभी नहीं जुड़ सकता जो इन्सानियत और नेकी में यकीन करता है और जेहनी तौर पर बेचैन आदमी नहीं है।"

"तो तुम्हारी जानकारी के लिए मैं बता दूँ कि इस शहर के अब तक 50 लड़के इससे जुड़ चुके हैं।"

मकसूद यह संख्या सुनकर जरा विचलित हो गया...कल कहीं ऐसा तो नहीं होनेवाला कि देश के ज्यादातर बेरोजगार युवा इसी कबीले के सदस्य बन जाये? कहीं इस भितरघाती कबीले का देश की सत्ता पर काबिज होने का तो कार्यक्रम नहीं है? अपने को जरा संभालते हुए कहा उसने, "तुम अगर यह गिनती 1000 बताते तब भी मुझे ताज्जुब नहीं होता, उजरत। मैं जानता हूँ कि जुड़नेवाले सौ के सौ फीसदी सिर्फ पैसों के लिए जुड़ रहे हैं, न कि कबीला की खुराफतों से मोतास्सिर होकर और नाहीं किसी बर्बादी और कत्लेआम को अच्छा समझकर उस शौक को पूरा करने जा रहे हैं। यकीनी तौर पर वे या तो जरूरतमंद लोग हैं या फिर जेहनी तौर पर बेचैन लोग। इनके परवरिश और तरबियत में भी कुछ जरूर कमी रही होगी।"

"यह बात तुम मेरे लिये भी कह रहे हो, जबकि क्लास में मुझे हमेशा तुमसे अच्छा रैंक आता रहा? तुम जानते हो कि एक मामूली राजमिस्त्री होकर भी मेरे अब्बा ने मुझे पढ़ाने-लिखाने में कोई कंजूसी नहीं की।"

"हाँ यह बात मैं तुम्हारे लिये भी और चैताली के लिए भी कह रहा हूँ। संघर्ष से कतराकर शार्टकट रास्ते से बड़ी मंजिल फतह कर लेने की बुलन्दपरवाजी (महत्त्वाकाँक्षा) के मारे हो तुमलोग!"

उजरत खान एकटक उसे देखता रहा। फिर मन में एक उभरे पेशोपेश को झटककर कहा, "तुम्हें अपने वकील भाई इस्हाक के बारे में क्या ख्याल है?"

जाते हुए जैसे किसी ने लंघी मार दी हो अचानक। मकसूद से लगातार पटकनी खाते उजरत ने जैसे धोबियापाट लगा दिया हो। कराहते हुए से पूछा उसने, "तो तुमने मेरे घर की बुनियाद में भी बारूद बिछा दिये? मुझे जिसका डर था, आखिर वही कर डाला तुमने। यह तुमने अच्छा नहीं किया उजरत।"

"मैं सचमुच ऐसा नहीं चाहता था मकसूद। मेरी ख्वाहिश थी कि जैसे तुम डटे रहे अपनी धूरी पर, तुम्हारा भाई भी उसी तरह डटा रहता। मुझे मन ही मन फख्र होता कि यहाँ ऐसे लोग और ऐसे परिवार भी हैं जो पैसों के लिए नहीं उसूलों के लिए जीते हैं। तुम्हें नहीं पता कि तुम पर मैं कितना गुमान करता रहा हूँ। चैताली तुम्हें पहले से भी ज्यादा प्यार करने लगी है। लेकिन क्या करूँ, आजमाना मेरा काम

था, तुम्हारा भाई फँस गया इसमें। ईमानदारी से कहता हूँ, मुझे जरा भी खुशी नहीं हुई उसके हाँ करने में।"

मकसूद के जिस्म में जैसे सैकड़ों चीटियाँ चिपककर डंक चुभोने लगीं। इस्हाक ने इस बारे में उससे पूछना तक मुनासिब नहीं समझा? कल वह भी फिदायीन हमलावर बनकर किसी राष्ट्रीय थाती को ध्वस्त करने और बेगुनाह लोगों को हलाक करने की मुहिम पर निकल पड़ेगा। अपने जिस्म में शक्तिशाली बम बाँधकर जायेगा और चिथड़ों में तब्दील हो जायेगा। चैताली की तरह बच जाने का चमत्कार बार-बार थोड़े ही होता है। इस्हाक खत्म हो जायेगा और सौदे की रकम से उसे कोई फायदा नहीं पहुँचेगा। मतलब अपने परिवार के लिए इतनी बड़ी कुर्बानी देने जा रहा है? कितना पागल है इस्हाक! यह ठीक है कि बहनों से, अम्मी और अब्बा से उसे बेइंतहा प्यार है, पर क्या प्यार जताने के लिए, उनके बेहतर मुस्तकबिल के लिए खुद को फना कर देना ही एक रास्ता है? रास्ता भी वह जो हैवानियत की तरफ जाता है... दरिंदगी की मिसाल पेश करता है!

घर में जब सारे लोग बैठे थे तो मकसूद की व्यथा तरल बनकर बह उठी, "इस्हाक, तुमने इतना बड़ा फैसला कैसे कर लिया अकेले? तुम अगर हम सबको प्यार करते हो तो हम भी तुम्हें उतना ही प्यार करते हैं। तुमने यह कैसे सोच लिया कि तुम्हारी बर्बादी की मजार पर हम जश्न मनाकर खुश हो लेंगे?"

"भैया, मैं जानता था कि आप मुझे कभी इसकी इजाजत नहीं देंगे। मैंने यह फैसला इसलिये ले लिया कि जिस तरह हम जी रहे हैं, वह जीना नहीं एक तरह से मरना ही है। आपको छोड़कर घर के सभी लोग को मैंने अपने फैसले से राजी कर लिया है।"

ताज्जुब से आँखें फैली रह गयीं मकसूद की। वह अम्मीं, अब्बा और अपनी बहनों को बारी-बारी से निहारने लगा। उनके चेहरों पर लिखी रजामन्दी की इबारत स्पष्ट नहीं थी और वहाँ एक झिझक मौजूद थी। समझ गया कि जरूर इन्हें आधे-अधूरे पढ़ाकर समझा लिया गया है और इस खेल की अन्तिम हृदयविदारक परिणति की जानकारी इन्हें नहीं दी गयी है।

"उजरत ने तुम्हें झाँसे में लेकर भितरघातियों के फँदे में फँसा दिया। तुम सबको अच्छी तरह पता होना चाहिए कि इस खूनी खेल में 99 फीसदी गुँजाइश लौटने की नहीं होती। यह एक निहायत ही जल्लादों और कसाइयों वाला वहशियाना काम है। यह सरासर अपने कौम और मुल्क के खिलाफ गद्दारी है। हम हमेशा भले, सच्चे और सीधे रास्ते पर चलने वाले इंसाफपसन्द शहरी रहे हैं। हम मुफलिसी व किल्लतों में भी जीकर खुश रह लेने वाले लोग हैं।"

"भैया माफ कीजिये," बीच में ही बोल पड़ा इस्हाक, "इंसाफ जैसी चीज से मुझे नफरत हो गयी है। कोर्ट में इंसाफ की वकालत करनेवालों के साथ बैठकर मैंने देख लिया, इंसाफ करनेवाले जज तक खुद की खुलेआम बोली लगा रहे हैं। अपने सीनियर को मैंने जजों से सौदे करते देखे हैं। मेरा तो दम घुट रहा था। ऐसे में अपनी बेहतरी के लिए मुझे कुछ भी करना और किसी भी हद तक जाना गलत नहीं लगता। पुलिस को हम देख ही रहे हैं, वह चन्द खास लोगों की मुहाफिज बनकर रह गयी है। जिसे भी मौका मिल रहा है, वह मुल्क को लूट रहा है...उसमें सेंध लगा रहा है। सजा बमुश्किल किसी-किसी को ही मिल पाती है और वह भी काफी लम्बे समय बाद। अब यहाँ सच्चाई और ईमान की बात करना एक लफ्फाजी है। हमें अनवारुल भैया का पता लगाना है। कब तक हम उनकी आस में अपनी आँखें फाड़े रहेंगे? हमें यकीन है कि पुटुस पैरा ने ही उन्हें गायब करवाया है। ट्रांस्पोर्ट के सभी उजले-काले धन्धे में उसकी गहरी पैठ है। उसे मुँहतोड़ जवाब कबीला ही दे सकता है। जैसे चैताली के साथ उसकी शैतानी ठंढी पड़ गयी। चैताली की तरह कबीला जहाँ हमारे इस काम में मदद करेगा, वहीं हमारी माली हालत भी इससे बेहतर हो जायेगी।"

"उजरत ने लगता है पूरी तरह पट्टी पढ़ा दी है तुम्हें। वह अच्छा आदमी नहीं है इस्हाक। वह राह से भटका हुआ एक घटिया आदमी है। इन्सानियत-रवादारी और दोस्ती-मोहब्बत जैसे एहसास...।"

इस्हाक ने उसे फिर बीच में ही रोक दिया, "उसके लिए अब और कोसने वाले अल्फाज मत कहिये, अपनी बहन सबीना ने उससे निकाह करने का फैसला कर लिया है।"

जैसे चारों खाने चित्त हो गया हो मकसूद। घर में कितना कुछ घटता रहा और उसे इसकी भनक तक नहीं लगी? उसने कराहते हुए कहा, "तुम सबको यह तो पता है कि चैताली से मैंने अपनी दोस्ती के हाथ इसलिये खींच लिये कि वह कबीला जैसी राष्ट्रविरोधी संस्था से जुड़ गयी। और अब सबीना उजरत से यह जानकर दोस्ती करने जा रही है कि वह कबीला से जुड़ा हुआ है?"

"हाँ भैया, ऐसा ही है।" सबीना सामने ही बैठी थी और उसके भाव से ऐसा साफ लग रहा था कि उसने सब कुछ जानते-समझते हुए यह फैसला किया है। इस्हाक ने आगे कहा, "चैताली हमें अक्सर सब कुछ बताती रहती है। वह आपको आज भी उतना ही प्यार करती है और उसका मानना है कि आप भी उससे नफरत नहीं करते हैं।"

मकसूद समझ गया कि इनके दिमाग में जिस तरह चीजें भर दी गयी हैं कि इन्हें बदला नहीं जा सकता। यह उसके लिए दुखद था। वह जैसे बिल्कुल अकेला पड़ गया था। उसे पूछने की हिम्मत नहीं हुई कि कौन से राष्ट्रीय स्मारक या रेलवे

स्टेशन या कोई बड़ा पुल धराशायी करने या किस प्रख्यात हस्ती को उड़ा देने का जिम्मा उठा लिया है उसने। वह नहीं चाहता था कि दोहरे-तिहरे शोक में वह अभी से ही घिर जाये। उसे जरा-सा भी इसका इल्म नहीं था कि इस्हाक अपने जीवन से इतना ज्यादा उबा हुआ है कि मौत तक की जोखिम उठाने में उसे कोई हिचक नहीं हो रही। वह नहीं रहेगा और उसकी अर्जित खून और मातम से रंगी कमाई घर में मौजूद होगी, उसे उपयोग में लाना क्या एक गुनाह करने जैसा नहीं होगा? इस्हाक न रहकर कुछ समय के लिए घर में अभावों को कम कर देगा, मगर उसके न रहने की जो कचोट सबके जिगर में उभरेगी, वह कैसे पूरी होगी? जैसे अनवारुल के बिना परिवार का ढाँचा खण्डित हो गया है, इस्हाक के बिना तो और भी अधूरा हो जायेगा।

मकसूद को लगा कि माहौल में इतना-इतना जहर घुल गया है, इतनी बड़ी-बड़ी वारदातें हो रही हैं और वह चुपचाप, निष्क्रिय वह निश्चेष्ट बना हुआ है। वह इस बिन्दु पर कई कोणों से सोच रहा था इसी दर्म्यान एक विशेष वार्ता करने की योजना बनाकर चैताली आ गयी। वह जब भी आती थी मकसूद बिना कुछ बोले अपनी आँखें बन्द कर लेता था।

चैताली ने कहा, "अगर वाकई तुमने मेरी तरफ से सिर्फ अपनी आँखें ही नहीं दिल और दिमाग के दरवाजे भी बन्द कर लिये हैं तो हमारे बारे में पुलिस या फिर खुफिया विभाग को सूचित करके हमें अन्दर करवा दो। निर्भीकता से कबीला के कारनामों को उजागर कर दो। तुम्हारे प्यार का नहीं तो कम से कम तुम्हारी नफरत का तो इजहार हो। क्या कर सकते हो तुम ऐसा? अगर नहीं तो इसका सीधा अर्थ है कि तुम्हारी आँखें सिर्फ ऊपर से बन्द है और तुम समर्थन करते हुए हमारे साथ हो। क्या तुम अपने भाई इस्हाक से भी अपनी आँखें मूंद सकते हो? उजरत से दूर रहने के लिए सबीना को राजी कर सकते हो?"

मकसूद को यों प्रतीत हुआ जैसे खुद चैताली नहीं बल्कि उसका कोई दुश्मन उसके खिलाफ कार्रवाई करने को लिए उकसा रहा हो। वह ठीक ही तो कह रही है, यह जानते हुए भी कि मुल्क के खोखला करने और उसे तोड़ने वाली इंसाफ-ए-कबीला नामक एक खतरनाक संस्था लगातार यहाँ अपने पैर पसार रही है और यहाँ के युवाओं को गुमराह कर रही है, वह इसके कारनामों को उजागर कर क्यों व्यवस्था और सरकार को झकझोर नहीं देता? अगर वह ऐसा नहीं कर रहा तो निश्चय ही वह भी कहीं न कहीं डरा हुआ है या फिर इसमें उसका मौन समर्थन है।

लेकिन इसी के साथ सवाल यह भी है कि वह अदना-सा आदमी है ही कौन जो मुल्क के इतने बड़े मसाइल पर चिन्ता जाहिर करे? कल को कोई उसकी छाती पर पिस्तौल तान दे तो है कोई जो उसे सुरक्षा दे सके? कितना-कितना कुकर्म, कितनी-कितनी अराजकता सरेआम हो रही है...लोग देख रहे हैं, पूरा जमाना देख रहा है...पर कोई अपने होंठ नहीं फड़फड़ा रहा...फिर उसे ही बोलना क्यों जरूरी है...

और अगर वह नहीं बोलता है तो इसी कारण वह गुनहगार क्यों माने खुद को? पुटुस पैरा जैसे अपराधी खुलेआम आतंक के पर्याय बन गये हैं...पूरा शहर देख रहा है...उससे घिन करने की जगह उल्टे उसे राजनीतिक पार्टियां टिकट दे रही हैं, जनता उसे वोट दे रही है और उसे हर जगह सम्मान मिल रहा है...कोई बेबाकी से इसके खिलाफ मुँह खोलने को तैयार नहीं है?

चैत की यह चुनौती बेजा नहीं है कि उसका भाई भी आज उसी डगर पर चल पड़ा है, मगर वह उससे नफरत नहीं कर पा रहा, क्यों?

मकसूद के दिमाग में जैसे एक चक्रवात घूमने लगा...अनवारुल गुम हो गया...अब इस्हाक भी नहीं रहेगा। सबीना उजरत से शादी कर लेगी। एक दिन उजरत भी कबीले के किसी मिशन पर जायेगा और शिकार बन जायेगा...सबीना बेवा बन जायेगी। एक दिन चैताली का भी हश्र बुरी मौत ही होगा। ऐसी संस्थाओं के कोई उसूल या नियम नहीं होते। वे पैसे दे रहे हैं तो कभी भी इन्हें किसी कहर ढाने वाली ज्वालामुखी पैदा करने और उसमें भस्म हो जाने हेतु झोंक देंगे।

उस रात उसे नींद बहुत देर बाद आयी। उसे बुरे-बुरे ख्वाब आने लगे। उसने देखा कि कबीला और उससे जुड़े सारे लोगों का पर्दाफाश करने के लिए वह एक मजबूत इरादे लेकर उपायुक्त कार्यालय की ओर बढ़ा जा रहा है। वह ज्योंही वहाँ पहुँचने को था कि पीछे से दनादन गोलियाँ चलने लगीं और उनमें से कई उसकी पीठ में उतर गयीं। वह लहूलुहान होकर गिर पड़ा। उसकी नींद खुल गयी और वह पसीने-पसीने होकर हाँफने लगा।

विश्व बाजार का ऊँट

दिन-रात लाल रहकर इस्पात गलानेवाली सजीव भट्ठियाँ बदरंग और बेजान होकर मलबे का ढेर मालूम हो रही थीं। एक अजीब सी लय में बना रहनेवाला स्थायी शोर सन्नाटे में बदल गया था...जैसे एक सामूहिक मौत के बाद की डरावनी और बदहवास मायूसी छायी हो। कर्मचारियों के चेहरे पर शाख से टूटे पत्ते के लावारिसपन और अनिश्चितता का दुर्भाग्यजनित दंश साफ दिखाई पड़ रहा था। यह कारखाने के तीसरे चरण के आधुनिकीकरण का जलजला था। पुरानी तकनीक पर आधारित कई विभाग रेल मिल, प्लेट मिल, शीट मिल, स्ट्रिप मिल, बार एंड फोर्ज शॉप, रोलिंग मिल-1, ब्लास्ट फर्नेस नं. 3, स्टील मेल्टिंग शॉप नं. 1,2,3, आदि पर गाज पहले ही गिर चुके थे। अब इस स्टील मेल्टिंग शॉप-4 की बारी थी। यहाँ के सभी पन्द्रह सौ कर्मचारी तथा इससे जुड़े जेनरल मेंटेनेन्स, इलेक्ट्रिकल, रिफ्रैक्टरीज, केमिकल लैब, फाउंड्री, मोल्ड स्ट्रिपर आदि सेक्शन के एक हजार कर्मचारी सरप्लस घोषित कर दिये गये थे।

शीघ्र पृथक्करण योजना (अर्ली सेपरेशन स्कीम) नोटिस बोर्ड पर एक सप्ताह पहले से ही टंग गयी थी। सकलदेव तय नहीं कर पा रहा था कि वह क्या कदम उठाये। समय की नब्ज को सही-सही जांच-परखकर पहचानने की क्षमता रखकर नपे-तुले फैसले लेनेवाले विभाग के उसके दो मेधावी दोस्त अनूपलाल और बृजमोहन भी अब तक असमंजस की स्थिति में थे। योजना का स्वर जहाँ ऐसा सख्त नहीं था कि लेना अनिवार्य हो, वहीं इतना उदार भी नहीं था कि इसे अनदेखा कर दिया जाये। आसार के और बदतर होने के अंदेशे से विभाग के कई लोग आवेदन कर भी चुके थे। सकलदेव पीढ़ियों के जुड़ाव को इस जल्दबाजी से तोड़ देने की घटना पर मन ही मन अचम्भित था। वह इस कारखाने से एकदम अलग होकर जीने की कल्पना नहीं कर पा रहा था। जैसे एक घर होता है और उसकी एक-एक चीज से शरीर के अंग जैसी अभिन्नता एवं आत्मीयता हो जाती है, ऐसा ही कुछ यहाँ भी था। उसे कहीं से भी उस ढील अथवा सुराग की तलाश थी जिसके जरिये खुद को बचाया जा सके। दाव-पेंच जानने वाले उसके कुछ सहकर्मियों का कहना था कि तुरन्त तो सेपरेशन नहीं लेंगे...पहले रंग-ढंग देखेंगे...हो सकता है हमें दूसरे विभाग में ट्रांसफर

मिल जाये। अगर ऐसा नहीं होगा और जबर्दस्ती जाने की नौवत आयेगी, तब देखा जायेगा।

सकलदेव, सेपरेशन की मानसिकता नहीं रखने वाले अनूपलाल, बृजमोहन तथा कुछ अन्य साथियों के साथ सुबह स्यापे की मुद्रा में बैठा था। सामने ठेकेदार के आदमी फर्नेस की ईंटें उखाड़ रहे थे...भट्ठी में एवं आसपास के प्लेटफार्म पर जमे हुए लोहे के थक्के को खुरच रहे थे। गैस, पानी और तेल की पाइपों के जाल, बिजली के उपकरण तथा ओवरहेड क्रेन के पार्ट-पुर्जे डिस्टमेंटल किये जा रहे थे। सकलदेव को लगा कि सामानों को तोड़-फोड़ और नोंच--नोंच कर हटाया जाना तो दिखाई पड़ रहा है लेकिन इससे कहीं कठोर उपक्रम कर्मचारियों के हटाने का हो रहा है जो दिखाई नहीं पड़ रहा। इस जगह पर एक अत्याधुनिक एल डी शॉप (लिंज डोनोविट्ज शॉप) स्थापित किया जाना है जिसके द्वारा दैनिक उत्पादन पुराने एस एम एस की अपेक्षा विश्व-बाजार के अनुकूल ऊँचे दर्जे का और दस गुणा अधिक किया जा सकेगा। इसके स्टील पर लागत बहुत कम आयेगी, चूँकि कर्मचारियों की संख्या दस गुणा कम होगी... इंधन तेल की भारी खर्चीली जरूरत खत्म हो जायेगी...ऑक्सीजन की खपत में भी कमी आयेगी और स्क्रैप, हॉट मेटल, कोक, लाइम स्टोन, मैगनीज, बॉक्साइट, आयरन ओर तथा अन्य खनिज का अपव्यय भी इसमें न्यूनतम होगा।

किसी मरे हुए सगे आदमी की दिनचर्या याद आने की तरह सकलदेव के जेहन में जीवित फर्नेस के क्रिया कलाप उभर आये—ड्यूटी में आते ही देखना कि फर्नेस किस अवस्था में है। अगर टेप होल (गले हुए इस्पात निकालने का छिद्र) ओपन है तो उसे अच्छी तरह साफ करके डोलोमाइट से बन्द करना। स्मॉल लाउंडर में जो भी मेटल बच गया हो उसे खोद-खुरचकरके निकालना, फिर लाल मिट्टी मारकर सतह को लेवल कर देना। टैपिंग स्पाउट अगर फ्लश कर गया है तो फायर ब्रिक लगाकर उसकी मरम्मत करना...लैडल के प्लैटफार्म की सफाई करना। अब रिलाइनिंग मेंटेनेन्सवाले आकर भट्ठी में जहाँ-जहाँ भी टूट-फूट रहती है उसमें क्रोम-मैग्नेसाइट अथवा फायर ब्रिक लगाकर मरम्मत कर देते हैं। लाउंडर में भी ब्रिक की जोड़ाई कर दी जाती है। कोक ओवेंस प्लांट से आनेवाली गैस द्वारा भट्ठी के गीलेपन को सुखा लियां जाता है। अब तपती हुई भट्ठी के अन्दर की दीवारों पर डोलोमाइट स्प्रे करके उसमें आयी दरारों को पाट दिया जाता है। फिर फर्नेस में स्क्रैप, मैगनीज ओर तथा लाइम स्टोन डालकर चार्जिंग शुरू कर दी जाती है। कुछ देर बाद मिक्स्चर में ब्लास्ट फर्नेस से आकर रखा हुआ हॉट मेटल पोर किया जाता है। एक निश्चित तापमान पर आ जाने से सैम्पल निकाल-निकाल कर लैब में चैक करवाया जाता है कि जिस

ग्रेड के स्टील हम बना रहे हैं, एनालाइसिस उसके अनुरूप है या नहीं। अगर कोई कमी-बेसी है तो उसे नियन्त्रित करने के लिए बीच-बीच में लाइम, मैगनीज ओर, फ्लोर्सपर आदि डाले जाते हैं।

जब एक उचित संरचना पर बाथ पहुँच जाता है तो तेल और ऑक्सीजन इंधन को कम करके हीटिंग रोक दी जाती है। अन्त में टैप-होल ओपन करके लैडल (बाल्टी) में टैपिंग (ढालने की क्रिया) कर ली जाती है। स्टील ऑक्सीडाइज्ड न हो इसके लिए लैडल में हॉट स्टील ढालते हुए कई तरह के फेरो एलॉयज (सिल्कन, अल्युमीनियम, कोक) का प्रयोग भी करना पड़ता है।

ये सारी क्रियायें फर्नेस के 1350 डिग्री से लेकर 1650 डिग्री सेंटीग्रेड के तापक्रम पर चलती रहती हैं। कहीं भी अगर कोई चूक हो जाये और खौलते हुए क्रूड स्टील का कोई छींटा देह में लग जाये तो जलाकर सीधा छेदते हुए निकल जायेगा। ये छीटें गोली से भी कई गुणा खतरनाक हैं। फर्नेस के बन्द दरवाजे की फांकों से ये छीटे चकाचौंध चिंगारी की तरह अक्सर निकलते रहते थे तो ऐसा लगता था जैसे घमासान युद्ध-स्थल पर आने-जानेवाली गोलियाँ हों।

घमासान थम जाने के बाद मैदान जैसे मातम और विलाप में डूब जाता है, वैसा ही दृश्य अब यहाँ उपस्थित हो गया था। हटाये जा रहे उपकरण और मलबों से यों प्रतीत हो रहा था मानों उड़े हुए चीथड़ों से हड्डियाँ और माँस के लोथड़े हटाये जा रहे हों।

डिविजनल मैनेजर, डिप्यूटी डिविजनल मैनेजर, पर्सनल मैनेजर आदि कई बार यहाँ के मजदूरों से कह चुके थे कि स्कीम बहुत अच्छी है...इसका लाभ आपलोगों को समय रहते उठा लेना चाहिए।... कल क्या होगा कहना मुश्किल है। लोग मन ही मन अर्थ निकालते रह गये कि साहब के इस वक्तव्य में धमकी है या सलाह।

हताश लोगों की इस बैठक में अनूपलाल और बृजमोहन ही थे जो मुखर होकर अपनी-अपनी मान्यता के अनुरूप निष्कर्ष निकालने और बहस करने की कोशिश करते थे।

अनूपलाल का मानना था, "कम्पनी का यह मैनेजिंग डायरेक्टर घोर मजदूर विरोधी और काइयाँ है। इसे सिर्फ अधिक से अधिक पूँजी बनाने और नये-नये प्लांट लगाने की हवस है।"

बृजमोहन इससे सहमत नहीं था, "हम ऐसा एकतरफा सोचकर न्याय नहीं कर रहे हैं। पूरी दुनिया में परिवर्तन की लहर चल रही है। ऐसे में पुरानी टेक्नोलॉजी पर टिककर कोई भी उद्योग बहुत दिनों तक अपना अस्तित्व कायम नहीं रख सकता।"

"हम नयी टेक्नोलॉजी के खिलाफ नहीं हैं बृजमोहन। लेकिन हम उस सिस्टम

के खिलाफ जरूर हैं जो बेकारी को बढ़ाता है और मजदूरों में बँटने वाला धन मालिक के खजाने में जाने की खुली छूट देता है। पहले पूँजी को अधिक से अधिक लोगों में वितरित करने और पूँजीपति के हतोत्साहित करने की बातें सरकारें करती थीं। अब आर्थिक सुधार के नाम पर मालिकों को संरक्षण दिया जा रहा है। जाहिर है कि इससे गरीबों की संख्या में और विस्तार देने की नीयत छिपी है।"

"तो फिर तुम मैनेजिंग डायरेक्टर को दोषी क्यों ठहराते हो? जिम्मेवार तो आर्थिक उदारीकरण और भूमण्डलीकरण की सरकारी नीति है। अब तो प्राइवेट सेक्टर हो या पब्लिक सेक्टर, सबके सामने विश्व बाजार का हौआ है। इसे कम्पीट करने के लिए कम लागत में आई एस ओ 9000 स्तर की गुणवत्ता देने की सामर्थ्य जिसमें नहीं होगी, उसे कोई नहीं बचा पायेगा। यही कारण है कि आज छँटनी का विरोध करनेवाला कोई नहीं है...न यूनियन, न विपक्ष, न सरकार। सरकार तो अब खुद अपने उपक्रमों को भी या तो बन्द कर रही है या बड़े पैमाने पर कर्मचारियों को कम करने की योजना बन रही है।"

"हम तुमसे पूछना सिर्फ यह चाहते हैं बृजमोहन कि आर्थिक उदारीकरण और भूमण्डलीकरण के इस दौर में बहुराष्ट्रीय कम्पनियों से होड़ करके चाहे जितना भी डालर जमा हो गया हो सरकार के पास...लेकिन हम तो लुट गये या नहीं। हमारे एक बेटे को यहाँ नौकरी मिलना तय था...अब उसकी सम्भावना तो खत्म हो गयी न।"

बृजमोहन बहुत देर तक कोई जवाब नहीं दे सका। सबके चेहरे पर उभरे भाव से ऐसा लग रहा था कि समर्थन अनूपलाल के साथ है।

"खैर मनाओ भाई कि कम्पनी ने सीधे निकल जाने की नोटिस नहीं लगा दी," बृजमोहन ने कहना शुरू किया, "मुरौव्वत कर रही है कि पृथक होनेवालों को उम्र एवं सर्विस लेंथ के हिसाब से रिटायरमेंट तारीख तक वर्तमान बेसिक + डीए का डेढ़ गुणा, सवा गुणा तथा एक गुणा माहवार पगार और दो लाख का ब्याजमुक्त कर्ज का ऑफर दिया गया है। बताया जा रहा है कि देश भर में वालिंटियर रिटायरमेंट के लिए यह सबसे आकर्षक और लाभप्रद योजना है। आप यहाँ से भी माहवार उठाते रहें और बाहर कोई मामूली नौकरी या रोजगार कर लें तो उसकी आमदनी अतिरिक्त होगी।"

अनूपलाल की माँसपेशियाँ खिंच गयीं और माथे पर बल पड़ गया, "जिसे तुम मुरौव्वत कह रहे हो बृजमोहन, दरअसल यह एक छल है हमारे साथ। हम काम करना चाहते हैं, फिर हमारी दक्षता को नाकारा एवं समयातीत घोषित कर क्यों निठल्ला बनाकर भीख देने की पेशकश हो रही है? हमें क्यों अपने श्रम की गरिमा को भूलने के लिए मजबूर करके यह बताया जा रहा है कि लद गया जमाना अब कारीगरी और मेहनत का...अब सिर्फ दिमाग चाहिए जो खरीदा जा सकता है एकमुश्त दाम देकर इलेक्ट्रोनिक और कम्प्यूटरीकृत यंत्र के रूप में।"

अनूपलाल की यह उक्ति मानो हु-ब-हू सकलदेव के अन्तर की अभिव्यक्ति थी। उसके मन में उदारीकरण, भूमंडलीकरण, डालर, रुपये की कीमत, बहुराष्ट्रीय कम्पनियाँ, महँगाई, आधुनिकीकरण, सेपरेशन स्कीम आदि के घालमेल की एक विचित्र सी चक्रवात घूमती रहती थी।

वह उस दिन घर पहुँचा तो मन उद्विग्न ही बना रहा। घर में अपने परिवार से संताप को शेयर करके हल्का होने का माहौल कभी रहा नहीं। पत्नी और बच्चों से उसका शहर और गाँववाला मतभेद बना रहा। इसलिए घर को उसने चैन और सुकून देने के एक सुखद स्थल के रूप में कभी महसूस नहीं किया। उल्टे घर के निष्ठुर बर्ताव से क्लांत मन को राहत कारखाने में ही मिलती रही थी। अनूपलाल और बृजमोहन कई कोणों से समझाकर उसकी उदासी का उपचार कर देते थे। इसके बावजूद अगर कोई विकार रह जाता भीतर तो वह इस्पात गलाने के उपक्रम में गलकर अपने आप बह जाता था।

अनूपलाल कहा करता था कि इस्पात आग से नहीं हमारी साधना से गला करता है...और साधना जब इस्पात को गला सकती है तो फिर हमारे क्लेष तथा विकार जमा कैसे रह सकते हैं।

सकलदेव घरवालों को विभाग के बन्द होने और सरप्लस की अवस्था में पृथक्करण योजना के ऑफर आने के बारे में पहले ही बता चुका था। इस पर इनकी प्रतिक्रिया आदत के अनुरूप वही कोसने और दोषारोपण करने की थी। पत्नी ने बुरा-सा मुँह बनाकर कहा था।

"मैं समझती थी कि चाहे और कोई काम तुम्हें ढंग से न करना आये, कम से कम नौकरी तो ढंग से करनी आती है। अब जाकर मालूम हुआ कि मेरा यह समझना भी गलत था। तुम्हें नौकरी करना भी ढंग से नहीं आया।"

सकलदेव ने इसे जले पर नमक की तरह महसूस किया, "अब इसमें मैं कहाँ कसूरवार हूँ तुम बता सकती हो?"

"क्यों, क्या तुम्हें पहले ही मालूम करके डिपार्ट बदल नहीं लेना था? "नीना ने अपनी दबंगई कायम रखी।

"क्या अपनी मनमरजी है कि जब चाहा डिपार्ट बदल लिया? मेरे साथ ही क्या दो हजार आदमी बेवकूफ थे?"

"तुम मुझे कहे होते...मैं कोई व्यवस्था करती-करवाती। मैं एम डी से जाकर मिलती।" नीना ने यों कहा जैसे एम डी उसके क्लास-फ्रेंड रहे हों।

"एम डी से ही करवाने का दम रखती हो तो सुन लो, उसके चाह लेने से मैं ही नहीं पूरा डिपार्टमेंट अब भी बच सकता है।"

"पेड़ जब सूख जाये तो पानी देने से कोई लाभ नहीं है डैडी," माँ की तरफ

से अब रॉकी छौंक लगाने लगा, "आप यह जानते हुए भी कि नाना जी का अच्छा रसूख है इस कम्पनी में, उनका उपयोग क्यों नहीं करना चाहते?"

सकलदेव इन प्रलापों को झेलने का आदी हो चुका था, इसलिये खौला देने वाली बात पर भी वह मामूली ही गर्म हो पाता था। उसने कहा "चमचागिरी से दो एक मामूली काम तो निकाला जा सकता है, लेकिन रसूखवाला तोप नहीं बना जा सकता। तुम्हारे नाना कम्पनी में मैंनेजर हैं, जेनरल मैंनेजर नहीं हैं। ऐसे मैंनेजर इस कम्पनी में कम से कम एक सौ होंगे। रही बात मदद करने की, तो सुन लो, वे खुद की ही मदद कर लें तो मैं मान जाऊँ। अगला नम्बर उनके शीट मिल डिपार्टमेन्ट के ही बन्द होने का है।"

अचानक दोनों माँ-बेटे की अक्ल गुम हो गयी थी। कभी निरुत्तर नहीं होने की आदत से लाचार नीना ने थेथरई फिर भी कर लिया, "पापा का क्या है, उनका तो मुश्किल से पाँच साल बचा है। मेरा भाई टाइगर पाँच-छह साल से टेम्प्रेरी कर रहा है...अब तो परमानेन्ट होने ही वाला है।"

"सन्तोष के लिए अगर यह मुगालता पाले रहना चाहती हो तो मुझे कोई ऐतराज नहीं है। लेकिन हकीकत यह है कि कम्पनी अब किसी टेम्प्रेरी को नौकरी नहीं देने जा रही, चाहे वह इम्पलाई वार्ड ही क्यों न हो।"

"तो यह तय है डैडी कि मुझे भी अब यहाँ नौकरी नहीं मिलनेवाली? कम्पनी ने इम्प्लाई-सन के रूप में जो रजिस्ट्रेशन कर रखा है उसका कोई मतलब नहीं?।" रॉकी ने बहुत चिन्तित होकर पूछा।

"पता नहीं तुम लोगों को कब विश्वास होगा...मैं पिछले छह महीने से कह रहा हूँ कि अब यहाँ से यह प्रथा अन्तिम रूप से उदारीकरण और आधुनिकीकरण की भेंट चढ़ चुकी है।"

"तो फिर मुझे फायदा क्या है झख मारकर इंजीनियरिंग पूरा करने से?" रॉकी को अपने कैरियर का बना हुआ मास्टर प्लान एक बकवास होता जान पड़ा।

"जिस तरह की इन्जीनियरिंग तुम कर रहे हो उससे तो सचमुच ही कोई फायदा नहीं है। लेकिन तुम माँ-बेटे ने मेरी सुनी ही कब है?" सकलदेव की दबी पीड़ा मानों मुखरित हो उठी, "खुद की मेरिट पर जो नहीं कर सकता वह डोनेशन पर इंजीनियर बनकर भी इस प्रतिस्पर्द्धा भरे समय में क्या हासिल कर लेगा?"

"ठीक है...ठीक है...तुम अपनी चिन्ता करो," नीना एकदम खीज उठी, "यह जो कर रहा है करता रहेगा। पढ़ाई बेकार नहीं जाती है। नौकरी नहीं तो बिजनेस कर लेगा। लेकिन तुम क्या करोगे? नौकरी छूटेगी तो बेघर भी होना पड़ेगा। कब से कह रही थी कि जमीन का कहीं एक टुकड़ा लेकर छोटा-सा घर बना लो...लेकिन गाँव की मोटी और जाहिल बुद्धि से तुम्हारा पिण्ड छूटे तब तो।"

इस आखेटक संवाद पर सकलदेव का दुखी मन और भी उचट गया। अब

कौन-सा ठौर ढूँढ़े वह कि राहत के दो अच्छे बोल सुनने को मिले। गाँव उसके पोर-पोर में धड़कता है इसका यह मतलब नहीं कि वह मूर्ख है। शहर में जनमना, पलना और अंग्रेजी स्कूल के दस क्लास पास कर लेना ही अक्लमन्द हो जाने का पैमाना नहीं है। कोई कुछ कहे...गाँव उसका संस्कार है...वह इसे छोड़ नहीं सकता। उसकी तीन पीढ़ियों ने इस कम्पनी में नौकरी पूरी की है...खून का रिश्ता रहा है इससे...लेकिन किसी ने गाँव नहीं छोड़ा...किसी का भी परिवार यहाँ स्थायी तौर पर नहीं रहा।

आज भले ही लोग बदल गये हों...पहले बीबी-बच्चों को नौकरी के साथ रखनेवाले लोग अच्छी निगाह से नहीं देखे जाते थे। गाँव-जवार कहता था कि देखो, फलाँ एकदम मउगलरका (पत्नी भक्त) हो गया। परिवार गाँव में रहता था तो इससे खान्दान और अपनी मिट्टी से एक निष्ठा और जुड़ाव का बोध होता था। उसके परदादा, दादा और बाउजी ने इस संयम-नियम का भरपूर निर्वाह किया। सकलदेव ने भी ऐसा ही चाहा था। लेकिन परिस्थितियों ने जिन्दगी से सम्बन्धित हर महत्त्वपूर्ण फैसले उसकी गिरफ्त से छीन लिये।

शादी वह किसी गाँव की लड़की से ही करना चाहता था। बड़े भाई की चचेरी साली गितिया से उसकी बातचीत भी चल चुकी थी। दोनों एक-दूसरे को पहले से पसन्द भी थे। मगर उसे यहाँ वारिसी नौकरी मिलते ही सौदागर बाबू ने लक्ष्य बना लिया। इन्होंने चारों ओर से इस तरह घेर-छेंक लिया कि बाउजी ना नहीं कर पाये। कई साल तक बाउजी ने उनके फोरमैनशिप के अधीन तब काम किया था जब फोरमैन का होना एक गौरव का विषय माना जाता था। अतः बाउजी कहीं न कहीं उनसे प्रभावित-उपकृत थे।

शादी के बाद सकलदेव ने नीना को गाँव में ही रखना चाहा ताकि संयुक्त परिवार का वह अंग बन सके...गाँव को वह पहचान सके और माँ-बाउजी के बुढ़ापे की देखरेख कर सके। पहली बार तो वह एक पखवारा रह आयी लेकिन दूसरी बार उसका प्रस्ताव सिरे से खारिज कर दिया गया।

सौदागर बाबू ने कहा, "जमाना अब बदल गया है सकलदेव। गाँव में भला कोई लाइफ है? न बिजली, न टायलेट, न फ्रिज, न पंखा, न क्लब, न पार्टी! नीना सब दिन शहर में रही है...इसे यहीं रखना होगा। जब तक कम्पनी से क्वार्टर नहीं मिलता मेरे साथ तुमलोग रहो...कोई दिक्कत नहीं है। मैं बलदेव जी को चिट्ठी लिखकर समझा दूँगा।"

बस यहीं से सकलदेव काफी अर्से तक घरजमाई रह गया और फिर उसकी स्वतन्त्रता पर बहुत सारे हस्तक्षेप बढ़ते चले गये। नीना अपने घर की हिमायत के बल उस पर वजनदार होती गयी। अपना क्वार्टर उसे चौदह साल बाद मिला, इस

बीच नीना और उससे हुए दो बच्चे सकलदेव के संस्कार की चौहद्दी को रौंदकर एक विचित्र तरह का हिप्पी संसार खड़ा कर चुके थे, जिससे उसकी दूर-दूर तक कोई संगति नहीं बैठती थी। ऐसे में एक कारखाना ही था जहाँ वह पूरा का पूरा अपने को रमा लेता था।

शाम को अनूपलाल और बृजमोहन आ गये तो उसका उखड़ा मन काफी थिर हो गया। वे सकलदेव को साथ ले जाने आये थे। आज एक बहुराष्ट्रीय कम्पनी के सहयोग से अपनी कम्पनी द्वारा निर्मित एक पावर प्लांट का मुख्यमन्त्री द्वारा उद्घाटन होना था। उन्हें पता चला था कि एक विपक्षी पार्टी कम्पनी में चल रहे छंटनी-अभियान के खिलाफ मुख्यमन्त्री को काले झण्डे दिखाने वाली है। यह पहला अवसर था जब किसी राजनीतिक पार्टी ने छंटनी को इश्यू बनाया था। वे इसकी प्रतिक्रिया देखना चाहते थे। सकलदेव इनके साथ हो लिया।

मुख्यमन्त्री ने अपने भाषण में इस विपक्षी पार्टी की खिंचाई करते हुए इसकी समझ का मखौल उड़ाया और कहा कि कम्पनी ने इन्हें चन्दा नहीं दिया तो बेमतलब का नुस्ख निकालकर विरोध करने लगे। इन्हें मालूम नहीं कि यह कारखाना इस प्रदेश का गौरव है और इसे बचाकर रखना प्रदेशवासियों का धर्म है। आज हर क्षेत्र में निजी उपक्रमों की सफलता असंदिग्ध साबित हो चुकी है। सरकार तो जिस चीज को भी छूती है उसका भट्ठा बैठ जाता है।

बृजमोहन इस वक्तव्य पर हैरान रह गया। सरकार के सबसे ऊँचे सिंहासन का अपने महकमे के चरित्र तथा निष्पादन के बारे में जब यह राय है तो उसका बेड़ा तो पूरा गर्क होना ही है। मुख्यमन्त्री ने छंटनी के विरोध करनेवाली पार्टी पर करारा प्रहार किया, मतलब वे स्पष्टतः छंटनी का समर्थन कर रहे थे। तो आज यह सर्वविदित हो गया कि मजदूरों का अब कोई हितैषी नहीं रहा।

मुख्यमन्त्री को सुनकर हताश हो गये लोगों के बीच कम्पनी के एम डी ने धन्यवाद ज्ञापित करते हुए एक ऐसी बात कह दी जिससे छायी हुई मुर्धनी थोड़ी कम हो गयी। उन्होंने कहा कि किसी भी सरप्लस कर्मचारी की जबरन छंटनी नहीं की जायेगी। आकर्षक लाभ लेकर कर्मचारी स्वेच्छा से ही जायेंगे। कारखाने में परिवार नियोजित करना समय की माँग है। अमेरिका तथा जापान की कम्पनियाँ एक हजार इम्प्लाई द्वारा 2 मिलियन टन इस्पात बनाती हैं, उनसे मुकाबले के लिए हमें भी तैयारी करनी होगी।

सकलदेव जब घर लौटा तो एम डी का यह वाक्य उसके दिमाग में गूँज रहा था कि किसी की भी जबरन छंटनी नहीं की जायेगी। उसके डंवाडोल मन को एक सुकून मिल गया था।

इस मनःस्थिति में नीना फिर उसे डंवाडोल करने लग गयी, "मैं और रॉकी पापा से मिल आये हैं। उन्होंने कहा कि तुम अर्ली सेपरेशन स्कीम के लिए आवेदन कर दो।"

"मैं अभी-अभी एम डी का भाषण सुनकर आया हूँ। उन्होंने कहा कि जबरन किसी की भी छंटनी नहीं की जायेगी। इसलिये हमें हड़बड़ी में कोई कदम नहीं उठा लेना है।"

"पापा ने कहा कि कम्पनी बहुत अच्छा लाभ दे रही है, इसे ले लेना चाहिए। दो लाख इंट्रेस्ट फ्री लोन और टिल रिटायरमेन्ट बेसिक + डी ए का सवा गुणा माहवार...नॉट बैड। फण्ड वगैरह लेकर चार-साढ़े चार लाख तो तुरन्त मिल जायेगा...एक घर का इन्तजाम कर लेंगे हमलोग।"

सकलदेव सुनकर एकदम अन्य मनस्क हो उठा—सिर्फ घर की पड़ी है इसे। कितना पैसा मिल रहा है यह जोड़ लिया...लेकिन कितना कुछ इससे टूट व छूट जायेगा...इसका हिसाब करना कितना मुश्किल है। उसने झल्लाकर कह दिया, "ठीक है, तुमने अपनी राय बता दी, जो उचित होगा में कर लूंगा।"

नीना ने इस जवाब में चलतापन जैसा महसूस किया, "तुमने अपने मन से जब भी कोई कदम उठाया है, घाटा ही घाटा हुआ है...जरा इसे ध्यान में रखना। शेयरवाला प्रकरण मैं तुम्हें एकबार फिर याद दिला देती हूँ।"

नीना ने एक तरह से उसे डंक ही मारा। दो एक मामूली फाँकों को कुरेदकर साल दो साल तक उसे चौड़ा करते रहने की उसकी आदत थी। कम्पनी ने अपने एक नवनिर्मित बियरिंग प्लांट के लिए शेयर इशू किये थे। फार्म लेने में सिर फुटौव्वल की नौबत थी। फिर भी कर्मचारियों में जिन्होंने भी चाहा उन्हें प्रायः मिल गया। सकलदेव ने इसमें कोई रूचि नहीं ली। नीना ने कहा भी तो वह टाल गया, "मालिक बनने का मोह छोड़ो। हमारी देह और फितरत में तो सिर्फ मजदूरों वाले दिल, दिमाग और खून हैं।"

संयोग से चार-छह महीने में ही शेयर दलाल हर्षद मेहता के प्रताप से दस रु. का शेयर पैंतालिस रुपये के भाव पर पहुँच गया। यानी कि एक हजार लगाने का पैंतालिस हजार। नीना ने इस चूक को एक भारी नुकसान के रूप में लिया और अपने बेटे-बेटी के साथ महीनों उसका जुलूस निकालती रही। इसके बाद घर की आर्थिक बागडोर पर उसने अपनी गिरफ्त कायम कर ली। नुकसान की भरपाई के लिए अकबकाकर उसने कई तरह के अनाप-शनाप शेयर खरीद लिये। इन्हीं में एक यूनिट ट्रस्ट का मास्टर गेन शेयर था। इसमें अपना जेवर तक बेचकर उसने 45000 रु. फंसा दिये, जिसका भाव दो साल तक 10 का 8 रु. रहा...और कई साल हो गये एक पैसा भी डिविडेंड नहीं दिया गया।

अगले दिन सकलदेव जब डिपार्टमेंट पहुँचा तो मुख्यमन्त्री और एम.डी के भाषण पर जोरदार प्रतिक्रिया हो रही थी। अनूपलाल काफी आवेश में था, "जापान और अमेरिका

से तुलना की जा रही है...चले हैं घोड़े के साथ अपने पैरों में नाल ठुकवाने। बराबरी अगर करनी है तो सिर्फ मजदूर की संख्या नियन्त्रित करने में नहीं, हर चीज में करके दिखाओ। वहाँ जैसी ऊँची पगार दो...वहाँ जैसी स्वच्छ व्यवस्था और प्रशासन बनाओ। यह नहीं कि बेमरम्मत सड़कें, 10 घन्टे लेट चलने वाली गाड़ियाँ, अनियन्त्रित महँगायी, भुखमरी, बेरोजगारी और रोज व रोज हो रहे उच्च स्तरीय घोटाले की बदौलत जापान और जर्मनी की तरह क्वालिटी बना लेंगे। क्वालिटी बनाने के लिए सिर्फ मशीन की नहीं हाई मोरेल एवं एक सौ प्रतिशत सैटिस्फैक्शन की जरूरत है।"

बृजमोहन ने अपनी भंगिमा फिर असहमति की बना ली, "तो तुम्हारा अभिप्राय है कि खुली बाजार-व्यवस्था से अपने मुल्क पर बहुत विपरीत असर पड़नेवाला है।"

"समीकरण बहुत सीधा है, भाई। दूसरे मुल्क से जो लोग भी यहाँ आ रहे हैं, वे इस मुल्क की तरक्की करने नहीं, अपनी कमायी करने आ रहे हैं। एक भी उदाहरण तुम नहीं दे सकते जो विदेशी मदद से बनकर या विदेश से आकर यहाँ सस्ती बिक रही हो...चाहे वे कलम की रीफिलें हों, पेय पदार्थ हों, इलेक्ट्रोनिक सामान हों, कॉस्मेटिक्स हों या फिर दवाइयाँ हों।"

"लाभप्रद नहीं है तो केन्द्रीय मन्त्रियों सहित हर पार्टी के मुख्यमन्त्री विदेश जा-जाकर उन्हें यहाँ पूँजी निवेश करने के लिए खुशामद क्यों कर रहे हैं? क्यों वे समझ रहे हैं कि उनके आने से देश का, सूबे का विकास हो जायेगा?" बृजमोहन ने अपने इन संशयों को बहुत दृढ़ता से प्रकट किया।

"निश्चित रूप से यह अपनी सामर्थ्य एवं आत्मविश्वास में अभाव का परिणाम है। अब जबकि अपनी नालायकी और काहिली सिद्ध हो चुकी है, रातोंरात एक चमत्कार कर देने का ख्यालीपोलाव पकाया जा रहा है।" अनूपलाल ने झट इस तरह जवाब दिया जैसे इस विषय पर पहले ही बहुत विचार कर चुका है।

"कहा तो यह जा रहा है कि अपने लोगों को विदेशियों से सीखने का अवसर प्राप्त होगा। आखिरकार वे कमा लेने के बाद भी उद्योग को उखाड़कर नहीं ले जायेंगे।"

"हमारे देश की जो प्रकृति है, भूमण्डलीकरण का इस पर एकदम उल्टा असर होगा। देश के प्रति प्रेम और निष्ठा में कमी आयेगी। अलगाववाद की मौजूदा त्रासदी के समय भूमण्डलीकरण की जगह अधिक से अधिक भारतीयकरण की जरूरत थी।"

"तुम्हारी यह भाषा तो अब भारतीय जनता पार्टी भी नहीं बोलती, अनूप। तुम ऐसा क्यों समझ रहे हो कि सरकार चलानेवाले और नीतियाँ तय करनेवाले सभी बेवकूफ और गद्दार हैं?"

सकलदेव बहुत ध्यान से बहस में मग्न था। अनूप की बातें उसे अपील कर

रही थीं पर पता नहीं क्यों बृजमोहन के सवाल भी उसे निरर्थक नहीं लग रहे थे। वह इस दिलचस्प बहस में शरीक रहना चाहता था तभी किसी ने आकर खबर दी कि पर्सनल मैनेजर ने उसे बुलाया है।

वह वहाँ पहुँचकर हैरान हो उठा। पर्सनल मैनेजर मि. रंगराजन हमलावर अन्दाज में सीधा जवाब तलब कर बैठा, "मि. सकलदेव। ई एस एस लेने का कल लास्ट डेट है, आपका अप्लिकेशन अब तक नहीं आया, क्या सोचा आपने?"

"अप्लिकेशन तो बहुतों का नहीं आया होगा, सर।" हिचकिचाते हुए कहा सकलदेव ने।

"हाँ, जिन-जिन का नहीं आया है, उन्हें मैं याद दिला रहा हूँ कि वे ले लें तो बेहतर होगा। स्कीम अच्छी है, फायदे में रहेंगे।"

"मैं यह फायदा बैठकर नहीं लेना चाहता, सर! मैं काम करना चाहता हूँ... आप मुझे किसी दूसरे विभाग में ट्रांसफर करवा दें...मेहरबानी होगी।"

"ट्राँसफर का तो सवाल ही नहीं है। मुद्दा यह है कि आदमी कम करना है...मेरी नेक सलाह मानिये, आप ले लीजिये।"

"सर, कल एमडी ने अपने भाषण में कहा है कि जबरन किसी की छंटनी नहीं की जायेगी। अगर जबरन नहीं है तो मैं कम्पनी में रहना चाहता हूँ सर।" सकलदेव के स्वर में एक घिघियाहट उभर आयी।

"क्या करेंगे आप रहकर कम्पनी में जब आपकी यहाँ कोई उपयोगिता ही नहीं है? जबर्दस्ती तो आपके साथ सचमुच नहीं की जा रही है लेकिन इतना तय मानिये कि जो सरप्लस हैं उन्हें जाना होगा।"

"रंगराजन साहब। मेरी चार पीढ़ियों ने कम्पनी की सेवा की है...इससे मेरा खून का रिश्ता है...एक झटके में इतने पुराने लगाव को मुझसे तोड़ा नहीं जाता। मेहरबानी करके मुझे कुछ मोहलत दे दीजिये।"

"मि. सकलदेव, यह समय भावुक होने का नहीं है। सच्चाई को समझिये...इसे स्वीकार कीजिये कि आपका विभाग एस एम एस-4 बन्द हो गया है। पुराने जमाने और पुराने कारखााने का समय लद गया।"

"कारखाना कितना भी पुराना था फिर भी हर साल हमलोगों ने सौ प्रतिशत से अधिक उत्पादन दिया है यहाँ। कारखाना आज आधुनिक भी हुआ है तो इसमें इसी स्टील मेल्टिंग शॉप की कमायी और यहाँ के मजदूरों के श्रम का ज्यादातर योगदान शामिल है।"

"यह सब ठीक है मि. सकलदेव। आप एक पढ़े-लिखे व्यक्ति हैं...इतना तो समझिये कि अब कम्पनी को जहाँ भी माल बेचना है, वहाँ विश्वस्तर की प्रतिस्पर्धा है।"

"एक बात मैं कहना चाहूँगा मि. रंगराजन! आप लाख विदेशों से टेक्नोलॉजी आयात करके आधुनिक हो जायें, लेकिन इस कम्पनी से जुड़े कर्मचारियों में जो डेडिकेशन, आनेस्टी और लॉयल्टी थी उसे प्रबन्धन अरबों रुपये देकर भी खरीद नहीं सकता। हर पीढ़ी के लिए एक जॉब की सिक्युरिटी के कारण जो खान्दानी लगाव वाला अपनापन था इस कम्पनी से...आप जानते हैं कि एक आर्गेनाइजेशन को चलाने के लिए इसकी कितनी जरूरत होती है। हो सके तो मेरी यह बात आप ऊपर तक पहुँचा दें।"

"आपको वक्त की नजाकत का इल्म नहीं है इसलिये आप अपनी जज्बात पर काबू नहीं पा रहे हैं।"

"कैसे काबू करें सर? मेरे बाउजी बलदेव, जो आज से बीस साल पहले प्लेट मिल से रिटायर हुए थे, आज भी गाँव में अपने सिरहाने इस कम्पनी के संस्थापक की तस्वीर लगाये रहते हैं और सुबह-शाम उन्हें प्रणाम करते हैं। उनकी आस्था पर कितना आघात पहुँचेगा जब वे जानेंगे कि उनका बेटा निकाल दिया गया और आगे उनके किसी वारिस को इसमें नौकरी नहीं मिलने वाली है।" सकलदेव के भीतर का कोई मजबूत बाँध जैसे रिस पड़ा था।

"मि. सकलदेव।" रंगराजन प्रोग्राम फीड किये गये किसी कम्प्यूटर की तरह बोलने लगा था, "मैं आपसे एक सवाल करके अपनी बात खत्म करना चाहूँगा। क्या आपके घर और परिवार की जो स्थिति बीस साल पहले थी, वही आज भी है? आपके जीवन से परम्परागत रूप से जुड़े सेवा देने वाले कुछ लोग अघोषित रूप से सरप्लस होकर क्या अलग नहीं हो गये? इसका जवाब मुझे नहीं खुद को ही ईमानदारी से देने की कोशिश कीजियेगा...ओ के बाय।"

सकलदेव कमरे से बाहर निकला तो यों महसूस किया जैसे रंगराजन के सवाल उसके भीतर तक धँस गये हों। वह शॉप फ्लोर पहुँचा तो बृजमोहन ने उसे लपक लिया और रंगराजन से हुई पूरी गुफ्तगू का ब्यौरा लेने लगा। तफ्सील से सुनकर एक लम्बी साँस ली और कहा, "रंगराजन ने कुछ भी गलत नहीं कहा सकलदेव। तुम व्यर्थ ही इतना उदास हो रहे हो?"

सकलदेव गुस्से में आ गया, "एक बात मुझे समझ में नहीं आती बृजमोहन, जब तुम इतना सहमत हो...बराबर कम्पनी का फेवर करते हो तो ई एस एस ले क्यों नहीं लेते?"

"बस इस लालच में कि अगली स्कीम शायद इससे अच्छी आ जाये। सकलदेव, तुम सच मानों...सेटलमेंट का जितना पैसा मिलेगा उसका आधा भी अगर किसी व्यवसाय में लगा दूंगा तो अच्छी कमायी हो जायेगी। ऊपर से माहवार पैसे इधर से मिलेंगे ही।"

"बृजमोहन। मुझे कई बार तुम्हारे बारे में दुविधा हो जाती है कि तुम सचमुच स्पष्टवादी हो या कम्पनी के जासूस।"

"मैं जानता हूँ कि तुम लोगों को मेरे बारे में कभी-कभी गलतफहमी हो जाती है। लेकिन ऐसा नहीं है यार कि कम्पनी के रवैये का मुझ पर आघात नहीं पहुँचा है। दिल मेरा भी टूटा है...मेरा भी मोहभंग हुआ है। मुझे अब यहाँ रहने भी कहा जाये तो शायद मैं इन्कार कर दूँ। मेरे जैसे सैकड़ों लोग हैं जो अब तक सरप्लस नहीं हैं फिर भी कम्पनी को छोड़ने के लिए कम्पनी से ज्यादा तत्पर हैं। यहाँ रहने वाले या यहाँ से जाने वाले...दरार सबके भीतर पड़ गयी है यार।" बृजमोहन ने अपने भीतर की परतें बहुत आत्मीयता से खोल दी थी जो उसका एक नया परिचय था।

"तुम्हें क्या लगता है कि कम्पनी अपने कहे अनुसार रिटायरमेंट के समय तक माहवार रकम देती रहेगी?" सकलदेव को लग रहा था कि यहाँ से जाना अब एक अनिवार्य नियति है, अतः वह अपने विश्वास को ठोस बनाना चाहता था।

"चूँकि माहवार रकम वर्तमान बेसिक-डीए के आधार पर तय होगी, जो चार-पाँच साल बाद इंफ्लैशन के कारण बहुत तुच्छ रकम की श्रेणी में आ जायेगी, इसलिये ऐसा विश्वास किया जा सकता है कि कम्पनी यह मामूली रकम देती रहेगी।"

"रंगराजन ने, मुझसे जो सवाल किये हैं उसके बारे में तुम्हारा क्या कहना है?"

"यह एक कड़वा सच है सकलदेव। बीस साल पहले के हमारे रहन-सहन में भारी बदलाव आया है। तब हमारे पास आज की भौतिक सुविधायें फ्रिज, स्कूटर, वाशिंग मशीन, मिक्सी, गैस चूल्हा, इलेक्ट्रिक आयरन, एयर कूलर, टीवी, वीसीआर नहीं थे। इन उपकरणों के कारण परम्परागत पेशे चलानेवाले कई लोगों की हमारे घरों पर निर्भरता खत्म हो गयी। हम कपड़े घर में ही धो लेते हैं...बाल सैलून में जाकर कटवाते हैं...कोयले देनेवाले की जरूरत नहीं रही है...मिट्टी के बर्तन का उपयोग घर में नहीं के बराबर है...मनोरंजन के लिए सिनेमाहॉल या थियेटर जाने की हमारी आदत खत्म हो गयी है...कहीं भी आने-जाने के लिए रिक्शा-ऑटो या मिनी बस की जरूरत बहुत कम रह गयी हैं...घरों में जाकर प्रसव सम्पन्न कराने वाली दायी का धन्धा खत्म हो गया है...लालटेन, टार्च और छतरी मरम्मत करने वाले अब गलियों में देखे नहीं जाते...रोज आकर सब्जी देने वाली अब नहीं आतीं...घर-घर जाकर दूध, दही, घी देनेवाले भी डेयरी आपूर्ति के चलते प्रभावित हो गये हैं। इस तरह देखा जाये तो कई लोग हैं जो हमारी दिनचर्या से बेआवाज निष्कासित हो गये।"

इस वैचारिक पहलू पर तो सकलदेव का ध्यान कभी गया ही नहीं था। सचमुच कितने भोले और सगे जैसे लोग अब दिखाई नहीं पड़ते। उसका पहले का देहाती दुनिया कितना तेजी से पीछे छूट गया। कौन विश्वास करेगा कि लोटा लेकर खुले में दिशा-फरागत से निवृत होने वाले सकलदेव को आजकल कमोड में बैठकर फारिग

होना पड़ रहा है। कुछ ही दिन पहले जब शौच का देसी बेसिन टूट गया तो रॉकी ने अपनी माँ और बहन की सलाह पर कमोड लगवा दिया। वह विरोध करता रह गया, फिर भी इन पर कोई असर नहीं हुआ। रॉकी ने उसके गंवईपन पर मानों तरस खाते हुए दलील दी थी, "अब इसी का जमाना है डैडी। गैस्ट्रिक, गठिया और कमरदर्द की अवस्था में भी इस पर आराम से बहुत देर तक बैठा जा सकता है...आप चाहें तो इत्मीनान से अखबार वगैरह भी पढ़ सकते हैं।''

हगने तक में विदेशी अन्दाज की नकल पर वह कुढ़कर रह गया। इसका अभ्यास करने में उसे महीनों गुजर गये। आज भी वह सीख नहीं पाया कि पानी का उपयोग धोने में कैसे और कहाँ किया जाये। नीना, रॉकी और गोल्डी तो पेपर का इस्तेमाल करने लगे थे। वह अब डयूटी में जाकर ही अच्छी तरह निवृत होता था।"

सकलदेव ने हमेशा चाहा कि गाँव के साधारण किसानवाला उसका पुराना सादगीभरा जीवन-यापन यहाँ भी बना रहे। लेकिन उसके न चाहते हुए भी आभिजात्य तामझाम से उसके देहातीपन पर आक्रमण जारी रहा।

वह अपनी कमाई में गाँव में रहकर खेती करनेवाले अपने दो भाइयों का भी हिस्सा मानता था। चूँकि यह नौकरी बाउजी की दी हुई पुश्तैनी थीं। शुरू-शुरू में तो वह दो तिहायी पैसे हर माह भेज दिया करता था। इस क्रम को नीना ने आते ही भंग कर दिया, "इतने पैसे में तो खुद का काम भी मुश्किल से चलेगा और चले हो पूरे खानदानी कुनबे का कल्याण करने। इस तरह की जाहिल आदर्शवादिता और गैरजरूरी रिश्ते के प्रति बचकानी भावुकता से सब दिन फक्कड़-फटेहाल ही बने रह जाओगे। गाँव में अच्छी खासी खेती-बारी है, उन्हें कमाने-खाने दो।"

इसके बाद नीना ने घर पर अपनी पकड़ को और भी मजबूत कर लिया। कुछ इस तरह कि वह कई आड़े वक्त में भी भाइयों की मदद करने को तड़पता रह गया। कुछ मौकों पर जब अड़ जाने की हद तक वह इमदाद के लिए डंट जाता तो काफी खिच-खिचकरके दो-एक हजार रुपये उसे भेजने के लिए दे दिये जाते। मंझले भाई ने अपनी बेटी की शादी पर मुँह खोलकर हाथ पसारा...उस समय बोनस, एल टी सी आदि के पैसे भी बैंक में पड़े थे। नीना ने साफ कह दिया कि बच्चे बड़े हो गये हैं...रिमोट कन्ट्रोल वाला बड़ा कलर टीवी और वी सी आर के लिए जिद कर रहे हैं...पहले यह जरूरी है। वह लज्जित मुँह लेकर बमुश्किल तीन हजार रुपये ले जाने में सफल हुआ। इन्हें इस शुभ अवसर पर गाँव तक जाना मुनासिब न लगा।

इन्हें तो सकलदेव का गाँव जाना भी नहीं सुहाता था। हर बार नीना ठहोका मार देती थी कि क्या हुंदा धरा है गाँव में जो दो-चार महीने में ही जाने के लिए पेट पिराने लगता है। अब भला शहर के शोर-शराबे, कृत्रिम दिखावे और छद्म औपचारिकता में जीने वालों को क्या बताया जाये कि गाँव में क्या नहीं रखा है।

सारे नैसर्गिक रिश्ते, सारे कुदरती नजारे, सारे अनिर्वचनीय आनन्द गाँव के ही बेतरतीब सरहद में रचते-बसते हैं। विशेष काज-परोज के अलावा सकलदेव होली, रक्षाबन्धन और छठ में गाँव जरूर जाता था। उसकी भौजाइयाँ, बहनें और माँ मानों निहाल हो जाती थीं। नीना की यह एक स्थायी उलाहना थी कि एक भी होली उसने उसके साथ नहीं बितायी।

सकलदेव को अच्छा लगता था यह सुनकर कि अपने तीन त्यौहारों की खुशी को नीना की अटपटी और अवांछनीय तौर-तरीकों से उबार लिया उसने।

गाँव में जाकर परिवार की निर्विकार खुशी की तरलता को आत्मसात करने में क्या सुख है...इसका नीना, गोल्डी और रॉकी को भला क्या अनुभव! कुशलदेव, बलदेव और सकलदेव की लयात्मक परम्परा का रॉकी और गोल्डी में बेसुरा रूपान्तरण ठीक वैसा ही था जैसे सुरीली सारंगी या शहनाई कोई वीभत्स राग बजाने लगे। सकलदेव ने अपने देसीपन को सुरक्षित रखने के तहत अपने पर्सनल फाइल में नीना का नाम नैनावती कर डाला था। नीना एकदम उखड़ पड़ी थी।

"किसने हक दिया तुम्हें मेरे नाम को देहातिन-गंवारिन में बदल देने का? भला नैनावती और मैनावती भी कोई नाम है? मैं क्या तुम्हें घास गढ़नेवाली या गोबर चुननेवाली लगती हूँ?"

सकलदेव ने बाद में रॉकी और गोल्डी जैसे नाम से भी अपनी संस्कारगत संगति न बिठाते हुए इन्हें राकेश और गुलेशरी में बदल डाला था। नीना ने इस बार भी एक न चलने दी और स्कूल में ये लोग रॉकी तथा गोल्डी ही रहे।

आम बबूल में कैसे बदलता है इसका एक ताजा उदाहरण कुछ ही दिन पहले सकलदेव के नालेज में लाया गया था। अभी-अभी इंटर पास करनेवाली गोल्डी किसी लड़के से प्रेम करने लगी थी। सकलदेव को बृजमोहन ने एक दिन इसकी सूचना दी। घर में आकर उसने विस्फोट करने के लहजे में बताकर सबको अचम्भित कर देना चाहा कि देखो, इस घर में क्या-क्या हो रहा है? मगर यह देखकर वह खुद ही अचम्भे में पड़ गया कि उसके कहने पर नीना ने उसे बड़े ही तुच्छ नजरों से घूरा और बरजते हुए कहा, "तुम इतना एक्साइटेड क्यों हो...हमें सब पता है...तुम्हारी तरह मैं घर से बेखबर नहीं रहती।"

"तुम्हें पता है...फिर भी इतनी शान्त-सामान्य हो?"

"तो इसमें ऐसी क्या आफत आ गयी," नीना ने यों कहा जैसे इस तरह के कई इश्क वह भी पहले फरमा चुकी हो, "तुम अपनी ही तरह सबको लकीर के फकीर क्यों देखना चाहते हो? आज हर फिल्म में प्यार दिखाया जाता है और उन नायक-नायिकाओं के प्रति सबकी सहानुभूति रहती है, क्यों? इसलिये न कि प्यार का सभी समर्थन करते हैं...इसे लोग गलत नहीं मानते।"

आखें फैली रह गयीं सकलदेव की। वाह, तो उसका घर अब फिल्मी तर्ज पर चलेगा। बड़े भैया की साली गितिया को जब उसने मन ही मनपसन्द कर लिया था तो मर्द होने के बावजूद वह बाउजी से नहीं कह पाया कि शादी वह इसी से करना चाहता है...जबकि उसकी बेटी गोल्डी ने लड़की होकर भी अपने अन्तर्जातीय प्रेम का खुलकर इजहार कर दिया।

"तो मतलब यह हुआ कि गोल्डी के प्रेम को तुम लोगों की सहमति प्राप्त है। क्या मैं जान सकता हूँ कि यह प्रेम शादी में बदलेगा या यूँ ही दिल बहलाव की फैशनपरस्ती के तहत किया गया है?"

"कल क्या होगा किसने देखा है? फिलहाल तो दोनों एक-दूसरे से शादी के लिए बचनबद्ध दिखते हैं। लड़का ठीक-ठाक है...मैंने देखा है...घर-खानदान भी अच्छा है...पढ़ने में भी मेधावी है...स्टेट सर्विस कमीशन की जोरदार तैयारी कर रहा है। शादी हो जाती है तो कोई बुरा नहीं होगा।"

सकलदेव ने इस मुद्दे पर अपनी चिन्ता को यहीं विराम दे दिया। जब किसी भी फैसले में भागीदारी बनने की पात्रता उसमें देखी ही नहीं जाती तो बेकार की मगजपच्ची करने से क्या लाभ?

इसी तरह उसकी घोर उपेक्षा रॉकी के डोनेशन देकर इंजीनियरिंग कॉलेज में एडमिशन कराने के फैसले पर हुई थी। उसने साफ कहा था, "60 हजार रुपये डोनेशन देने की हमारी हैसियत नहीं है। जो लड़का अपनी मेरिट पर एडमिशन नहीं करवा सकता, उसका इंजीनियरिंग पढ़ना कोई खास मायने नहीं रखता।"

नीना ने बुरा-सा मुँह बनाकर उसे कोसते हुए कहा था, "ऐसा टुच्चा विचार गाँव की भूस भरी किसी खोपड़ी में ही उपज सकता है। तुम्हारे नाम पर जब कम्पनी में इसे नौकरी मिलेगी तो इंजीनियरिंग की डिग्री ही इसे ऊपर उठने में मदद करेगी। मगर तुम तो शायद चाहते हो कि तुम्हारी तरह यह भी कुली-कबाड़ी बनकर रह जाये। तुम्हें जरा भी इसकी परवाह नहीं है कि तुम्हारे हलजोतवा बड़ा भाई का बेटा डॉक्टरी पढ़ रहा है।"

सकलदेव एकदम आहत हो उठा था, "मेरे भाई का बेटा डोनेशन पर नहीं अपनी मेरिट पर पढ़ रहा है और यह मेरिट उसने तुम्हारे बेटे की तरह मैगी, चाउमिन, टोस्ट, आमलेट, चिकेन तथा बार्नविटा खाकर...जिंस एवं ब्लेजर पहनकर तथा कान्वेंट में पढ़कर नहीं बल्कि मडुआ, खेसाड़ी तथा मक्के की रोटी खाकर...धोती, पाजामा एवं कुर्ता पहनकर और चटाई मार्का सरकारी स्कूल में पढ़कर हासिल की है।"

नीना निरुत्तर जैसी हो गयी थी, "मैंने अब तक देखा है कि दुनिया में हर बाप को अपना नालायक बेटा भी बहुत प्यारा लगता है...लेकिन तुम एक बाप हो जो

बेटे के बारे में हमेशा निगेटिव सोचते हो जैसे वह तुम्हारा दुश्मन है। रॉकी इंजीनियरिंग पढ़ेगा और जरूर पढ़ेगा।"

सकलदेव के पास उस समय कहने के लिए कुछ और नहीं रह गया था। अब जबकि कम्पनी में नौकरी की गारन्टी खत्म हो गयी है, रॉकी का इंजीनियरिंग-ढोंग किस काम आयेगा, वह पूछना चाहता था।

जब घर और उसका परिवेश एक ट्रैजेडी फिल्म की तरह सकलदेव के दिमाग में झट से गुजर गया तो उसने एक नयी जिज्ञासा प्रकट की, "रंगराजन ने क्या सचमुच घर में बदली हुई इन्हीं स्थितियों की ओर इशारा किया था? क्या उसका अभिप्राय यही है कि जब हमारा घर तक पहले का घर नहीं रहा तो कारखाना पहले का कारखाना होकर कैसे चलेगा। तो क्या घर और कारखाने के मनोविज्ञान में एकरूपता और समानता है?"

"बिल्कुल नहीं," रंगराजन के कमरे से वापसी पर हो रहे वार्तालाप में अब तक अनूपलाल भी शामिल हो गया था, ''घर का परिवार-नियोजन अगर राष्ट्रहित में है तो कारखाने का परिवार-नियोजन राष्ट्रहित के खिलाफ है...अगर नहीं है तो माना जाना चाहिए। जिस मुल्क की तीन तिहायी आबादी लगभग बेरोजगार हो और गरीबी रेखा से नीचे का जीवन बसर करती हो, वहाँ अगर अधिक से अधिक आदमी को रोजगार देने का उद्‌देश्य पूरा नहीं होता तो उद्योग चलाने का कोई विशेष अर्थ नहीं रह जाता। सवाल यह नहीं है कि आप कम वर्कर रखकर ज्यादा उत्पादन करते हैं और ज्यादा लाभ कमाते हैं। सवाल यह है कि आप ज्यादा से ज्यादा आदमी रखकर भी घाटे में नहीं जाते हैं। पूँजी और संसाधन को कम से कम लोगों में वितरित करके हासल समृद्धि विकास के नाम पर एक भ्रम है...छलावा है। देश की सम्पन्नता का मतलब है अधिक से अधिक नागरिकों का सम्पन्न होना...न कि विदेशी मुद्रा के रूप में डालर का जमा होना और चन्द टाटा, बाटा, बिड़ला, अंबानी का बड़ा बनते जाना। उत्पादन आप आदमी के लिए करते हैं...आदमी ही नहीं रहेगा...समाज का विकास ही नहीं होगा तो उत्पाद बनाकर क्या लाभ?''

सकलदेव अब तक रंगराजन के प्रभामण्डल से काफी उबर-सा गया था। उसने तय किया कि उसके कहने में आकर वह ई एस एस लेने का मन नहीं बनायेगा। लेकिन वह घर पहुँचा तो एक दूसरा रंगराजन बनकर नीना उसके सामने अड़ गयी।

"तुम अब बेधड़क ई एस एस ले लो। हम लोगों ने पूरा प्लान चॉकआउट कर लिया है। रॉकी अब इन्जीनियरिंग की पढ़ाई स्थगित करके बिजनेस करेगा।"

"मतलब पहले 60 हजार बर्बाद कर दिया। अब मुझे जो एकमुश्त राशि मिलेगी, उसे भी दांव पर लगा देना है।"

"जो बिजनेस डिसाइड हुआ है उसमें कोई रिस्क नहीं है। पापा के पास एक बहुराष्ट्रीय कम्पनी की सब कांट्रेक्टरी का ऑफर है। भेड़-बकरे के माँस तथा मछली-मेढक और केकड़े की पैकेटिंग करके उन्हें सुपुर्द कर देना है।"

दया से भर उठा सकलदेव, "वाह, क्या बिजनेस डिसाइड किया है? मतलब हमलोग अब कसाई बनने जा रहे हैं। महान हैं तुम्हारे पापा...पैसे की अब हमें कोई तंगी नहीं रहेगी, है न?"

"तुम्हारे व्यंग्य करने से कोई फर्क पड़नेवाला नहीं है। रॉकी जब इसे करके दिखा देगा तो तुम खुद मान जाओगे।"

"रॉकी और तुम मुझे पहले ही कम नहीं दिखा चुके हो कि अब भी देखना-मानना बाकी है। मैं फिलहाल ई एस एस नहीं लेने जा रहा।"

"डैडी, जब लेना ही है कभी न कभी तो अभी ही ले लीजिये न। हम इस अपॉरचुनिटी को छोड़ना नहीं चाहते। मैं आपको विश्वास दिलाता हूँ...इस व्यवसाय में मैं जरूर कामयाब रहूँगा।" माँ के निर्णय को दृढ़ता देते हुए रॉकी ने कहा।

"मुझे पता है," सकलदेव की भंगिमा तनिक वक्र हो गयी, "तुम माँ-बेटे में कसाई बनाने के बुनियादी लक्षण मौजूद हैं। इसी सिफ्त से तुम लोग कम्पनी के साथ मेरे खून के रिश्ते को हलाल कर देना चाहते हो।"

"बोलने का सऊर न हो तो आदमी को चुप रहना चाहिए।" नीना अपने स्वभाव के अनुरूप तैश में आ गयी, "ऐसी लीद उगल रहा है हमारे मुँह पर जैसे हम इसके दुश्मन हों। रिश्ते की बात कर रहा है...जैसे कम्पनी इसके रिश्ते से ही लाभ कमा लेगी। रखो बनाकर रिश्ता, कब तक रखते हो। छोड़ दो रॉकी। हमारा क्रियेटिव करना-सोचना इसे अच्छा नहीं लगता। करने दो इसे अपनी मनमरजी।"

स्कीम की अवधि पूरी हो गयी थी। सकलदेव ने आवेदन नहीं किया। अनूपलाल, बृजमोहन सहित आठ-दस और साथी रह गये थे। वे लोग शेड के नीचे एक कोने में बैठ जाते। फर्नेस के क्षत-विक्षत अंग-प्रत्यंग अब हटाये जा चुके थे। नये प्लांट के इरेक्शन के लिए गड्ढे आदि खोदे जा रहे थे। अनूपलाल को लगता था जैसे ये कब्र खोदे जा रहे हैं पुराने प्लांट को दफनाने के लिए। यहाँ कुछ भी देखने में अब कोई रस नहीं रह गया था ठीक एक मरनासन्न आदमी की तरह। आपस में चर्चा-बहस डेढ़-दो घंटे तक ठीक-ठाक लगती। इसके बाद बोलना-बतियाना एकदम ऊबाउ हो जाता। समय सिर पर बोझ की तरह लदकर भारी लगने लगता। जब शॉप चालू था तो काम की तल्लीनता वक्त को रॉकेट की तरह उड़ा देती थी। फर्नेस की दो टैपिंग पूरा होते-होते आठ घंटा छोटा पड़ जाता था। ऐसे अभ्यास और आदतों की अनुशासित रूटीन को मानो एक कठिन यातना से गुजरना पड़ रहा था। प्रबन्धन ने शायद मजदूर-मनोविज्ञान के इस नस को पकड़ लिया था कि देखें ये लोग कब तक बैठकर दिन काटते हैं। इन्हें

न कोई पूछने वाला रह गया था, न सुनने-सुनाने वाला। हाजिरी तक इन्हें टाइम ऑफिस में जाकर खुद ही बनवानी पड़ती थी। विभाग के मैनेजर, असिस्टेंट डिविजनल मैनेजर, डिविजनल मैनेजर आदि दूसरे विभाग में भेज दिये गये थे। सिर्फ इन्हें कोई घास डालना बेजरूरत सिद्ध किया जा रहा था। इसके आसार अब बिल्कुल नहीं थे कि इन्हें दूसरे विभाग में भेजकर दूसरे जॉब से लगाया जायेगा।

इस बन्द विभाग के पते पर एक दिन सकलदेव के पिता बलदेव की चिट्ठी आ गयी। पते के रूप में ज्यादातर कर्मचारियों की तरह सकलदेव भी विभाग का ही नाम इस्तेमाल करता था। अब जबकि यह विभाग नहीं रहेगा, क्वार्टर भी नहीं रहेगा तो सकलदेव का मुख्तसर कोई पता नहीं रह जायेगा।

बलदेव की जब भी चिट्ठी आती थी, उसमें निजी समाचार कम होता था और कारखाने तथा इसमें काम करने वाले आत्मीय लोगों के बारे में जिज्ञासा अधिक होती थी। इस चिट्ठी में हमेशा की तरह उन्होंने उस विभाग प्लेट मिल के बारे में फिर पूछा था जिससे बीस वर्षों की उनकी लम्बी सेवा जुड़ी हुई थी। यह विभाग एक साल पहले बन्द हो चुका था जिसके बारे में वह पिछली कई जवाबी चिट्ठियों में इसके अच्छी तरह चलने की झूठी खबर देता रहा था। जिन आठ-दस लोगों के हालचाल जानने की उन्हें तलब रहती थी वे ई एस एस लेकर महीनों पहले बेपता हो चुके थे। सकलदेव इनके बारे में कुछ न जानते हुए भी लिख दिया करता था कि ये सभी लोग भले-चंगे और सानंद हैं। बलदेव की निगाह में कम्पनी की आलीशान गुंबज छवि अंकित थी जिसके प्रति वे हिमालयी आस्था रखते थे। खासकर देश, समाज और मजदूरों के व्यापक कल्याण चाहने हेतु। वे इस नब्बे साल पुरानी कम्पनी के उद्योग प्रवर्तक संस्थापक को एक अवतार पुरुष की तरह पूज्यनीय मानकर अपार श्रद्धा रखते थे तथा इनकी तस्वीर के आगे रोज सिर नवाते थे। सकलदेव उनके चिरसंचित आस्था-पुंज को खण्डित होने का उन्हें कोई क्लू नहीं देना चाहता था जिससे कि बुढ़ापे में कोई सदमा पहुँचे। हालांकि वह जानता था कि कम्पनी को आगे ले जाने के नाम पर जो रवैया अपनाया जा रहा है, संस्थापक उसमें कहीं गुनहगार नहीं हैं। फिर भी जब कोई गुम्बज टूटता है तो कम्पन नींव में भी आ ही जाता है। अनूप लाल ने मना किया था कि इन्हें सच कभी मत लिखना...इनकी यह उम्र नहीं है कि भीतर की बनी हुई एक मजबूत प्रतिमा के टूटने का आघात वे झेल सकें।

बलदेव ने खास हिदायत देते हुए लिखा था कि राकेश (रॉकी) के नाम का रजिस्ट्रेशन वह कम्पनी में अभी से ही करवा दे ताकि इंजीनियरिंग पूरा करते-करते नौकरी का नम्बर दूर न रहे।

सकलदेव ने जवाब में उन्हें झूठा आश्वासन लिख दिया कि उनके बताये अनुसार ही वह सारा कुछ कर रहा है।

तीन महीने की घनघोर उपेक्षा और बेकाम दिनचर्या ने सकलदेव एवं उसके साथियों को बुरी तरह थका दिया था। इसी दौरान एक स्कीम फिर नोटिस बोर्ड पर टांगी गयी जिसमें पृथक होने के बाद माहवार मिलने वाली राशि में कटौती कर दी गयी थी। विभिन्न उम्र एवं नौकरी की लम्बाई वर्ग में बेसिक+डी ए के 1.5, 1.25, 1.00 गुणे को क्रमशः 1.3, 1.1 और 0.9 कर दिया गया था।

अनूपलाल ने इसे देखते ही प्रतिक्रिया की थी, "पिछली बार जिन्होंने नहीं लिया उनके लिए यह एक थ्रेटनिंग और पनिशमेंट स्कीम है कि नहीं लिये तो दण्ड भोगो और अगर इस बार भी नहीं लोगे तो अगली बार यह राशि और कम हो सकती है।"

"अब क्या करने का इरादा है?" पूछा बृजमोहन ने।

अनूपलाल ने घोषणा कर दी, "इसके पहले की गर्दनिया देकर भगाने की नौबत आये, हमें यहाँ से सारा माया-मोह छोड़कर अपना रास्ता पकड़ लेना चाहिए। मैं अब आवेदन करने जा रहा हूँ।"

अनूपलाल के इस निर्णय में अन्य बचे हुए लोगों ने भी शामिल हो जाना ही उचित समझा। प्रबन्धन का रुख अब साफ हो गया था...मुरौव्वत की कोई उम्मीद नहीं बची थी।

नीना को फिर एक मौका मिल गया था सकलदेव पर अपनी दबंगता थोपने का।

"कर ली न अपनी समझदारी की आजमाइश। अपनी जाहिल जिद पर अड़ने का नतीजा एक बार फिर देख लिया ना। डेढ़-दो लाख की चोट तो जरूर ही पहुँचेगी। अब आगे क्या फितूर है तुम्हारे दिमाग में...क्या मैं जान सकती हूँ?"

"अब सारा मोह समेटकर लेने जा रहा हूँ ई एस एस। कुछ और अमृतवाणी बरसाना है तो बरसा लो।"

"डैडी, लेकिन यह सच है...आपने हर दांव को बस हारना सीखा है...जीतना तो गोया आपको आता ही नहीं।" रॉकी ने माँ के सुर में सुर मिलाया।

"इस घर में पहले ही तीन-तीन विजेता हैं...तुम, तुम्हारी माँ और तुम्हारी बहन। मेरे ख्याल में एक घर के लिए यह आंकड़ा काफी है।"

"छोड़ो भी, काम की बातें करो," एक खूँखार अधिकारी की तरह डपट दिया नीना ने, "सेपरेशन लेने के बाद तीन महीने में क्वार्टर भी खाली करना है न! क्या सोचा है इसके लिए?"

"सोचना क्या है। क्वार्टर छोड़ने के बाद ही पूरा सेटलमेंट मिलेगा। उस दर्म्यान तुम्हारे पिता जी के पास रह लेंगे, फिर गाँव चल चलेंगे। वहाँ के बैंक खाते में कम्पनी माहवारी भेज दिया करेगी।"

"तुम अच्छी तरह जानते हो कि गाँव में हमलोग नहीं रह सकते। रॉकी को यहाँ बिजनेस शुरू करना है...गोल्डी की शादी करनी है। पापा का बंगला भी अब जाने

वाला है...उन्हें भी कल लेटर मिल गया है कि एक महीने के भीतर ई एस एस ले लें। कुल एक हजार ऑफिसरों के नाम एप्रेजल के आधार पर कम्प्यूटर से निकाले गये हैं उनमें पापा का नाम भी आ गया है।" नीना की आवाज थोड़ा सर्द हो गयी थी।

"तुम्हें याद है...जब मैं सरप्लस हो गया था तो तुमने क्या कहा था? कहा था मुझे ढंग से नौकरी करना भी नहीं आया। देखो, तुम्हारे पापा भी मेरी ही श्रेणी में आ गये।"

"कुछ और जली-कटी सुनाकर जब मन भर जाये तो जरा घर के विषय में बताना, मैं जानना चाह रही हूँ।"

"मैं जानता हूँ कि मेरी सलाह तो तुम पर नागवार ही गुजरती है। तुम वही करोगी जो तुम चाहोगी...लेकिन इस बार मैं भी वही करूँगा जो मैं चाहूँगा। मेरा गाँव चला जाना तय है।"

"गाँव तो तुम जाते ही रहे हो।"

"इस बार का जाना लौटने के लिए नहीं होगा।"

"डैडी! हमें बिजनेस शुरू करना है यहाँ।" रॉकी ने कहा।

"मुझे भी पढ़ाई पूरी करनी है।" गोल्डी ने बताया।

"रॉकी क्या बिजनेस करेगा और तुम क्या पढ़ाई कर रही हो मुझे पता है। मैं तुमसे बात करने ही वाला था गोल्डी। चाहता हूँ कि गाँव जाने से पहले तुम्हारी शादी निपटा दी जाये। तुम जिस लड़के से प्रेम करती हो, क्या उसके बाप से मैं बात करूँ जाकर?"

"डैड, इसमें एक नया मोड़ आ गया है...ममा तुम बता दो न।"

सकलदेव ने उत्सुक होकर नीना को निहारा।

कल मैं तुम्हें विस्तार से बताऊँगी...आज तो तुम पापा के पास चले जाओ, उन्होंने एक जरूरी काम से बुलवाया है।"

"काम बता दो तो मुझे मानसिक तैयारी करने में मदद मिल जायेगी।"

"तुम्हारा कोई इम्तहान नहीं होने वाला है...घर-जमीन की बात है शायद, कहीं बिक रहा है इसकी जानकारी मिली है उन्हें।"

सकलदेव शाम को अपने ससुर सौदागर बाबू के कम्पनी आवास पर पहुँचा। इस इलाके की स्वाभाविक चहल-पहल तथा मौज-मस्ती का अघाया हुआ समाँ उसे सहमा-सहमा-सा महसूस हुआ। खुद सौदागर बाबू का हमेशा चहकने-चमकने वाला भव्य आवास किसी शोक में डूबा जैसा लग रहा था। सकलदेव को देखते ही उसकी सास की आँखें भर आयीं। कहने लगी, "शनि ने हमें भी नहीं बख्शा दामाद जी, अब क्या होगा...हम कहाँ रहेंगे।"

सौदागर बाबू और उनके बेटे अब तक सामने आ चुके थे। इनके चेहरे भी एकदम मलिन और लटके हुए थे जैसे कई शाम से भूखे-प्यासे हों।

"आप लोग इतने दुखी होंगे, हमें तो इसकी कल्पना भी नहीं थी।" सकलदेव ने पूछा।

"दुखी कैसे न हों। हम इस ऑफिसर्स क्वार्टर में रहते हुए कम्पनी की दी हुई क्लास वन सुविधाओं को भोगने के जिस तरह अभ्यस्त हो गये हैं कि इसे छोड़ने के नाम पर सामने अँधेरा दिखाई पड़ने लगता है। कहाँ-कहाँ भटकेंगे हम? आमदनी भी काफी प्रभावित हो जायेगी... न नौकर भत्ता... न कार भत्ता... न वार्षिक इंक्रीमेंट। टाइगर परमानेंट भी हो गया होता तो इतनी तकलीफ नहीं होती।"

सकलदेव हैरानी में घिर गया था कि इस आदमी के सिर पर कोई खास जिम्मेवारी नहीं है तब भी इतना कातर हुआ जा रहा है, महज इसलिये कि ठाट बाट में कमी करनी होगी। जब इनकी यह दशा है तो उस आदमी पर क्या बीत रहा होगा जो न सिर्फ बेघर हो जायेगा बल्कि उसके एक से ज्यादा बेटे भी बेरोजगार होंगे और बेटियों भी कुंवारी होंगी। सकलदेव को एकबारगी याद आ गया जब उसके सरप्लस होने पर इन्हीं महोदय ने तुरन्त संदेशा भिजवा दिया था कि स्कीम अच्छी है, ले लेना चाहिए। आज खुद पर पड़ी तो पता चल गया होगा कि कोई गाछ कष्टकर भले ही राजसिंहासन में तब्दील होने लगे लेकिन उसकी जड़ का जमीन से उखड़ना बहुत ही यातनाप्रद होता है।

उसे मिजाजपुर्सी में कुछ कहने की इच्छा नहीं हो रही थी और चुप रहने की निष्ठुरता अख्तियार किये रहना भी मुनासिब नहीं लग रहा था। उसने सायास कहा, "सामने जो परिस्थिति है उसे तो फेस करना ही होगा। मैं सेपरेशन ले रहा हूँ...आप ऑफिसर हैं...आपको तो ज्यादा मोहलत भी नहीं दी जायेगी।"

"यही तो मलाल है कि हम ऑफिसर रहे...कम्पनी की वफादारी की, इसका सिला यह है कि हमें सवा एवं डेढ़ गुणा का भी लाभ नहीं दिया जा रहा।"

"मेरे खयाल में खुद के सन्तोष के लिए ऐसा समझना ज्यादा ठीक रहेगा कि कम्पनी चाहती तो एक नोटिस पर बिना कुछ लिये-दिये सेवा समाप्त कर सकती थी...लेकिन ऐसा नहीं किया यह उसकी मेहरबानी है।"

सौदागर बहुत देर तक चुप रहे, फिर कहा, "एक अपना घर का बन्दोबस्त तुरन्त करना होगा...वरना एक अच्छे घर के किराये में दो हजार से कम खर्च नहीं होंगे। मैंने एक जमीन देखी है...अभी जरा एकान्त में है, लेकिन जल्दी ही वह इलाका बस जायेगा। कल देखने चलेंगे, तुम भी चलो।"

"मैंने तय किया है कि पृथक्करण के बाद पूरा सेटलमेंट लेकर गाँव चला जाऊँगा। इसलिये मुझे घर की कोई जरूरत नहीं है।"

"तुम अब खुद से ही कोई फैसला नहीं कर सकते। नीना, रॉकी और गोल्डी कतई गाँव को बर्दाश्त नहीं करेंगे। इन्हें यहीं रहना है इसलिये एक घर तो लेना ही पड़ेगा।"

"इस बार सिर्फ मेरी चलेगी। मैंने तय कर लिया है कि जब नौकरी नहीं रही तो यहाँ रहने का कोई मतलब नहीं है।" सकलदेव ने कहा।

"तुम्हारे लिये सम्भव है मतलब न हो...लेकिन इनके लिए तो यहाँ न रहना ही बेमतलब होगा। नीना ने तय कर लिया है कि मेरे साथ वह भी घर के लिए जमीन खरीदेगी।" सौदागर ने मानो उसके संकल्प की बुनियाद को हिला देना चाहा।

"उसके लिए मेरी सहमति-असहमति का कोई मायने कभी नहीं रहा है...खास कर अब तो और भी नहीं है जब उसने तय कर लिया है। वह जहाँ चाहे रहे लेकिन मुझे तो अब गाँव में ही रहना है।"

"तो जमीन देखने कल चल रहे हो मेरे साथ?"

"बिल्कुल नहीं। नीना को देखना है, देखे। सेटलमेंट की आधी रकम मैं उसे दे दूंगा, इनसे चाहे वह जो करे। गाँव जाने के पहले मुझे सिर्फ एक काम करना है और वह है गोल्डी की शादी।"

"किस लड़के से?" टाइगर ने इस बार पूछा।

"किस लड़के से का क्या तात्पर्य है। मुझसे पहले और बेहतर आप सभी जानते हैं कि एक लड़के से उसका अफेयर्स है जो सौभाग्य से होनहार और विलक्षण लड़का है...मैंने पता किया है...कुछ ही दिन पहले राज्य सेवा आयोग द्वारा चुनकर उसने नियुक्ति भी पा ली है।" सकलदेव ने अपनी अद्यतन सूचना से उन्हें अवगत कराया।

"लगता है आप अब तक अनभिज्ञ हैं कि इस लड़के से गोल्डी ने मुँह फेर लिया है और उसने एक नये सम्बन्ध विकसित किये हैं।" टाइगर ने बताया।

"क्या...?" सकलदेव हैरान रह गया अपनी बेचारगी पर कि जिस अपने घर की खबर वह इतनी दूर आकर सुन रहा है उस घर को वह कितना और कैसे अपना माने?

"अच्छा होगा कि आप विशेष जानकारी गोल्डी से ही प्राप्त करें।" टाइगर सतर्क हो गया कि इन्हें अवगत नहीं होने देने के पीछे शायद कोई मतलब छिपा है।

सकलदेव के कान खड़े हो गये...दिन में भी गोल्डी इस आशय की चर्चा शुरू करके ठिठक गयी थी।

घर लौटते ही उसने गोल्डी के समक्ष अपनी बेसब्री रख दी कि मामला क्या है, उसे जल्दी बताया जाये।

गोल्डी ने तनिक झेंपने का नाटक करते हुए कहा, "डैड, मैंने अपना प्रेम बदल लिया है...यू नो इट इज ऐन एडवेंचर फॉर भी।"

सकलदेव को लगा कि उसके भीतर का कोई सेल चटककर टूट गया। उसने पीड़ित होकर पूछा, "प्रेम बदल लिया है...क्या कह रही हो? प्रेम क्या कोई किराये का मकान है? मुझे जरा साफ-साफ समझाओ, गोल्डी।"

"आपने उस लड़के कलश को देखा है न।"

"न सिर्फ देखा है बल्कि उसके बारे में मैंने सब कुछ मालूम भी कर लिया है। मैंने पाया कि वह सुन्दर, कर्मठ, मेधावी, विनम्र और ईमानदार है जिससे तुम्हारी अच्छी जोड़ी बनेगी। उसके परिवारवाले भी बड़े सज्जन और सुसंस्कृत हैं। कुल मिलाकर मैं सन्तुष्ट था।"

"जिन्हें आप गुण बताकर मोहित हो रहे हैं, दरअसल ये ही ड्रॉ बैक बनकर उसके प्रोग्रेस में बाधक बन जायेंगे। सरकार की नौकरी में रखा ही क्या है डैड... यू नो खासकर उस आदमी के लिए जो अपने को आदर्श और नैतिकता जैसी चोंचलेबाजी का पुतला समझता है। कलश में यही बुराई है कि वह सच्चाई, ईमानदारी और देशभक्ति जैसी लोअर मीडियम क्लास इमोशंस को अपने जीवन का लक्ष्य मानता है।"

सकलदेव की आँखों में हैरत की हदें बढ़ती चली गयी थीं। उसे लग रहा था जैसे किसी अनमोल फल-फूल से लदे एक वृक्ष को फालतू कहकर कटते हुए देख रहा हो। क्या पर्यावरण-सन्तुलन को बिगाड़ते-बिगाड़ते आदमी के जीवन में गंदगी का एक अनिवार्य स्थान बन गया है? बहुत बेसब्र स्वर में उसने पूछा, "तो कलश को तुमने रिजेक्ट कर दिया?"

"और मैं करती भी क्या डैड? इस घोटालेबाज, भ्रष्ट और घुसखोर तन्त्र में उसूलों पर चलने वाले आदमी की क्या रफ्तार होगी...क्या दशा होगी...क्या हैसियत होगी...इसे अगर अभी ही न समझ लिया जाये तो जीवन भर झख मारना पड़ेगा। डैड, मैं सुस्त चाल से रेंगना नहीं उड़ना चाहती हूँ...आइ वांट टु अचीव ऑल दोज लक्जरियस लीविंग इन माइ लाइफ...यू नो विह्च आर इंज्वॉयूड बाई हायर क्लास फैमिली।"

सकलदेव समझ नहीं पा रहा था कि गोल्डी अपनी नाबालिग-कच्ची हसरत बयान कर रही है या फिर मौजूदा वेस्टर्नाइज्ड समय की एक नयी परिभाषा गढ़ रही है। सार्वभौम मूल्यों एवं चारित्रिक विशेषताओं का ऐसा विकृत निषेध! क्या अब बुरे और अच्छे का निहितार्थ उल्टा हो गया है? जुमा-जुमा आठ दिन की यह लड़की प्रेम की सार्वकालिक मान्यता का कैसा घोर मजाक उड़ा रही है। उसने चिढ़ कर पूछा, "मैं जान सकता हूँ कि तुम्हारी अगली उड़ान क्या है?"

"मैंने रेनबो नामक एक दूसरे लड़के से फ्रेंडशिप की है, डैड। यू नो ही इज

वैरी स्मार्ट एंड डायनेमिक...एक बहुराष्ट्रीय कम्पनी में सेल्स मैंनेजर है...ही स्पेंड्स मोस्ट ऑफ हिज टाइम इन एयर, यू नो...कभी कनाडा...कभी वाशिंगटन...कभी कैलिफोर्निया...कभी पैरिस...कभी न्यूयॉर्क...कभी लंदन। सब कुछ है उसके पास—कार...बंगला...फार्म हाउस...नौकर-शोफर...मेरा जो एक्सपेक्टेशन है उसके लिए बिल्कुल सुटेबल! मैं उसके साथ शादी करके सचमुच लाइफ इंज्वाय कर पाऊँगी, डैड।" गोल्डी के चेहरे पर उस स्वप्नद्रष्टा महत्वाकांक्षी का भ्रमभाव था जो बिना लड़े ही किला फतह कर विजेता बन जाना चाहता है।

"गोल्डी," बहुत उद्विग्न होकर पुकारा सकलदेव ने, "तुम्हें सुनकर और महसूस कर मुझे डर लगने लगा है। तुम एक सर्वमान्य आम रास्ता छोड़कर ऐसी माथाबी सुरंग में जाने को उतावली हो जहाँ भटकाव ही भटकाव है। अपनी सीमा-सामर्थ्य की पहचान नहीं करने वाले लोग कभी सुखी नहीं रहते।"

"डैड, प्लीज...नसीहत लेने का स्टेज मैंने पार कर लिया है। रेनबो से मेरा सारा कुछ तय हो चुका है...आइ वांट टु गेट मैरी विद हिम, यू नो...।"

"मैं जानता हूँ कि तुम उस माँ की बेटी हो जो अपनी मरजी पर निरंकुश चलने की आदी रही है। इस घर में मैं उसी तरह रहा जैसे कोई सराय में रहता है...मुसाफिर के कुछ भी कहने का सराय की व्यवस्था पर कोई असर नहीं पड़ता। मैंने चाहा था कि तुम्हारे प्रेम को स्वीकृति देकर उसे एक बड़े अंजाम तक पहुँचा दूँ। लेकिन तुमने मर्यादा को लांघकर जो आत्मघाती रवैया अपनाया है उससे मैं बेहद लज्जित और कलंकित हुआ हूँ। मुझे अच्छी तरह पता है कि तुम्हारे इस उड़ान का नतीजा क्या होगा। अब तो इस शहर को छोड़ने की इच्छा मुझमें और भी तीव्र हो गयी है। गॉड ब्लेस यू माई चाइल्ड...यू नो...इससे, ज्यादा अंग्रेजी मुझे नहीं आती।"

सकलदेव के ये मंतव्य जब नीना तक सप्रेषित हुए तो उसने इन्हें गंवई कुढ़मगजी का एक सतही प्रलाप के रूप में लिया। गोल्डी के उत्साह में जरा-सी भी खरोंच नहीं आयी।

सकलदेव ने इस पूरे प्रकरण को किसी घटित अनहौनी से उपजे एक बड़े सदमे की तरह महसूस किया। अब और कुछ भी सोचना-समझना बाकी नहीं रह गया था। उसने ई एस एस के लिए आवेदन कर डाला। भाड़े के एक छोटे घर में शिफ्ट होकर उसने कम्पनी क्वार्टर खाली कर दिया ताकि सेटलमेंट का जल्दी से जल्दी भुगतान हो जाये। घर-जमीन लेने के मामले में वह अपने निर्णय पर अडिग रहा।

अपनी योजना के अनुरूप आधी रकम नीना को सौंपकर उसने गाँव जाने की तैयारी कर ली। मानों वक्त ने उसे कारखाने से ही नहीं अपने परिवार से भी पृथक्करण दिलवा दिया था।

सकलदेव के दृढ़ निश्चय एवं उसकी अन्तिम तैयारी को देखकर नीना में अब

यह बोध उभरने लग गया कि लगता है उसके जीवन से पति नामक एक अनिवार्य बैसाखी की स्थायी अनुपस्थिति होकर रहेगी। उसके भीतर कहीं दबी पड़ी एक नारी सुलभ संवेदना पिघलने लगी। महसूस हुआ जैसे उसकी पूर्णता में सेंध लगने जा रही हो। बड़े ही तरल होकर मनुहार भरी आँखों से उसने सकलदेव को निहारा और याचना कर उठी।

"हम तुम्हारे बिना यहाँ कैसे रहेंगे...एक बार फिर से विचार करते तो अच्छा होता...हम सचमुच अधूरे हो जायेंगे...पति और पिता के बिना एक परिवार का वजूद मुकम्मल नहीं होता...रुक जाओ न।"

सकलदेव के चेहरे पर करुणा और बेचारगी का एक मिला-जुला बिम्ब उभरकर लुप्त हो गया जिसमें एक नकरात्मक मौन-जवाब स्पस्टतः झांक गया था।

नीना ने खुद को और भी पिघला दिया, "हम साथ ही रहेंगे तो जिन्दगी की पूर्णता हमारे साथ रहेगी...।"

सकलदेव की चेतना अब मुखरित हो उठी, "यहाँ रहकर मैं कहीं से भी पूर्णता प्राप्त नहीं कर सका...न परिवार ने दी...न कारखाने ने। दोनों ही जगह मैं मुसाफिर रहा...अब स्थायीत्व की खोज में मैं दोबारा गाँव लौट रहा हूँ...वहाँ कई सगे लोग हैं...शायद मुसाफिर से अच्छी हैसियत दे दें।"

"हम भी तुम्हारे पराये नहीं हैं।"

"तुम पराये नहीं हो तो अपने भी नहीं रहे। तुमसे और कारखाने से भी घनिष्ठता बनाने की मेरी हर चेष्टा विफल रही। शायद मुझमें ही कोई कमी रही होगी...। मुझे उम्मीद है तुमलोग मेरे बिना भी खुश रह लोगी...मुझे मत रोको। विरासत में मिले जिन्दगी के संस्कार ने अभाव में भी मुझे संतुष्ट रहना सिखाया है। लेकिन यहाँ सम्पन्नता में भी असन्तुष्ट रहने की फितरत बनाने का दबाव मुझ पर हमेशा तारी रहा। मुझे अपनी उस मिट्टी के संस्कार की फिर ज़रूरत है, नीना।"

"मैं जानती हूँ...रुकोगे नहीं तुम। लेकिन इतना अनुरोध करने का हक तो बनता है मेरा कि मैं कहूँ तुम मेरे पति हो...तुम्हें मेरे पास बराबर आते रहना चाहिए।"

"मुझे माफ करना यह कहने के लिए कि इस शहर में मुझे आने की कभी-कभी तलब होगी भी तो इसलिये कि यहाँ बृजमोहन और अनूपलाल जैसे मेरे जिगरी दोस्त होंगे। तुमलोगों से तो शायद यहाँ आकर भी मुझे मिलना गवारा न हो। चूँकि रॉकी जो बिजनेस करने जा रहा है और गोल्डी जिस हवाई सफर पर चल पड़ी है, इनके हश्र शायद मुझसे देखे नहीं जायेंगे।"

"ठीक है...सब कुछ अगर अच्छा रहा...शुभ साबित हुआ, तो मैं तुम्हें खत लिखूँगी...फिर आओगे न।"

"मुझसे कोई वचन न लो नीना...मैं इस स्थिति में नहीं हूँ। मेरे गाँव की माटी

बहुत उर्वर है...मुझे विश्वास है–एक उखड़े हुए से अधेड़ उम्र दरख्त की जड़ को दोबारा अपनी मातृत्व-शक्ति देकर प्राणवंत कर देगी। अगर ऐसा हुआ तो पुनर्जीवन पाकर दरख्त फिर उखड़ना नहीं चाहेगा।"

सकलदेव चल पड़ा। नीना देखती रह गयी...सी ऑफ के लिए उसे हाथ हिलाना भी याद न रहा। पीछे गोल्डी और रॉकी भी खड़े थे। उसे लगा कि नीना भी कारखाने की चुपचाप खड़ी चिमनियों में से एक है।

दूर से ही उसने कारखाने के आकाश पर कृतज्ञतापूर्वक एक सरसरी निगाह दौड़ायी और मन ही मन अलविदा कहा। अन्तर्मन प्रार्थना के स्वर में संवाद कर रहा था...मेरी कई पीढ़ियों को तूने दाना-पानी दिया। कर्त्तव्य पालन में मेरे किसी पूर्वज से या मुझसे कोई खोट रह गयी हो तो क्षमा कर देना। उसका हृदय भर आया... कम्पनी से पीढ़ियों के सम्बन्धों का तर्पण क्या उसके ही हाथों होना था?

मल्टीपरपस सर्विसेज

एन.के.मल्टीपरपस सर्विसेज।

घर का सारा कारोबार अब इसी एजेंसी के द्वारा सम्पन्न होने लगा था। प्रेरणा ख़िन्न थी...अन्यमनस्क थी। अभिराम केडिया अपने होलसेल मेडिकल शॉप से देर रात में आने पर यांत्रिक ढंग से खाने-पीने के बाद बस एक ही काम करता था...रात में उसके साथ सोने का। प्रेरणा कभी-कभी सोच जाती थी कि कल कहीं यह काम भी एजेंसी के हवाले न कर दिया जाये और उसे अपने पति की जगह मल्टीपरपस के किसी लड़के के साथ रात न गुजारना पड़े। अभिराम की जिस तरह व्यापार में व्यस्तता बढ़ती जा रही थी और उसके भीतर शरीर के आयतन में गुणात्मक परिवर्तन होने लगा था कि यह खतरा भी असम्भव जैसा नहीं रह गया था।

कल फुन्नू की गेंद खेलते वक्त दाहिने हाथ की कोहनी किसी टूटी हुई टहनी की तरह झूल गयी। प्रेरणा एकदम नर्वस सी हो गयी फिर भी दुकान पर फोन करना उचित नहीं समझा। क्या फायदा? वह आदमी अपनी गद्दी-गल्ला छोड़कर आनेवाला तो है नहीं। बहुत हुआ तो टेलीफोन पर ही उसे कोसने, डांटने और हिदायत देने का काम करने लगेगा, "ध्यान नहीं रखती हो ठीक से...पता नहीं घर में क्या करती रहती हो दिन भर। अब बैठकर रोती मत रहो...ले जाओ उसे गुप्ता नर्सिंग-होम में। खुद से नहीं जा सकती तो मल्टीपरपस में रिंग करके किसी को बुला लो।"

प्रेरणा यह स्टीरियो भाषण सुनने में समय क्यों खर्च करती। उसने खुद ही मल्टीपरपस में फोन कर दिया। एक ऑटो लेकर फौरन एक लड़का दाखिल हो गया। वह फुन्नू को लेकर उसके साथ चली गयी।

रात में वह लौटा तो काफी देर तक अपने खाते-बही में उलझा रह गया। दो हजार रुपये का हिसाब नहीं मिल रहा था। गुणा-भाग के बीच उसे होश ही नहीं आया कि फुन्नू के साथ आज कोई दुर्घटना भी हुई है।

प्रेरणा बस इन्तजार ही करती रह गयी कि बेटे को जरा दुलार-पुचकार करेगा यह आदमी। उसने खाना लगा दिया तो अनमने से वह खाकर सो गया।

प्रेरणा अपने बेटे के पास चली गयी। फुन्नू अब तक जगा था और उसकी आँखें दरवाजे की तरफ ही निहार रही थीं। उसने पूछा, "ममा, डैड क्या अब तक हिसाब-किताब में ही उलझे हैं?"

"नहीं, वे सो गये।"

फुन्नू का चेहरा उतर गया और देखते ही देखते उसकी आँखों में आँसू भर आये। वह अपनी माँ के गले से लगकर सिसक पड़ा।

सुबह अभिराम जब दुकान जाने के लिए तैयार हो रहा था तभी एन.के.मल्टीपरपस सर्विसेज का एन.के. आ गया।

"अरे एन.के. कैसे हो भाई? कैसा चल रहा है तुम्हारा मल्टीपरपस?"

"बहुत अच्छा चल रहा है, केडिया साहब! अब तो इस एरिया का लगभग हरेक घर मेरा कस्टमर है।"

"वेरी गुड! मुझे बहुत खुशी हुई जानकर। तुम अपना कार्यक्षेत्र इतना बढ़ा लोगे, इसकी तो मुझे भी उम्मीद नहीं थी। मेरा तो भाई सारा काम तुम्हारे जिम्मे ही है। कभी-कभी मैं सोचता हूँ कि तुम्हारी एजेंसी यहाँ न शुरू होती तो शायद मेरे घर की सारी व्यवस्था चर्रमरा जाती।"

"यह मेरा सौभाग्य है, केडिया साहब। अच्छा, फुन्नू कैसा है? दर्द तो बहुत रहा होगा रात में। गोली खाने से नींद तो आ गयी होगी। डॉक्टर ने बताया कि मेजर कम्पाउंड फ्रैक्चर है...लेकिन बच्चा है इसलिये हड्डी जुड़ जायेगी। मैं उसे देखने चला आया।"

एक सेकेंड के लिए तिलमिला गया अभिराम केडिया। उफ! उसकी मानसिक दशा क्यों इस तरह है कि रात में इस बारे में पूछने की याद तक न रही। उसने खुद को संभालते हुए कहा, "जाकर देख लो अन्दर।"

वह अन्दर चला गया। अभिराम एक खीज से भर उठा। इस औरत से इतना नहीं हुआ कि उसे जरा याद दिला दे। मनहूस की तरह भीतर ही भीतर घुमड़ते रहती है। इतना भी नहीं समझती कि मैं जो कर रहा हूँ...कमा रहा हूँ सब इन्हीं के लिए है। बिजनेस में आजकल कितनी प्रतिस्पर्द्धा हो गयी है...यह बताने से भी इसे समझ में नहीं आता।

वह दुकान के लिए बिल-वाउचर-बही आदि समेटने लगा। एन.के अन्दर से देखकर फिर बैठक घर में आ गया था।

"आपका यह फुन्नू बहुत भावुक और होशियार है, केडिया साहब। मुझे देखते ही रो पड़ा और कहने लगा कि कल आपने जिस तरह प्यार-दुलार देकर संभाला है अंकल, उसे मैं कभी भूल नहीं पाऊँगा।"

क्षण भर के लिए एक अपराध-बोध उसके भीतर किसी पिन की तरह चुभ गया—सचमुच, चाहे कितनी भी भौतिक सुविधायें हों, प्यार-दुलार की जरूरत जीवन

में बनी ही रहती है। उसने बात बदल दी, "अपना बिल लाये हो एन.के.।"

"नहीं सर! आपसे बिल लेने की मुझे कोई जल्दी नहीं रहती है। बाद में भिजवा दूंगा। इस समय तो मैं सचमुच फुन्नू को देखने आया हूँ और इसके साथ-साथ एक और काम लेकर आया हूँ...आपको अपने हाथों से मुझे यह निमंत्रण-पत्र देना है। मैंने अपना एक घर बनाया है...अगले सप्ताह सोमवार को गृहप्रवेश है। इस अवसर पर आपको मेरा सबसे खास मेहमान होकर आना है। डिनर का शुभारंभ आपसे ही होगा।"

अभिराम पहले तो एन.के. का मुँह देखता रह गया।

जब यह लड़का उससे मिला था तो दो जून की रोटी का इन्तजाम इसके पास नहीं था। उसकी दुकान में कैसा भी रूखा-सूखा काम करने के लिए निहोरा कर रहा था। इसकी एम.एस.सी. की डिग्री देखकर अभिराम के अन्तर्मन ने स्वीकार नहीं किया था कि उसे एक मोटे-छोटे काम में लगाकर उसकी मजबूरी का दोहन किया जाये। उस समय उसे खुद एक ऐसी एजेंसी की तलब थी जो टेलीफोन, बिजली, सेटलमेंट, इंश्योरेंस, कारपोरेशन आदि के ऑफिस में उसके बार-बार पड़नेवाले काम सलटा सके। इन कार्यालयों के लफड़ों से वह ही नहीं बल्कि उसके सम्पर्क के कई अन्य व्यापारी तथा कई ग्राहक भी त्राहि-त्राहि की स्थिति में थे।

अभिराम ने उसे काम का पूरा प्रारूप समझाते हुए बताया कि वह सबके काम इकट्ठे ले-लेकर इन कार्यालयों में जाये तथा साम-दाम और बुद्धि-बल लगाकर सम्पन्न करे। इनके बदले में एक अच्छा-खासा पारिश्रमिक अर्जित हो जायेगा।

नवल किशोर को रोजी कमाने का यह रास्ता अच्छा लगा और वह अभिराम की दुकान में ही बैठकर जॉब जुटाने लगा। बाद में जब वह पूरी तरह स्थापित हो गया और सभी लोग उसे जान गये तो उसने उस मोहल्ले में ही एक कोठरी ले ली, जहाँ उसके अधिकांश ग्राहकों के आवास थे। उसने अब बजाब्ता एन.के. मल्टीपरपस सर्विसेज का एक बोर्ड लगा लिया और साथ में एक अन्य लड़के को भी रख लिया।

दो-ढाई साल बाद अभिराम को उसने बताया था कि चूँकि मल्टीपरपस ने अब कई तरह की सेवायें, मसलन कोई लम्बा मुकदमा लड़ना हो... खाली मकान के लिए किरायेदार ढूँढ़ना हो...गाड़ी या जमीन बेचनी हो...पासपोर्ट-वीजा बनवाना हो...ड्राइविंग लाइसेंस या आवासीय प्रमाणपत्र बनवाना हो...पुलिस से कोई मामला सलटवाना हो आदि, शुरू कर दी हैं इसलिये अब स्थायीरूप से छः-सात लड़के रखने पड़े हैं। इसके अलावा भी चार-पाँच लड़के पार्ट टाइमर हैं जो कभी भी बुलाने पर आ जाते हैं।

आज उसने इतनी तरक्की कर ली कि अपना एक मकान भी बना लिया। अभिराम

ने कहा, "भाई एन.के., तुम्हें तो मैंने सिर्फ एक आइडिया दिया था...मुझे इतना मान क्यों दे रहे हो, यार। तुम जानते हो कि मेरा काम ऐसा है कि एकदम फुर्सत नहीं मिलती। किसी सरकारी अफसर को क्यों नहीं बुलाते...तुम्हारा एक कॉन्टेक्ट भी डेवलप हो जायेगा।"

केडिया साहब, अब कॉन्टेक्ट का मैं मोहताज नहीं हूँ। आपकी मेहरबानी से मैंने यह रहस्य जान लिया है कि कॉन्टेक्ट कैसे बनाना और बढ़ाना है। सब पैसे का खेल है। आप मुझे इस काम में लगवाने के प्रेरणास्रोत रहे हैं। अतः मेरी यह ख्वाहिश है कि जीवन की पहली बड़ी उपलब्धि के रूप में जो मकान मैंने बनाया है, उसके जश्न में आपकी शिरकत जरूर हो। जानता हूँ कि फुर्सत नहीं रहती आपको। आपको ही क्या इस मोहल्ले में रहनेवाले किसी को भी फुर्सत कहाँ है...लेकिन फिर भी अपने इस सेवक के लिए थोड़ा-सा वक्त निकालने की गुजारिश मैं सबसे कर रहा हूँ...आपसे तो मेरी खास अर्ज है।"

"कन्विंस करने की तुम्हारी अदा बहुत लाजवाब है एन.के...शायद इसलिये भी यह काम तुम्हें रास आ गया। इतना आदर रखते हो मन में...यह जानकर भी न आऊँ तो यह सचमुच एक अपराध होगा। लेकिन भाई तुमने मकान बनाया कहा है?"

नवल किशोर भौंचक रह गया, "केडिया साहब। आप मजाक कर रहे हैं या सचमुच नहीं जानते।"

"अरे यार मैं मजाक क्यों करने लगा...मेरा यह टाइम तो भागकर दुकान पहुँचने का है।"

आपका दो मिनट और चाहूँगा केडिया साहब...जरा-सा मेरे साथ अपनी छत पर चलें।"

छत पर आ गया अभिराम केडिया। सुबह के इस पहर में छत से आसपास का मंजर एक गजब की अनुभूति देने लगा। उसे याद नहीं कि इस बेला में वह छत पर कब आया था।

नवल किशोर ने अपनी उंगली के इशारे से बताया, "वह सामने लगभग चार सौ गज दूर जो नया घर दिख रहा है, वही मेरा घर है, सर।"

अभिराम आँखें फाड़कर वह चमचमाता नया दो मंजिला मकान देखता रह गया। उसके घर के इतना पास इतना बड़ा मकान बन गया और उसे पता भी नहीं चला! उसने चारों ओर घूमकर मोहल्ले पर अपनी सरसरी नजर दौड़ायी...अरे वह अमलताश का पेड़ गुप्ता के घर में तो नहीं था और शर्मा के लॉन में इतना लम्बा यूकिलिप्टस कहाँ से आ गया? तिवारी जी की खिड़की से एक लड़की और उसके सामने ठाकुर जी की खिड़की में चिपके एक लड़के के बीच ये क्या इशारेबाजी हो रही है...ये दोनों कौन हैं? एन.के. ने बताया कि लड़की तिवारी जी की बेटी है और लड़का ठाकुर

जी का बेटा। दोनों में बहुत दिनों से इश्क चल रहा है। अभिराम ठगा रह गया...तो ये दोनों इतने बड़े हो गये? लग रहा था जैसे कल ही उसने दोनों को तीन-साढ़े तीन फुट की लम्बाई में गली में एक गेंद के लिए झगड़ते देखा है। नीचे की गलियों में टेलीफोन के तार जाल की तरह कब फैल गये? मतलब अधिकांश घरों में टेलीफोन पहुँच गया!

उसे लगा जैसे कई साल बाद वह विदेश से लौटा हो...जबकि वह लगातार अपने इसी मकान के बीच वाले तल्ले में रहा जो इस छत से महज छत्तीस पायदान नीचे है। ऐसा भी नहीं है कि वह छत पर इस बीच आया नहीं। गर्मियों में तो अक्सर पावर कट के समय छत पर ही सोया लेकिन पावर आते ही आँख मलते हुए बस नीचे उतर गया। कभी जरूरत नहीं समझी कि दो-एक मिनट ठहरकर आसपास निहार लें। पहले तो एक-एक परिवर्तन पर उसकी निगाह रहती थी। आखिर जीने का यह कौन-सा नया ढंग उसने कब अख्तियार कर लिया? उसने मन ही मन विचार किया कि कभी फुर्सत में इस पर सोचेंगे। अभी तो दुकान पहुँचने की जल्दी है। उसने घड़ी देखी...ओ माई गॉड! आठ बज गये! साढ़े आठ बजे उसे दुकान पहुँचना है वरना कई होलसेल कस्टमर वापस हो जायेंगे।

"एक्सक्यूज मी एन.के. मुझे देर हो रही है।"

फटाफट वह नीचे उतर गया। नाश्ते के टेबुल पर प्रेरणा और फुन्नू बैठे थे। उसने जल्दी एक-दो पराठे चबा लिये और बिना चाय पिये ही बैग उठा लिया। जाते-जाते ठिठककर उसने कहा, "तो तुमलोगों ने डांट खाने के डर से मुझे रात में हाथ टूटने के बारे में याद तक नहीं दिलाया। लेकिन मुझे फिर भी सारी खबर हो गयी।"

हाथ लहराते हुए वह चला गया। प्रेरणा सन्न रह गयी। मतलब अब अपने परिवार के बीच संवाद और सूचनाओं के आदान-प्रदान एजेंसी की मार्फत होंगे?

रात में अभिराम वापस लौटा तो संयोग से आज सारा हिसाब-किताब ठीक-ठाक था और वह जरा निश्चिंत दिखाई पड़ रहा था। प्रेरणा को बड़ा अच्छा लगा। उसे अपने पति को ऐसी सहज और तनावरहित मुद्रा में देखने का सौभाग्य कभी-कभार ही प्राप्त होता था। उसे लगा कि आज डिनर के लिए कहीं बाहर चला जा सकता है। फुन्नू का दिल भी बहल जायेगा...कल से बाप के जरा-सा प्यार-दुलार और वात्सल्य के लिए तड़प रहा है...मचल रहा है।

कहा उसने, "लगता है जनाब का दिल दिमाग आज मेरी मनपसन्द पटरी पर है...डिनर के लिए आज कहीं बाहर चलें क्या?"

"ओह प्रेरणा डार्लिंग! आज तो मुझे बाहर जाने के लिए न कहो, प्लीज। आज मैं पूरी तरह पूरे मन से घर में रहना चाहता हूँ...वरना अक्सर तो यही होता है मेरे

साथ कि घर में होकर भी तुम लोगों के साथ नहीं होता। तुम आज खाना नहीं बनाना चाहती हो, मत बनाओ। बाहर का खाना खाने की इच्छा है न! ओके. बताओ किस होटल या क्लब को च्वाइस करती हो? मल्टीपरपस वालों ने एक नयी सेवा शुरू की है। उन्हें फोन करो और आधे घंटे में उसके लड़के मनपसन्द जगह से गरमागरम खाना, चिल्ड कोल्ड ड्रिंक और फ्रेश आईसक्रीम लाकर सर्व कर देंगे। आज मि. पिल्लै बता रहा था कि इनलोगों को ठंढा-गर्म रखने वाला बड़ा ही नायाब पॉट टेली स्काई शॉपिंग ने उपलब्ध करवाया है।"

प्रेरणा के उत्साह पर जैसे हिमालय का कोई चट्टान आकर गिर गया। एकदम कुढ़कर कहा उसने, "मल्टीपरपस...मल्टीपरपस...मुझे तो उबकायी आने लगी है इस नाम से। इसने तो पूरी सामाजिकता और व्यावहारिकता को छीनकर मानों हमारे वजूद को डायलिसिस पर सुला दिया है। सुनो जी, अब हमारे घर का कोई भी काम इस मुए मल्टीपरपस के जिम्मे नहीं जायेगा। हम अपना सारा काम खुद करेंगे। गृहस्थी के गोरखधन्धे हमें समाज से, व्यवस्था से, समय से और संस्कृति से जोड़कर रखते हैं...हमारी रागात्मकता को जिंदा रखते हैं।"

"प्रेरणा, तुम क्या बात कर रही हो? बदलते वक्त का कोई तजुर्बा नहीं है तुम्हें। आज एजेंट, ब्रोकर और डीलर द्वारा ही दुनिया के हर कारोबार संचालित हो रहे हैं। इनके बिना कुछ भी सक्सेस होना सम्भव नहीं। तुम्हें याद है, एजेंसी को सुपुर्द करने के पहले टेलीफोन किस तरह बार-बार अकाल मृत्यु को प्राप्त हो जाता था?"

प्रेरणा को याद आ गया। टेलीफोन बिल अक्सर डाक के बीहड़ में ही कही गुम हो जाता था अथवा ऑफिस से निर्गत ही नहीं किया जाता था। अतः बिल लाने के लिए पहले बिलिंग विभाग की दौड़ लगानी पड़ती थी। इसमें कई पचड़े थे... सन्बन्धित क्लर्क अक्सर गायब रहता था (चूँकि नौकरी सरकारी है इसलिये सीट पर नहीं होने का जन्मसिद्ध अधिकार है)...अगर है भी तो कई लोग लाइन में खड़े हैं। यह समझ से परे है कि पैसा देना नहीं लेना है...फिर इसमें भी इतना पैंतरा क्यों है...इतनी लापरवाही क्यों है?

अभिराम को एक तो फुर्सत नहीं मिलती और दूसरा ऑफिस में व्याप्त निष्क्रियता, निठल्लापन तथा कदाचार से मन त्राहि-त्राहि कर उठता। परिणाम गह होता कि बिल के बिना भुगतान नहीं किया जाता और लाइन कट जाती।

बिजली विभाग का भी यही हाल था। बिल इसका भी सौभाग्य से कभी-कभी ही मिलता। लेकिन इसमें एक सुविधा थी कि बिल न जमा करने पर भी लाइन एक-एक साल तक नहीं काटी जाती। कहते हैं लाइन इसलिये नहीं कटती कि इसके कर्मचारी आलसी और कामचोर होने के मामले में विश्व कीर्तिमान बनाने की दौड़ में शामिल हैं। आपका ट्रांसफॉर्मर जल जाये या कोई खम्भा उखड़ जाये, आप खुद

ही चन्दा करके बाहर से सामान और मिस्त्री लाकर बनवा लीजिये...वे झाँकने नहीं आयेंगे। उनसे इतनी ही अपेक्षा कर सकते हैं कि सबस्टेशन से मेनलाइन का स्विच ऑफ-ऑन कर देंगे। हम विश्व के दूसरे देशों से प्रतिस्पर्द्धा करने जा रहे हैं और यह कितनी हैरत की बात है कि जिस बिजली पर सारा कुछ निर्भर है उसकी आपूर्ति और उत्पादन से जुड़े लोग इतने गलित कोढ़ के शिकार हैं!

मल्टीपरपस जब शुरू हुआ तो पूरे मोहल्ले ने राहत की साँस ली। सबके बिल लाने, जमा करने और गड़बड़ी हो तो उसे ठीक कराने का दायित्व इसने संभाल लिया। अब टेलीफोन और बिजली किसी भी कारण से बाधित नहीं होती।

प्रेरणा ने कहा, "टेलीफोन और बिजली को बहाल रखने में इसकी मदद लेने तक तो ठीक है...लेकिन पति-पत्नी के बीच संवाद करने में भी जब एजेंसी मार्फत बन जाये तो क्या यह एक बुरा संकेत नहीं है?"

"इसमें बुरा क्या है? पति पत्नी के बीच अगर संवादहीनता है अथवा उनमें गैप है तो एजेंसी द्वारा उनके दर्म्यान एक माध्यम का काम कर देना दोनों के लिए हितकर है।"

"मैं अपनी बात कह रही हूँ। क्या हमदोनों के बीच ऐसा गैप है कि संवाद के लिए एजेंसी पर आश्रित होना पड़े!"

"हम दोनों के बीच?" अभिराम ने सोचने की भंगिमा बनायी, "प्रेरणा, मुझे तो इसका कोई इल्म नहीं है कि हम दोनों के बीच कोई गैप है...इसकी जानकारी मैं तुम्हें एजेंसी वालों से पूछकर ही दे सकूंगा।" कहकर हँस पड़ा अभिराम। इस हंसी में साथ देने का कतई मन नहीं था प्रेरणा का...तब भी जरा सी बनावटी हंसी उसे मिलानी पड़ी।

अभिराम ने उसकी मनःस्थिति ताड़ ली, "मल्टीपरपस के लड़के हमें हमारी परेशानियों और मुश्किलों को हल करने में मदद करते हैं प्रेरणा...फिर...ऐसा क्या है कि उनके कारण तुम्हें तकलीफ पहुँच रही है?"

प्रेरणा को लगा कि जो इतना कहने पर भी नहीं समझ रहा उससे कुछ भी रागात्मकता, साँसारिकता, सहृदयता और संवेदनशीलता की अपेक्षा करना बेकार है। व्यवसाय की बेलगाम प्रतिस्पर्द्धा और बाजार की निष्ठुरता ने इस आदमी को शुष्क और यांत्रिक बना दिया है। उसने अपने यह पूछने की इच्छा मन में ही दबा ली कि तो क्या बुरी तरह दुर्धटनाग्रस्त या बीमार होने पर भी पीड़ित व्यक्ति को सहानुभूति और सांत्वना देने के लिए अब अपने सगे-सम्बन्धियों की जगह पैसे देकर एजेंसी की सेवा लेनी होगी?

प्रेरणा ने सायास एक सन्तुष्ट होने का भाव ओढ़ लिया, "तुम्हारी बात मैं अब समझ गयी। खाना अब मैं घर में ही बना लेती हूँ।"

"अरे नहीं डार्लिंग, जब तुमने कह दिया है तो खाना हम बाहर का ही खायेंगे। जरा आजमाइश भी हो जायेगी कि मल्टीपरपस की यह सर्विस कैसी है?"

अभिराम ने फोन मिला लिया। दूसरी तरफ एन.के.खुद था। उसने कहा एक घंटे में हमारे लड़के डिनर लेकर आपके घर हाजिर हो जायेंगे। अन्त में उसने एक सूचना भी दी, "आपकी नयी जमीन का दाखिलखारिज (मोटेशन) हो गया है, सर। पेपर मैं डिनर पहुँचाने वाले के साथ ही भेज रहा हूँ।"

अभिराम चहक उठा, "देखो प्रेरणा, इस मल्टीपरपस का कमाल! हमने जो नयी जमीन ली है उसका रजिस्ट्रेशन हुए पाँच साल हो गये। मैंने कईबार खुद कोशिश की...मोटेशन कराने में सफल नहीं हुआ। हारकर मैंने छोड़ दिया कि जब ये निकम्मे मुलाजिम यह नहीं चाहते कि मैं अपनी जमीन की रसीद कटवाकर कर चुकता करूँ तो जायें भाड़ में...अब मैं दौड़-भाग नहीं करने वाला। काफी दिनों बाद मैंने इस काम को मल्टीपरपस के हवाले कर दिया...और देखो इन लड़कों ने पत्थर पर दूब जमाने की तरह सौ नुक्स निकालकर टरकाने वाले अड़ियल टट्टुओं को भी पटा लिया।"

प्रेरणा को लगा कि मल्टीपरपस का जादू उसके घर और पति पर शायद कुछ ज्यादा ही चढ़कर बोल रहा है। नौकरी-चाकरी करने वाले लोग इस पर निश्चय ही इतना डिपेंड नहीं करते होंगे। अगले दिन शाम को उसके पाँव अचानक ही अपने दायें बाजू के पड़ोसी अमीर दास के घर की तरफ बढ़ गये। अमीर टाटा स्टील में किसी बड़े पद पर थे। ऑफिस से वे अभी-अभी आये थे और सोफे में धँसकर टीवी देख रहे थे। प्रेरणा को देखकर खुश होने से ज्यादा ताज्जुब करते हुए उन्होंने कहा, "प्रेरणा जी, आप मेरे घर में...यकीन नहीं हो रहा। शिखा, देखो तुम्हारी पड़ोसन आयी है।"

प्रेरणा को याद आया कि वह पिछली बार शायद छह-आठ महीने पहले यहाँ आयी थी, वह भी इलेक्ट्रिक शॉक के कारण शिखा की चीख सुनकर। इसी बीच कुछ जानने-पूछने का काम भी पड़ा तो न जाने क्यों उसे आने का मन नहीं हुआ और उसने टेलीफोन से ही निपटा लिया। अभिराम को भी कुछ लेना-देना होता तो टेलीफोन से बात करके नौकरानी को भेज देता। जबकि दोनों के घर में महज एक दीवार का फर्क था फिर भी इतना फासला था कि वे धड़ल्ले से मिल-जुल नहीं सकते थे।

शिखा भी उसे देखकर विस्मित थी। उसने बैठने के लिए कहा और पूछ बैठी, "तुम्हारा टेलीफोन ठीक तो है न प्रेरणा?"

"जबसे मल्टीपरपस का अभ्युदय हुआ है, टेलीफोन के खराब होने की गुंजाइश कहाँ बची है? अब लगता है कि कभी-कभी टेलीफोन का खराब हो जाना भी दुख

की जगह सुख दे जाता था।"

"आपने बिल्कुल ठीक कहा प्रेरणा जी। मल्टीपरपस वालों ने तो मानों हमारे जीवन की दिशा ही बदल दी।"

"तो क्या आप भी पूरी तरह इसी पर आश्रित हैं?"

"मैं भी से क्या मतलब है आपका? आज की तारीख में भला कौन है यहाँ जो इस पर आश्रित नहीं है?।"

"मगर आप तो आठ घंटे के बाद घर में ही होते हैं...काफी समय रहता है आपके पास।"

"बड़े ओहदे की नौकरी का कोई टाइम-टेबुल नहीं होता प्रेरणा जी। जहाँ दूसरों से काम करवाने की जवाबदेही होती है वहाँ दबाव बनाये रखने के लिए खुद भी हाजिर और मुस्तैद रहना पड़ता है। फिर भी यह कोशिश जरूर रहती है कि सात-आठ बजे तक घर वापस आ जाऊँ।"

"चलिये, यह भी कम नहीं है। कम से कम बच्चों का होमवर्क देखने और परिवार के साथ हंसी-खुशी में शिरकत करने का अवसर तो मिल जाता है न!"

"नहीं प्रेरणा जी, नहीं...ऐसा बिल्कुल नहीं है। रात नौ बजे के पहले सप्ताह में ज्यादा से ज्यादा दो या तीन दिन ही रह पाता हूँ...और ऐसा रहता हूँ कि रहकर भी कोई काम नहीं कर पाता। बहुत रोकने पर भी मन टीवी देखने का हो जाता है। और टीवी एकबार खुल जाये तो बहुत चाहने पर भी उसे बन्द करना सम्भव नहीं होता। ऐसे में गाँव में माँ को चिट्ठी लिखना और बच्चों को होमवर्क करा देना रोज टल जाता है। रोज कोफ्त भी होती है कि विभिन्न चैनलों के कार्यक्रम देखकर भी आखिर हासिल क्या हुआ? निष्कर्ष निकलता है कुछ भी तो नहीं...महज समय की बर्बादी हुई।

"आप तो खुद देखती ही होंगी...अब सारे सीरियल्स भी उसी तरह एक जैसे फार्मूलाबद्ध हो गये हैं जैसे सारी फिल्में एक जैसी हो गयी हैं। कुल दस फिल्में आपने देख ली हो तो ग्यारवीं की कहानी में कुछ भी नया नहीं रह जाता।

"आपने अच्छा किया पूछकर...मुझे अपने-आपको कोसने और दुत्कारने का अवसर मिल गया। मैं रोज तय करता हूँ कि कल से समाचार के अलावा टीवी पर कुछ भी नहीं देखूँगा...लेकिन खुद पर काबू नहीं रहता। उटपटांग हाव-भाव, भाड़-मिरासी जैसे फूहड़ अभिनय और अश्लील-बेसुरी बकबक द्वारा एंकरिंग किये जा रहे गीतों का काउंट-डाउन खीजकर और भन्नाकर भी मैं देखता रह जाता हूँ...पता नहीं क्यों।" मि. दास ने विस्तार से आप-बीती सुना डाली।

"मि. दास। आपने तो जैसे मेरे हुलिया का बयान कर दिया है, ठीक ऐसा ही मेरे साथ भी होता है। आप तो शाम में दो-तीन दिन दो-तीन घंटे के लिए बैठते हैं...मैं तो प्रायः रोज आठ-दस घंटे टीवी के पास बैठी रह जाती हूँ...और तब

उठती हूँ जब आँख दुखने लगती हैं...देह थकान से भर जाती है और मन एकदम जैसे उचट जाता है...निडाल बन जाता है। किसी से खुद को शेयर करने का भी मौका नहीं मिलता। अभिराम देर रात लौटता है और खाकर सो जाता है। कल तो हद ही हो गयी...उसके जरा जल्दी आ जाने पर जब मैंने बाहर चलकर डिनर करने की इच्छा जाहिर की तो उसने फोन करके मल्टीपरपस के लड़के द्वारा खाना मँगवा लिया। आपको नहीं लगता मि. दास कि पहले हमें असामाजिक बनाने का काम यह टीवी कर रहा था और अब इस काम में मल्टीपरपस भी शामिल हो गया है? पहले बिल आदि जमा करते या गृहस्थी के दूसरे कारोबार निपटाते समय आपस में मुलाकात और देखादेखी तो हो जाती थी।"

"प्रेरणा जी, हो सकता है आप जो कह रही हैं वो ठीक हो...लेकिन मल्टीपरपस के आने से हमें जो राहत मिली है उसे नजरअन्दाज भी तो नहीं किया जा सकता। जानती हैं...हमारे दादा जी के जमाने से प्रोपर्टी का एक मुकदमा चल रहा था। मैंने तो बस सोच लिया था कि अब इस मुकदमे को अपनी मौत मर जाने के लिए अपने हाल पर छोड़ देना है। तभी मल्टीपरपस के लड़कों से सम्पर्क हो गया। केस मैंने इन्हें सुपुर्द कर दिया। सुनकर हैरान रह जायेंगी प्रेरणा जी, पिछले महीने मेरे पक्ष में इसका फैसला हो गया और मेनरोड की दस कट्ठा विवादग्रस्त जमीन अब मेरी हो गयी।"

प्रेरणा ने एक लम्बी साँस ली और कहा, "तो मल्टीपरपस ने आपके घर में भी घुसपैठ कर लिया? मैं समझती थी कि सिर्फ मेरा ही हसबैंड इस पर बहुत मेहरबान है।"

"मल्टीपरपस ने अपना दायरा कितना बढ़ा लिया है इसकी एक मिसाल आप और सुनिये। इसी एरिया के कम्पनी फ्लैट में रहते हैं हमारे यहाँ के एक सीनियर डिविजनल मैनेजर श्री तुषारकान्त। किसी नयी टेक्नोलॉजी के बारे में जानने हेतु कम्पनी ने उन्हें दो महीने के लिए जापान भेजा है। पता है तुषार अपनी अकेली पत्नी के लिए क्या इन्तजाम कर गये हैं? इसका जिम्मा उन्होंने मल्टीपरपस को दे दिया है। वहाँ का कोई लड़का आता है...उन्हें अपने साथ मॉर्निंग वॉक के लिए ले जाता है...शॉपिंग के लिए ले जाता है...थियेटर ले जाता है...क्लब ले जाता है। साहब जब आयेंगे तो मल्टीपरपस अपना बिल बनाकर चार्ज कर लेगा।"

बहुत उदास हो गयी प्रेरणा। यह कौन-सा वक्त आ गया है और कौन-सी संस्कृति विकसित होने लगी है कि अब सम्बन्ध बनाये नहीं बल्कि किसी बोझ की तरह ढोये जा रहे हैं और वह भी अपने कन्धे पर नहीं एजेंसी के कन्धे पर रखकर! पति-पत्नी का मतलब रहा है हर छोटे-बड़े काम में एक-दूसरे का साझीदार होना। इन व्यस्तताओं से मिलनेवाली छोटी-छोटी खुशियाँ ही जीने के आधार बनते रहे

हैं। उसे बरबस याद आ गया कि उसके पापा रोज शाम की चाय मम्मी के साथ ही पीते थे। मम्मी कहीं चली जाती थी या उसकी तबीयत खराब हो जाती थी तो वे चाय नहीं पीते थे। मम्मी को कहीं भी घर से बाहर जाना हो, मन्दिर या फिर बाजार...पापा जरूरी से जरूरी काम भी छोड़कर साथ देते थे। वे पान खाने के शौकीन थे। जब वे घर में होते तो मम्मी हर दो-तीन घंटे में खुद से याद करके अपने हाथों से पान का बीड़ा बनाकर उन्हें पेश करतीं। पान बनाने का काम मम्मी की जगह कोई दूसरा कर देता तो वे झट से पहचान लेते। कहते, "गायत्री, अगर तुम्हें पान बनाने की फुर्सत नहीं है तो मुझे इसे खाना कोई आवश्यक नहीं है। अब पान मैं महज इसलिये खाता हूँ कि उसे तुम बनाती हो। दरअसल तुम्हारे लगाये पान में मुझे कत्था, चूना, जर्दा और सुपारी के स्वाद से ज्यादा तुम्हारे हाथों के छुअन और लगाव के स्वाद की तलब रहती है।"

मम्मी का भी यही हाल था। पापा रोज शाम को एक ताजा गड़ी का लड्डू लेकर आते थे। मम्मी को इस लड्डू का इन्तजार रहता था। जिस दिन वे लड्डू नहीं लाते हम भाई-बहन यह समझ जाते कि दोनों में झगड़ा हो गया है। लड्डू न पाकर जब मम्मी का मुँह और लटक जाता तो भाई जाकर चुपके से एक लड्डू ले आता और मम्मी को यह कहते हुए थमा देता कि पापा ने दिया है। मम्मी उसे मुँह में लेते ही समझ जाती कि यह उनका लाया लड्डू नहीं है। बहुत बाद में रहस्योद्घाटन करते हुए मम्मी ने बताया था कि उनका लाया लड्डू देशी घी और गुड़ से बना एक खास दुकान का होता था।

मम्मी और पापा के बीच में पान और लड्डू को लेकर चलनेवाला स्वांग बहुत साधारण और बेमतलब जैसा था...लेकिन ये बेमतलब और बचकानी जैसी चीजें ही उन्हें गहरे सान्निध्य के एक मजबूत धागे से जोड़कर रखती थी।

प्रेरणा को हठात् खयाल आया पापा की चिट्ठी की जिसमें उन्होंने लिखा था कि संकेत की शादी तय हो गयी है...अगस्त में तुम एक महीने के लिए चली आओ। मम्मी कह रही हैं कि तुम्हारे बिना वह कोई तैयारी नहीं कर पायेगी।

कहीं ऐसा तो नहीं कि टाटा से इन्दौर तक की यात्रा उसे मल्टीपरपस के किसी लड़के के साथ तय करनी पड़ेगी? चूँकि खुद तो अभिराम साथ जाने से रहा। पिछली बार वह अकेली चली गयी तो रास्ते में उसे कई तरह के भय सताते रहे थे। भर रास्ता वह जागती रह गयी थी। इसबार तो अकेले जाने का प्रश्न ही नहीं है।

एन.के. गृहप्रवेश पार्टी के लिए कार्ड देने के बाद भी कई बार फोन करता रहा था। पार्टी के दिन उसने अभिराम से खासतौर पर फिर अनुरोध किया। इस लगातार जोर भरे अनुग्रह को टालना अभिराम के लिए मुश्किल हो गया। इस आदमी से हमेशा वास्ता पड़ना है, इसलिये इसे निराश करना ठीक नहीं है। आधे दिन में चाहे जो क्षति

हो, पार्टी में चलना ही चाहिए। उसने प्रेरणा और फुन्नू को तैयार रहने के लिए कहा। सुनकर वे घोर अचरज से भर उठे। अपने पति के साथ वह पिछली पार्टी में कब गयी थी, यह याद के दायरे में भी अब नहीं रहा। अक्सर वह इन दिनों विभिन्न पार्टियों में फुन्नू को लेकर अकेले ही जाने लगी थी। उसकी तरह ऐसी और भी कई महिलायें थीं जो अकेले ही आती थीं। उसे बहुत खुशी हुई कि आज अभिराम उसके साथ जायेगा।

अभिराम ने जाकर पार्टी का शुभारंभ किया। उसने चम्मच से सूप पिया तो सभी ने तालियाँ बजायीं। इस कस्बे के लगभग सारे गणमान्य लोग उपस्थित थे। पार्टी चलने लगी। एन.के. ने उसे अपने पूरे घर का परिभ्रमण कराया। आज एकबार फिर विश्वास नहीं हो रहा था कि यही नवल किशोर उससे दुकान में मामूली नौकरों वाला काम माँगने आया था।

अभिराम एक कोने में खड़े होकर खाते हुए लोगों को ध्यान से देखने लगा। लगभग सभी परिचित और जाने-पहचाने थे...लेकिन इनमें से अधिकांश ऐसे थे कि इनसे हाय-हलो किये हुए भी वर्षों हो गये। इस बीच शायद ही किसी पार्टी में उसने शिरकत की। की भी तो बहुत लेट में पहुँचा और महज औपचारिकता पूरी कर दी। उस समय प्रायः लोग लगभग जा चुके होते थे। पहले कई लोगों से टेलीफोन ऑफिस, बिजली ऑफिस, बैंक या डाकखाने में मुलाकात हो जाती थी। मल्टीपरपस के आ जाने के बाद इसकी गुंजाइश ही खत्म हो गयी। अब उसका कोई सर्किल नहीं था, जिनके बीच जाकर वह बातचीत करे। अतः इस भीड़ में भी वह अपने को नितांत अकेला महसूस करने लगा।

बावजूद इसके सबको इकट्ठे देखते हुए उसे एक अजीब तरह का आह्लाद महसूस हो रहा था।

वो सामने दिख रहे मि. सामंत कितने मोटे हो गये हैं...पहले तो बहुत स्लिम थे...और वो मि.सावरकर कितने दुबले हो गये...लगता है शूगर या बीपी के शिकार हो गये हैं...पहले तो अच्छे-खासे हेल्दी थे...और वे आइसक्रीम खा रहे मि. सेनापति इस तरह अचानक गंजे कब हो गये?...और वो मुर्गे की टांग खींच रहे मि.लाल नॉनवेज कबसे हो गये...पहले तो वे शाकाहारी भोजन के प्रबल प्रवक्ता की तरह लम्बा भाषण झाड़ दिया करते थे...और वो परितोष बाबू जो हमेशा धोती-कुर्ता में दिखते थे, जींस और टीशर्ट कब से अपना लिया?...और उस एकांत में वो कौन युवा जोड़ा है जो खाने से ज्यादा बातें किये जा रहा है। अरे ये तो अपने-अपने घर की खिड़की से चिपककर प्रेमालाप करने वाले तिवारी जी की लड़की और ठाकुर जी का लड़का है। लगता है खिड़की से आगे बढ़कर दोनों अब सरेआम प्रेमाभिव्यक्ति के दौर में पहुँच गये। आज इस भीड़ में भी उन्हें कोई डर नहीं है।

अभिराम कभी-कभी अपने पास से गुजरने वाले किसी परिचित को हलो कहते हुए रोकने की चेष्टा कर देता था, लेकिन वे एक बनावटी मुस्कान के बीच हाय कहकर आगे बढ़ जाते थे।

प्रेरणा महिलाओं के झुंड में चली गयी थी और फुन्नू अपने हमउम्र दोस्तों के बीच। दोनों ही खूब हँस-खिलखिला रहे थे। अभिराम को लगा कि इन्हें इतना प्रफुल्लित और उन्मुक्त वह पहली बार देख रहा है। उसने सोचा—यह तो बड़ी अच्छी बात होगी कि मल्टीपरपस ऐसी पार्टी बराबर आयोजित करे...बिल देने से किसी को इन्कार नहीं होगा।

घर में आकर अभिराम ने कहा, "अब तो तुम मान गयी न कि मल्टीपरपस हर घर की जरूरत बन गया है। इसके बिना जमाने के साथ रफ्तार से भागने में सफल नहीं हुआ जा सकता। उसने अपनी सेवा से सबका दिल जीता है, आज सबकी उपस्थिति से यह साबित हो गया। मैंने तो इसके पहले किसी पार्टी में इतने लोगों को एक साथ जुटते हुए नहीं देखा।"

प्रेरणा ने कोई जवाब नहीं दिया। उसे अजीब लगा कि जो आदमी कभी पार्टी में जाता ही नहीं है वह उसका गणित समझा रहा है।

प्रेरणा को भाई की शादी में जाना था। पिता की एक और चिट्ठी आ गयी थी। उन्होंने लिखा था कि हम यह सौ प्रतिशत मानकर चल रहे हैं कि तुम अभिराम को साथ लेकर आ रही हो। अभिराम को तो इन्कार करना ही था, कर दिया।

"प्रेरणा, तुम जानती हो कि यह कतई मुमकिन नहीं है। मैं ज्यादा से ज्यादा शादी में एक दिन के लिए आ सकता हूँ। लेकिन तुम इत्मीनान से रहो, तुम अकेली नहीं जाओगी...एन.के. को मैं आज ही फोन कर देता हूँ, वह कोई रिलायबल लड़का तुम्हारें साथ भेज देगा।"

प्रेरणा को पहले से जो आशंका थी वह सच साबित हो गयी।

उसने बड़े बेमन से कहा, "पापा इसका बहुत बुरा मानेंगे। एकबार मम्मी को मामा ने अपने नौकर के साथ इन्दौर भिजवा दिया था। पापा गुस्से से एकदम चीख पड़े थे...तुम्हारे भाई को इतनी भी फुर्सत नहीं मिली कि अपनी बहन को खुद से पहुँचायें! रिश्तेदारी में और रखा ही क्या है? इन्हीं छोटे-छोटे निर्वहनों से रिश्ते की सघनता का अनुमान होता है। हम समझ गये तुम्हारा भाई तुम्हें कितना महत्व देता है!"

"तुम्हारे पिता ने ऐसा कहा और उनका यह खयाल है कि साथ आने-जाने से ही रिश्तों में निहित ठोसपन का पता चलता है तो यह जरूरी नहीं कि वे सही थे और तुम्हारे मामा गलत थे। मैं तो कहूँगा कि बदलते वक्त के अनुरूप तुम्हारे मामा की समझ ही ठीक थी। मेरा निर्णय तो इस वाकिया को सुनकर और भी पुख्ता हो गया है...मल्टीपरपस के लड़के के साथ तुम्हारा जाना कहीं से भी अनुपयुक्त नहीं

है। हो सकता है तुम्हारे मामा के नौकर में कुछ अपात्रता भी हो लेकिन मल्टीपरपस आज एक रेपुटेटेड ब्रैंड का नाम है। इसके लड़के सिंसियर, क्वालिफाइड और डेडिकेटेड हैं। रास्ते में तुम्हारी सहूलियत का खयाल जितना वे रख सकेंगे, शायद उतना मैं भी नहीं।"

इतने ठोस अनुशंसा और प्रस्तावना के बाद प्रेरणा के कुछ भी कहने का न कोई फायदा था, न कोई औचित्य। उसने अपनी मूक सहमति दे दी। चली गयी मल्टीपरपस के लड़के के साथ ही।

बाद में ऐसा हुआ कि अभिराम शादी में भी एक दिन के लिए न जा सका। दो दिन पहले माँ उसकी बीमार होकर आ गयी मायके से। वह भी अपने भतीजे की शादी में गयी थी और बहुत दिनों तक वहीं पड़ी रही। अभिराम फोन से पूछता तो कहती कि मुझे यहीं मन लग रहा है। उसे वहीं जान्डिस हो गया जो इलाज करने के बावजूद जरा-सा भी कम नहीं हुआ। स्थिति नाजुक देखकर मामा ने उसे अभिराम के पास पहुँचा दिया। अभिराम ने तत्काल माँ को सबसे महँगे नर्सिंग-होम में भर्ती करा दिया। पन्द्रहवें दिन वह रात में चल बसी।

उसने पार्थिव शरीर को घर लाना जरूरी नहीं समझा। प्रेरणा घर में होती तो शायद लाने का कुछ मतलब होता।

सुबह स्थानीय अखबार में अन्तिम संस्कार की सूचना छपवा दी गयी। मोहल्ले में भी फोन से कुछ लोगों को सूचित कर दिया गया।

अर्थी निकालने का समय जब हो गया तो मोहल्ले के महज दो या तीन आदमी ही दिखाई पड़ रहे थे। अभिराम को किसी ने याद दिलाया कि आज भारत और पाकिस्तान के बीच अति रोमाँचक और संघर्षपूर्ण क्रिकेट मैच हो रहा है जिसके प्रसारण देखने के लिए लोग टीवी सेट पर आँख गड़ाये हुए हैं।

अभिराम को यह आभास हो गया कि अब और लोग नहीं आयेंगे। इन चार-पाँच वर्षों में आखिर वह भी तो किसी की शवयात्रा और संस्कार में शामिल नहीं हुआ। इसलिये लोग आयेंगे, इसकी उम्मीद ही करना गलत होगा।

उसने मल्टीपरपस को फोन किया और कहा कि अविलम्ब दस लड़के को शवयात्रा में शामिल होने के लिए भेज दे।

आधे घंटे में दस लड़के हाजिर हो गये। मोहल्ले के जो दो-तीन लोग आये थे उनसे अभिराम ने कहा, "आपलोग भी जहमत क्यों उठायेंगे...लड़के आ गये हैं, काम हो जायेगा। आप घर जा सकते हैं...आने के लिए बहुत-बहुत शुक्रिया।"

लड़कों ने मिल-जुलकर अपने कन्धों पर अर्थी उठा ली और ट्रक पर लोड कर दिया।

श्मशान-घाट पर लकड़ी से भी जलाने का प्रबन्ध था और विद्युत शव-दाह गृह भी था। लकड़ी में पूरी तरह जलाने के लिए तीन-चार घंटे का समय चाहिए था।

उसने विद्युत शव-दाह गृह को ही उचित समझा। कोई झंझट भी नहीं और पौन घंटे में काम समाप्त।

अभिराम ने एक डब्बे में अस्थि-भस्म ले लिया और उसे मल्टीपरपस के लड़कों को सुपुर्द करते हुए कहा कि वे कल ही जाकर इन्हें चार प्रमुख नदियों में विसर्जित कर दें।

प्रेरणा जब वापस आयी तो माँ की मृत्यु के पन्द्रह दिन हो गये थे। उसे इसकी अब तक कोई जानकारी नहीं थी। आने के पाँच दिन बाद मल्टीपरपस की ओर से एक बिल आया, जिसमें लिखा था "बिल फॉर फ्यूनरल प्रोसेशन"। पूछने पर लड़के ने उसे पूरी जानकारी दी। प्रेरणा हैरान रह गयी...माँ के मरने की खबर भी उसे एजेंसी से मिल रही है! अभिराम ने फोन करने की या यहाँ आ जाने पर भी खुद से बताने की कोई जरूरत नहीं समझी? क्या माँ का मरना भी आज के वक्त में एक मामूली वाकिया हो गया?

सास बहुत मानती थी और जाने के समय उसने कहा था कि जब मैं लौटकर आऊँगी बहू तो तुम्हारे साथ चारों धाम की यात्रा पर चलूँगी। प्रेरणा को लगा कि इस घर में अब उसे प्यार करने वाला कोई नहीं रहा और वह सचमुच बहुत अकेली हो गयी। उसका चित्त अशान्त और दुखी हो गया...आँखें जार-जार बहने लगीं...।

सूखते स्रोत

संधिनी भाभी को लगा था जैसे परिवर्तन की एक पागल आँधी ने उसे भारत से उठाकर अमरीका में फेंक दिया हो। जिस एकमात्र बेटे पर परिवार बसने और बढ़ने की उसकी बहुत सारी हसरतें टिकी थीं उसने एक दुर्गम और अलघ्य पर्वत की तरह अपना एक ऐसा फैसला सामने रख दिया जो कम से कम इस देश की प्रकृति का तो बिल्कुल ही नहीं था। उसने कहा था, "अब मुझसे शादी करना सम्भव नहीं होगा, माँ। घर-गृहस्थी में देने के लिए मेरे पास एकदम टाइम नहीं है, न सिर्फ मेरे पास, बल्कि लिपि के पास भी। देख ही रही हो, हम दोनों के ही जॉब की माँग ऐसी है कि रात 11 बजे तक हमें एक तिल फुर्सत नहीं रहती। इसलिये हमने मिलकर तय कर लिया है कि फिलहाल शादी के भंवर में न फंसें।"

संधिनी ने महसूस किया जैसे कोई अवांछित और दमघोंटू जलावेग उसके नाक से ऊपर पहुँच गया हो--दोनों एक अर्से से एक-दूसरे को प्यार कर रहे हैं...साथ-साथ जीने-मरने की कसमें खा रहे हैं और अब कहते हैं कि अलग-अलग रहकर ही वे अपने प्यार को सुरक्षित रख सकते हैं।

भाभी को अनायास याद आ गया सन्मुख शर्मा। भरी जवानी में जब पति कैंसर से लड़ते-लड़ते चल बसे तो जिन्दगी जैसे हर चीज के लिए मोहताज होकर एक याचक बन गयी। उसकी खुशनसीबी थी कि जब भी उसे मदद की जरूरत पड़ी कुछ लोग हमेशा सामने खड़े मिले। इनमें कुछ तो निहायत मतलबी लोग थे मगर कुछ मतलबों से बहुत ऊपर। इन्हीं कुछ ऊपर दिखनेवालों में सबसे ज्यादा विश्वस्त सन्मुख शर्मा था। उम्र में भाभी से दस साल छोटा, लेकिन दुनियादारी के पहाड़े पढ़ने में मानों बीस साल बड़ा। पता नहीं भाभी की किस चीज ने कब उसे कायल या मुरीद कर दिया था कि उसकी एक-एक जरूरत पर, एक-एक ख्वाहिश पर उसने खुद को तत्पर और मुस्तैद बना दिया। क्रमशः वह इतना ध्यान रखने लगा...इतना भला करने लगा कि हर पहलू में हर कदम पर उसकी संलिप्तता अपरिहार्य होती गयी।

भाभी बचपन से ही प्रेम के लिए उतावली रहने वाली प्राणी थी, उनमें प्रेम का प्याला

हमेशा छलकता रहता था। उसके सगे-सम्बन्धी कहा करते थे कि इस लड़की के जिगर में एक समंदर भरा है जिसमें अनन्त लहरें हैं, वे लहरें किसी के रोके नहीं रुक सकतीं। लहरों को इसकी कोई परवाह नहीं कि वे व्यर्थ जाती हैं या किसी काम में आती हैं। ऐसा कई बार हुआ कि जरा-सा सान्निध्य जताकर, जरा-सी सहानुभूति-दया-करुणा जगाकर किसी ने उसे ठग लिया, किसी ने लूट लिया, किसी ने जीत लिया, किसी ने मूर्ख बना दिया। वह मानों जान-बूझकर लुट जाने के लिए, ठगा जाने के लिए, हार जाने के लिए तैयार बैठी रहती थी। स्वभाव की इस तरल बनावट में जाहिर है सन्मुख की निष्ठा से वह असंपृक्त और उदासीन कैसे रह लेती?

शराफत का वह मानों एक पुतला था। कितना कुछ कर देता लेकिन बदले में प्रतिदान की कोई जुंबिश नहीं...आन्तरिक चाहत की होठों से कोई अभिव्यक्ति नहीं, मगर आँखें, भवें, पेशानी और चेहरे के रंग आसक्ति से परिपूर्ण। वह चुप रहकर भी मानों किसी स्निग्ध-शान्त झरने की तरह निरन्तर बहता रहता था। भाभी के अहर्निश दर्शनों का चिर अभिलाषी। अलग होने के नाम पर व्याकुलता और प्राणहीनता की स्थिति तक पहुँच जाने वाला जल से मीन के वियोग का एक जीता-जागता उदाहरण। ज्यों ही भाभी मुम्बई आने की योजना बनाती वह निस्तेज हो जाता और उसके जाने के दिन पास आते ही बीमार पड़कर बिस्तर पर ढह जाता। उसके बीमार पड़ जाने पर संधिनी अपनी यात्रा स्थगित कर देती। सन्मुख ने कभी नहीं कहा कि वह क्यों बीमार पड़ जाता है और संधिनी ने कभी नहीं कहा कि वह क्यों रुक जाती है। दोनों के कुछ न कहने के बावजूद वे जानते थे कि अनुराग की एक अदृश्य बहती सरिता के वे दो किनारे बन गये हैं।

भाभी मुम्बई आयी थी (दूसरी और आखिरी बार) तो उसे लगा था जैसे वह अपने कलेजे पर कोई पत्थर रख रही है। बहुत भारी मन से उसने सन्मुख को सच्चाई की कठोरता से रू-ब-रू करवाया था, "बेटा चाहता है कि मैं जब तक पूरी तरह मुम्बई शिफ्ट न कर लूँ, वह अपनी गृहस्थी नहीं बसायेगा।" सन्मुख जानता था कि बेटा ही उसके जीने का अभिप्राय रहा और मंजिल भी। लिहाजा धर्मसंकट में डालने के लिए उसका बीमार पड़ना लाजिमी नहीं। मगर बीमार न पड़ना उसके वश में कहाँ था, उसके वश में यह था कि वह कोई-सा बहाना बनाकर भाभी के जाने के पहले कहीं अन्तर्ध्यान हो जाये। भाभी जानती थी कि ऐसा करते हुए उसे अपने मन पर कितना अत्याचार करना पड़ा होगा...सन्मुख भी जानता था कि मजबूर होकर मुम्बई जाने के अन्तिम निर्णय पर पहुँचने में भाभी ने अन्तर्द्वन्द्वों के कितने बड़े-बड़े बीहड़ पार किये होंगे।

तो यह था एक प्यार जिसकी नित स्मरणीय कथा खुद उसके रोम-रोम पर लिखी थी। इस कथा से ऊर्जा लेकर ही वह आज अपने को गतिशील रख पा रही थी।

बेटे के रुख से संधिनी भाभी की विवेक ग्रन्थि यह स्पार्क देने लगी कि मुम्बई और न्यूयार्क में शायद अब कोई फर्क नहीं रह गया है। कुछ ही समय पहले उसकी एक सहेली ने बताया था कि न्यूयार्क में रह रहा उसका भाई नौकरी करने की धुन में पचास साल तक अकेले रह गया और जब रिटायरमेंट ले लिया, तब शादी रचायी, वह भी एक पच्चीस साल की लड़की से। लड़की ने दो साल ही साथ निभाया फिर उसे छोड़कर एक दूसरे मर्द के साथ रहने चली गयी। यह अमरीका धीरे-धीरे क्या पूरे देश को अपने रंग में लील लेगा? जितना ही वह उससे कुढ़ती और चिढ़ती थी तथा उसके साये तक से मुँह फेरकर रखना चाहती थी, अमरीकापन उतना ही उसे अपने इर्द-गिर्द बेहया झाड़ी की तरह उगता जान पड़ता था। नयी पीढ़ी के तो जवान हो रहे प्रायः सभी बच्चे मानों अमरीका के ही सपने देखकर बड़े हो रहे थे। इनमें उसका बेटा भी शामिल था। सॉफ्टवेयर इंजीनियर बनते ही उसकी पहली ख्वाहिश थी अमरीका में जॉब करने की। संधिनी ने एकदम वीटो लगा दिया था, "अमरीका जाओगे तो मुझे पूरी तरह भुलाकर और मुझसे सारे लगाव खत्म करके जाना होगा।"

निर्झर रुक गया, लेकिन इण्डिया में होकर भी मानों अमेरिकन ही बनकर रहा। कम्पनी का एक कॉन्ट्रैक्ट मीट करने के बहाने एक माह के लिए अमरीका प्रवास का स्वाद वह किसी तरह चख आया। बस अमरीका के प्रति उसकी दीवानगी और भी परवान चढ़ने लग गयी। जब भी फुर्सत का कोई सौहार्द्रपूर्ण अच्छा लम्हा होता, वह घुमा-फिराकर अमरीका-राग अलापने लग जाता, "तुम चाहे जो कहो माँ, देश है तो अमरीका...काम की इज्जत है वहाँ...समय का अनुशासन है वहाँ...स्वीपर भी कार से आता है...कारें वहाँ रेंगती नहीं उड़ती हैं, रफ्तार अस्सी से सौ किलोमीटर प्रति घंटा। पुलिस की मदद चाहिए...कॉल करते ही मिनट भर में हाजिर। क्राइम करके वहाँ कोई बच नहीं सकता। पोस्टऑफिस, टेलीफोन, बिजली, रेल, वायुयान...सबका निहायत ही सुचारु और व्यवस्थित संचालन...जरा सा कोई अवरोध हुआ कि पूरा महकमा सक्रिय...गतिशील। मानवीय भूल की गुंजाइश निम्न से निम्नतर...चीत्कार, हाहाकार, गुहार, विद्रोह और क्षोभ की गुंजाइश लगभग नगण्य। सर्वत्र सुख, समृद्धि और वैभव की ठाट... ।"

संधिनी, भाभी को अमरीका-चालीसा सुनकर यों लगता जैसे वहाँ आदमी भी किसी रोबोट में बदल गये हैं।

उसने पूछा था अपने बेटे से, "तू ऐसी नौकरी ही क्यों करता है, जिसमें 12 से 14 घंटे समय देने पड़ते हैं? आखिर ऐसी नौकरी करने से फायदा क्या कि जिसमें अपने सुख-आराम के लिए भी वक्त न हो।"

"कॉम्पेटिशन माँ, कॉम्पेटिशन। मैं नहीं करूँगा तो मेरे पीछे लम्बी लाइन लगी है ऐसा करने वालों की।"

"लाइन तो सब दिन लगी रही बेरोजगारों की इस देश में, बावजूद इसके एक अनुशासन रहा है, एक सिस्टम रहा है। नौकरी मैंने भी की है, तुम्हारे पापा को भी देखा है। सन्मुख भी कर रहा है। आठ घंटे के बाद एकदम फ्री। कभी जरूरत पड़ गयी ज्यादा रुकने की तो इसके एवज में ओवर टाइम के तौर पर डब्बल पारिश्रमिक।"

"माँ, अब वह जमाना नहीं है, अब हम नौकरी नहीं जॉब करते हैं। हम इस समय अपने जॉब के साथ एक ऐसे बाजार में हैं जहाँ हर कोई हमें पटकनी देने के लिए किसी जानी दुश्मन से भी आक्रामक मुद्रा में घात लगाये खड़ा है। हमें ज्यादा समय लगाकर, ज्यादा एकाग्रता लगाकर काम को सही-सही और समय पर पूरी सफाई और गुणवत्ता के साथ निपटा लेना होता है ताकि हमारी साख के परचम को कोई खरोंच न आये।"

"निर्झर, काम के नियत घंटे का मतलब तू जानता है? इसके लिए दुनिया भर में आन्दोलन हुए, शिकागो में कई लोग मारे गये। आज हम उन्हीं की याद में 1 मई को मज़दूर दिवस मनाते हैं। एक रिवाज जो काफी संघर्ष के बाद कायम हुआ, एक अधिकार जो अनेक बलिदानों के बाद हासिल हुआ, देख रही हूँ तुम लोग उसका मटियामेट करके हालात को फिर उसी रसातल में पहुँचा देना चाहते हो जहाँ से सफर शुरू हुआ था। उस वक्त ठीक ऐसी ही स्थिति थी कि मालिक जितनी देर चाहता था मजदूरों को रोक रखता था। काम के कोई घंटे तय नहीं थे। इसमें उसकी मनमानी चलती थी। मजदूर अपने घर-परिवार और आराम-सुख की कीमत चुकाकर पिसने और घिसने के लिए बाध्य था। आज तुम्हारे साथ भी क्या वही आलम नमूदार नहीं है?"

"माँ, अब मालिक और मजदूर की पहले वाली परिभाषा और स्थिति नहीं रही। मालिक और बहुराष्ट्रीय कम्पनियों के खिलाफ सन्मुख अंकल हमें जो बताते रहे हैं, वह सारा कुछ अब निराधार साबित हो गया है। मालिक से ज्यादा अब काम करने वालों को अपने अस्तित्व और सरवाइवल की परवाह है। आज यह काम करने वालों की चिन्ता में शामिल हो गया है कि कम्पनी फायदे में नहीं रही तो बन्दी का पिशाच सामने आ खड़ा होगा। फिर मामला यह भी है कि हम पहले की तरह बँधी सैलरी और इंक्रीमेंट में काम भी नहीं करना चाहते। हमें फटाफट चाहिए और बहुत चाहिए। और जब यह सब चाहिए तो फिर काम के बँधे घंटे में रहकर कोई कैसे इसकी अपेक्षा कर सकता है?"

संधिनी इसी मुद्दे पर अटक जाती थी, "तुम्हें या किसी को भी बहुत क्यों चाहिए? जहाँ करोड़ों बेरोजगार हैं और उनकी कोई आय नहीं, वहाँ मुट्ठी भर लोगों की इतनी बड़ी आमदनी क्यों? पहाड़ और खाई के इस अन्तर से समाज क्या कभी खुशहाल और शान्त रह सकता है? माना कि पैसे बहुत होंगे, लेकिन उसे भोगने

के वक्त तो होंगे ही नहीं तुम्हारे पास। हमारे पास पैसे कम थे लेकिन हमने उसका पूरा उपभोग किया।"

"माँ, तुम्हारी तरह हमें धैर्य नहीं है लम्बे समय तक इतने कम पैसे में खिच-खिच करके नौकरी करने का। हमारा तो सिर्फ 40-45 की उम्र तक ही नौकरी करना लक्ष्य है। उसके बाद हमारे पास समय ही समय होगा। यही तो निर्णय है कि पहले जमकर नौकरी की जाये और फिर उससे मुक्त होकर जमकर ऐश किया जाये।"

संधिनी इस अवधारणा पर तरस खाकर रह गयी। भला जीवन क्या इस तरह गुणा-भाग कर फार्मूला के आधार पर जिया जा सकता है? अपने देश में तो जीने की शैली ऐसी रही कि हर उम्र के लुत्फ हासिल हों। हर उम्र का अपना एक अलग एहसास और स्वाद होता है, उसका अनुभव उसी उम्र में लिया जा सकता है। 16 से 22 वर्ष की उम्र का अल्हड़पन, 23 से 30 वर्ष की उम्र का जोश-उमंग और आवेग 40-45 में क्या महसूसा जा सकता है? उम्र क्या कोई आभूषण या कपड़ा है कि उसे रख दिया संजोकर-तहाकर और बाद में मोहलत मिलने पर पहन लिया निकालकर?

पति की अकाल मृत्यु के बाद संधिनी को लम्बा इन्तजार करना पड़ा था निर्झर के जवान और अपने पैरों पर खड़े होने का। इन्जीनियरिंग पूरा कर लेने के बाद जब उसे नौकरी मिल गयी तो लगा कि अब उसका इन्तजार खत्म हो गया। अकेले रहते-रहते एकदम नीरस और ऊबाउ हो गया था उसका जीवन। यों वह जब भी तलब करती सन्मुख हाजिर हो जाता, लेकिन उसके भी अपने पारिवारिक दायित्व थे...शादी नहीं की थी लेकिन उसके बूढ़े माँ-बाप और छोटे भाई थे। वह एक सीमेंट फैक्टरी में मजदूर था और साथ ही एक वामपंथी यूनियन का नेता भी। अतः देर शाम को ही वह समय निकाल पाता था।

अपने शहर से वह हर सप्ताह फोन पर निर्झर को ताकीद करती, "तूँ जल्दी शादी कर ले, तुझे बीवी की जरूरत हो या न हो मुझे एक बहू और पोते-पातियों की बहुत जरूरत है। अब मुझसे और सहा नहीं जाता, तरस गयी हूँ एक बिहंसते-चहकते घर-परिवार के लिए।"

निर्झर ने उसे बहलाते-फुसलाते तथा थोड़ी-थोड़ी मोहलत माँगते-माँगते कई वर्ष गुजार दिये। उसके मन में संशय के बीज उगने लगे—क्या हो गया इस लड़के को? इसके बचपन की आदतों को देखते हुए किसी ने कहा था कि यह लड़कियों के सामीप्य से हमेशा दूर भागना चाहेगा। कहीं यह सच तो नहीं हो गया? संधिनी मुम्बई चली आयी...देखें जरा कैसे रहता है, क्या करता है यह लड़का? यह मुम्बई की उसकी पहली यात्रा थी।

उसका रहना और करना आदि देखकर संधिनी विस्मय से ठगी रह गयी। एक

छोटे से फ्लैट में वह चार लड़के और दो लड़कियों के साथ रह रहा था। अपनी माँ का असमंजस भांप लिया निर्झर ने। बिना पूछे ही बता दिया, "वी आर जस्ट फ्रेंड माँ, नथिंग एल्स। यह मुम्बई है, दुनिया में सबसे आगे चलने वाली आधुनिकता की रेस के समानांतर रहने वाला शहर।"

वह बहुत मुश्किल से अपने गले उतार पायी आधुनिकता की इस परिभाषा को जिसमें लड़कों के साथ इस खुलेपन और बेबाकी से लड़कियाँ रह रही हों। उसके अनुसार तो लड़की और लड़के में जरा सी खुसुर-फुसुर तक हो जाने का भी कुछ अर्थ निकल आता था। आज ये एक साथ रह रहे हैं फिर भी कहते हैं इसका कोई अर्थ नहीं है। इस उम्र में भी वह बेटे की उम्र के इन लड़कों के साथ रहने में हिचकिचा गयी थी, मगर मजबूरी देखकर उसे रहना पड़ा था।

किसी तरह. पन्द्रह दिन ही वह रह पायी वहाँ, बुरी तरह उकता गयी इतने ही दिनों में। सुबह के नौ-दस बजते-बजते सभी लड़के-लड़कियाँ निकल जाते और फिर रात ग्यारह बजे के बाद लौटते। कभी-कभी तो ऐसा होता कि इस रात की जगह किसी-किसी के लिए अगली रात में लौंटना सम्भव होता। एक दिन उसने पूछ दिया अपने बेटे से, "मुझे तुम लोगों का इस तरह नौकरी करना एकदम नहीं जँच रहा है। समय से तो किसी का कोई लेना-देना ही नहीं है। स्वास्थ्य पर इसका क्या असर पड़ेगा, जानते हो? खाने, सोने, आराम करने और दिल बहलाने, सबका एक नियत समय होना चाहिए।"

"माँ, यह तुम्हारा समय नहीं है। स्वदेशी गणित के पुराने सूत्र अब रद्द हो गये हैं। पहले की तरह ऐसा नहीं है कि एक बार नौकरी में लग गये तो बस सारी उम्र के लिए निश्चिंत हो गये। हममें से कुछ लोग पाँच साल तो कुछ लोग तीन साल के कॉन्ट्रैक्ट जॉब में हैं। अगर परफॉर्मेंस अच्छा रहा तो फिर कॉन्ट्रैक्ट आगे चलेगा, अन्यथा रिश्ता खत्म। सबकी कोशिश होती है कि वे अच्छा परफॉर्म करें ताकि उनका जॉब चलता चले।"

"क्या यह अच्छा परफॉर्म अपने को रात-दिन झोंककर ही किया जा सकता है?"

"ऑफ कोर्स माँ, जो जितना ज्यादा समय लगायेगा, वह उतना ही अच्छा काम दिखा सकेगा। उसका इंसेंटिव और इंक्रीमेंट भी उसके काम पर निर्भर है। जानती हो, मुझे एक टेक्सटाइल कम्पनी के वेज सिस्टम का सॉफ्टवेयर डेवलप करने का एसाइनमेंट दिया गया था। समय था एक साल। उपरांत इसके मुझे एक आकर्षण दिया गया कि अगर मैं इसे आठ महीने में पूरा कर दूँ तो मेरी सैलरी चार लाख रुपये की जगह सलाना छः लाख रुपये हो जायेगी। अब तुम्हीं कहो माँ, इस कंडीशन में कौन बेवकूफ अपनी ड्यूटी के टाइम-टेबुल की परवाह करेगा? तुम्हें ताज्जुब होगा जानकर कि मैंने उस एसाइनमेंट को साढ़े सात महीने में पूरा कर दिया और मेरी सैलरी छः लाख रुपये हो गयी। अब तुम पूछो कि मैंने कैसे कर लिया उसे?"

संधिनी की मुद्रा प्रश्नवाचक हो गयी।

"मैं तीन-तीन दिनों तक घर वापस नहीं आता था, माँ।"

"भूखे-प्यासे...बिना आराम और नींद के?"

"नहीं माँ, ऐसा नहीं है। आजकल ऑफिस की संरचना बदल गयी है। प्रबन्धन की ओर से वहाँ सारा कुछ उपलब्ध करा दिया गया है...खाने, नहाने, सोने, पढ़ने, दिल बहलाने यानी लगभग सारी आवश्यकताओं के इन्तजाम।"

संधिनी उसका मुँह देखती रह गयी—मतलब मालिक या प्रबन्धन ने पहले ही ऐसी तैयारी कर ली है कि अब ऑफिस में काम करने वालों को घर जाने की खास जरूरत ही न रहे। अपनी पैंतीस साल की मास्टरनी वाली नौकरी में सात घंटे के बँधे कार्यकाल के बाद उसने शायद ही कभी ओवर स्टे किया हो...उसका बेटा रोज ओवरस्टे करता है। एक ही पीढ़ी में क्या समय ने इतनी बड़ी करवट ले ली? वेतन के तौर पर उसने अपने समूचे कार्यकाल में बमुश्किल छः-सात लाख कमाये होंगे...उसका बेटा एक साल में छः लाख रुपये कमा रहा है। उसने तो अपनी पगार को सलाना के हिसाब से कभी जोड़ा ही नहीं। माहवारी तनख्वाह का मतलब ही वेतन समझती रही। आज वेतन का मतलब भी बदल गया है। मूल वेतन के साथ तब महँगाई, चिकित्सा और आवास आदि के भत्ते अलग से मिलते थे। अब सबको एक में ही मिलाकर वेतन का स्वरूप निर्धारित किया जा रहा है।

पता नहीं क्यों बेटे की तनख्वाह की छः अंकों की यह बड़ी संख्या भी उसे भीतर से प्रफुल्लित नहीं कर पायी। उसे लगा कि इस मोटी तनख्वाह के एवज में कहीं ज्यादा बड़ी कीमत चुकायी जा रही है। यों ही मन रखने के लिए उसने कहा, "ठीक है, मैं खुश हूँ कि तू छः लाख कमा रहा है, लेकिन इन पैसों का अपनी दुनिया बसाने और दुनियादारी चलाने में उपयोग भी तो कर। मैं यहाँ आयी हूँ यह जानने के लिए कि तुम शादी क्यों नहीं कर रहे...।"

"करूँगा माँ, करूँगा...शादी के पहले अपना एक फ्लैट बहुत जरूरी है। कांदिवली या नवी मुम्बई में भी लेना चाहूँ तो कम से कम दो बेडरुम के लिए बीस-पच्चीस लाख रुपये चाहिए। थोड़ा-सा वक्त मुझे और दे दो...।"

संधिनी अकचकायी सी उसका मुँह देखने लगी, "बेटे, लेकिन फ्लैट तुम्हें क्यों चाहिए? जमशेदपुर में अच्छा-खासा मकान है अपने पास।"

"माँ, तुम्हें क्या लगता है जमशेदपुर जैसा शहर अब मेरे रहने लायक है?"

"क्यों, जमशेदपुर को अचानक क्या हो गया कि वह तुम्हारे रहने लायक नहीं रहा?"

"माँ, वह एक सुस्त, भविष्यविहीन और चापलूस शहर है। वहाँ सब कुछ स्टील कम्पनी के द्वारा और सब कुछ स्टील कम्पनी के लिए है। इसके अलावा वहाँ किसी के लिए कोई स्कोप नहीं, कोई कैरियर नहीं।"

संधिनी को ऐसा लगा जैसे वह जमशेदपुर को नहीं इंडिया को कोस रहा हो

और मुम्बई में नहीं अमरीका में रहने को श्रेयस्कर बता रहा हो। उसी नगर में यह जन्मा, पला, बढ़ा, पढ़ा...अब वह इसे अच्छा नहीं लग रहा। उसके मन में अनायास विचार कौंध गया कि इन लड़कों का वश चले तो अपनी माँ को भी आउटडेटेड बताकर न्यूयार्क और लंदन से माँयें छाँट लायें। क्या कहे संधिनी? वह इन सवालों को लेकर निर्झर के बनिस्वत सन्मुख से ज्याद इत्तफाक रखती थी। सन्मुख का कहना था कि भूमण्डलीकरण, उदारीकरण और आतंकवाद के खिलाफ लड़ाई की आड़ में अमरीका अपने साम्राज्यवादी शिकंजे में पूरी दुनिया को कस लेना चाहता है। निर्झर का कहना था कि साम्यवाद और समाजवाद के दिन अब लद चुके हैं और निजीकरण तथा ठेकेदारीकरण से ही सारी अर्थव्यवस्था को संचालित होना है। सन्मुख मानता था कि आज भी ज्यादा से ज्यादा लोगों को खुशी देने के मामले में साम्यवाद एवं समाजवाद से अच्छा कोई विकल्प नहीं है। निर्झर कहता था कि पूँजी कैसे बढ़े और तरक्की के शिखर को कैसे छुएँ, इसके लगातार प्रयास और उपाय पूँजीवादी व्यवस्था में ही सम्भव होते हैं। समाजवादी व्यवस्था में हमने अपने देश में ही देख लिया कि अधिकांश सरकारी उपक्रम भ्रष्टाचार, लूट और निकम्मेपन के अड्डे बन गये। लाभ कमाने के लिए स्थापित अधिकाँश सार्वजनिक कारखाने भारी घाटे में चले गये।

बेटे की अमरीकापरस्ती से असहमत होकर भी वह उससे मुँह नहीं मोड़ सकती थी। आखिर इकलौती सन्तान था और यही एकमात्र ठौर था उसकी अपेक्षाओं-अभिलाषाओं का। कहा उसने, "ठीक है, अगर शादी में फ्लैट ही अड़चन है तो मेरे जो तीन-चार लाख जमा हैं उसे भी तू ले ले और जल्दी से जल्दी तू फ्लैट खरीद ले। इतना वक्त लगाता है अपने जॉब में...इतनी मेहनत करता है ऑफिस में, घर में कोई खयाल रखने वाला तो चाहिए ही।"

निर्झर ने इसका कोई जवाब नहीं दिया। संधिनी उसका चेहरा पढ़ने लगी। शादी के नाम पर तीस साल का होकर भी कैसा शर्माता है यह लड़का। क्या वाकई लड़कियों के प्रति एक स्वभाविक पुरुषोचित आकर्षण कभी इसमें पैदा नहीं होगा? ऐसा तो नहीं कि वक्त ने इसे शायद वह मोहलत ही नहीं दी? बस पैसा और उसकी भागमभाग में ही रात-दिन मुब्तिला रह गया। वह पूछना चाह ही रही थी कि उसके कुछ फ्लैट पार्टनर आ गये। संधिनी खुश हो गयी, "जब से आयी हूँ आज पहली बार तुम सबको अर्द्धरात्रि के पहले घर में दाखिल होते देख रही हूँ। चलो, तुम सबके लिए मैं आज अपने हाथों से खाना बनाती हूँ...आज कोई होटल नहीं जायेगा।"

"नहीं नहीं आंटी, आप नाहक क्यों तकलीफ करेंगी। हम तो कहेंगे कि हमलोगों के साथ आप भी चलिये, किसी अच्छे होटल में सभी इकट्ठे खायेंगे।" किसी लड़के ने यह सुझाव दिया।

"नहीं, ऐसा हरगिज नहीं होगा। तुम सबको मैं आज दिखाना चाहती हूँ कि घर और होटल के खाना में क्या फर्क है। समझ सकोगे कि गृहस्थी क्यों जरूरी है

जीवन में? मैं निर्झर से पूछ रही थी कि आखिर कब तक अकेले रहोगे। बचपन से यह शर्मीला रहा, लड़कियों से दूर-दूर...अलग-थलग। मैं यही जानने आयी हूँ कि क्या अब भी वही हाल है...किसी को पसन्द किया या कि यह काम मुझे ही करना होगा?"

संधिनी ने लक्ष्य किया कि उसके कहने के बाद सभी लड़कों के होठों पर एक रहस्यमय मुस्कान तिर आयी। एक लड़के को इशारे से पूछा तो कह उठा, "आंटी,आप निर्झर को कम करके आंक रही हैं। यह अब पहले की तरह आपका भितरघुन्ना जमशेदपुरिया निर्झर नहीं रहा।"

निर्झर अन्दर ही अन्दर मुस्कराने लगा था।

"क्या सचमुच?" भीतर से मानो आह्लादित होते हुए पूछा संधिनी ने।

"निर्झर ने एक बहुत ही अच्छी लड़की को चुन रखा है आंटी। पिछले सात सालों से दोनों गहरे दोस्त हैं।"

"बदमाश। तूने इतनी बड़ी बात अपनी माँ से छुपाये रखी!"

"मैं तुम्हें सरप्राइज देना चाहता था माँ...आज-कल में वह आकर तुमसे खुद मिलनेवाली है। ऑफिस से शायद उसे भी फुर्सत नहीं मिल रही। दरअसल मेरी ही तरह व्यस्तता उसका भी पिंड नहीं छोड़ती।"

"चलो, इस खबर ने तो मेरी खुशी में मानों एक पंख टांक दिया। मेरा उत्साह दोगुना हो गया। अब तो निश्चय ही तुम सबके लिए मुझे एक स्पेशल डिश तैयार करना होगा।"

संधिनी भाभी ने उस दिन अपनी पूरी तन्मयता और एकाग्रता के साथ अपनी पाक कला के सारे गुर झोंक दिये। नये-नये व्यंजन और पकवान बनाये, जो होटलों में प्रायः नहीं होते। मशरूम का सूप, लौकी का रायता, पुदीना, धनिया और मिर्च की चटनी, लहसून, प्याज, अदरक और पंचफोरन से तड़का लगी मूंग-अरहर की दाल, हरा चना और पिसी हुई मसूर दाल का बजका, बैगन का भुर्ता, लाल साग की भाजी, भिंडी की भरुआ सब्जी, छाछ, दूध और फलों के मिश्रण का कस्टर्ड। खाते हुए लड़कों को लग रहा था जैसे अलौकिक स्वाद और तृप्ति देनेवाले किसी नायाब लोक में वे आ गये हों। सचमुच मुम्बई में तो इन लोगों ने ऐसी खाद्य सामग्रियाँ आज तक नहीं चखी थीं। संधिनी भाभी सबको इकट्ठे बिठाकर इसरार कर-करके खिलाने लगी।

खाना उनका चल ही रहा था कि दाल में कंकड़ की तरह व्यवधान पैदा करता हुआ निर्झर का मोबाइल बज उठा। ऑफिस से उसके बॉस का कॉल था। एक डेढ़ मिनट तक वह यस सर, ओके सर, राइट सर करता रहा और फिर खाना बीच में ही छोड़कर उठ गया।

"एक्सक्यूज मी माँ, मुझे इसी वक्त ऑफिस जाना होगा। मॉरिस एंड डेविस

ग्रुप के एक कम्प्यूटराइज्ड पैनल में कोई एरर आ जाने की वजह से एक मिल बन्द हो गयी है। एम डी मेरा वेट कर रहा है।"

"अर्द्धरात्रि होने को है, इस समय ऑफिस! खाना तो खा ले।" संधिनी ने अपनी आँखों में एक विस्मय भरते हुए कहा।

"बाद में खा लूँगा माँ, फ्रिज में रख देना। अभी खाने से ज्यादा मेरा वहाँ जाना जरूरी है।"

संधिनी के उत्साह पर मानों किसी ने घड़ों पानी उढ़ेल डाला। उसे लगा जैसे उसका सारा किया-कराया बेकार हो गया।

"प्लीज माँ, नाराज मत होओ। मेरा ध्यान अब वहाँ चला गया इसलिये खाने में मेरी रुचि ही बुझ गयी। तुमने जो मेहनत की उसका मैं पूरा सम्मान करता हूँ। मेरे सारे दोस्त हैं न तुम्हारी मेहनत को सार्थकता देने के लिए।"

निर्झर जल्दी से कपड़े बदलकर निकल गया घर से। संधिनी देखती और सोचती रह गयी—भला यह भी कोई ढंग है जीने का, जिसमें अपने सुख के लिए कोई हाशिया नहीं और कुछ भी अपने अधीन नहीं? बुझ गयी वह बुरी तरह।

निर्झर गया तो फिर तीन दिनों तक नहीं आया। संधिनी उसके आने की प्रतीक्षा करती रह गयी। वह फोन से सूचित करता रहा कि काम खत्म नहीं हुआ है, इसलिये घर आना मुमकिन नहीं हो रहा। तुम चिन्ता मत करना और समय पर खाते-पीते रहना। संधिनी एक शाम उसके ऑफिस चली गयी—बताया गया कि निर्झर दस बजे तक किसी से मिल नहीं सकता। वह कुछ एक्सपर्ट के साथ मॉरिस एंड डेविस ग्रुप के लिए एक नये सॉफ्टवेयर पर सम्पूर्ण एकाग्रचितता लगाकर बिना किसी विराम के मैराथन शोध कर रहा है। संधिनी का मन तो बहुत उचट गया लेकिन रिसेप्शन की एक लड़की कुछ इस तरह उसकी खातिरदारी में लग गयी कि उसके नाराज होने का मौका ही मानो जाता रहा। बहुत प्यारी-सी लड़की बहुत मीठा बोल भी रही थी और काफी कुछ खाने-पीने का इसरार भी करती जा रही थी। उसने उसे ऑफिस दिखाया—छोटा-सा ऑफिस...एक कोने में फास्ट-फुड एवं सॉफ्ट ड्रिंक का स्टॉल...एक कमरे में आराम का पूरा बन्दोवस्त...एक कमरे में मनोरंजन की कई सामग्रियाँ...।

संधिनी ने तय किया कि दस बजे तक रुककर आज निर्झर को अपने साथ लेकर ही जायेगी। रिसेप्शनिस्ट लड़की ने उसकी एक-एक ख्वाहिश का खयाल रखते हुए उसे अपने पास ही बिठा लिया। संधिनी उसके माध्यम से ऑफिस की एक-एक नब्ज का अध्ययन करती रही, खासकर फोन पर उसकी बातचीत के भावार्थ से। दस बजने को हुआ तो उसने फोन पर किसी लैक्सी नामकी लड़की से सम्पर्क साधा। उसे ऑफिस आने के लिए कहा। उसने कुछ पूछा तो इधर से बताया गया, "हाँ,

फॉर होल नाइट।" संधिनी का तो जैसे सिर चकरा गया...क्या-क्या कर-करवा रहे हैं दुनिया में सबसे आगे चलने का दम भरने वाले ये लोग! कहीं अमेरिका से भी तो आगे नहीं बढ़ गये?

किसी ने धीमी आवाज में टीवी ऑन कर दिया था। सी एन एन से चित्रमय खबरें आने लगी थीं। अमरीका ने ट्रेड सेंटर पर हमले का जिम्मेदार ओसामा बिन लादेन को ठहरा दिया था और अफगानिस्तान पर बमबारी शुरू कर दी थी। अफगानी उत्तरी एलायंस और तालिबान में विभक्त थे। उन्हें आपस में घमासान लड़ाने का इन्तजाम कर दिया गया था। अमरीका के हमले का जवाब देने वाला कोई नहीं था। अमरीकी बमवर्षक विमान एकतरफा जहाँ मर्जी वहाँ मौत के तांडव रच रहे थे। अफगानियों में भगदड़ मच गयी थी, वे अपने-अपने घरों को छोड़कर जान बचाने की गरज से भागने लगे थे। जो भागने में देर कर रहा था, वह मारा जा रहा था। कुछ लोग तो भागते हुए भी बमबारी की जद में पड़कर तबाह हो रहे थे। इन सभी मारे जा रहे बच्चों, बूढ़ों और स्त्रियों का लादेन से कोई मतलब नहीं था। बल्कि इन लोगों ने कभी उसे देखा भी नहीं था। पाकिस्तान न चाहते हुए भी अमरीका का साथ दे रहा था और भारत पाकिस्तान की मजबूरी देखकर मन ही मन आह्लादित हो रहा था। बिना मदद माँगे ही अमरीका की खैरख्वाही में भारत वफादारी दिखाने की फूहड़ कवायद कर रहा था।

रिसेप्शनिस्ट लड़की सी एन एन पर मौत के नजारे देख-देखकर बेहद खुश हो रही थी। जैसे मारे जानेवाले सभी लोग उसके जानी दुश्मन हों, जबकि सच यह था कि वे तो अमरीका के भी दुश्मन नहीं थे। संधिनी को लगा मानो इस पूरी युवा पीढ़ी के भीतर करुणा और प्रेम का अर्थ बदल गया है...अमरीका कुछ भी करे, वह इनके लिए जायज है। उसे निर्झर का खयाल आ गया था...बेकसूर अफगानियों की मौत पर उसे भी कोई अफसोस नहीं था। उसका भी मत था कि अफगानी स्वभाव से जिद्दी, जाहिल, बर्बर और कट्टर होते हैं—इसी का दंड इन्हें भोगना पड़ रहा है।

संधिनी में अमरीका की इन कारगुजारियों को देखकर एक सिहरन समा जाती थी। क्या शातिराना चाल है उसकी...इस देश में जो वर्ग अमरीका का कटु आलोचक था, वह भी उसके समर्थन में बातें करने लगा था। संधिनी को लगा था कि यह एक बहुत ही खतरनाक दौर है...किसी को पूरी तरह अपने काबू में करना हो तो पहला जादू उसके मन पर चला दो। इंडिया में इंडिया का कम होना एक बार फिर उसे बुरी तरह अखर गया था।

सन्मुख को यह दुख बहुत सालता था। उसके कारखाने को अमरीका की एक मल्टीनेशनल ने खरीद लिया था और उसने ऑटोमेशन करके बिना कोई खास मुआवजा दिये बड़ी संख्या में मजदूरों की छंटनी कर दी थी। उन्हें सिर्फ अपने

प्रॉफिट से मतलब था और इससे उन्हें कोई मतलब नहीं था कि यहाँ ज्यादा से ज्यादा लोगों को रोजी-रोटी उपलब्ध हो। सन्मुख कहता था कि वे अमरीकी प्रॉफिट के लिए इण्डिया में कारखाना चलायेंगे, जिसमें राष्ट्रहित और समाज हित जैसा कोई मुद्दा शामिल नहीं होगा।

साढ़े दस बज गये थे। निर्झर अपनी बन्द शोधशाला से बाहर आ गया था। उसका कोई कुलीग उसके पीछे था। वह उससे बड़े घिघियाहट के स्वर में कुछ कह रहा था। संधिनी ने उधर कान लगा दिये तो आवाज सुनाई पड़ने लगी। वह कह रहा था, "सर, पत्नी की तबीयत जरा ज्यादा खराब हो गयी है, मेरा अभी घर जाना बहुत जरूरी है।"

"मि. देशमुख, आप देख रहे हैं कि क्राइसिस पीरिएड चल रहा है, हाउ कैन आई मैनेज? काम अपनी पूर्णता तक पहुँचने में किसी इमोशंस और फीलिंग्स की परवाह नहीं करता।"

उसने बेचारगी से कहा, "आप जैसा कहें सर।"

निर्झर ने शून्य में निहारते हुए सोचने का अभिनय किया, "ओके, यू गो।"

संधिनी पूछ बैठी, "आखिर उस आदमी की ड्यूटी खत्व कब होती है? रात साढ़े दस बजे भी उसे जाना है तो ऐसे पूछ रहा है जैसे अपराध कर रहा हो और तुम भी उस पर उसी भाव से रौब गालिब कर रहे हो। अपना घर-परिवार तो बसाना नहीं है, जिसका है उसका भी ठीक-ठाक नहीं रहने देना है। तुम लोग इतने हृदयहीन क्यों होते जा रहे हो?"

निर्झर ने अपनी माँ के इस जवाब-तलब से कन्नी काट ली जैसे चलते हुए किसी गड्ढे को लांघ गया हो, "सॉरी माँ, तुम्हें बहुत इन्तजार करना पड़ा। आज मेरा घर जाना तय था, तुमने नाहक कष्ट क्यों किया!"

"इसी बहाने तुम्हारे इस मायाबी ऑफिस का जलवा देखने का मौका मिल गया।"

वह माँ के साथ ऑफिस से निकलने लगा तो कुछ साथियों ने उसे पुकार लिया। एक ने उसके सामने मिठाई का पैकेट खोलते हुए कहा, "मिठाई खाइये मि. निर्झर, कोर्ट ने फैसला दे दिया। मैं मुक्त हो गया।"

"रियली।"

"यस सर।"

"कांग्रेट्स।" निर्झर ने एक मिठाई ले ली। फिर परिचय कराने लगा, "मि. गोखले, ये मेरी माँ है और आप मि.गोखले हैं। मेरे कुलीग। इनका डिवोर्स केस बहुत दिनों से अदालत में लम्बित था। आज फाइनल हो गया।"

संधिनी को यों महसूस हुआ जैसे उसकी अक्ल को किसी ने रस्सी में बाँधकर घुमा दिया हो चारों दिशाओं में। यह कौन-सा ऑफिस है और यहाँ कैसे-कैसे लोग

हैं। कोई है कि परिवार बसाना नहीं चाहता...जिसका बसा है, वह जिन्दगी से तंग है और तलाक लेकर खुशियाँ मना रहा है...जो तंग नहीं है, उसे घर जाने नहीं दिया जाता।

इस ऑफिस और इसमें काम करनेवाले अपने बेटे के बारे में संधिनी भाभी की राय उस व्यंजन की तरह हो गयी जो बहुत महंगा होता है मगर सुस्वाद बिल्कुल नहीं। उसका मन अब इस मुम्बई से निकल भागने के लिए एकदम अश्वमेघ का घोड़ा बन जाना चाहता था। जल्दी से जल्दी वह उस लड़की से मिल लेना चाहती थी जिससे निर्झर प्यार करता था। निर्झर उसे माँ से मिलने के लिए रोज फोन करता था और उस तरफ से फुर्सत न मिलने का पचासों रोना, माफी और अफसोस गिना दिये जाते थे।

संधिनी बहुत पेशोपेश में थी, आखिर यह कैसा प्रेम है कि इन्हें मिलने की तलब नहीं रहती...फुर्सत नहीं होती। कई-कई दिनों तक ये लोग एक-दूसरे को बिना देखे रह लेते हैं। इन्हें कोई बेसब्री, अधीरता या व्यग्रता नहीं होती। ज्यादा से ज्यादा निकटता की चाहत में प्रेमियों द्वारा राजपाट तक त्याग कर दिया जाता रहा है। प्रेम की तड़प जब उठती है तो आदमी आँधी-पानी और कयामत तक की परवाह नहीं करता और ये लोग हैं कि जॉब से एक दिन गैरहाजिर भी नहीं हो सकते। संधिनी के पूछने पर निर्झर ने कहा कि टेलीफोन पर बात हो जाती है या फिर ई-मेल से संवाद बना रहता है। मतलब प्यार की नैसर्गिकता को भी आधुनिकता ने पूर्व की तरह दर्शनातुर, विरहाकुल, स्पर्शविस्वल, समागमप्रिय, शुद्ध और स्वाभाविक नहीं रहने दिया।

सन्मुख उसके जेहन में साकार हो उठा। किन-किन तरीकों से वह उससे मिलने के बहाने ढूंढ लिया करता था। भाभी को भुट्टा बहुत पसन्द था, अगर वह आग से भुना हुआ हो तो उसके सामने अच्छी से अच्छी मिठाई भी वह छोड़ सकती थी। सन्मुख रोज तीन-चार भुने भुट्टे कपड़े में लपेटकर ले आता था। सीजन के खत्म हो जाने पर कभी-कभी जाड़े में भी बारामासी भुट्टे दिखाई पड़ जाते थे। एक दिन वह अपने किसी रिश्तेदार की शादी में शिरकत के लिए ट्रेन पकड़ने स्टेशन जा रहा था। रास्ते में उसे भुट्टे दिख गये...ताजे और मुलायम भुट्ठे। उसने यात्रा स्थगित कर दी और भाभी के लिए भुट्टे खरीदकर घर आ गया। भाभी रीझती हुई विस्मय से उसे देखती रह गयी।

उसने कहा, "कल चला जाऊँगा। आज ही जाना कोई जरूरी नहीं था। अनसीजनल भुट्टा कभी-कभी ही मिलता है...आज दिख गया...कल ढूंढने से भी नहीं मिलनेवाला।" कहते हुए सन्मुख जरा दार्शनिक हो गया, "यह भुट्टा जब तक मिलता है, हमें खा लेना चाहिए भाभी, चूँकि कभी भी आप अचानक कॉन्फ्लेक्स की दुनिया में चली जायेंगी और फिर ताजे भुट्टे के लिए तरस जायेंगी।" इस संवाद

की अन्तर्ध्वानि ने उसे हिला दिया था। सचमुच यही तो हो रहा है...अब टमाटर हमें साउस में, आलू अंकल चिप्स में, मकई अब कॉन्फ्लेक्स में, पानी अब बिसलेरी में और नमक अब आयोडाइज्ड होकर दिखेगा। इनके नैसर्गिक स्वाद से हमें वंचित कर दिया जायेगा।

संधिनी उस लड़की से मिलकर महसूसना चाहती थी कि दोनों में वाकई प्रेम की कितनी घनिष्ठता है। सम्भव हो सका तो वह लड़की को कन्विंस करना चाहती थी कि शादी के लिए वह उतावलापन दिखाये और निर्झर पर दबाव डाले।

एक दिन आ गयी वह लड़की...छरहरी, सुन्दर, हँसमुख, दिलकश, चुलबुली, विनीत...आते ही संधिनी के पैर छू लिये। उसे बहुत अच्छा लगा कि कुछ मामले हैं जिनमें ये अब भी अमरीकी नहीं शुद्ध भारतीय हैं। पहली ही नजर में लिपि भा गयी। बहू के रूप में ठीक ऐसी ही एक लड़की की तमन्ना थी उसे। दोनों ने एक-दूसरे से खूब घुल-मिलकर बातें की। निर्झर इनकी खातिरदारी में लगा रहा...कभी कोक, कभी पानी, कभी कॉफी, कभी चिप्स, कभी फ्रुट्स, कभी समोसे। संधिनी ने लक्ष्य किया—दोनों एक-दूसरे से बर्ताव में एकदम अनौपचारिक और सहज हैं। वह एक थैले में निर्झर के लिए पता नहीं क्या-क्या भर कर ले आयी थी—परफ्यूम, शर्ट, स्वेटर, जूता, बेल्ट, रूमाल, पर्स, गॉगल। निर्झर भी पहले से ही उसके लिए खरीद कर रखा हुआ था—सलवार कुर्ता, विदेशी मोबाइल, डिजिटल डायरी, वॉकमैन। संधिनी को लगा कि इस पीढ़ी के पास समय कम है और पैसा ज्यादा है, इसलिये प्यार जताने के लिए इन भौतिक चीजों के आदान-प्रदान को आश्रय बनाना पड़ता है।

लिपि जब जाने लगी तो संधिनी ने पूछ लिया, "शादी करने के बारे में तुमलोगों ने क्या विचार कर रखा है?"

"आप जल्दी चाहती हैं, इस खबर से निर्झर ने मुझे अवगत करा दिया है। मैं इस बारे में इतना ही अर्ज करना चाहूँगी कि कृपया हम पर कोई हड़बड़ी न थोपिये। शादी करके हम अपनी सुख-शान्ति को उर्वर बनाना चाहते हैं। अभी की स्थिति इस रूप में हमारे लिये सुविधाजनक नहीं है, हम इसे अनुकूल होने का इन्तजार कर रहे हैं। हम इस मायने में कोई जोखिम उठाना नहीं चाहते कि इस समय हम जितना खुश हैं इतनी खुशी भी हमारे पास न रह जाये। जानती हूँ कि आप हमारी शुभचिंतक हैं और हमारे भला के लिए और इन्तजार कर सकती हैं।"

संधिनी के मन में आया था कि उसे कहे, 'तुम जॉब छोड़ क्यों नहीं देती, क्या करोगे तुमलोग इतने पैसे का? इतना तो कमाता है निर्झर अकेले ही। दोनों मिलकर गृहस्थी के एक नये उद्यान बसाओ...देखो कितनी तृप्ति, खुशबू और आह्लाद मिलता है।' अगले ही पल खयाल आया कि महिलाओं द्वारा नौकरी का अर्थ सिर्फ अर्थोपार्जन नहीं है। कहेंगे कि इसमें व्यक्तित्व का विस्तार है, स्वाभिमान की तुष्टि

है, बराबरी की तरफ सफर की शुरुआत है, समय और क्षमता का सदुपयोग है। घर में चूल्हा, फर्श और पोतड़े धोकर कौन-सी काबिलियत सिद्ध होती है? भाभी को अपना दिन याद आ गया। पति के गुजरने के बाद उसने बहुत मजबूरी में स्कूल ज्वाइन किया। अन्यथा वह नौकरी के पक्ष में एकदम नहीं थी। उसे मजा आता था घर और बच्चे को देखने-सम्भालने में...तरह-तरह के व्यंजन-पकवान बनाने में तथा घर में थके-माँदे लौटे पति को इंटरटेन करने में। वह एक सुघड़ गृहिणी होने को नौकरी से कहीं बड़ा काम मानती थी।

संधिनी भाभी अपने अकेलेपन के गट्ठर को पहले से और भी भारी बनाकर लौट गयी जमशेदपुर। तमाम निराशाओं के बाद भी उम्मीद की कहीं एक लौ लिपि और निर्झर के बीच कायम प्रेम से निकलकर आ रही थी। इसी प्रेम से निसृत-संचरित सम्मोहन में अपनी नैसर्गिक संस्कृति और मूल्य के बचने के आसार निहित थे।

ट्रेन में विदा करते हुए उदास माँ की दोनों हथेलियों को अपने दोनों कपोलों से लगाकर निर्झर ने कहा था, "माँ, क्या फिलहाल तुम इतना से खुश होकर सब्र नहीं कर सकती कि इस सुपर फास्ट ट्रेन से भी कहीं तेज गति से भागती जिन्दगी में तुम्हारे बेटे ने कुछ ऐसे पड़ाव बना रखे हैं जहाँ वह रुककर प्रेम के अनिर्वचनीय बोध को आत्मसात करता है।"

संधिनी ने कहना चाहा था कि मैं खुश तो हूँ कि तुममें प्रेम के लिए अभी तरलता और कोमलता बची है, लेकिन मैं चिंतित हूँ कि इस तरलता के चारों ओर जिस तरह अलाव जल रहे हैं, इसके कभी भी सूख जाने का डर है। वह बिना कुछ बोले मुस्कराकर रह गयी।

प्रेम की गाड़ी या नाव चल निकले तो डूबने से कितना कुछ बच जाता है, इस मूलमन्त्र का रहस्य भला संधिनी भाभी से ज्यादा कौन जान सकता था! उसके अन्दर प्यार के भरे हुए गागर ने कितनी बार कितनी ही मुसीबतों से उसे बचा लिया। सन्मुख शर्मा भाभी से मुम्बई का यात्रा-वृतांत कई किश्तों में सुनता-गुनता रहा। एक दिन उसने कहा, "इस पूरी नयी पीढ़ी में भारतीयता के स्रोत सूख गये हैं। शायद राष्ट्रीयता का पैमाना बदल गया है, अब यह पीढ़ी नेशनलिटी को एक बेहूदी भावुकता मानने लगी है।" भाभी इससे इन्कार नहीं कर सकी।

मुम्बई से लौटने के बाद भाभी का ध्यान उस खबर पर लगा रहा जिसमें निर्झर और लिपि की शादी की तिथि की सूचना होती। कुछ महीनों की टाल-मटोल के बाद जब निर्झर को लगा कि माँ की आजिजी काफी बढ़ गयी और वह पत्रों में तथा संवादों में थकने लगी तो उसने लिख दिया कि जमशेदपुर में तुम सब कुछ समेटकर मुम्बई

चली आओ। स्थायी तौर पर आ जाओगी तभी यहाँ परिवार बस सकेगा। और तब भाभी ने सन्मुख को वियोग में छोड़कर दूसरी यात्रा कर ली मुंबई की। फ्लैट भी खरीद लिया उसने। भाभी ने अपनी सारी जमा पूँजी थमा दी उसे। अब उसका कहना था कि नौकरी करते हुए शादी नहीं करनी है। 40-45 के बाद नौकरी से मुक्त होकर ही शादी करना सम्भव है। लिपि अब इंडिया में है भी नहीं...एक साल के एक कॉन्ट्रैक्ट जॉब के लिए वह लंदन चली गयी।

भाभी ने तय किया कि वह निर्झर के नजदीकी दोस्तों को बुलायेगी और उनसे कहेगी कि वे उसके बेटे को समझायें कि वह शादी करने के बारे में जो फैसला ले रहा है, उसे बदल दे।

एक दिन संयोग से वे सारे दोस्त बिन बुलाये घर आ गये। भाभी ने उनसे अपनी बात कही तो वे लड़के चौंक गये। उन्होंने कहा "दरअसल समझाने तो हम आपको आये हैं कि आप शादी के लिए निर्झर पर दबाव न डालें और उसके लिए नाराज न हों। हममें से कोई भी शादी नहीं कर रहा। चूँकि हमारा कैरियर कल कौन-सा टर्न लेगा, कोई नहीं जानता। हम अपने रास्ते एकदम साफ और सारे विकल्प खुले रखना चाहते हैं।"

भाभी हैरान रह गयी...क्या इस पीढ़ी को सेहतमंद कहना उचित होगा?

भाभी ने अपना वीटो इस्तेमाल करते हुए एक दिन निर्झर को डॉक्टर के पास चलने के लिए राजी किया। अक्सर जब उसे डॉक्टर के पास जाना होता था तो नोटों की गड्डी बढ़ा देता और चला जाता यह कहकर, "डॉक्टर और तुम्हारे बीच मेरा तो कोई काम नहीं है, माँ। प्लीज मुझे ऑफिस नागा करने के लिए न कहो।"

बेटे को डॉक्टर के पास ले जाकर कहा भाभी ने, "दरअसल तुम्हारा आना इसलिये जरूरी था कि आज मेरा नहीं तुम्हारा इलाज होना है।"

निर्झर अचरज से मुँह देखने लगा, "मेरा इलाज? लेकिन मुझे क्या हुआ है?"

"अभी बताती हूँ।" वह डॉक्टर से मुखातिब हुई, "डॉक्टर, जरा ठीक से देखिये इसे। रात-दिन काम में लगा रहता है, इसकी निजी जिन्दगी कुछ है ही नहीं। कोई मनोरंजन नहीं, कोई तफरीह नहीं, कोई यात्रा नहीं, कोई भी सामाजिक या पारिवारिक दायित्व नहीं। बस काम, काम और काम।"

निर्झर को झेंप हो रही थी और हंसी भी आ रही थी...माँ को क्या हो गया आज!

डॉक्टर ने उससे कुछ सवाल पूछे, फिर कहा, "तुम्हारी माँ की चिन्ता बहुत लाजिमी है। तुम एक खतरनाक मनोग्रन्थि की तरफ बढ़ रहे हो। यह बहुत जरूरी है कि अपने लिये भी टाइम निकाला जाये। उसमें खुद के बारे में सोचें...संगीत सुनें, फिल्म देखें, गप्पें लड़ायें, बाजार जायें, खबरें सुनें, कुछ पैदल चलें, हरे-भरे-खिले कुछ

पेड़-पौधे देखें, पारिवारिक और सामाजिक मामलों में हाथ बंटायें, जानवरों और पक्षियों को देखें, नदी-झरने को निहारें...।"

निर्झर ठगा रह गया। उसने तो कभी ऐसा सोचा ही नहीं कि जिन्दगी में ये चीजें भी जरूरी हैं।

निर्झर ने शायद समझा था कि ढलती उम्र में माँ अकेली है जमशेदपुर में इसलिये एक परिवार की उसे सख्त तलब है...मुम्बई आ जाने से वह उसके साथ रहेगी और उसका अकेलापन खत्म हो जायेगा। यहाँ के महानगरीय माहौल में वह 'बहुरानी और सासुमाँ वाली' अपनी लोअर मिड्ल क्लास कस्बाई मानसिकता को बदल लेगी। उसने शायद यह नहीं सोचा कि वह फ्लैट ले रहा है जिसमें उसके कोई दोस्त नहीं होंगे। होते भी तो घर से उनका वास्ता ही कितना रहता। निर्झर ही था तो उसके होने का अर्थ देर रात आकर घर में खाने-सोने के अलावा और क्या था? निर्झर के खयाल में यह नहीं आया कि जमशेदपुर में माँ ने जिन्दगी गुजार दी...वहाँ की गलियाँ, सड़कें, चौराहे, पार्क, बाजार सबसे एक रिश्ता था, सैकड़ों परिचित थे, दर्जनों दोस्त थे और इन्हीं में सबसे खासमखास सन्मुख शर्मा था।

जैसे किसी बियावान में फंस गयी वह। परिवार की मुराद में अपनी जमीन छूटी, अपने लोग छूटे और हासिल कुछ भी नहीं। एक जिन्दा लाश की तरह फ्लैटनुमा मकबरे में वह बन्द कर दी गयी। सन्मुख उसे बेतरह याद आने लगा। बेचारे ने कभी अपनी किसी हसरत को शब्दों में रूपान्तरित करके होठों पर आने नहीं दिया। भाभी ने कई बार चाहा कि उसे खुलकर कह दे—'ठीक है, दाखिल हो जाओ अब तुम पूरी तरह मेरे जीवन में।' लेकिन मर्यादा की एक दीवार हमेशा उसके आगे खिंची रही...क्या कहेंगे लोग? बेटा बड़ा होगा तो क्या सोचेगा...बाप के मरते ही माँ ऐय्याशी में डूब गयी? सन्मुख भी ऐसा संत कि एक बार भी जिगर के बन्द दरवाजे पर दस्तक देने की कोशिश नहीं की। निर्झर ज्यों-ज्यों बड़ा होता गया, दोनों को ही यह लगता गया कि अब उनके रिश्ते निःशब्दता की सीमा को कभी पार नहीं कर पायेंगे। भाभी ने उसे कई बार कहा, "सन्मुख, शादी कर लो तुम, लोग नाहक उल्टा-टेढ़ा अर्थ निकालते रहेंगे।"

उसने कहा, "लोग सही अर्थ निकालें, इसके लिए क्या एक गलत कदम उठा लूँ?"

संधिनी भाभी को लगा था कि प्यार यहीं पर एक मिथ बन जाता है...मूल्य बन जाता है...उदात्त बन जाता है। उम्र, जाति, धर्म, प्रदेश, हैसियत सब बेमानी हो जाते हैं इसके सामने। देखने से लगता है जैसे कुछ भी तो नहीं है, मगर कितना कुछ अन्दर बहता रहता है...ठीक उस बिजली के करंट की तरह जो तार में दिखाई

नहीं देता, लेकिन वह प्रवाहित होता रहता है। अदृश्य होकर भी उसमें कितनी आग और कितनी ऊर्जा समायी होती है।

भाभी ने तय किया कि उसे जमशेदपुर लौट जाना है। निर्झर के चक्कर में वह व्यर्थ ही कई चीजों को स्थगित करती रही। उससे इतना कंसर्न भी क्यों होना चाहिए...उसकी जिन्दगी वो जिये, वो जानें...अपनी जिन्दगी हम जियें और उसे क्यों दांव पर लगायें? एक नये सफर की शुरुआत की गुंजाइश जब अपनी ही जिन्दगी से सम्भव है तो फिर हम दूसरे की तरफ टकटकी क्यों लगायें? उम्र कितनी भी हो, जब तक साँस है तब तक बहुत कुछ बचा हुआ है, मगर हमने नाहक यों ही मान लिया कि सब कुछ खत्म हो गया। जिन्दगी आखिर अफगानिस्तान नहीं है कि उसे पहले ध्वस्त कर दें और फिर उसका नवनिर्माण शुरू कर दें। नवनिर्माण कोई कितना भी कर ले लेकिन क्या पूर्व की स्थिति बहाल करना कभी भी सम्भव है? जो मारे गये क्या उसे नवजीवन दे सकता है अमरीका? वहाँ तो साफ-साफ दिखाई पड़ा कि अमरीका ने किन-किन को मौतें दीं, लेकिन कई ऐसे देश हैं जिनमें एक भारत भी है, जहाँ अमरीका के कारण मौतें हो रही हैं, ध्वंस हो रहे हैं, मूल्य खंडित हो रहे हैं, लेकिन दिखाई नहीं पड़ रहा है। देशी कारखानों का बन्द होना...कर्मचारियों का बेरोजगार होना...कर्ज के बोझ से लाद देना...डॉलर पर निर्भरता बढ़वा देना...राष्ट्रीयता का मापदंड बदलवा देना...रिश्तों और भावनाओं को भी उपभोक्तावाद का शिकार बना देना...ये ऐसी दुर्घटनायें हैं जो अफगानिस्तान-आक्रमण से कम भयानक नहीं है।

निर्झर अमरीका के बारे में ऐसे विचारों को अतिवादी और दुराग्रह से ग्रसित कहता था। निर्झर की प्रतिक्रिया को स्वभाविक मानते हुए सन्मुख की राय थी कि अभिजन और सामन्त प्रकृति वाले लोगों के सोचने का आज यही ढंग है। संधिनी असमंजस में घिर जाती थी...किसका पक्ष ले? आज लगता है सन्मुख ही सही था...सौ प्रतिशत सही। अमरीका ने चारों ओर अलाव जला दिये हैं...देखने से लगता है कि ये हाथ सेंकने के लिए और गर्माहट पैदा करने के लिए हैं, लेकिन सच्चाई यह है कि इनसे हमारी चहुँमुखी तरलता शुष्क हो रही है।

निर्झर के लिए मन में जितनी चिन्तायें थीं, उन सबको समेटकर संधिनी ने अरब सागर में विसर्जित कर दिया। चलने की तैयारी कर ली और अपना फैसला सुना दिया, "बेटे, बुरा मत मानना...मैं देख रही हूँ कि तुम्हारी दुनिया में मेरी कोई जगह नहीं है और उसमें मैं कतई फिट नहीं हूँ। बल्कि और अवरोध ही बन जाती हूँ तुम्हारी आजादी में। क्यों नहीं मैं तुम्हें मुक्त कर दूँ और खुद भी अपने शापित अतीत एवं मन में ठहरे संकोच से मुक्त हो जाऊँ? तू अमरीका, ब्रिटेन, पेरिस, कनाडा, जहाँ जाना चाहता है, जा सकता है। मैं लौट रही हूँ जमशेदपुर। तुम्हें मेरी जरूरत नहीं

है, लेकिन कोई है वहाँ जो आज भी मेरी राह देख रहा है...कोई है जो मुझे पाकर अपनी खुशनसीबी को एक नये अर्थ में परिभाषित करने के लिए आतुर है।"

निर्झर एक हैरत में घिरता चला गया...उसे समझ में नहीं आ रहा था कि वह खुश हो या दुखी हो। उसने कहा, "लेकिन माँ तुम इस उम्र में...।"

संधिनी ने उसे बीच में ही टोक दिया, "क्यों, तुम भी तो अपनी पारी की शुरुआत 40-45 के बाद ही करने वाले हो...इस हिसाब से तो मैं कतई ज्यादा विलम्ब नहीं हूँ...फिर क्यों नहीं मैं खुद ही एक नया अध्याय शुरू करूँ?"

निर्झर के पास कोई जवाब नहीं था।

धोखा

रुदन, विलाप, कराह और सिसकी की एक मिश्रित ध्वनि। डेटॉल, फिनाइल, स्प्रिट, स्लाइन, क्लोरोफार्म, एंटीबायटिक्स आदि की एक मिश्रित तेज गंध। एक बड़ा-सा हॉलनुमा मेल मेडिकल वार्ड। कतार से लगभग सौ मरीज अपनी-अपनी तकलीफों से पीड़ित, व्याकुल और बदहवास। पोखन, पदनाम–वार्ड ब्वॉय, काम–जमादार अथवा मेहतर का, बिस्तरों के नीचे या बगल में रखे थूकदान, मूत्रदान और शौचदान उठाते हुए। काम खत्म करते-करते घिन और बदबू की मार से वह मानो सौ बीमारों का एक बीमार और उसके गले में क्षोभ, शिकायत और अफसोस की एक मर्मांतक चीख एकत्रित।

डॉक्टर मिश्रा ने अभी-अभी नाहक-अनावश्यक उसे एक तमाचे से भी प्रहारात्मक फटकार लगा दी, "तुम्हें कितनी बार कहा कि वेस्ट-बिन के दायरे में ही खुद को रखा करो। किस मरीज को कितना और कब देखना है, यह मुझे तय करना है। अस्सी नम्बर के पेशेंट की पैरवी कर रहे हो, क्यों? क्या तुम्हारा रिश्तेदार है वह? तुमसे अपना काम तो ठीक से होता नहीं है, कहा था मैंने कि सोलह नम्बर बेड के सभी पॉट एकदम साफ होने चाहिए, देखा है उसकी क्या हालत है?"

खून खौल उठा पोखन का, पर सबसे निचले स्तर के मामूली आदमी की नियति थी मन मसोसकर रह जाना। बेड नम्बर अस्सी का पेशेंट कल से कराह रहा था और बेचारे की उल्टी-दस्त लगातार जारी थी, किसी का कोई खास ध्यान नहीं। कम से कम स्लाइन तो उसे तुरन्त चाहिए, जबकि एक-दो टिकिया डालकर बस निपटा दिया गया। अगर यही हालत रही तो आज शाम तक बेचारा जरूर मर जायेगा। उसने नाम पढ़ा डायग्नोसिस चार्ट पर–सुड़ही मुर्मू। बेटा लेपचू मुर्मू, पदनाम–कारखाने में खलासी। उपेक्षा का कारण उसे समझ में आ गया। सोलह नम्बर बेड पर डॉक्टरों और नर्सों की पूरी टीम हर घंटे विजिट कर रही थी, पेशेंट का नाम–जे डी तिवारी, पदनाम–कारखाने में डिवीजनल मैनेजर। वी आई पी केबिन खाली नहीं थी, इसलिए मजबूरी में जेनरल वार्ड में रखना पड़ा। यही है इलाज का मानदंड–जाति और पद। चिकत्सकीय न्याय के तहत एक घटिया सौतेला व्यवहार कि बीमारों की दवा और देखरेख बीमारी के आधार पर नहीं उसके रुतबा और

हैसियत पर आधारित। पिता रोज सुनाते-समझाते थे उसे कि कोई भी काम छोटा नहीं होता और आदमी आदमी में कोई फर्क नहीं होता। कितना झूठ, बकवास और लफ्फाजी है यह। आँखों के सामने जो तल्ख सच्चाई है, जिसके दंश का वह शिकार भी हो रहा है, कैसे नजअन्दाज कर दे! डॉ मिश्रा तो महज इसी आधार पर उसके पीछे हाथ धोकर पड़ा रहता था। वह लगभग रोज ही अपनी लथाड़ उस पर उढ़ेलने का कोई न कोई बहाना निकाल लेता था। उसकी खुन्नस की वजह इतनी स्पष्ट थी कि उसके लिए किसी एक्सरे या सिटी स्कैन की जरूरत नहीं। अस्पताल के छोटे-बड़े सभी कर्मचारी डायग्नोसिस से अवगत हो गये थे।

फीमेल वार्ड में उसी की तरह वेस्ट पॉट उठाने वाली एक लड़की थी नीरा। पोखन को वह प्यार करती थी और पोखन भी उस पर जी-जान से निछावर था। नीरा न होती तो शायद इस नर्क को छोड़कर कबका वह भाग गया होता। मगर अंधेरे में एक किरण की तरह नीरा थी जो उसे रौशनी भी देती थी और संजीवनी भी। जैसे पोखन को अपने बीमार पिता का स्थानापन्न होकर स्थायी नौकरी के लोभ में इसमें जुत जाना पड़ा, उसी तरह नीरा को भी अपनी माँ की जगह ले लेनी पड़ी। नीरा की माँ भंगी जाति की थी और पिता सवर्ण था, इसी अस्पताल में पैथोलॉजिस्ट। अब नीरा क्या थी, नहीं मालूम। अपनी सुविधानुसार कोई उसे शूद्र मान लेता है, कोई सवर्ण। डॉ मिश्रा की सुविधा उसे सवर्ण मान लेने में थी। पत्नी बनाने के लिए उसे एक नयी लड़की की तलाश थी। अपने घर में इस पद को उसने अस्थायी बनाकर रखा था, इसलिये नयी बहाली की जरूरत उसे बनी रहती थी। अब तक चार औरतों को वह डिशमिश कर चुका था। अब उम्र पचास तक पहुँच गयी थी इसलिये उसका वशीकरण जादू कुछ भोथरा पड़ गया था। लिहाजा अपने क्लास से जरा नीचे उतरकर शिकार टोहना पड़ रहा था। नीरा पढ़ी-लिखी थी, सुन्दर थी और उसे बड़ी जाति के खाने में फिट भी किया जा सकता था। लेकिन रास्ते में नामुराद पोखन खड़ा था।

नीरा को उसने बरगलाने की कोशिश करते हुए कहा था, “तुम जिस खून और नस्ल की हो, उसकी पात्रता बड़े घर में रहने की है। आदमी की हमेशा यह कोशिश होनी चाहिए कि वह अपने को ऊपर उठाये। तुम्हारी माँ ने, देखो, कोशिश की, अपने लेवेल और जाति से ऊपर उठकर पैथोलॉजिस्ट मोहन उपाध्याय जी से उसने सम्बन्ध बनाया।”

नीरा भन्ना उठी थी, “वह कैसा सम्बन्ध था कि उपाध्याय जी ने अपने घर में माँ को कभी घुसने तक नहीं दिया। एक भी दिन उसे पत्नी का दर्जा नहीं मिला। देह का भोग ही क्या सम्बन्ध होता है?”

“लेकिन मैं ऐसा नहीं करूँगा, मैं अपने घर में तुम्हें प्रतिष्ठित करूँगा। उपाध्याय जी लोक-लाज और लोक-निन्दा के कारण हिम्मत न जुटा सके, लेकिन

मैं ऐसा नहीं हूँ। तुम्हें मैं अपने बराबर का आसन और जगह दूँगा। तुम्हें लेकर मेरे मन में एक तिल झिझक नहीं होगी। होगी भी क्यों, मैं तुम्हें उपाध्याय जी की पहचान से ही जोड़कर देखता हूँ।"

"देखिये, आप अच्छी तरह जानते हैं कि पोखन और मैंने मिलकर एक फैसला कर लिया है कि हमें क्या रास्ता चुनना है, ऐसे में आपको ऐसा कुछ भी प्रस्ताव रखना एकदम अनुचित है। आप एक डॉक्टर हैं और मैं एक मामूली मेहतरानी, मुझे अपनी औकात का एहसास है, कृपया आप मुझे किसी भ्रम में न फंसायें।"

"नीरा, मैं तुम्हें भ्रम में फँसा नहीं रहा, उससे निकालना चाहता हूँ। समझने की कोशिश करो, पोखन एक अदना, तुच्छ और अछूत जाति का लड़का है। उसके जाल में फंसकर तुम्हें हिकारत, जिल्लत, शोषण और दुख-अवसाद के सिवा कुछ नहीं मिलेगा। मेरे घर में तुम्हें इज्जत मिलेगी और भोग, विलास और ऐश के सारे आधुनिक साधन मिलेंगे। तुम नौकरीशुदा हो, इस कारण तुम्हारी पगार पर उसकी निगाह है। मैं तुम्हें इस कार्य से मुक्ति दिला दूँगा, तुम्हें नौकरी करने की कोई जरूरत नहीं होगी।"

"इतनी कृपा मुझ पर मत बरसाइये डॉक्टर मिश्रा, मैं सहन नहीं कर पाऊँगी। प्यार का मतलब शायद आपने आज तक जाना ही नहीं, अगर जान गये होते तो ऐसा न कहते। पोखन के प्रति मेरे भरोसे को आपका कोई भी प्रलोभन डिगा नहीं सकता। उसका अदनापन ही तो उसकी खास पहचान है, जिसे मैं प्यार करती हूँ। उसकी निगाह मेरी किस चीज पर है आप नहीं समझ पायेंगे। आप मुझे उच्च जाति का गौरव देकर धन्य बनाने का भाव मत दिखाइये, मैं अपनी जाति का सत्य जानती हूँ, मेरी माँ मेरी सबसे बड़ी जातीय सच्चाई है। उपाध्याय जी ने कितना मेरी माँ को अपनाया और उनकी जाति वाले कितना मुझे अपनायेंगे, इतना अबोध मत समझिये कि मैं इसका अन्दाजा नहीं लगा सकती।"

"नीरा, पहले शायद मैंने प्यार का मतलब न समझा हो, लेकिन तुम्हें देखने के बाद मुझे प्यार की वर्णमाला समझ में आने लगी है। तुम मान्यता दो या न दो मैं तुम्हें प्यार करने लगा हूँ...और करता रहूँगा। तुमने जो कुछ कहा, उसका मैं बुरा नहीं मानता, इसे मैं शीघ्रता में बिना सोचे समझे कहा जानेवाला संवाद मानता हूँ। मुझे कोई जल्दी नहीं है, जिस जवाब की मुझे अपेक्षा है, उसे देने में छह महीने भी लग जायें, फिर भी मैं उसे देर नहीं समझूँगा।"

"आप मुझे प्यार करते हैं यह कहना प्यार के नाम एक बहुत गंदी गाली है। आप जैसा आदमी प्यार नहीं करता, सौदा करता है जो आपकी कई पीढ़ियां हम जैसी लड़कियों के साथ करती आयी हैं। आप मेरे जिस जवाब को शीघ्रता में दिया हुआ कह रहे हैं, उसे कई पीढ़ियों के तजुर्बे ने शब्द दिये हैं।"

नीरा के तेवर से डॉक्टर में एक खलबली समा गयी। उसने इसे एक चुनौती की तरह लिया और अपने मंसूबे को और भी पक्का बना लिया।

पक्के मंसूबे की बमबारी पोखन पर ही होनी थी। वह पहले ही परेशान था कई तरह की बदबुओं, संक्रमणों, जहालतों और हीन भावों से, डॉक्टर एक अतिरिक्त सिरदर्द बन गया था। उसने अपने कई सहयोगी डॉक्टरों को भी उसके पीछे लगा दिया कि किसी भी तरह उसे पस्त, पराजित और धराशायी किया जाये। किसी का पिस्पैन समय पर नहीं बदला गया, किसी को ट्रॉली पर बिठाकर समय पर एक्स-रे रूम नहीं ले जाया गया, ऑक्सीजन सिलिंडर जगह पर नहीं पहुँचाया गया, किसी मरीज ने पॉट की जगह फर्श या बिस्तर पर शौच या उल्टी कर दी...अगर शिफ्ट में पोखन है तो इल्जाम का सारा दफा बस उसी के सिर मढ़ा जाना था।

एक बार तो हद ही हो गयी—एक सिरफिरा किस्म के मरीज ने हल्ला मचा दिया कि उसकी कलाई में बँधी कीमती घड़ी किसी ने रात में खोल ली। कसूरवार ठहराकर लांछित करने का इससे अच्छा मौका और क्या हो सकता था। वार्ड में नर्सें थीं, डॉक्टर थे, मरीजों के अटेंडर थे, विजिटर थे, किसी पर कोई शक नहीं किया गया, सीधे उंगली पोखन पर रख दी गयी। मरीज घड़ी पहनकर भर्ती हुआ ही क्यों था, जबकि इसकी मनाही है, यह पूछने की जरूरत किसी ने नहीं समझी। सीधे उसे पुलिस के हवाले कर दिया गया। पुलिस जब अवगत हो गयी कि उसकी जाति और ओहदा क्या है, फिर तो सजा के लिए सबूत की ज्यादा जरूरत ही नहीं रह गयी, उसके रवैये खुद ही तय हो गये...गाली-गलौज और लप्पड़-थप्पड़। घड़ी की कीमत और जुर्माना बताकर उससे एक बड़ी रकम ऐंठी गयी। भीतर से एकदम छलनी हो गया उसका जिगर—कहाँ है न्याय, कानून और संविधान? है कोई जगह जो भेद-भाव रहित हो...है कोई व्यक्ति जो निष्पक्ष और तटस्थ हो?

नीरा उसके जख्मों पर लगाने के लिए लेप लेकर खड़ी थी उसके सामने।

"पोखन, मोहब्बत का इम्तहान तो हर युग और समाज में लिया जाता रहा है...उसे हर समय जुल्म और ज्यादती सहने पड़े हैं। मोहब्बत का मामला अगर न भी होता तो भी जातीय धिक्कार और प्रताड़ना पिलाना उनका पुश्तैनी कारोबार रहा है।"

"नहीं नीरा, मैं नहीं सहूँगा अब। मुझसे नहीं होगी यह नौकरी। मेरा दम घुटने लगा है। एक दिन देखना मैं इन हरामियों को चीर-फाड़कर चला जाऊँगा।"

"पागल मत बनो पोखू। अपने पांव पर खुद ही कुल्हाड़ी मार लेना बुद्धिमानी नहीं है। हिम्मत रखो और खुद में इतनी सामर्थ्य पैदा करो कि किसी दूसरे मुकाम के दरवाजे तुम्हारे लिये खुल सकें। मुझे देखो, मैं औरत होकर भी यहाँ हताश नहीं हूँ। कुढ़ने से होगा भी क्या? हजारों अवसर हैं, हम अभिशाप से फिर भी मुक्त नहीं हो रहे...कोई दूसरी लाइन हमें नहीं मिल रही, तो जरूर हममें कोई कमी है...वह कमी क्या है...उसे ढूँढ़ो और भरने की कोशिश करो।"

"नीरा, तुम भी बाउजी की तरह बात करती हो। क्या कमी है मुझमें? बी.ए. मैंने पढ़कर ही पास किया है...दर्जनों परीक्षाओं में मैं बैठ चुका हूँ, क्या मैं एक में भी पास होने लायक नहीं था? माना मैं नहीं था, तुम भी तो खुद को आजमा चुकी हो, क्या तुम भी बुद्धू और फिसड्डी हो?"

"परीक्षाओं में सफल न होने का अर्थ बुद्धू और फिसड्डी होना नहीं होता है, पोखू। किताबी ज्ञान और अभ्यास की जरूरत होती है उसमें। कम सीटें, ज्यादा लोग, कड़ी प्रतियोगिता...एक और आधा नम्बर से यहाँ कामयाबी निर्धारित होती है।"

"फिर आरक्षण का क्या मतलब है? हर मोड़ पर हमें शेड्यूल कास्ट का उलाहना दिया जाता है...रिजर्व कोटे का ताना पिलाया जाता है। नौकरियाँ फिर मिलती किसे हैं। नीरा तुम नहीं जानती...आरक्षण के बावजूद हर कदम पर हमारे साथ धोखा और छल किया जा रहा है।"

"पोखन, इतना नकारात्मक मत बनाओ खुद को। सब कुछ गलत ही गलत है, ऐसा मानकर चलना अपनी कमी पर पर्दा डालना और आत्मविश्वास को अस्थिर बनाना है। दूसरा कोई ठिकाना मिल जाता तो ठीक था, नहीं मिलता है तो हमें बहुत निराश भी क्यों होना चाहिए? आखिर एक नौकरी तो है हमारे पास! दोनों मिलकर अच्छा ही जीवन जी लेंगे और जो कठिनाइयाँ आयेंगी रास्ते में, मिलकर जूझ भी लेंगे उनसे। हमसफर साथ हो तो कोई भी सफर मुश्किल नहीं होता, दोस्त। तुम्हारे प्यार की उष्मा को भीतर जगा लेती हूँ तो इस अस्पताल की गंदगी और बदबू का मन में खयाल नहीं आता।"

उसे शान्त-संयत करने के लिए नीरा उसकी कलाइयों पर एक रेशमी स्पर्श देने लगी।

"तुम्हारे मन में खयाल नहीं आता, लेकिन मेरे खयाल से तो ये गंदगी और बदबू कभी जाती ही नहीं। खौलता रहता हूँ मैं चौबीस घंटे। मुझे नीचा दिखाया जाता है, बेइज्जत किया जाता है...तुमसे अश्लील छेड़छाड़ और बदतमीजी की जाती है...क्या हम सारी उम्र इन्हें झेलने और कुढ़ने के लिए बने हैं?"

"देखो, कई पीढ़ियों के अभिशाप से एकबारगी तो पिंड नहीं छुड़ाया जा सकता!"

"छुड़ाया जा सकता है नीरा, बिल्कुल छुड़ाया जा सकता है। मैं दिखाऊँगा तुम्हें...।"

पोखन मोची कतई मानने के लिए तैयार नहीं था कि उसे छोटा आदमी ही बनकर सारी उम्र रहना है। पिता से उसकी अक्सर हुज्जत हो जाती थी। गुरबा मोची ने एक बार कहा था, "जितना हासिल है उससे सन्तोष करो बेटा। सन्तोष में सबसे बड़ा सुख है। इससे ज्यादा और चाहिए भी क्यों, सब कुछ तो ठीक-ठाक चल रहा है.. .साईं इतना दीजिये...।"

भड़क उठा था पोखन, "मैं नहीं मानता इसे, हमें इतना ही नहीं चाहिए जितना है...हमें और चाहिए। दूसरों को और मिल सकता है तो फिर हमें क्यों नहीं...साईं दूसरों को दे सकता है तो मुझे क्यों नहीं? दुनिया में एक से एक बड़े सुख हैं...एक से एक बड़ी मंजिलें हैं, हम उसके हकदार क्यों नहीं हो सकते? आप कहते हैं सब कुछ ठीक-ठाक चल रहा है, मैं कहता हूँ कुछ भी ठीक-ठाक नहीं चल रहा है।"

गुरबा ने कहा था, "जरा अपने गाँव में छूट गये लोगों की ओर मुड़कर देखो, हाड़तोड़ मेहनत के बाद आज भी उन्हें दो जून की रोटी इत्मीनान से मयस्सर नहीं है। अपने पुरखों को याद करके जरा अपनी हालत की तुलना करो। तुम्हारे दादा मरे जानवरों की खाल निकालते थे और उससे चमरौंधे जूते या ढोल बनाते थे। साँप का तेल निकालते थे और बड़े किसानों की पसीना बहाऊ चाकरी करते थे, दुत्कार-फटकार सहते थे फिर भी पेट का एक हिस्सा खाली और बदन का एक भाग वस्त्रविहीन रहता था।"

"बाउजी, हमें नहीं देखना है पीछे...क्यों देखें हम पीछे? शुरुआत तो यहाँ हर आदमी ने शून्य से ही किया है। तो क्या वह शून्य पर ही घूमता रहे? समाज की नाइंसाफी ने आपको एक ऐसे दब्बूपन और दीनता का अभ्यस्त बना दिया है कि आप अपने अतीत, जाति और औकात से पिंड न छुड़ा सकें और आपको लगे कि जो मिल गया वह बहुत है। हमें आगे जाना है बाउजी...स्काई इज माइ लिमिट...।"

पोखन सचमुच बड़ी हसरत से निहारता था अनन्त आकाश को। अक्सर वह आकाश में उड़ने का स्वप्न भी देख लिया करता था और उसे लगता था कि उसके दायें-बायें दो पंख निकल आये हैं।

रामायण सीरियल में लंका जाने अथवा संजीवनी बूटी लाने के समय हनुमान को आकाश में तैरते देखकर वह यों ही सोचने लगा था कि हो सकता है आकाश में उड़ने की कल्पना सच हो। उसने यों ही मूल बाल्मीकि रामायण में हनुमान से जुड़े कई श्लोकों का अध्ययन कर लिया, शायद उड़ने का कोई सूत्र उसे हाथ लग जाये। कहते हैं भारतीय पुराणों और वांड़मयों से ही यूरोप के वैज्ञानिकों ने चिकित्सा, युद्ध, अन्तरिक्ष, उपग्रह, विमानन, आयुध, विलासिता, प्रोद्योगिकी आदि से जुड़े बड़े-बड़े आविष्कारों के बीज ग्रहण किये हैं।

अपनी पीठ पर कमर के नीचे एक आनुवांशिक उभार देखकर भी उसके उड़ान-चिंतन को जरा और बल मिल गया था। पीछे रीढ़ की हड्डी जहाँ खत्म होती है, वहाँ लगभग एक-डेढ़ इंच की हड्डी बाहर की तरफ उभर आयी थी। यह उभार उसके दादा में भी था, पिता में भी और उसमें भी। ऑपरेशन से यों इससे मुक्ति मिल गयी लेकिन डॉक्टरों ने बताया कि यह दुम के घटते रूप का जेनेटिक प्रभाव है। मतलब हो न हो वह हनुमान जैसे किसी प्राणी का ही वंशज है। अगर ऐसा है तो हवा में उड़ने-तैरने की तासीर अब भी दुम की तरह जरूर जीन में थोड़ी-बहुत बची

होगी। क्या ही खूबसूरत दृश्य होगा...बिना किसी पासपोर्ट या वीजा के वह दुनिया में कहीं भी जाने के लिए आजाद होगा। रिफ्यूजी फिल्म में एक गीत है—पंछी, नदियाँ, पवन के झोंकें...कोई सरहद न इन्हें रोके।

जैसे पंछी, नदी, हवा, रोशनी उन्मुक्त होती हैं...उन पर जाति, धर्म, कर्म, परम्परा, सरहद आदि का कोई लेबल चिपका नहीं होता...उसी तरह वह भी अपने दायरे से, अपनी जकड़न से, अपने बंधन से मुक्त हो जाना चाहता था।

गुरबा मोची ने उसे समझाते हुए कहा था, "मनुष्य का जन्म धरती पर और धरती के लिए ही हुआ है, बेटा। उसे जो कुछ करना है इस जमीन पर ही करना है। उसके सारे दुख-सुख, धर्म-कर्म धरती से ही जुड़े हैं। धरती बहुत बड़ी है और आदमी बहुत छोटा। आदमी छोटा है इसलिये उसका दायरा है...दायरा ही उसे कर्मशील, गतिशील और अनुप्राणित रखता है...सम्बन्धों का दायरा, जाति का दायरा, धर्म का दायरा, गाँव-शहर से लेकर मुल्क का दायरा, प्रेम का दायरा, शक्ति का दायरा, अधिकार का दायरा, कर्तव्य का दायरा...! कल्पना करो—किसी एक ही आदमी को डॉक्टर, इंजीनियर, किसान, मजदूर, वैज्ञानिक, नेता, दर्जी, कुम्हार, बढ़ई, लोहार...सभी होना पड़े...किसी एक आदमी की एक हजार प्रेमिकायें हों...किसी एक आदमी को दुनिया भर के भूखों, नंगों, अपाहिजों के भरण-पोषण की जिम्मेवारी उठानी पड़े...किसी एक ही आदमी को पूरी दुनिया का रख-रखाव करना पड़े...किसी एक ही आदमी को सारी भाषायें जाननी पड़े...किसी एक ही आदमी को सारे साज बजाने पड़े...किसी एक ही आदमी को सारी भाषायें जाननी पड़े...किसी एक ही आदमी को गंगा पर पुल बनाना पड़े...किसी एक ही आदमी को खनिज निकालने के लिए खान खोदना पड़े...तो सोचो क्या होगा, वह क्या कर पायेगा और वह कितना जी पायेगा?"

पोखन ने कहा, "मैं दायरे को पूरी तरह खत्म कर देने की बात नहीं कर रहा हूँ बाऊजी, आप तो निरर्थक संत रैदास हुए जाते हैं। मैं अपने कुछ वैसे दायरे को बदलने की बात कर रहा हूँ, जिसके बदलने से आदमी का कद बदल जाता है... उसकी हैसियत बदल जाती है...उसका रुतबा बदल जाता है।"

"पोखन! समझने की कोशिश करो, पंडितों-ज्ञानियों ने गलत नहीं कहा है कि कोई भी काम छोटा या बड़ा नहीं होता। तुमने भले नाम लिया संत रैदास का। वे भी चमार थे, लेकिन चमार होने से भी उन्हें संत और कालजयी होने से किसने रोक लिया?"

"काम छोटा होता है बाउजी...एकदम होता है...आप गलत उदाहरण से इसके औचित्य की पुष्टि मत कीजिये। रैदास का काम छोटा था और आज भी है। अगर छोटा नहीं होता तो आज कोई बबुआन यह क्यों नहीं कहता अपने बेटे से कि वह जूता सिलाई करे...चूँकि रैदास ने जूता सिलायी की थी और वे संत बन गये थे।

दरअसल वे संत जूता सिलायी करने से नहीं बल्कि अपनी साधना और चिन्तन-मनन से बने थे। काम छोटा-बड़ा नहीं है तो यह बताइये कोई बबुआन अपने नालायक और अपढ़ बेटे से भी यह क्यों नहीं कहता कि चलो नगरपालिका में तुम सफाई कर्मचारी बन जाओ या फिर होटल में प्लेट उठाने में लग जाओ। काम छोटा नहीं होता और जाति छोटी नहीं होती तो ठाकुर साहब अपने जूठे बर्तन और कपड़े धुलवाकर, फर्श पोंछवाकर, देह जंतवाकर और कुत्तों एवं गायों के गू-गोबर पोंछवाकर चाहते तो प्रतिदान में आपको किसी दूसरी प्रकृति वाले काम में भी लगा सकते थे, आखिर आप भी अनपढ़ नहीं थे, आई ए पास थे। लेकिन उनकी नजर आपकी डिग्री से ज्यादा आपकी जाति पर गयी और उन्होंने छोटी जाति के एक आदमी को एक छोटा काम दिला दिया।"

"ठाकुर साहब के लिए ऐसा कहना तुम्हें शोभा नहीं देता पोखन, भलाई करने के एवज में उन्हें यह सिला तो मत दो। एहसानमंद होने का बड़प्पन नहीं है तुममें तो कम से कम इल्जाम लगाने की क्षुद्रता तो न करो। वे गाँव से जब मुझे अपने साथ लेकर आये थे तो मैं बस अँगूठा छाप ही था और पिता के साथ मरे जानवरों की खाल उतारना सीख रहा था। गाँव में रहकर मेरी क्या दशा होती और फिर तुम क्या बनते जरा इसकी कल्पना भी कर लिया करो। भला हो ठाकुर साहब का कि उन्होंने मुझे अपनी खिदमत में रखने के लायक समझा। यह उनकी विशालता और उदारता थी कि काम-काज निपटाने के बाद मुझे पढ़ाई में मसरूफ करवा दिया। कोई बहुत जहनियत के साथ तो मैं पढ़ाई नहीं कर सका और लुढ़क-घिसटकर ही आई. ए. पास कर सका। मुझे आजीविका का स्थायी साधन मिले इसके लिए वे बाध्य नहीं थे, लेकिन उनकी फराखदिली थी कि उन्होंने मुझे अस्पताल में एक स्थायी नौकरी दिला दी।"

"हम नान्हों और शूद्रों की यही तो मुश्किल है कि जिसे पाना हमारा अधिकार और हक है, वह मिल जाता है तो हम उसे एक एहसान समझ लेते हैं और जिन्दगी भर के लिए उसका ऋण चुकाते रहते हैं। ठाकुर नहीं रहे लेकिन उसका बेटा आज भी बीमार पड़ता है तो आप सब कुछ छोड़-छाड़कर उसकी खिदमत में दाखिल हो जाते हैं। जबकि आप इस उम्र में हैं कि खुद आपको दूसरों की खिदमत चाहिए। बाउजी, आपने बरसों-बरस उनकी चाकरी की, वे तो कहीं से भी आपके एहसानमंद नहीं हुए। आपको नौकरी दिलाने में उन्हें कोई तरद्दुद नहीं उठाना पड़ा, यह उनके लिए एक मामूली काम था, बायें हाथ का खेल। अगर वाकई उनकी नीयत आप पर कृपा करने की होती तो वे आपको एक टेबुल-कुर्सी वाले काम में लगा देते। मैं कैसे भूल सकता हूँ बाउजी कि आपके कारण ही मैं भी इस दोजख में फँस गया हूँ। आप जिसे उपकार समझ रहे हैं वह दरअसल एक अन्याय था।"

गुरबा मोची अपने बेटे का मुँह देखते रह गये थे। उन्हें लग रहा था कि

लगातार इस लड़के से परिचय कम होता जा रहा है और अपरिचय बढ़ता जा रहा है।

पोखन सचमुच अपने मौजूदा परिचय को खुद से नोंच देना चाहता था। प्रतिभा, सामर्थ्य, योग्यता को यहाँ वाजिब रिवार्ड मिलता है, इससे उसका विश्वास उठ गया था। उसके पास ऐसे अनेक उदाहरण थे जिसमें एक से बढ़कर एक होनहार आदमी पापड़ बेल रहा था, फुटपाथ पर पान बेच रहा था और एक से एक नाकारा एवं नालायक आदमी बड़ी-बड़ी यशस्वी कुर्सियों पर आसीन था। राजनीति में तो यह खुल्लम-खुल्ला था ही, वैसी जगहों पर भी यह दृश्य उपस्थित था जहाँ वाकई उस पद को सार्थक करने के लिए श्रेष्ठतर मेधा की जरूरत थी। वह अध्ययन करने लगा कि लोग किन-किन युक्तियों से रातोंरात अपनी कायापलट कर लेते हैं। कई-कई युक्तियाँ सामने दिखने लगी थीं—अपहरण, डकैती, जुआ, लॉटरी, शेयर, सट्टा और आजकल टीवी पर 'कौन बनेगा करोड़पति'।

कौन बनेगा करोड़पति पर जाकर उसका ध्यान ठहर गया। सचमुच यही एक ऐसा माध्यम था जहाँ मिनटों में समारोहपूर्वक मालामाल बना दिया जाता था।

पोखन ने तय किया कि अब उसे इस कार्यक्रम तक पहुँचने के उपक्रम शुरू कर देने हैं। उसने आजमाकर देखा इसमें पूछे जाने वाले प्रायः सवालों के जवाब उसके ज्ञानकोष में मौजूद थे। ऊपर से तीन लाइफ लाइन...पच्चीस-पचास लाख तक तो वह बेहिचक पहुँच जायेगा। मिनटों में जिन्दगी की सारी मुश्किलें खत्म। मिश्रा को तो लात मारकर वह इस नर्क को सलाम कर देगा। नौकरी करने की जरूरत भी क्या रह जायेगी? नीरा को भी वह झंझट से मुक्त करवा देगा। बाउजी मानने के लिए बाध्य होंगे कि वह जब कहता था तो निराधार नहीं था कि छोटा आदमी ही बनकर रहने को वह अभिशप्त नहीं हैं। आकाश में उड़ने के उसके सपने किसी न किसी रूप में जरूर सच होंगे। बिना हाथ-पैर चलाये कोई यों ही बड़ा आदमी नहीं बन जाता, खासकर वो जो कई पुश्तों से शापित तलछट पर रेंग रहा है।

उसने लक्ष्य किया कि करोड़पति बनने के उपक्रम सारे बड़े लोगों द्वारा ही किये जा रहे हैं। शायद मंशा भी बड़े को ही बड़ा बनाने की है। आखिर टेलीफोन छोटे लोगों के पास तो होता नहीं। लेकिन छोटे लोग भी तो बस अपनी औकात में सिमटकर रह जाते हैं, कोशिश तो करनी चाहिए, उनके बनाये तरीकों से बढ़कर तो देखें, वे मना तो नहीं कर देंगे कि तुम छोटे आदमी हो, तुम्हें हम अपने कार्यक्रम में शामिल नहीं करेंगे।

सबसे पहला कदम उठाया उसने घर में टेलीफोन लगाने का। संयोगवश, लम्बी

प्रतीक्षा सूची की स्थिति को खत्म करने के तहत उसके एरिया के एक्सचेंज में नया संयंत्र बैठाकर क्षमता बढ़ायी गयी थी जिससे ऑन डिमाँड टेलीफोन आबंटित हो रहा था। इंस्टॉलेशन चार्ज और आवेदन पत्र जमा करने के बाद ढाई-तीन महीने के भीतर उसके घर टेलीफोन की घंटी टनटना गयी। गुरबा मोची को समझ में नहीं आया था कि वे खुश हों या दुखी। उसके खान्दान में पहली बार टेलीफोन जैसी चीज आया था। उसे लग रहा था कि संचार के इस सबसे तेज माध्यम से जुड़कर मानो वह समाज की अगली पंक्ति में दाखिल हो गया हो।

वह जब ठाकुर साहब के साथ शहर आया था तो उसके ठीक-ठाक पहुँचने और सकुशल रहने की खबर गाँव में चार-छह महीने बाद पहुँची थी। आज देश-दुनिया के किसी भी कोने में रहनेवाले हितैषियों से तुरन्त सम्पर्क साधा जा सकता है। मगर उसका गाँव और इस शहर के अलावा किसी भी दूसरी जगह में था ही कौन? ऐसे भी हितैषियों से सम्पर्क करने के लिए यह फोन नहीं आया है। क्यों आया है इसकी पृष्ठभूमि तैयार होते कई सप्ताह पहले से वे देख रहे थे। स्वप्नदर्शी महाशय टीवी पर आनेवाले करोड़पति कार्यक्रम में प्रतिभागी बनेंगे। घर में टेलीफोन का होना जरूरी है इसके लिए। घर में चल रही कार्रवाई और तैयारी को वे बहुत ध्यान से देख रहे थे। श्वेत-श्याम टीवी को बदलकर नया रंगीन टीवी लाया गया। करोड़पति के सपने भला बिना रंग के कैसे देखे जा सकते थे?

रात के नौ बजते ही पोखन करोड़पति कार्यक्रम के सामने आसन जमा देता। पहले वह रेलवे, बैंक, सचिवालय आदि में नौकरियों के लिए लिखित परीक्षा से सम्बन्धित खास तरह की पुस्तकों में भिड़ा रहता था। नीरा उसके लिए कुछ साहित्य की किताबें लाकर रख देती थीं ताकि वह अपने भीतर पलते एक क्षोभ, हताशा, तल्खी, घृणा, प्रतिशोध आदि के प्रति एक स्वस्थ मानसिकता बना सके। इन सारी किताबों को उसने परे हटा दिया। करोड़पति बनने के लिए ये किताबें निरर्थक थीं। अब सुबह से रात तक उसकी सारी गतिविधियाँ इस कार्यक्रम की ही परिधि में घूमने लगीं।

लाइन खुल जाने पर घंटों बैठकर लाइन मिलाने की कोशिश करता रहता। लाइन मिल जाती तो निर्देशों के पालन में कहीं वह अटक जाता या कोई न कोई एक चूक हो जाती। कभी पूछे गये सवाल का जवाब गलत हो जाता। एक बार गड़बड़ हो गयी तो अगली बार लाइन खुलने तक फिर इन्तजार।

गुरबा मोची बूढ़े हो गये थे, बीमार रहते थे लेकिन दिमाग में अभी भी पैनापन कायम था। परम्परा और रूढ़ियाँ उनसे कहीं न कहीं चिपकी थीं, फिर भी वे श्रम, साहस और संघर्ष के बारे में बहुत सकारात्मक राय रखते थे। नीरा आ गयी थी एक दिन। रेलवे

की एक लिखित परीक्षा का कॉल आ गया था। दोनों ने एक साथ ही आवेदन किया था। पोखन का भी आया था, लेकिन इसे वह कनमटिया देने के पक्ष में था।

"कोई फायदा नहीं है नीरा, इम्तहान, इम्तहान, इम्तहान...बहुत हो गया। अब मुझसे नहीं होगा, करोड़पति पर मुझे अब एकाग्र होने दो।"

नीरा की आँख की पुतलियाँ हैरत से नाचने लगी थीं, "सनक तो नहीं गये तुम। लोग सैकड़ों इम्तहान देते हैं फिर भी हार नहीं मानते, तुम तो बमुश्किल बीस-बाइस से गुजरे होगे। हमारे लिये यह एक और मौका है, इसे छोड़ना नहीं है हमें। करोड़पति में भाग लेकर सब करोड़पति नहीं बन जाता।"

"इम्तहान में बैठकर नौकरी भी कौन सी मिल जाती है। बहुत आजमाया, जरा एक बार इसे भी आजमा लेने दो।"

"इम्तहान देने के बाद भी तुम इसे आजमा सकते हो। फिलहाल तुम्हें जाना है बनारस मेरे साथ।" नीरा ने साधिकार कहा।

"नहीं नीरा, मुझे छोड़ दो, मैं नहीं जा पाऊँगा।"

"तुम्हें क्या हो गया है? कहाँ तो विचारों में क्रांति दिखाते थे, सामाजिक परिवर्तन और जड़ताओं से लड़ने की बात करते थे। बबुआनों, सामंतों और अभिजनों की बुर्जुआयी हरकतों की भर्त्सना करते थे। यह करोड़पति कार्यक्रम भी तो ऐसे ही लोगों द्वारा चलाया जा रहा व्यावसायिक धूर्तता से परिपूर्ण एक मानसिक विलास है। अचानक तुम्हारा मन इस जुआ पर कैसे टिक गया, जो महज एक सब्जबागी खेल है बाजार और पूँजी का।"

"नीरा, यह जुआ नहीं है। इसमें ज्ञान और मेधा के कौशल को पुरस्कृत किया जाता है। जुआ वह होता है जिसमें अगले के कुछ हारने के लिए भी दाँव पर लगा होता है।"

गुरबा बहुत देर से दोनों के वार्तालाप सुन रहे थे। तबीयत ठीक नहीं थी उनकी, बिस्तर पर पड़े थे, फिर भी इनकी बातें सुनकर उबल रहे थे। हस्तक्षेप किये बिना वे रह न सके, "जुआ है, बिल्कुल जुआ है। बेशक इसमें भी हारने के लिए दांव पर एक कीमती चीज लगी है, लेकिन वह इतना स्पष्ट नहीं है कि सबको दिखाई पड़े। यह इतना खतरनाक है कि इसमें खेलनेवाला ही नहीं बल्कि इसे देखनेवाला भी अपना कुछ महत्वपूर्ण हार रहा है। यह खेल ऐसा है कि इसमें जीता कुछ नहीं जा सकता, सिर्फ हारा जा सकता है। इसमें हारता है आदमी जीवटता, संघर्षशीलता, जुझारूपन, कर्मठता, पौरुष...ये इतने बहुमूल्य हैं कि इन्हें रुपये-पैसे से नहीं आंका जा सकता। यह खेल जवान हो रही नयी पीढ़ी को निकम्मा और मुफ्तखोर बनाने की एक गहरी साजिश है...धोखा है।" कहते हुए वे हाँफने लगे।

पोखन सुनकर एकबारगी तो सन्न रह गया कि सोच का एक यह पहलू भी हो सकता है, वह भी बाउजी जैसे लकीर के फकीर टाइप आदमी से। उसने इसके वजन को महसूस कर भी इसे नजरअन्दाज करने का मन बना लिया, "बाउजी,

आपकी तबीयत ठीक नहीं है, आप चुपचाप आराम कीजिये, आप जैसा कह रहे हैं, वैसा कुछ मुझे इसमें नहीं दिखता। यह सारी आचार संहितायें हम छोटे लोगों को ही आक्रांत करती हैं, बड़े लोगों के मन में इस तरह के कोई नैतिक विचार नहीं फटकते। मैंने तय किया है कि जब वे अपनी चमड़ी मोटी कर सकते हैं तो मूल्य, आदर्श आदि का ठेका हम ही क्यों लें? मेरा नाम अगर आ गया, और वह आना ही है, कब तक नहीं आयेगा, तो मैं जाऊँगा, निश्चित रूप से जाऊँगा।"

"पोखू, जब अंकल की उस मान्यता का खंडन करते हुए तुमने कहा था कि ठाकुर ने साजिश की इन्हें मेहतर की नौकरी देकर तो मुझे बहुत अच्छा लगा था, मगर आज करोड़पति के मुद्दे पर तुम नहीं मुझे अंकल अच्छे लग रहे हैं। तुम क्या सोचते हो, जिन्दगी का क्या इतना ही अर्थ है कि आपके पास लाखों-करोड़ों हों और आप बिना हिले-डुले, बिना किसी शोक-संताप, राग-द्वेष के ऐश पूर्वक उसे बिता दें? क्या इस तरह का निश्चेष्ट, निरापद, निर्वीर्य और लक्ष्यहीन जीवन ही हमारा चुनाव होना चाहिए?"

"नहीं नीरा, यह जीवन भला हमारा क्यों होना चाहिए।" व्यंग्य की लकीरें उग आयीं उसके चेहरे पर, "हमारा जीवन तो बस यही होना चाहिए कि बड़े लोग हगें, मूतें, थूकें और हम उन्हें ढो-धोकर साफ करें। वे हमें धिक्कारें, गरियायें, लतियायें और हम हाथ जोड़कर हंसते हुए हीं हीं करते रहें।"

"पोखन! अस्पताल में सिर्फ बड़े लोग मरीज नहीं होते हैं...और फिर जो बीमार और मरीज हैं वे बड़े क्या, छोटे क्या!" वे सब के सब दुखी हैं, मोहताज हैं, उन्हें सेवा की जरूरत है।" कहते हुए छाती पकड़कर खांसने लगे थे गुरबा।

नीरा ने दौड़कर पानी लाया। पोखन उनकी पीठ सहलाने लगा।

"अब आप चुप रहिये बाउजी...आपकी अब कौन सी थ्योरी है, जिसे मैंने सुन नहीं लिया है...।"

गुरबा दो घूंट पानी पीकर पड़ गये और कहा, "अब मैं ठीक हूँ।"

नीरा ने कहा, "मैं चलती हूँ।" उसकी भंगिमा असहमत और नाराज थी।

पोखन ने इसे ताड़ लिया, "नीरा, तुम इम्तहान के लिए जाना ही चाहती हो तो मैं तुम्हारे लिये चल सकता हूँ बनारस...लेकिन मैं इम्तहान नहीं दूंगा।"

नीरा तमतमा उठी, "कोई जरूरत नहीं है तुम्हें साथ जाने की। मैं अकेले जा सकती हूँ। तुम तैयारी करो करोड़पति बनने की, व्यर्थ क्यों समय गंवाओगे मेरे साथ।"

नीरा जाने को हुई तभी संभ्रांत किस्म का एक प्रौढ़ आदमी वहाँ आ गया। उसके हाथ में पॉलिथिन का एक पैकेट था। चश्मा को नाक पर ठीक से बिठाते हुए उसने कहा, "मैं गुरबा जी से मिलने आया हूँ, सुना उनकी तबीयत खराब है।"

"अरे सुफल बाबू, आप...कहिये कैसे हैं?" गुरबा उन्हें देखकर चहक उठे।

"अच्छा हूँ। बहुत दिनों से आपसे मिलने नहीं आया, आपके पड़ोस का एक लड़का मिल गया था बाजार में। मैंने पूछा तो उसने बताया कि आपकी तबीयत खराब है। कहिये, क्या मैं आपकी कोई मदद कर सकता हूँ?"

"बहुत-बहुत धन्यवाद, सर। मदद के लिए तो जानते ही हैं कि मेरा यह बेटा मेरे साथ है।"

"अंकल, मैं आपके लिए चाय लाऊँ?"

"नहीं बेटा, चाय नहीं पीता मैं। गुरबा जी, यह आपके लिए लाया हूँ।" बूढ़े ने पालिथिन का पैकेट उनकी ओर बढ़ा दिया, "अब मैं चलता हूँ, कोई जरूरत पड़े तो मुझे जरूर याद कीजियेगा।"

वह चला गया। गुरबा ने पॉलिथिन की चीजें बाहर निकालीं। कुछ कपड़े थे, कुछ फल, कुछ मेवे। उनका गला भर आया। कहा उन्होंने, "देखो बेटा, यह आदमी एकबार भर्ती हुआ था अस्पताल में। इनके दो बेटे हैं, दोनों अमेरिका में रहते हैं। अस्पताल में इन्हें कोई देखनेवाला नहीं था। मैंने इनकी जरा विशेष देखरेख कर दी थी। ऐसे कई लोग वार्ड में अक्सर मिल जाते थे जो बीमारी से ज्यादा अकेलेपन और उपेक्षा के शिकार हुआ करते थे। उनका जरा सा विशेष खयाल कर लेने पर उनका भला हो जाता था और वे एकदम मुरीद बन जाते थे। उन्हीं में एक हैं सुफल जी। मैं इनका कोई नहीं लगता, लेकिन अक्सर मिलने आ जाते हैं। इसीलिये मैं कहता हूँ कि जिस काम में तुम हो, ठीक है, उसे लोगों ने गर्हित श्रेणी में डाल रखा है, लेकिन बेटा, मैं अपने उस काम से कभी असन्तुष्ट नहीं रहा। मैंने यह महसूस किया कि वहाँ कमाने के लिए इतनी बड़ी-बड़ी नेमतें हैं जिनका कोई मोल नहीं। बीमार आदमी की दुआओं और आशीषों में बड़ी ताकत होती है, वह पद और पैसे से ज्यादा काम आती है बेटे। दूसरे किसी पेशे में ऐसा पारितोषिक नहीं मिल सकता। इस पेशे में तुम चाहो तो किसी का भी दिल जीत सकते हो...किसी को भी अपना मुरीद और शुभचिंतक बना सकते हो।"

नीरा और पोखन उनके मुँह देखते रह गये थे। जो खुद ही अपनी बेड़ी को आभूषण बताये, उसे कौन मुक्त कर सकता है?

पोखन देख रहा था कि करोड़पति में महानगरों के लोग पहुँच पाने में ज्यादा सफल हो रहे हैं। छोटी जगहों से लाइनें ज्यादातर व्यस्त मिलती थीं। उसे तीन-चार बार लाइन मिली भी तो शहरकोड, टेलीफोन नम्बर, जन्म दिन, सवाल के जवाब, अपना नाम आदि दर्ज कराते हुए काफी वक्त लग गया। कहा गया कि चुन लिये जाने पर अमुक समय अमुक दिन सूचना दी जायेगी। मगर सूचना नहीं आयी, हाँ बिल जरूर बहुत मोटा आया। मतलब इसमें अमिताभ बच्चन के सामने हॉट सीट तक पहुँचने में कई लॉटरी से गुजरना हो रहा था। लॉटरी यानी तकदीर...संयोग। प्रतिभा-मेधा यहाँ भी प्राथमिक

नहीं। पोखन ने चूँकि ठान लिया था इसलिये दुखी नहीं था। कार्यक्रम की धूम मची थी और इसकी सर्वत्र चर्चा थी। कार्यक्रम में अमिताभ बच्चन द्वारा प्रयोग किये जाने वाले जुमले 'लॉक कर दिया जाये', 'फाइनल जवाब', 'क्म्प्यूटर जी; आदि आम बातचीत में शामिल हो गये थे। पहला करोड़पति मुम्बई का कोई नवाथे बन गया था। इस खास एपिसोड का जोरदार विज्ञापन किया जा रहा था। इस कार्यक्रम के कारण स्टार प्लस चैनल सबसे अव्वल चैनल बन गया था।

नवाथे जब पन्द्रहवाँ सवाल का सही जवाब देकर करोड़पति बन गया तो उस क्षण को एक अनोखे अन्दाज में फिल्माकर पेश किया गया। हर्षध्वनि, पुष्पवर्षा, सतरंगी प्रकाश छटायें और अमिताभ बच्चन के जोश, उमंग और अभिनन्दन के हिलोर लेते शब्द-नाद। हर्षवर्धन नवाथे का करोड़पति के रूप में तुमुल अभिषेक। लाखों दर्शकों ने देखा इसे टीवी पर।

पोखन ने कहा, "देखिये, बाउजी! यह लड़का आई ए एस बनना चाहता था, लेकिन अब उसे किताबी रट्टा लगाने की कोई जरूरत नहीं है। उसकी तैयारी काम आ गयी। आई ए एस बनकर भी कितना कमा लेता...कितने लोग उसे जानते!"

"तुम्हारी व्याख्या फिर ठीक नहीं है, बेटे।" खांसते हुए कहा गुरबा ने, "करोड़पति तो ऐरे-गैरे बनिये, सेठ, सट्टेबाज, दलाल बहुत मिल जायेंगे...लेकिन आई ए एस एक असीमित अधिकारों वाले देश के सर्वोच्च प्रशासनिक ओहदे का नाम है, जो बहुत दुर्लभ मेधा से हासिल किया जाता है। यह सिर्फ पैसे कमाने का पद नहीं है, यह पद राष्ट्रहित के लिए एक शक्ति-केन्द्र है। इस ओहदे के जरिये ही प्रजातन्त्र की सारी आकांक्षाओं और अभिलाषाओं को हश्र प्राप्त होते हैं। उस लड़के ने अगर आई ए एस के सपने को करोड़पति बनने में रूपांतरित कर दिया, खर्च कर दिया तो मैं कहूँगा कि उसने अपने पिता के साथ और देश के साथ अच्छा नहीं किया।"

"बाउजी, मुझे लगता है आपका ज्यादा किताब पढ़ना आपको बोझिल और कोरा सैद्धान्तिक बनाता जा रहा है। वह लड़का तैयारी कर रहा था, लेकिन वह बन ही जाता, इसकी गारंटी तो नहीं थी। खासकर तब जब कोई भी परीक्षा धांधली से अछूती न बची हो। चलिये, इन विषयों पर मगजमारी करने से नाहक आपका रक्तचाप बढ़ जायेगा...दवा देता हूँ...खाइये और सो जाइये। मुझे आज नम्बर मिलाने के लिए जमकर ट्राई करना है। आज से लाइन खुल गयी है।"

पोखन ने अन्ततः 'कौन बनेगा करोड़पति' तक जाने के (ऊपर से आसान लेकिन वास्तव में भूलभुलैया भरे) रास्ते तय कर लिये। जो राह आसान और शार्टकट जैसी लगती है उसमें बहुत भीड़-भाड़ हो जाती है। जब दूसरी लॉटरी में भी उसका नाम

आ गया तो उसकी पूरी जन्मपत्री जानने के लिए बहुत सारे फार्म भेजे गये, फिर हवाई मार्ग का टिकट भी आ गया। जब टिकट आ गया तो उसे लगा कि सचमुच ही उसके दायें-बायें दो पंख निकल आये। खुशी से जैसे वह नाच उठा। टिकट दिखाते हुए उसने कहा, "देखिये बाउजी! मैं कहता था तो आप यकीन नहीं करते थे, खुद ही देख लीजिये...अब आसमान में उड़ने का मेरा सपना सच हो गया।"

गुरबा ने एकबार पलकें झपकायीं और फिर अचेत जैसे हो गये। वे बहुत शिथिल और कमजोर दिख रहे थे।

उड़ान भरने का समय करीब आ रहा था, इधर गुरबा की तबीयत लगातार बिगड़ती जा रही थी। उन्हें अस्पताल में भर्ती करवाना पड़ा। पोखन के करोड़पति कार्यक्रम में चयन की खबर अस्पताल के सभी स्टाफकर्मियों को हो गयी थी। लोग बड़ी हसरत से उसकी चर्चा कर रहे थे। कुछ लोग उसे ऑफर कर रहे थे कि 'फोन एंड फ्रेंड' लाइफ लाइन के लिए वह उनसे सम्पर्क कर सकता है। उनके कहने में अमिताभ बच्चन से बात करने की एक ललक निहित थी।

अस्पताल आने के बाद भी गुरबा में कोई सुधार नहीं हो रहा था। न उनकी आँखें खुल पा रही थीं, न वे कुछ बोल पा रहे थे। नीरा उनकी सेवा-सुश्रुषा में जुटी थी। डॉक्टरों से वह विशेष ध्यान देने का अनुरोध कर रही थी। डॉक्टर उसे सहयोग करते से दिख भी रहे थे। प्रयत्नों का कोई परिणाम निकलते न देख अन्ततः डॉक्टरों ने जवाब दे दिया, "अब उम्मीद नहीं है। बेहतर है कि करीबी रिश्तेदारों को अन्तिम मुलाकात के लिए खबर कर दी जाये।"

पोखन का मानो माथा चकरा गया। अगले दिन उसे फ्लाइट पकड़नी थी। नीरा ने उसे बेलाग मना कर दिया, "तुम्हारा यहाँ रहना बेहद जरूरी है, इन्हें कभी भी कुछ हो सकता है।"

वह घिघिया उठा, "नीरा, प्लीज, इन्हें सम्भाल लेना। कुछ नहीं होगा इन्हें। दो दिनों में तो मैं वापस आ ही जाऊँगा। ऐसे भी तुम जानती हो कि इस अस्पताल के डॉक्टर जो कहते हैं वह कभी सच नहीं होता।"

"तुम्हारा दिमाग तो नहीं खराब हो गया? इन्हें इस हालत में छोड़कर तुम जाना चाहते हो? पिता है तुम्हारे....तुम ऐसा सोच भी कैसे सकते हो, मुझे ताज्जुब हो रहा है।"

"देखो नीरा, ऐसा मौका जीवन में बार-बार नहीं मिलता। यह एक इम्तहान है मेरे लिये...अगर मैं इसे चुक गया तो बस जिन्दगी भर रेंगता रह जाऊँगा। मुझे उठने दो ऊपर, सहयोग करो।"

"तुम्हारा विवेक मर गया है पोखू, तुम अन्धे हो गये हो। आगे बढ़ने का यह तरीका नहीं होता। श्रम, संघर्ष और साधना के बिना हासिल संपत्ति वांछित सुख नहीं

दे सकती। इन्होंने तुम्हें एक अच्छे पिता की तरह जो कुछ दिया, लालन-पालन, प्यार-दुलार, उसे व्यर्थ मत करो, दाँव पर मत लगाओ।"

"नीरा, तुम तो खामखा डॉक्टरों के कहने में आ गयी हो। तुम समझ नहीं रही...डॉक्टर मिश्रा की साजिश है यह सब। साले ये लोग नहीं चाहते कि मैं ऊपर उठूँ। सबको जलन हो रही है। किसी भी तरह ये लोग मुझे रोकना चाहते हैं। देखो, दुआ करो कि मैं एक करोड़ जीत जाऊँ, फिर तो लौटते ही बाउजी को हवाई जहाज पर चढ़ाकर दुनिया के सबसे बड़े अस्पताल के लिए कूच कर जाऊँगा।"

नीरा तरस खाती हुई उसे बस देखती रह गयी। कहने के लिए अब भला रह ही क्या गया था। उसके मन में एक तथ्य झाँक गया कि कौन कहता है करोड़पति एक जुआ नहीं है...जुआ ही तो है जिसमें अपने पिता से रिश्तेदारी को दांव पर लगाकर यह आदमी मुम्बई जाने के लिए उतावला है!

पोखन अगले दिन मुम्बई के लिए उड़ गया। यह उसकी पहली हवाई यात्रा थी। उसे यकीन नहीं हो रहा था कि वाकई वह नींद में नहीं है। वहाँ पहुँचा तो उसे महसूस हुआ जैसे सचमुच वह एक नयी दुनिया में आ गया है। आलीशान होटल में आवास और भोजन। भव्य स्टुडियो में रिकार्डिंग। उसके एपिसोड की शूटिंग का शेड्यूल दो दिन आगे बढ़ दिया गया, चूँकि आगामी स्वतन्त्रता दिवस के अवसर पर अनिल कपूर को लेकर एक विशेष एपिसोड बनाया जा रहा था। मतलब यहाँ भी वही भेदभाव बड़े और छोटे आदमी का। बड़े आदमी (फिल्म स्टार) हैं तो इनके लिए लाइन मिलाने का कोई चक्कर नहीं, लॉटरी का कोई लफड़ा नहीं, 'फास्टेस्ट फिंगर फर्स्ट' की कोई प्रतिद्वन्द्विता नहीं। कैसे कहा जाये कि नियम सबके लिए बराबर है? आदमी-आदमी में फर्क नहीं होता? कुढ़कर रह गया पोखन। बाउजी का पता नहीं इस बीच क्या होगा?

पोखन वाले एपिसोड की शूटिंग। एक रोल ओवर कंटेस्टेंट था...एक नम्बर का घोंचू। किसी भी सवाल का जवाब उसे नहीं मालूम, खट-खट करके फिर भी उसने छः लाख चालीस हजार रुपये जीत लिये। साफ दिख रहा था कि बच्चन साहब उसे जिताना चाहते हैं।

आज का पहला फास्टेस्ट फिंगर फर्स्ट। पोखन के लिए पहला मौका। सर से शुरू करके शरीर के अंगों को क्रम से लगाना था। चार सेकेंड से वह पिछड़ गया। जो चुनकर आया वह बेझिझक जवाब देने लगा। बहुत मेधावी दिख रहा था। मगर छठे सवाल में वह चित हो गया। बच्चन ने उसकी कोई मदद नहीं की। शायद वे

नहीं चाहते थे कि इसे ज्यादा जिताया जाये। शायद दर्शकों की आँखों में धूल झोंकने के लिए जितना जरूरी समझा जाता था उतना ही जितवाया जा रहा था। अब तक उसने अच्छी तरह ताड़ लिया था कि खेल की पूरी बागडोर खेलाने वाले के हाथ में है। वह जिसे चाहेगा, जितना चाहेगा, उतना ही जितायेगा। लेकिन दिखाया-बताया यह जा रहा था कि सब कुछ आप पर है...आपके नॉलेज पर है। तो क्या बाउजी ने ठीक ही कहा था कि यह एक धोखा है!

आज का दूसरा फास्टेस्ट फिंगर फर्स्ट। उसकी धड़कनें तेज। उंगलियाँ तत्पर। दूसरा मौका फिर बेकार। कार्यक्रम का समय पूरा होते-होते तीसरा मौका भी। उसकी गति इसमें भी अव्वल नहीं। सवाल तीनों ही अत्यंत सरल थे मगर वोटिंग पैड में फटाफट बटन दबाने में दिमाग और उंगलियाँ नाकाम।

अगले दिन पोखन वापस। पता चला जिस दिन वह रवाना हुआ बाउजी उसी दिन गुजर गये। शवगृह में पार्थिव शरीर रखा हुआ। मतलब लुटकर गया था और पिटकर आ गया। उसे नीरा की सख्त तलब हुई। कोई तुरन्त सांत्वना और धीरज बँधाने वाला चाहिए था। भागता हुआ उसके घर गया। दरवाजे पर पहुँचा तो किसी ने आकर उसे एक चिट थमा दी। लिखा था—'मैं रेलवे में चुन ली गयी हूँ। परिश्रम ही तय करता है आगे जाने का रास्ता, इसमें मेरा विश्वास और भी दृढ़ हो गया है। लेकिन तुम्हें क्या, तुम्हें तो रातोंरात चोटी पर पहुँच जाना है। मेरी संगति इससे नहीं बैठती। तुमसे अब सम्बन्ध रखने में मैं अक्षम हूँ। मैं अब तुमसे कभी मिलना नहीं चाहती। जो अपने मरनासन्न पिता तक को छोड़कर चला जा सकता है वह कल किसी को भी छोड़ सकता है, बीच मझधार में, कभी भी—नीरा।'

पोखन को लगा जैसे वह गश खाकर गिर पड़ेगा, पिता की मौत से भी बड़ा सदमा था यह। उसे पता भी नहीं चला और उसका सब कुछ दांव पर लग गया...पिता के प्रति उसकी कर्तव्य-भावना और नीरा का प्यार। एक और धोखा। उसे लगा कि पहले वह कम से कम सपने देख लिया करता था, आज उसके सपने भी छिन गये...मर गये...कैसे जियेगा वह?

अठतल्ले से गिर गये रेवत बाबू

रेवत बाबू को लगा जैसे फ्लैट में नहीं किसी मायालोक या फिर उससे भी बढ़कर कहें तो किसी आश्चर्यलोक में वे आ गये हैं। इसे ही कहते हैं जमीन से उठकर आसमान में टंग जाना। आठवें तल्ले से वे नीचे झांकते तो अनायास गिरने के बारे में सोचने लगते...अगर वे फिसलकर ऊपर से नीचे गिर जायें...अगर उन्हें कोई धक्का दे दे...! उन्हें यहाँ का सब कुछ अपरिचित और अजीबोगरीब लग रहा था। दोनों बेटे रतन और जतन उन्हें ताड़ रहे थे, उन्हें भाँप रहे थे।

रतन ने उनकी उड़ी हुई रंगत और सहमी हुई आँखों की दयनीयता पर तरस खाते हुए कहा, "बाउजी, अब आप अपने को इस माहौल में ढालिये। निचले तबके के शोरगुल और झंझटों से निकलकर हम शिष्ट, सुखी और संभ्रांत समाज में आ गये हैं। सफाई, सुन्दरता, सहूलियत, सुरक्षा, सुख और शान्ति के मामले में फ्लैट कल्चर से अच्छा दूसरा कोई विकल्प नहीं हो सकता।"

रेवत बाबू ने अपने बेटे के इस मंतव्य का कोई काउन्टर नहीं किया। उन्होंने मन ही मन तय कर लिया था कि वे अपने बच्चों पर अपनी कोई नसीहत, अपना कोई संस्कार या अपना कोई जीवन-मूल्य जबरन नहीं थोपेंगे। चूंकि अक्सर यह थोपना ही नयी पीढ़ी की नजर में बुजुर्गों को विलेन बना देता है। बच्चों की तरह उन्हें डॉक्टर या इंजीनियर बनना नसीब न हुआ, फिर भी वे अपने खयालों से लकीर के फकीर कभी नहीं रहे। छोटी नौकरी की सीमा में रहकर वे बच्चों को उच्च से उच्चतर शिक्षा दिलाने के लिए बड़ी से बड़ी आवश्यकता को भी मुल्तवी करते रहे और अब उनकी खुशी में ही अपनी खुशी समाहित कर देना अपनी बची हुई अवकाश प्राप्त आयु का उन्होंने खास अभिप्राय बना लिया।

पहले तो वे बड़े दुखी हुए जब उनके बेटों ने अपना बना बनाया घर बेचकर फ्लैट खरीदने का प्रस्ताव रखा, फिर वे धीरे-धीरे खुद को परिस्थितियों के हवाले करते चले गये। घर बनाने में उन्होंने मूर्त और पार्थिव पदार्थों, ईंट, गारा, सीमेंट, लोहे, पैसे आदि की तुलना में अमूर्त और हार्दिक क्रियाएँ, भावना, निष्ठा, समर्पण, एकाग्रता आदि ज्यादा लगा रखी थीं। तब उनकी पत्नी आरती देवी जीवित थी और एक-एक ईंट की जोड़ाई में उसका समर्थन, उसका स्पर्श, उसका परामर्श और उसकी प्रार्थना

शामिल थीं। थोड़ा-थोड़ा करके घर ठीक-ठाक बन गया था और यह उनकी हसरतों, सपनों और उम्मीदों के प्रतिबिम्ब में ढलता चला गया था। उनकी स्वर्गीया पत्नी की स्मृतियाँ इस घर के चप्पे-चप्पे में बसी थीं। जिनसे वे अक्सर एक अनिर्वचनीय संवाद कर लेते थे।

जब रतन इंजीनियर बन गया और जतन डॉक्टर तो आरती के भीतर अपेक्षाओं की एक से एक मीनारें और गुम्बज खड़े होने लगे। वह खूब इतराती और सफलता का सारा श्रेय अपने मातृत्व और अपनी परवरिश को न देकर अपने इस घर को देती। अब सोचते हैं रेवत बाबू तो उन्हें लगता है कि अच्छा हुआ वह झटके से किसी बीमारी के बहाने चल बसी, वरना घर को बिकते हुए देखना उसके लिए मानो कयामत देखने के बराबर होता। अमेरिका में चार साल रहकर लौटते हुए रतन ने एक विदेशी लड़की को अपने साथ कर लिया और जतन ने नगर के ही मेडिकल कॉलेज में पढ़ाते हुए एक सहकर्मी डॉक्टरनी को पसन्द कर लिया। उनके खान्दान में यह पहली बार हुआ कि घर में बहुओं के लाने में बाप एक मूक दर्शक बना दिया गया।

रतन ने कहा था, "बाउजी, अब हमलोग इस जनता नगर में नहीं रह सकते। यहाँ जीने की कोई क्वालिटी नहीं है। आसपास के लोग गन्दे हैं, असभ्य हैं, जाहिल हैं, अशिक्षित हैं, झगड़ते रहते हैं, सफाई पर ध्यान नहीं देते। हमारा पड़ोसी नाई, धोबी, बढ़ई, लुहार, फलवाला, दूधवाला हो, यह अच्छा नहीं लगता।"

रेवत बाबू रतन का मुँह देखते रह गये थे, जैसे उसकी घृणा पड़ोसियों के प्रति नहीं अपने बाप के प्रति उभर आयी हो। वे भी तो इन्हीं की श्रेणी के आदमी रहे। कारखाने में एक मामूली मजदूर। मुख्य शहर से तीस किलोमीटर दूर इस नयी बस रही बस्ती में जब उन्होंने जमीन लेनी चाही थी तो इन्हीं फलवाला और दूधवाला ने उनके लिए दौड़-धूप की। दूधवाला जगरनाथ उनके गाँव का था जिसने उन्हें यहाँ बसाने में अपनी पूरी सामर्थ्य लगा दी थी। यह ठीक था कि यहाँ बहुत सफाई नहीं थी...योजनाबद्ध रूप से पानी का निकास नहीं था, लोग रास्ते पर पानी गिराने, चापाकल से पानी लेने, बिजली खम्भे पर तार के इधर से उधर कर देने आदि छोटी-छोटी बातों को लेकर झगड़ जाया करते थे...लेकिन वे दिल से सच्चे और स्वच्छ थे और अगले ही दिन आपस में फिर बतियाते नजर आ जाते थे। किसी भी दुख-बीमारी या आफत-मुसीबत में दौड़े चले आते थे।

रतन की हामी भरते हुए जतन ने जोड़ा था, "यहाँ से बच्चों की बेहतर पढ़ाई नहीं हो सकती। सारे शीर्षस्थ स्कूल मुख्य शहर में स्थित हैं। यहाँ कोई अच्छा ट्यूटर भी उपलब्ध नहीं हो सकता। बच्चे कल डांस या म्यूजिक क्लास या फिर स्पोर्ट्स कोचिंग ज्वाइन करना चाहेंगे...मगर यहाँ से उनका कुछ नहीं हो सकेगा।"

रेवत बाबू को लगा कि उनसे यह संवाद इसी घर में पला–बढ़ा उनका बेटा

नहीं कोई गैर आदमी कर रहा है जिसके मुँह में जन्म से ही सोने का चम्मच लगा हुआ है। उन्होंने जरा दबे स्वर में पूछा, "बेटे, तुम दोनों ने इसी घर में रहकर अपनी पढ़ाई पूरी की और इसी घर में रहकर खूब कबड्डी खेली और पतंग उड़ाये, क्या पढ़ने में या ताकत में किसी से पीछे रह गये?"

अपने पिता को यों निहारा जतन ने जैसे उनके अल्पज्ञान का हास्य कर रहा हो, "बाउजी, आप नहीं समझेंगे कि यहाँ रहकर हमने क्या-क्या चीजें मिस कीं। हमने क्रिकेट खेलना नहीं सीखा, नाटक करना नहीं सीखा, क्विज या एलोक्यूशन आदि में भाग नहीं लिया, म्यूजिक क्लास या अच्छा ट्यूशन ज्वाइन नहीं कर सका, अच्छी मूवी नहीं देखी, अच्छी सोसाइटी के तौर-तरीके नहीं सीखे।"

रेवत बाबू उसे टुकुर-टुकुर ताकते हुए निरूत्तर से हो गये। ऐसा प्रतीत हो रहा था जैसे कोई निर्वस्त्र करके उन्हें उनकी नग्नता का बोध करा रहा है।

"इस बस्ती में वाटर लाइन तक की व्यवस्था नहीं है। कुआँ का प्रदूषित पानी पीना पड़ता है। शुद्ध पानी के बिना जहाँ कई बीमारियों का डर बना रहता है वहीं बच्चों के मानसिक और शारीरिक विकास पर भी असर पड़ता है।" रतन ने जैसे दूर की कौड़ी खोज निकाली।

रेवत बाबू ने कहा, "गाँव में हमारे पूर्वज पीढ़ी दर पीढ़ी कुएँ का ही पानी पीते रहे और आज भी पी रहे हैं। इससे ऐसा नहीं कि वंश आगे नहीं बढ़ा। इस मकान में रहते हुए आज सत्ताईस वर्षों से हम भी कुएँ के पानी पर ही आश्रित रहे, क्या तुमलोगों के दिमाग और स्वास्थ्य पर कोई फर्क पड़ा? बेटे, कुआँ तो कुदरत का खजाना है...जाड़े में इसका पानी गरम होता है और गर्मी में ठंडा।"

"बाउजी, आपको मालूम नहीं है, पानी का सिर्फ साफ दिखना ही उसे पीने योग्य नहीं बना देता। उसमें घुला हुआ जीवाणु और विषाक्त पदार्थ दिखाई नहीं पड़ता। वह फिल्टर प्लांट में शुद्ध होता है। वहाँ पानी इस तरह ट्रीटमेंट करके फिल्टर किया जाता है कि उसमें पोषक खनिज तत्व नष्ट न हों। डॉक्टर हूँ मैं, अब तो आप मेरी बात मान लिया कीजिये।"

इस ब्रह्मास्त्र के बाद रेवत बाबू को तो निःशस्त्र हो ही जाना था। रतन ने उनमें मोह के बचे-खुचे मलबे को पूरी तरह बहा देने के खयाल से अपना एक और ताकतवर प्रेशर पम्प निकाल लिया, "बाउजी, इस घर को बेच देने से एक तो इस इलाके से हमें मुक्ति मिल जायेगी, दूसरा—बैंक से गृह निर्माण ऋण लेकर फ्लैट खरीद लेने से आयकर में भारी छूट लेने के भी हम हकदार हो जायेंगे।"

रेवत बाबू को व्यवस्था का यह प्रावधान बड़ा विचित्र लगा कि जिसे कर्ज लेने की कोई जरूरत नहीं है, उसके लिए भी कर्ज लेने का एक आकर्षण तय कर दिया गया है।

उनके भीतर जैसे एक भूचाल समा गया...तो क्या सचमुच इस घर को बेच

देना पड़ेगा? उनका ध्यान उन गाय और बकरी की तरफ चला गया, जिन्हें उन्होंने एक अर्से से पाल रखी थीं और उनकी देखरेख व सेवा-टहल उनकी दिनचर्या व व्यस्तता का एक प्रमुख अंग बन गयी थी। इनके बिना कैसे गुजरेगा उनका वक्त? गाय उन्होंने उस वक्त लायी थी जब रतन-जतन कॉलेज पहुँच गये थे और उन्हें पर्याप्त दूध की जरूरत थी। दोनों को ही दूध बहुत पसन्द था, जितना भी दो उनका मन नहीं भरता था। तब आरती ने ही सुझाया था, "दूध ही तो है जो इन पढ़नेवाले बच्चों को भरपूर ताकत देता है। इन्हें खरीदकर कितना दूध पिलाइयेगा, एक गाय ले लीजिये।"

रेवत बाबू गाँव चले गये दीदी के पास। दीदी ने उन्हें अपनी एक गाय दे दी। यह गाय इतनी सुलच्छिनी और सुपात्र निकली कि घर में दूध की तो मानो निर्झरणी फूट पड़ी। धन-धान्य, स्वास्थ्य और पढ़ाई-लिखाई में बरकत ही बरकत होती चली गयी। आरती ने इसका नाम रामवती रख दिया और इसे घर की लक्ष्मी मानने लगी।

घर में एक बूढ़ी बकरी भी थी जिसके खरीदे जाने का प्रसंग भी जतन से ही जुड़ा था। मेडिकल प्रवेश परीक्षा की जोरदार तैयारी के दर्म्यान वह रात-रात भर जागरण कर लिया करता था। इस कड़े अभ्यास से उसे अपच और खट्टे डकार की शिकायत रहने लगी थी। एक वैद्य ने उन्हें सुझाया कि इसे एक शाम बकरी का दूध दिया कीजिये, पाचन क्रिया अपने आप दुरुस्त हो जायेगी। उन्होंने एक बड़ी नस्ल की बकरी खरीद ली जिसका दूध जतन के लिए सचमुच अमृत साबित हुआ। जब जतन ने प्रवेश परीक्षा पास कर ली तो मानो वे बकरी के ऋणी हो गये। लगा कि उसे बेच देना एक अपराध होगा। बकरी घर में ही रह गयी। आरती ने उसका नाम सामली रख दिया था।

रामवती और सामली अब बच्चे देने की उम्र में नहीं थीं। अतः उनका खरीददार सिर्फ कसाई ही हो सकता था। रेवत बाबू इस क्रूरता को अंजाम कैसे दे सकते थे। बेटों से जब अपनी यह दुविधा व्यक्त की तो उनके चेहरे पर एक उपहास उड़ाने का भाव उभर आया। रतन ने कहा, "बाउजी, इस तरह की कोरी भावुकता से दुनियादारी नहीं चलती। आदमी के लिए जानवर एक कोमोडिटी है, उसका काम खत्म, उससे लगाव खत्म। करोड़ों ऐसे हैं जो माँस खाते हैं और माँस व चमड़े का धन्धा करते हैं। पशु-पालन वैसा ही है जैसे मुर्गी—पालन, मधुमक्खी-पालन, रेशमकीट-पालन और मत्स्य-पालन होता है। जानवरों से ऐसा मोह कि वह पैर की बेड़ी बन जाये, सरासर एक बचकानापन है।"

रेवत बाबू व्यापारियों और मुनाफाखोरों वाली इस भाषा से जरा सा भी सहमत नहीं हुए। उन्हें लगा कि भला करने के एवज में भाला भोंकने की कहावत ये लड़के

चरितार्थ कर रहे हैं। वे यह तो समझ गये थे कि घर का बिकना अब तय है, लेकिन वे इस फैसले पर भी आरूढ़ थे कि रामवती और सामली को किसी हाल में नहीं बेचना है। वे अपनी चिन्ता लिये हुए जगरनाथ के पास चले गये। पास ही में था जगरनाथ का खटाल। आठ भैंसे थीं उसके पास, जिनसे उसकी दाल-रोटी चलती थी। वह उनका सजातीय नहीं था तब भी वे एक-दूसरे के शुभचिंतक थे और किसी की कोई गुत्थी उलझ जाती थी, तो वे मिलकर सुलझाने की कोशिश करते थे। जगरनाथ कम पढ़ा-लिखा होकर भी दुनियादारी का अच्छा तैराक था।

उसने समझाया रेवत बाबू को, "भैया, बच्चों को नाराज करना ठीक नहीं है। इनकी खुशी में ही अब आपकी खुशी है। जब उन्हें पसन्द नहीं तो आज न कल वे घर बेच ही देंगे। आप भाग्यशाली हैं कि आपके दोनों बेटों ने ऊँचे मुकाम हासिल कर लिये। आप रामवती और सामली की फिक्र मत कीजिये। उन्हें मेरे पास छोड़ दीजिये। जहाँ आठ ढोरों की देखभाल करता हूँ, वहाँ दो और सही।"

रेवत बाबू ने उसकी हथेलियों को अपनी हथेलियों के घेरे में भर लिया और विह्वल हो उठे, "तुमने मेरी बहुत बड़ी समस्या हल कर दी जगरनाथ। मैं तुम्हारा यह एहसान कभी नहीं भूलूँगा भाई।"

"रेवत भैया, आपमें हमदर्दी की इतनी गहरी झील बसती है, मैं तो रीझ गया हूँ आप पर।"

"रामवती और सामली पर जो भी खर्च आयेगा। मैं तुम्हें दे दिया करूँगा।"

"आपकी जैसी मरजी भैया।"

फ्लैट में आ गये रेवत बाबू। कैम्पस के गेट पर मोटे-मोटे हरूफ में लिखा था–'वसुंधरा गार्डेन', ए ड्रीम प्लेस ऑफ दी सिटी। लगभग डेढ़ हजार वर्गफुट का काफी महंगा, आलीशान और अत्याधुनिक फ्लैट था वह। बिल्डर ने कैम्पस का शानदार श्रृंगार और सजावट कर रखी थी। वहाँ दस-दस तल्ले के बीस-बीस फ्लैट वाले कुल बीस ब्लॉक थे। रेवत बाबू को लगता ही नहीं था कि यहाँ कोई उनके रूप, रंग और रचाव से मेल खाता आदमी है। वे भौंचक थे कि इस एक दुनिया में कितनी अलग-अलग दुनिया समायी है। बाथरूम, टॉयलेट, फर्श, दीवारें, रसोई, खिड़कियाँ, पर्दे, बालकनी सबमें आभिजात्य का अद्भुत परचम लहरा रहा था। उन्हें बिल्कुल नये सिरे से इनमें रहने का तरीका सीखना पड़ रहा था।

अपने जनता नगर में वे मनमरजी टहल आते थे, घूम आते थे, किसी के भी घर चले जाया करते थे...अब यहाँ ऐसा सम्भव नहीं था। यहाँ लगता ही नहीं था कि किसी से वे घुल-मिल सकेंगे। हर आदमी उन्हें समृद्धि व बड़प्पन का एक अजीबोगरीब चोंगा ओढ़े हुए ऐसा दिख रहा था जैसे किसी से वह बोल-बतिया लेगा तो उसकी इज्जत मिट्टी में मिल जायेगी।

एक दिन उन्होंने अखबार में पढ़ा कि उनके बाजू के फ्लैट की एक लड़की सामने वाले ब्लॉक के एक लड़के के साथ भाग गयी। उन दोनों के बेडरूम की खिड़की और बालकनी आमने-सामने थीं। ऐसे फ्लैटों में भी प्यार करने की गुंजाइशें बालकनी और खिड़की के रास्ते निकाली जा सकती हैं, यह पढ़कर जहाँ उन्हें अच्छा लगा, वहीं बुरा भी लगा कि पड़ोस की खबर उन्हें अखबार से मिल रही है। सीढ़ी में उन्नीस और लोग रहते थे, इनकी उन्हें कोई जानकारी नहीं थी। एक बार रतन से उन्होंने पूछा तो बहुत याद करके वह दो-तीन नाम ही बता सका।

थोड़े ही दिन बाद इसी वसुंधरा गार्डेन की एक और खबर पढ़ने को मिली। कहीं बाहर गये हुए परिवार के ताला लगे फ्लैट को कुछ चोरों ने दिन में ही खोल लिया और उसका पूरा सामान सामने ट्रक लगाकर लोड कर लिया। देखने वालों ने यही समझा कि फ्लैटवाला यहाँ से कहीं शिफ्ट कर रहा है। रेवत बाबू ने सोचा कि जब लोग एक-दूसरे से इस तरह बेखबर, आत्मलिप्त और असामाजिक होकर रहेंगे तो ऐसी वारदात तो होगी ही। जनता नगर में तो किसी का भी नाम पूछकर उसका घर ढूँढा जा सकता था और घर पूछकर उसमें रहनेवाले का नाम जाना जा सकता था।

एक दिन एक और खबर उन्होंने पढ़ी कि एक फ्लैट में छापा मारकर पुलिस ने देह-व्यापार के एक पूरे रैकेट को पकड़ लिया। रेवत बाबू को लगा कि किसी दिन किसी फ्लैट में बम-बारूद बाँधा जा रहा होगा और पता तब चलेगा जब किसी चूक के कारण पूरा फ्लैट विस्फोट में उड़ जायेगा।

शुरू-शुरू में तो उन्हें ऐसा जान पड़ा जैसे वे किसी डिब्बे में बन्द कर दिये गये हैं। उकता जाते तो वे बार-बार नीचे उतरकर कैम्पस के पार्क, जिम या मार्केट की तरफ चक्कर लगा आते। एक दिन उन्हें महसूस हुआ कि उनके बार-बार आने-जाने पर लिफ्ट में कुछ लोग उन्हें गुस्से से घूरने लगे हैं। उन्होंने एक आदमी से पूछ लिया, "क्यों भाई, मेरे आने-जाने से आपको कोई तकलीफ है?"

उसने कहा, "काम से जाने-आने वाले उन आदमियों को तकलीफ तो होगी ही, जिन्हें आपके चलते लिफ्ट के लिए वेट करना पड़ता है।"

एक दिन रतन ने भी टोक दिया, "बाउजी, आपके इस तरह बेमतलब आते-जाते रहने और नीचे लावारिस चक्कर लगाने से हमारी प्रेस्टिज पर आँच आती है।"

उजबक की तरह मुँह देखते रह गये रेवत बाबू। इस बुढ़ापे में क्या-क्या सबक सीखनी होगी उन्हें? पहले तो यहाँ आते ही उन्हें बताया गया कि घर में लुंगी-गंजी पहनना छोड़कर पजामा-कुरता पहना करें। जिन्दगी भर वे घर में लुंगी-गंजी ही पहनते रहे। गर्मी के दिनों में तो वे उघारे बदन पड़ोस के किसी घर में भी जाना हो तो चले जाते थे। अब हरदम पाजामा-कुर्ता पहने रहने से उन्हें ऐसा लगता था जैसे वे अपने

घर में नहीं, बल्कि किसी रिश्तेदार के यहाँ पाहुन बनकर बैठे हों। अब कहते हैं उनके घूमने से प्रेस्टिज खराब हो जाती है। आखिर वे क्या करें पूरा दिन?

वहाँ बाड़ी में उन्होंने कई तरह के गाछ लगा रखे थे...केला, अमरूद, आम, कटहल, सहजन, बेर, पपीता, शरीफा, बेल, अनार आदि के। इन सबके फल सहज ही उपलब्ध हो जाया करते थे। कुछ सब्जियाँ भी उगा लेते थे। उन्हें फूलते, फलते और बढ़ते देखना एक सुखद अनुभूति दे जाता था। यहाँ हरियाली को विलासिता का फुदना बनाकर दो-तीन दर्जन गमले रख लिये गये थे, जिनमें बौने और बाँझ पौधे तीन-तीन, चार-चार किलो मिट्टी में खुसे हुए दिखते थे। इन्हें देखकर रेवत बाबू को लगता था जैसे ये पौधे जमीन से उखड़कर अपने दुर्भाग्य का विलाप कर रहे हैं, उन मछलियों की तरह जो समुद्र से लाकर बोतल में डाल दी जाती हैं।

अपने घर में वे अक्सर ऐसी ही चीजें रखते आये थे जो किसी न किसी काम आये। यहाँ वे देख रहे थे कि सिर्फ शोभा, दिखावा और शान बढ़ाने के लिए अजीब-अजीब शक्ल-सूरत की महंगी-महंगी वस्तुएँ कहीं फर्श पर, कहीं दीवार पर, कहीं दराज पर टिका दी गयीं हैं जिनका कोई मानी-मकसद उन्हें आजतक समझ में नहीं आया। कहते थे ये पेंटिंग्स हैं, ये स्कल्पचर हैं, ये एंटीक पीस हैं, ये झाड़-फानूस हैं, ये कालीन हैं।

रतन का तीन साल का बेटा और जतन की ढाई साल की बेटी किसी नर्सरी स्कूल में भेजी जाने लगी थीं। सुबह बच्चे जाना नहीं चाहते...रोते, कलपते और कई तरह के नखरे करते। रेवत बाबू का मन दया से भर जाता, भला यह भी कोई उम्र है पढ़ने की! ये बच्चे ही घर में होते थे जिनके साथ उनका मन लगा रहता था, वरना दस बजते-बजते घर से बेटे-बहुएँ सभी निकल जातीं। उन्हें यह अजीब लगता कि इस तरह पैसा कमाने का क्या मतलब है कि कोई एक गृहस्थी सम्भालने वाला तक न रह जाये? इस काम के लिए एक मेड रख ली गयी थी, जो बर्तन-वासन और झाड़ू-पोंछा करते हुए उनके लिए खाना भी बना दिया करती। एक-डेढ़ बजे बच्चे घर आ जाते तो रेवत बाबू उन्हें खिला-पिलाकर होम वर्क कराने में भिड़ जाते।

जतन ने एक दिन यह काम करने से भी उन्हें मना कर दिया, "बाउजी। आप क्यों बेकार इनके साथ मगजमारी करते हैं? इन्हें हिन्दी में नहीं पढ़ना है, ये अंग्रेजी माध्यम के बच्चे हैं। शाम में एक ट्यूटर आ जाया करेगा। हम चाहते हैं कि अंग्रेजी इनकी घुट्टी में शामिल हो जाये...ये बच्चे हँसे, गायें, रोयें, सोचें, लिखें, पढ़ें, बोलें, खेलें सब अंग्रेजी में। कल जब ये बच्चे बड़े होंगे तो इनके आजू-बाजू का पूरा वायुमंडल इतना ग्लोबलाइज हो चुका होगा कि अंग्रेजी न जानने वाले को झाड़ू मारने की नौकरी भी नहीं मिल सकेगी। अंग्रेजी हमारा बेस नहीं रही, जिसके चलते हम

बहुत सफरर रहे। हमारे बच्चों के साथ ऐसा न हो, इसलिये हम चाहते हैं कि घर में सारी बातचीत अंग्रेजी में ही हो...इसमें हमें आपका सहयोग चाहिए।"

रिले रेस की तरह वक्तव्य का अगला हिस्सा रतन ने संभाल लिया था, "होमवर्क कराने वाला जो ट्यूटर आयेगा, वह कुछ समय रुककर आपको इंग्लिश स्पीकिंग का अभ्यास कर दिया करेगा। आप इसका अन्यथा न लें बाउजी...अंग्रेजी नहीं बोलने वालों की इस सम्भ्रान्त और शिक्षित समाज में क्या कद्र है, आप देख ही रहे हैं।"

उनके मन में आया—तो क्या आज तक उनका पूरा खान्दान या फिर देश की 90 प्रतिशत आबादी अंग्रेजी के बिना जाहिल ही बनकर रहती आयी? उनकी कोई कद्र नहीं रही? क्या विडम्बना है कि इस बूढ़े सुग्गे को अब अंग्रेजी सीखनी होगी।

फ्लैट में आये एक माह होनेवाला था। रेवत बाबू को रामवती और सामली की याद अक्सर आ जाती। खासकर जब सुबह ही सुबह डेयरीवाले दूध देने आ जाते। डेयरी का दूध उनसे एक दिन भी पिया न गया। जिन्दगी भर उन्होंने अपने सामने दुहे हुए ताजा दूध का सेवन किया। पिछले दिनों अखबारों में उन्होंने पढ़ा था कि यूरिया और डिटरजेंट से दूध बनाकर लोग पैकेट में भर देते हैं। जतन ने उन्हें समझाने की कोशिश की थी, "बाउजी, डेयरी का दूध ज्यादा फायदेमन्द है। इसे पास्चराइज करके बैक्टीरिया फ्री कर दिया जाता है और इसमें सारे पोषक तत्वों की संतुलित मात्रा नियन्त्रित रखी जाती है। आप यह दूध पिया कीजिये। बुरे और शातिर लोग गड़बड़ी फैलाते हैं, इसका मतलब यह नहीं कि सब कुछ दूषित और जहरीला बन गया।"

सरेंडर कर जाने की अब उनकी आदत बनती जा रही थी। उनकी पसन्द-नापसन्द की अब यहाँ कोई कीमत नहीं थीं। जिस चीज से उन्हें सख्त चिढ़ थी, उसकी भी अब कोई रत्ती भर परवाह नहीं की जा रही थी। घर में एक अल्शेसियन कुत्ता ले आया गया। उन्होंने कई दिनों तक मौन रहकर अपनी नाराजगी प्रकट की, मगर कोई फायदा नहीं।

कुत्ता पूरे घर में घूमने और हर चीज सूंघने के लिए आजाद था। वह एक ऐसा केन्द्र बन गया जो घर के सभी सदस्यों का ध्यान आकर्षित करने लगा। उसका नाम रखा गया फंडू। कोई उसे पुचकार रहा है...कोई उसे सहला रहा है...कोई उसे खिलाना चाह रहा है। उसके लिए रोजाना दूध और बकरे के गोश्त मंगाने का एक विशेष इन्तजाम किया गया। उसे शैम्पू से नहलाया जाता और सुबह-शाम मैदान ले जाकर घुमाया जाता। एक कुत्ते को इतना सर चढ़ाना, उस पर इतना खर्च करना, रेवत बाबू के लिए अत्यन्त तकलीफदेह था। उसका अकस्मात आकर पैर चाटने लगना, गोद में चढ़कर नाक-मुँह सूँघने लगना, बिस्तर पर चढ़कर आसन जमा देना, उन पर एकदम नागवार गुजर जाता। वे उसे डांटकर दुरदुरा देते, कुत्ता गुर्रा उठता। घर वाले, खासकर उनकी बहुएँ और पोता-पोती दुरदुराने और गुर्राने के दृश्य का

विशेष आनन्द उठाने लगे, यों जैसे वे कोई विदूषक हों।

रेवत बाबू ने यहाँ आदत बना ली थी सुबह ही सुबह मार्निंग वॉक करने की। वे जानते थे कि आराम उम्र को घुन की तरह खोखला कर देता है। यहाँ मार्निंग वॉक के सिवा दूसरा कोई उपाय न था। घर वाले बेटे-बहुओं को देर तक सोने की आदत थी। फंडू के आ जाने से उनमें से किसी एक को उठना पड़ता था। शुरू-शुरू में तो जोश में उठे, फिर वे अलसाने लगे। फंडू धुंध छंटते ही बाहर जाने को मचलने लगता और दरवाजे पर जाकर पंजे मारने लगता।

रतन ने एक दिन कह दिया, "बाउजी, आप तो रोज टहलने जाते ही हैं, कल से जरा फंडू को भी लेते जाइये।"

मिजाज बुरी तरह कुढ़ गया रेवत बाबू का, लेकिन वे कर भी क्या सकते थे? कुत्ते के प्रति लाख घृणा और गुस्से के बावजूद उन्हें रतन की बात माननी पड़ी। वे रोज देखते थे कि नीचे कई लोग कुत्तों को लेकर घिसटाते हुए पार्क की तरफ बढ़े जा रहे हैं। ऐसे लोगों पर उन्हें कोफ्त होती थी। अब वे खुद भी उसी श्रेणी में शामिल होने जा रहे थे। एक कुत्ता वाला तो उन्हें रोज पार्क में मिल जाया करता था जिसे देखते ही उनका पारा चढ जाता। उसका कुत्ता उनके बगल से गुजरते ही पता नहीं क्यों जोर-जोर से भौंकने लग जाता। सैकड़ों लोग होते पार्क में, मगर सिर्फ उन्हें ही देखकर उसके भौंकने का स्विच ऑन हो जाता। उसका मालिक कुत्ते को डांटकर चुप कराने का स्वांग करने लगता, लेकिन उसके होठों पर एक दबी-दबी मुस्कान भी उभर आती। रेवत बाबू देख रहे थे कि अब इस दृश्य का मजा लेनेवालों में कई और लोग शामिल हो गये हैं। वे उसे सुनाते हुए बड़बड़ा उठते, "पता नहीं लोग कुत्ते क्यों पालते हैं? और अगर पालते भी हैं तो ऐसे पागल कुत्ते रखकर दूसरों को तंग करने में क्या मजा मिलता है?"

जब रेवत बाबू पहला दिन फंडू को लेकर पार्क पहुँचे तो जैसे वे एक तमाशा बन गये। सभी लोग घूर-घूर कर देखने लगे कि कुत्तों से चिढ़ने वाला आदमी आज खुद भी कुत्ता लेकर आ गया। भौंकने वाले कुत्ते के मालिक की आँखें तो ताज्जुब से फटी की फटी रह गयीं। रोज की तरह उसका कुत्ता फिर भौंकने लगा, मगर आज उसे चुप कराने की उसने कोई चेष्टा नहीं की। रेवत चाह रहे थे कि जवाब में फंडू भी उससे ज्यादा तेज भौंके, मगर वह कम्बख्त अपनी पूंछ सटकाकर उनके पैरों के पास दुबक गया। सबका खूब मनोरंजन हुआ वह दृश्य देखकर। सबने यही समझा कि जवाब देने के लिए खास तौर पर लाया गया कुत्ता नाकारा साबित हो गया। उनका तो मन हो रहा था कि साले फंडू के बच्चे को वहीं कहीं चारदीवारी के बाहर हाँक दें। मन मसोसकर घर लौटे। घर में किसी से इसका जिक्र भी नहीं कर सकते थे। नाहक एक और प्रहसन का सृजन हो जाता।

एक रोज रात को उनके लिए जगरनाथ का फोन आ गया। वे खुश हो उठे, "हाँ बोलो, जगरनाथ।"

"भैया, आज शाम को मैं आपके यहाँ गया था लेकिन गेट के दरबान ने मुझे अन्दर आने नहीं दिया।"

वे समझ गये कि इंटरकॉम पर गेट के सिक्युरिटी ने घर वालों से पूछा होगा तो इधर से कह दिया गया होगा कि बाउजी घर में नहीं हैं, मत भेजो। कैसी दुनिया है यह? जनता नगर में अपने ओसारे पर गाँववाले दालान की तरह उन्होंने चौकी बिछा रखी थी, जिनका मन करे आयें, बैठें, बतियायें, सो जायें। यहाँ आनेवाले से पहले फायदा और नुकसान का हिसाब लगाया जाता है, फिर उसे 'भेज दो' या 'लौटा दो' का आदेश निर्गत किया जाता है।

जगरनाथ ने आगे कहा, "आपकी दीदी की चिट्ठी आयी है, मैंने दरबान को दे दी है।"

रेवत बाबू ने उसे धन्यवाद देते हुए रामवती और सामली के बारे में पूछ लिया। जगरनाथ ने कहा कि दोनों ठीक हैं।

वे झट जाकर दरबान से चिट्ठी ले आये। दीदी ने लिखा था—'मैं आ रही हूँ...एक महीना तुम्हारे पास रहूँगी।' रेवत खुश हो गये। उन्होंने अगले ही दिन फ्लैट का पता लिखकर जवाब भेज दिया और कहा कि वह जब मरजी आ जाये। वे और दीदी सहोदर भाई बहन थे। दीदी उनसे सात साल बड़ी थी और बचपन में ही माँ के निधन हो जाने पर घर उसने ही सम्भाला था। अपने इकलौते भाई पर वह हमेशा जान छिड़कती रही थी। जनता नगर के घर में वह हर आड़े वक्त में आती रही। रतन और जतन के जन्म के समय आरती के प्रसव को दीदी ने ही आकर सम्भाला था। गाँव में कुछ भी नयी फसल कटती, दीदी उसकी सौगात किसी के जरिये जरूर पठा देती या फिर खुद ही लेकर आ जाती। फ्लैट की इस अजनबी दुनिया में दीदी एक महीने साथ रहेगी, यह समाचार उनके एकाकी मन को बहुत सुकून दे गया।

वे दीदी के आने की उत्सुकता से प्रतीक्षा करने लगे।

एक शाम जब वे पार्क में यों ही एक-दो घंटे बिताकर घर लौटे तो जतन ने बताया, "गाँव से फुआ आयी हुई है जिसे मैंने पास ही के एक अच्छे होटल कंचन में ठहरा दिया है।"

एक पल के लिए तो जैसे काठ हो गये रेवत बाबू। उन्होंने आँखें तरेरकर पूछा, "होटल में ठहरा दिया, मगर क्यों? वह मेरे साथ रहने आयी है।"

बड़े शान्त और संयत होकर कहा जतन ने, "बाउजी, इसमें बुरा मानने की कोई बात नहीं है। आप देख ही रहे हैं कि फ्लैट में जगह बहुत सीमित है। अमेरिका

से कल भैया का साला आनेवाला है, वह एक अप्रवासी भारतीय है और इंडिया में पहली बार आ रहा है निवेश की सम्भावना तलाश करने। भैया जिस कारखाने में इंजीनियर हैं, उसमें अगर निवेश का समझौता हो गया तो भैया के रुतबे में चार चाँद लग जायेगा। इसलिये हमें पहले उसका खयाल रखना जरूरी है।"

रेवत बाबू का दुख किसी गुब्बारे की तरह फट पड़ा, "इस घर में कुत्ता रह सकता है लेकिन मेरी बहन नहीं रह सकती। अरे जगह की कमी थी तो कहा होता मुझे, मैं बालकनी में या कहीं भी फर्श पर सो जाता।'

"फुआ का जो हुलिया है, उसे अगर हम घर में एडजस्ट कर भी देते तो उसका प्रभाव अच्छा नहीं होता, बाउजी।"

"ठीक कहा तुमने, अमेरिका से खुदा बनकर जो डॉलर का निवेश करने आ रहा है उसका इम्प्रेशन, गाँव की एक अनपढ़-गरीब औरत को तुम्हारे फुआ के रूप में देखकर, अच्छा कैसे रह पाता! देख लो, कहीं बाप के रूप में मुझे देखकर भी उनके निवेश का मुड तो खराब नहीं हो जायेगा?"

शुरू-शुरू में जब रेवत फ्लैट में आये थे तो अक्सर उनका ध्यान ऊपर से नीचे गिरने पर चला जाता था। आज उन्हें लगा कि वे सचमुच अठतल्ले से ढकेल दिये गये।

वे भागते हुए होटल पहुँचे, मगर वहाँ दीदी नदारद थी। पता चला आधे घंटे में ही वह होटल छोड़कर चली गयी। काटो तो खून नहीं...कहाँ गयी होगी दीदी? उनके सिवा और कोई भी तो नहीं है परिचित...जाड़े की रात में फुटपाथ पर भी नहीं सोया जा सकता...आज वापसी के लिए भी कोई साधन नहीं। अचानक उनके माथे में जगरनाथ का नाम कौंध गया। एक ऑटो लिया और वे पहुँच गये जगरनाथ के घर। वहाँ उन्होंने देखा कि एक छोटे से अलाव के सामने दीदी को बिठाकर जगरनाथ और उसकी घरवाली मनुहारपूर्वक खाना खिला रहे हैं। हृदय भर आया रेवत बाबू का...एक गाँव के होने के अलावा उनका कोई नहीं लगता जगरनाथ, फिर भी उनकी दीदी को कितना मान दे रहा है। दीदी ने उन्हें देखते ही खाना छोड़कर अपनी बाहें फैला दी और उन्हें गले से लगा लिया, "मुझे तो लगा था कि अब अपने भाई रेवत से मेरी मुलाकात नहीं हो सकेगी। नये धान का चूड़ा, फरही और गन्ने का नया गुड़ लेकर आयी हूँ। सोचा था इन्हें जगरनाथ के पास छोड़कर कल वापस चली जाऊँगी।"

रेवत फूट-फूटकर रो पड़े, "मुझे माफ कर देना दीदी, तुम्हारे साथ जो सलूक हुआ, उसका गुनहगार हूँ मैं।"

दोनों भाई-बहन बैठकर सुख-दुख बतियाने लगे। कुछ ही देर बाद उन्हें रामवती और सामली का खयाल आ गया। उन्होंने एक थाली में दीदी का लाया चूड़ा और गुड़ निकाला, दो-तीन फाँक चूड़ा खुद खाया और बाकी लेकर बाजू में ही स्थित गोहाल चले गये।

रामवती एक खूँटे में बँधी थी और पास ही में सामली भी। उन्हें लगा कि एक डेढ़-महीने में दोनों कुछ ज्यादा ही बूढ़ी हो गयीं। उन्होंने पुकारा, "रामवती... सामली।" सामली 'मेंमें' करके कान हिलाने लगी और रामवती टुकुर-टुकुर उनका मुँह देखने लगी। उन्हें महसूस हुआ जैसे इन आँखों में ढेरो गिले-शिकवे भर गये हैं। उन्होंने तीन-चार मुट्ठी चूड़ा सामली के आगे और थाली रामवती के मुँह के पास रख दी। दोनों खाने से बेपरवाह उनके मुँह ही देखती रहीं। रेवत ने रामवती की लम्बी मुखाकृति को अपनी गर्दन से लगा लिया और एक बार फिर बिलख पड़े, "रामवती, मैंने तुम दोनों को बेघर कर देने का गुनाह किया, देखो, आज मैं भी अठतल्ले से नीचे गिर गया।"

प्रोटोकॉल

जूसी के ऑफिस में ज्वाइन करने के पहले ही चप्पे-चप्पे में कई तरह की कानाफूसी और चर्चा व्याप्त हो गयी। पता नहीं किस दरार, फांक अथवा एंटेना से यहाँ की खोपड़ियों ने सूचनायें रिसीव कर लीं।

अप्पा राव ने अपनी ही सीट से बैठे-बैठे प्रसारित किया, "जानते हो राधेचन्द्र, मुख्यमन्त्री ने सीधे मैनेजिंग डायरेक्टर से कहकर इस लड़की की बहाली करवायी है।"

राधेचन्द्र की जिज्ञासा बढ़ गयी, "आखिर ऐसा कौन-सा सुर्खाब का पर लगा है इस लड़की में कि मुख्यमन्त्री ने इसकी सिफारिश की है? सुनते हैं–न उनकी जाति की है न उनके रिश्ते की।"

"जाति-रिश्ते के अलावा भी कुछ और आधार होते हैं दुनिया में...तुम्हें मालूम नहीं है कि जूसी कितना सुन्दर है। जूसी का पति मुख्यमन्त्री के सुरक्षा-दल में था, अतः पारिवारिक सम्बन्ध बन गया है मुख्यमन्त्री से।" इस बार सदाव्रत ने अपने ज्ञान का बटुआ खोला।"

"अच्छा तो एही खातिर सीधे आफिसर में आ रहल बाड़ी।" ऊंघ रहे मधोक ने जागते हुए पूछा।

"इसके हुस्न का जादू चल गया तो यहाँ और भी काफी आगे बढ़ जायेगी।" अप्पा राव ने भविष्यवाणी की।

"जानते हो यह लड़की पूरी तरह अंग्रेज है, हिन्दी तो इसे बिल्कुल ही नहीं आती।" सदाव्रत ने बटुए से फिर एक गूढ़ निकाला।

"यह तो बड़े गर्व की बात है यार कि उसे हिन्दी नहीं आती। इस ऑफिस के लिए वह बिल्कुल ही फिट साबित होगी। हिन्दी आती तो यह बड़ा ही शर्मनाक होता।" बहुत देर से सुनते-सुनते मैंने भी कुछ जोड़ना जरूरी समझा।

जूसी के आने के पहले उसकी जो छवि बन गयी थी, हमसभी उससे काफी चिढ़ गये थे...जल-भुन गये थे। इसलिये कि हमलोग अपनी मेरिट से नियुक्त हुए थे...हमारे पास कोई सोर्स नहीं था और हम बीस-बीस साल से यहाँ होने के बाद भी महज दो-एक प्रोन्नति पा सके थे, जहाँ से ऑफिसर का पद हमसे काफी दूर

था। जूसी सीधे ऑफिसर में बहाल हो रही थी और वह भी बिना किसी विशेष योग्यता के। हमारे असह्य होने का एक कारण और भी था कि सोर्स सीधे मुख्यमन्त्री ने लगाया था...भला मुख्यमन्त्री का क्या यही काम रह गया है? सूबे का सबसे बड़ा आदमी...वह आदमी जो रात-दिन सामाजिक न्याय और दबी-कुचली जातियों के उद्धार की बात करता है...वह कैसे-कैसे लोगों का उद्धार कर रहा है।

जूसी ने जब ज्वाइन किया तो हमलोग उसके लिबास, उसकी अदा, उसकी सूरत, उसकी भाषा, उसके रंग देखते ही रह गये। उसके आने के पहले हमने फैन्टेसी में उसकी जैसी तस्वीर गढ़ी थी, जूसी उससे कहीं ज्यादा थी। ठेहुने तक का मिनी स्कर्ट, अर्द्धपारदर्शी, स्लीवलेस टी शर्ट, गर्दन तक कटे लहराते भूरे बाल, ताम्र आबनूसी रंग...मतलब टोटल गेटअप ब्रिटेन मूल की एक खूबसूरत लड़की का।

ऑडियो-विजुअल रूम में डिविजनल मैंनेजर देवव्रत कुमार ने पूरे स्टॉफ से परिचय कराते हुए कहा, "जूसी इज ए नॉट ओनली नाइस लुकिंग गर्ल, बट नाइस पर्सन आलसो, आई होप शी विल बी वेरी मच यूजफुल फॉर दिस डिपार्टमेन्ट।"

मैं सुनकर संशयग्रस्त हो गया...क्या यूज में आयेगी यह लड़की? पहले ही इस डिपार्टमेन्ट में बहुत सारे लोग यूजलेस हैं! यह देखना रोचक होगा कि इस लड़की का क्या-क्या यूज किया जाता है।

जूसी ने कहा, "हाय गाईज, आई एम रियली प्राउड टु ज्वाइन दिस कम्पनी। आई रिक्वेस्ट ऑल ऑफ यू प्लीज एक्सेप्ट एंड कोऑपरेट मी एज ए यंगर मेम्बर इन दिस डिपार्टमेन्ट...थैंक्यू...वेरी मच।"

हम सब उसकी नजाकत और पश्चिमीकरण पर कुढ़कर रह गये। कोऑपरेट की बात ऐसे कह रही है जैसे वह यहाँ पहाड़ ढाने आयी हो। जबकि देखा जाये तो उसे सौंपने के लिए दरअसल यहाँ कोई काम नहीं था। इस विभाग में जितना काम था उसके लिए छह-आठ जन काफी थे...लेकिन यहाँ इसकी परवाह नहीं की जाती थी, चूँकि बड़ी-बड़ी पैरवी से आनेवाले को रोकना मुमकिन नहीं था। पैरवीवाले लोग अक्सर बिना किसी स्किल या पेशेवर दक्षता के होते थे और उन्हें ऐसी जगह भी चाहिए होती थी जहाँ वे बिना कुछ किये हराम की तनख्वाह ले सकें। कम्पनी ऐसे निखट्टुओं को लेने से मना नहीं कर पाती थी, चूँकि पैरवीकार के लम्बे प्रभावशाली हाथ को अपने खिलाफ करने की जोखिम वह उठाना नहीं चाहती थी। आखिर इतनी बड़ी कम्पनी है तो थोड़ी-बहुत भूल-चूक और नाजायज घट ही जाता है और उसका सुराग भी लीक होकर बाहर फैल ही जाता है।

इसी तरह एक-एक कर आते-आते इस विभाग में कुल पच्चीस जन हो गये थे और यह एक हिलस्टेशन विभाग हो गया था। हिल स्टेशन, जहाँ लोग ऐश-आराम करने

के लिए जाते हैं और अक्सर भीड़-भाड़ बना रहती है। विभाग का यह आलम ऐसे वक्त में था जब पूरी कम्पनी में कर्मचारी कम करने के लिए वालिंटियर-रिटायरमेन्ट स्कीम जोर-शोर से चलायी जा रही थी। चलाने को तो पूरी कम्पनी में गुणवत्ता और लागत कम करने का अभियान भी चलाया जा रहा था और इन सारे अभियानों को नेतृत्व देनेवाला हमारा यही विभाग था, लेकिन पालन करने का जहाँ तक सवाल था, विभाग की स्थिति उन नेताओं के परस्पर विरोधी चरित्र की तरह थी जो परिवार नियोजन पर...लॉ एंड आर्डर पर जोरदार भाषण करते हैं और खुद ही एक दर्जन बच्चे जनते हैं...अपने प्रतिद्वन्द्वियों की हत्या करवा देते हैं।

गुणवत्ता की यहाँ चरम दुर्गति यह थी कि जिसे हिन्दी में पत्रिका निकालने दी गयी थी उसे हिन्दी का जरा भी ज्ञान नहीं था...जिसे प्रोटोकॉल का जिम्मा दिया गया था, उसे बात करने की तमीज नहीं थी...जिसे होर्डिंग, एडवरटिजमेन्ट एवं डिजाइनिंग देखने का दायित्व सौंपा गया था, उसे आर्ट क्या होता है, इसका सेंस नहीं था...जिसे डिसिप्लीन एवं एडमिनिस्ट्रेशन संभालने के लिए कहा गया था, वह दो घंटे लेट आता था और अक्सर ऊँघता रहता था।

इतनी नालायकी के उपरान्त भी सबके एप्रेजल को उत्तम दर्जा दिया जाता था और डबल इंक्रीमेन्ट अथवा प्रोमोशन का दौर चलता रहता था।

चूँकि जूसी को भी कोई काम देना था तो उसे प्रोटोकॉल यानी गेस्ट रिलेशंस दे दिया गया, जिसके तहत कम्पनी के कोई भी गेस्ट हों, उनकी देखभाल करना, वर्क्स-विजिट करवाना आदि शामिल था। इस सेक्शन में पहले से ही दो-तीन अनाड़ी अपनी बत्तीसी दिखाने में संलग्न थे (चूँकि गेस्ट को जबर्दस्ती हंसकर दिखाना पड़ता है)...अब उनमें एक बत्तीसी जूसी की भी शामिल हो गयी।

जूसी को आये चार-पाँच महीने हो गये, हमसे कोई खास बातचीत नहीं हुई, सिर्फ हाय-हलो के सिवा। कोई साझा विषय था भी नहीं संवाद के लिए। हालाँकि स्थिति ऐसी थी कि हम उससे बात करना चाहते भी थे और नहीं भी चाहते थे। उसकी बला की खूबसूरती तथा जादुई मुस्कराहट देख हमें लगता था कि अब हम अपने को रोक नहीं पायेंगे तथा उससे खूब घनिष्ठता से बातें करने लगेंगे। दूसरी तरफ उसका यह गुम्बजनुमा स्तर देखकर कि सारे शीर्षस्थ महानुभावों, सूबे का नम्बर एक मुख्यमन्त्री, कम्पनी का नम्बर एक मैनेजिंग डायरेक्टर और विभाग का नम्बर एक डिविजनल मैनेजर की कृपापात्र है वह...लगता था हम उससे बात करने के लिए बहुत छोटे हैं या फिर हमारे क्लास में बहुत फासला है। उसकी अंग्रेजियत भी हमें एकदम असहज कर जाती थी।

एक हॉलनुमा कमरे में हम पाँच लोग थे। जूसी के बारे में हम पाँचों की राय समान

थी...यह लड़की अगर अपने को तोप समझती है तो समझने दो, हम इससे कोई मतलब नहीं रखेंगे। यों जूसी को हमसे मतलब रखने की मजबूरी थी, इसलिये कि ऑफिस का सेक्रेटेरियेट यहीं से डील होता था और हम पाँचों ऑफिस के रक्त, रीढ़, मस्तिष्क एवं धड़कन को सहेजनेवाले लोग थे।

मधोक सिंह गिफ्ट, इम्प्रेस्ट मनी, स्टेशनरी, डायरी, कैलेन्डर, कम्पनी से सम्बन्धित सारे ब्रोशर, इन्विटेशन एवं प्रेस रिलीज डिस्ट्रीब्यूशन एवं इन्फार्मेशन पासिंग का इंर्चाज था।

सदाव्रत एकाउंट, बिल तथा इस्टब्लिशमेन्ट आदि डील करता था।

राधेचन्द्र रिसीविंग, डिस्पैचिंग, फाइलिंग और न्यूज पेपर स्कैनिंग की कटिंग-पेस्टिंग का काम देखता था। अप्पा राव स्टेनो सह टाइपिस्ट था।

मैं इन सबों के बीच बैठकर अनुवाद तथा एक पाक्षिक प्रकाशन का सम्पादन संभालता था। यहाँ मेरी जगह (सीट) एवं काम के बीच एक गजब का कंट्रास्ट था। भीड़-भाड़ और हल्ले-गुल्ले में मुझसे एकाग्रचित होकर स्क्रिप्ट लिखते रहने की अपेक्षा की गयी थी। विभाग मेरे लिये इसी जगह को सबसे उपयुक्त मानता था। मैं भी क्या करता...यहाँ सिर्फ गप्पें मारता था और काम को घर ले जाकर रात में पूरा करता था। चूँकि अन्य साथियों के पास भी काम थोड़ा था और फुर्सत ज्यादा थी, इसलिये हम अक्सर देश-दुनिया की बड़ी-बड़ी समस्याओं पर बहस करके दुबले होते रहते थे।

एक दिन राजनीति पर गरमागरम बातें हो रही थीं, कहीं से जूसी आ गयी और ध्यान से सुनने लगी।

माइक मधोक सिंह सम्भाले हुए था। उसकी खासियत थी कि ब्रिटेन में बसे होने के एहसास देनेवाले अंग्रेजी से लदफदे इस ऑफिस में भी वह हर किसी से हर वक्त भोजपुरी में बातें करता था। कोई उससे अंग्रेजी में पूछे तो उसका जवाब भी वह भोजपुरी में ही देता था। कुछ लोग उसकी इस आदत के कारण उसे बेवकूफ (भोइल) समझकर उपहास की मुद्रा बना लेते थे...ऐसे में वह धाराप्रवाह अंग्रेजी बोलकर उसे स्तब्ध कर देता था। राजनीति के वर्तमान तौर-तरीके से उसे खासी चिढ़ थी और वह इसके प्रति बोलते हुए एकदम तैश में आ जाता था।

जूसी को देखकर उसे मुख्यमन्त्री याद आ गया और वह मुख्यमन्त्री की डींगहंकाई, जोकरनुमा हरकतें, फूहड़ता, परिवर्तन लाने और सामाजिक न्याय करने की लफ्फाजी तथा सरकारी खजाने से करोड़ों के माल डकार जाने की बेईमानी पर जमकर लानतें भेजने लगा। चूँकि मुख्यमन्त्री उसका भाग्यविधाता था और उसी की सिफारिश पर वह यहाँ चाँदी काटने आयी थी, इसलिये मधोक का मकसद मुख्यमन्त्री को गरियाते हुए जूसी को भी प्रताड़ित करना और धिक्कारना था। उसने अन्त में

कहा, "ऐसन-ऐसन लबरधोधो और लुच्चा अमदी रजनीति के असमान छू के हुकुम चलाव तारे त ऊ राज के तो डुब्हे के बा।"

जूसी ध्यान से सुन रही थी...कुछ पल्ले भी पड़ा होगा इसमें हमें सन्देह था। उसके चेहरे पर कोई विकार नहीं आया। अचानक उसकी भंगिमा बोलने की हो गयी। उसने बड़े अदब से पुकारा, "मधोक सिंह जी! राउर इजाजत होखे तो एक अरज हमहुँ करेके चाहतनि।"

जूसी के मुँह से भोजपुरी! लगा कि जैसे तोते के मुँह से कोयल गा उठी हो। उपस्थित सबकी आँखों से एक हैरत झरने लगी। मुदित होते हुए मधोक ने कहा, "ए जूसी जी, तूं त हमार मिजाज एकदम हरियर कर देहलू। मन में जौन विचार बा निधड़क बोलीं।"

जूसी ने कहना शुरू किया, "रउआ चेहात काहे बानी, हम कउनो इंग्लैण्ड के रहनिहार नइखीं। हम ये ही राज्य के रहेवाली बानी। मुख्यमन्त्री के बारे में रउआ जे कहनी हं, ओकरा से हमार सहमति बा। लेकिन हम एकरा में आगे जोड़े के चाहतनि कि आज सकल राजनीति में सबके एहे हाल बा...कउनो चेहरा बेदाग और ईमानदार नइखे। ई मुख्यमन्त्री से उम्मीद बेसी रहे, एहि से कचोट ज्यादा बा कि सात-आठ साल के आपन शासन में एको ऐसन काम ई ना कइले जेकरा उपलब्धि कहल जाला।"

जूसी ने इसके बाद भोजपुरी में ही राजनीति के दोगलेपन की बड़ी निर्मम और लम्बी व्याख्या की। उसने मुख्यमन्त्री के लिए भी कोई रियायत नहीं बरती। इससे लगा ही नहीं कि कहीं से भी वह मुख्यमन्त्री का एहसान मानती हो।

मुझे संशय हो उठा कि कहीं ऐसा तो नहीं कि मुख्यमन्त्री द्वारा सिफारिश की बात एक मनगढंत कहानी हो। मैंने पूछ दिया, "जूसी, हमने सुना है कि तुम मुख्यमन्त्री की सिफारिश से आयी हो...अगर हाँ तो फिर उनकी बुराई करना क्या एहसान फरामोशी नहीं है?"

"हाँ यह सच है कि मैं मुख्यमन्त्री की सिफारिश से आयी हूँ...लेकिन मेरी सिफारिश करके उन्होंने मुझे गुलाम नहीं बना लिया है और वे दूध के धुले नहीं हो गये हैं। आप सभी जानते ही होंगे कि मेरा पति उनके प्रमुख अंगरक्षकों में एक था, जिसने पिछले वर्ष एक सभा में जाते हुए उन पर चली गोली को अपनी छाती पर झेल लिया और मारा गया। अब आप लोग ही बताइये कि किसका किस पर कितना बड़ा एहसान है? मेरे पति के कारण मुख्यमन्त्री की जान बच गयी और इसके एवज में उन्होंने मुझे एक नौकरी दिला दी...तो पहले मुख्यमन्त्री पर मेरा एहसान है जान बचाने का। वे जीवित ही नहीं रहते तो मुझे नौकरी क्या देते?"

जूसी हमारे बीच एक पहेली जैसी थी...अब लग रहा था कि पहेली का अर्थ काफी खुल गया है। मैं तो पहले यह जानकर ही हैरान रह गया कि जूसी शादी-शुदा है। इसकी कमनीयता और मासूमियत देखकर लगा था कि इसकी शादी करने की तो अभी उम्र भी

नहीं हुई...पर विडम्बना थी कि वह काफी पहले विधवा भी हो गयी। यह तो एक घोर अन्याय हुआ है इसके साथ। अपराधी और हत्यारे किस्म के लोग बड़े ओहदे पर काबिज हो जाते हैं और उससे दुश्मनी का शिकार किसी बेकसूर को बनना पड़ता है...आखिर क्यों? जूसी के पति को एक गलत आदमी के लिए जान क्यों गंवा देनी चाहिए?

यह पहला अवसर था जब जूसी के प्रति हमारे मन में जमी कठोरता और हिकारत के टीले में सेंध लग गयी। वह हमें मासूम ही नहीं बेबाक और सरल भी प्रतीत हुई। इसके बाद वह अपने व्यवहार-बर्ताव से क्रमशः हमसे घनिष्ठ होती चली गयी। वह हमें बहुत अच्छी लगने लगी और हम उसके कायल होते चले गये।

जो अप्पा राव जूसी के बारे में सबसे ज्यादा दुष्प्रचार किया करता था उसे भी बदलना पड़ गया। एक बार वह बीमार हो गया, किसी पेंचीदे ज्वर ने उसे दबोच लिया। एक महीने से भी ज्यादा समय के लिए अस्पताल में भर्ती होना पड़ा। विभाग के हम सभी लोग औपचारिकतावश एक-दो बार देख आये। अमूमन ऐसा ही होता था। लम्बे समय के लिए कोई बीमार हो तो दो-तीन बार जाने के बाद लोग जाना लगभग छोड़ देते थे।

स्वास्थ्य-लाभ करके अप्पा ने जब ऑफिस ज्वाइन किया तो जूसी के लिए उसकी आँखों में एक विनम्र कृतज्ञता समायी थी। उसने बताया कि जूसी ताजे फल और मेवे के साथ उसे रोज देखने जाती रही तथा डॉक्टरों से मिलकर इलाज की प्रगति से अवगत होती रही। इतना नियमित और तत्पर तो उसके घर के लोग भी नहीं रहे...यहाँ तक उसकी पत्नी भी नहीं।

मधोक सिंह अपनी बेटी की शादी कर रहा था। एक बड़ी रकम उसे दहेज-दानव को भेंट चढ़ानी थी। लौटा देने की शर्त पर मदद के लिए उसने सबसे आग्रह किया। किसी ने कोई खास उत्सुकता नहीं दिखाई। पता चला जूसी ने उसे पचास हजार रुपये की मदद कर दी, जबकि उससे मधोक ने माँगा भी नहीं था।

पैसे के मामले में अक्सर किसी न किसी साथी का कुछ न कुछ घटा ही रहता था। जूसी की उदारता अब सबके लिए सहज उपलब्ध हो गयी, जैसे हमें एक वरदान मिल गया हो। हम देख रहे थे कि जूसी छोटी-बड़ी आर्थिक मदद करने में खिन्न होने की जगह खुशी का अनुभव करती है।

अब वह हम सबके लिए कई कोणों से अनिवार्य बन गयी। उसके व्यक्तित्व में निहित प्रभामंडल हमारी ऑफिस-दिनचर्या को खुशगवार बना देने लगा।

उसके पास एक कार थी...हम सभी स्कूटर वाले लोग थे। उसने हम सभी को कार चलाना सीखा दिया। हमें जब भी जरूरत होती वह अपनी कार हमें निर्द्वन्द्व भाव से दे दिया करती।

ऐसे समय में जब स्वार्थपरता, बेईमानी और टुच्चेपन की गटर हर जगह बह रही हो, जूसी क्यों हमारे प्रति इतना सदाशय, उदार, हमदर्द और शुभचिन्तक थी, हम इस विषय पर कोई निष्कर्ष नहीं निकाल पाये।

वह हमारी क्षमता की तुलना में हमारे छोटे ओहदे को देखकर आश्चर्य करती, "पूरा ऑफिस आप लोगों के कन्धों पर है...आप लोग इतने अनुभवी और पारंगत हैं, फिर भी कोई प्रोमोशन नहीं...कोई स्पेशल इंक्रीमेन्ट नहीं। मुझे तो आप सबके सामने खुद को ऑफिसर मानने में शर्म महसूस होती है।"

मैंने कहा, "इस देश में कॉन्टैक्ट और बैकग्राउंड के आगे योग्यता प्रायः हर जगह दोयम दर्जे की चीज रही है, जूसी...इस कम्पनी में भी यही चलन है, इसलिये हमारे मुर्दाहाल ग्रेड देखकर शोक मत करो।"

हमारे बीच अब निस्संकोच वार्तालाप होने लगा। खासकर मुझसे वह अपनी अन्तरंग और निजी बातें भी करने लगी। ऐसी-ऐसी बातें जिससे कोई खुशफहनी पाल सकता है कि जूसी को उससे प्यार हो गया है। मैं टिफिन के समय लंच ऑफिस में ही लेता था। जूसी ने मेरे लिये एक जार में अपने हाथ का बना आम का आचार ला दिया।

वह अक्सर खुद की बनायी चटपटी चीजें टिफिन में भरकर ले आया करती...कभी इडली, कभी बड़ा, कभी केक...हम उंगलियाँ चाट-चाटकर खाते।

पहली जनवरी को कई दोस्तों के सामने उसने गुलाब फूल के साथ धागे से टंकी हुई पंखुड़ी मेरे कोट में लगा दी...हम स्नेह विगलित होकर उसे देखते रह गये।

वह मुझे यह तक बता देती थी कि तबीयत ठीक नहीं है, मासिक-धर्म में काफी रक्तस्राव हो रहा है।

एक बार उसके गुप्तांग में इंफेक्शन हो गया तो इसे भी बताने में उसने संकोच नहीं किया...कहा कि ऑफिस के सार्वजनिक टायलेट से संक्रमण ने उसे धर दबोचा है। अब टायलेट की अच्छी सफाई पर हमें ध्यान देना होगा।

वह कई बार जब दिल्लगी की बातें करती तो बोलते-बोलते अपनी एक आँख दबा देती...जैसे कनखी मार रही हो। इस अदा पर लोग निहाल हो जाते।

एक बार उसने बताया कि मुख्यमन्त्री का एक रिश्तेदार था, जो अक्सर उससे यौनाचार के लिए एकांत में पकड़-धकड़ लेता था। वह मुख्यमन्त्री आवास जाना नहीं चाहती थी लेकिन उनकी वज्र देहातिन पत्नी रहन-सहन के तौर-तरीके एवं व्यंजन-पकवान बनाने की विधि सीखने के लिए उसे अक्सर बुलवा लेती। वह लड़का, कहते हैं अंग्रेजी में एम.ए. पास था और वहाँ रहकर मुख्यमन्त्री को अंग्रेजी बोलना सिखाया करता था। बाहर के किसी आदमी से सीखने में मुख्यमन्त्री को झेंप होती थी।

वह जब मूड में होती तो मुख्यमन्त्री के बारे में निहायत अंदरूनी तहें खोलने लगती। किस्तों में सुन-सुनकर हम काफी-कुछ उनके बारे में जानने लगे थे। मुख्यमन्त्री की बेटी इसी शहर के मेडिकल कॉलेज में कम्पनी कोटे से दाखिला लेकर पढ़ रही थी। जूसी लोकल गार्जियन की तरह अक्सर उससे हालचाल पूछने चली जाती। यों उसकी देखरेख का समुचित खयाल जिला-उपायुक्त स्वयं करते थे। मुख्यमन्त्री की बेटी के कारण जूसी उपायुक्त के काफी नजदीक हो गयी।

इस नजदीकी से मुझ एक लाभ मिल गया। मैं अपने छोटे बेटे का एक चर्चित अंग्रेजी स्कूल लोयोला में दाखिला कराना चाहता था। जूसी ने डीसी से कहवाकर मेरा यह काम करा दिया।

वह जब हमारे कमरे में दाखिल होती तो एक तरह का व्याप्त ऊबाउपन, नीरसता और बोरियत एकाएक खत्म हो जाती। सबके चेहरे खिल उठते जैसे हम सभी उसके आने की प्रतीक्षा कर रहे हों। वह चुटकुले सुनाती...फिल्मी गाने गुनगुनाती...छेड़छाड़ करती...मासूम शरारतें करती। हम खूब मजा लेकर सुनते थे। हमें सबसे ज्यादा रस तब मिलता था जब वह मुख्यमन्त्री की बेवकूफियों और ढकोसलों के प्रसंग सुनाती थी। मुख्यमन्त्री खैनी खाकर कैसे थूकते हैं और खास लहजे में कैसे बोलते हैं, इसका वह जीवंत पैरोडी उतारती थी।

क्रिकेट देखते हुए मुख्यमन्त्री की एक टिप्पणी उसने सुनायी, "अरे भाई, ई कौन खेल है जिसके रेफरी के हाथ में कोई सीटी नहीं है और मैदान में एक तरफ का ग्यारह खिलाड़ी हैं और दूसरी तरफ के सिर्फ दो खिलाड़ी हैं। हम जब फुटबॉल खेलते थे तो रेफरी हाथ में सीटी लेकर सारा मैदान दौड़ता था और उसमें दोनों तरफ के 11-11 खिलाड़ी एक साथ मैदान में होते थे। हमको तो ई क्रिकेट खेल बहुत बुड़बकाही वाला मालूम होता है।"

जूसी को एक लड़के से प्रेम हो गया। वह उससे रूठने-मानने की बातें भी हमें बताने लगी। हम उस लड़के के भाग्य पर बहुत ईर्ष्या करते जिसे जूसी जैसी सहृदय लड़की दिल की गहराइयों से प्यार करने लगी।

उसने हमें उस लड़के के बारे में बताया, "सुमंत हमें रोज मिलता है। एक ही साथ पढ़े थे हम कॉलेज तक। मेरे पति से भी उसकी अच्छी दोस्ती रही। राजधानी के आवास पर वह बराबर मिलने आता रहा। अब तक उसने शादी नहीं की...मैं जानती थी क्यों नहीं की। एक बड़े अंग्रेजी अखबार का ब्यूरो चीफ है वह...संयोगवश यहाँ फिर हमारी मुलाकातें होने लगीं।"

उसने कुछ ही दिन पहले बड़ा साहस करके जूसी से कहा, "जूसी, आई लव यू...इफ यू डोन्ट...प्लीज फोरगेट माई दिज वर्ड्स।"

जूसी ने कहा, "मैं जानती हूँ सुमंत...इस एक वाक्य को कहने के लिए तुम्हें काफी इन्तजार करना पड़ा।"

सुमंत ने कहा, "यह सच है जूसी...इस एक वाक्य को कहने के लिए मैं बस योजनायें बनाता रहा...शब्दावली ढूँढ़ता रहा...अवसर की तलाश करता रहा, तभी तुम्हारी शादी हो गयी। अब जब तुम फिर अकेली हो गयी और इस शहर में आ गयी तो मैं फिर योजनायें बनाने लगा...शब्दावली ढूँढ़ने लगा...अवसर की तलाश करने लगा।"

जूसी ने कहा, "सुमंत ऐसा नहीं है कि इस एक वाक्य के कहने पर ही प्यार का इजहार होता है...मैं जानती थी कि तुम मुझे प्यार करते हो। प्यार कहने से नहीं होता और छुपाने से नहीं छुपता। प्यार जब हो जाता है तो पूरी दुनिया जान जाती है...मुझे सचमुच एक दोस्त की जरूरत है...आई लव यू टू।"

जूसी जब अपने इस तरह के प्रेम-संदर्भों का बयान रखती तो एकाउंट, बिल तथा इस्टब्लिशमेंट आदि डील करनेवाला हमारा सहकर्मी सदाव्रत का अपना एकाउंट गड़बड़ा जाता और उसके चेहरे पर एक खिन्नता उभर आती। दरअसल उसके लड़के का भी किसी विजातीय लड़की से अफेयर्स चल रहा था और वह उससे शादी करने पर अमादा था, जबकि सदाव्रत एकदम इसके खिलाफ था। उसने एक बड़ी दहेज-राशि पर एक सजातीय लड़कीवाले से बात तय कर ली थी। अतः उसे लगता था कि यह प्यार-मोहब्बत समाज का एक निर्लज्ज व्यभिचार है जिससे माँ-बाप का घोर अपमान होता है।

प्रेम के बारे में सदाव्रत की इस धारणा का जब जूसी को पता चला तो उसने एक लम्बा वक्तव्य दे दिया, "सदाव्रत जी। आप सोचकर देखिये, आप भी जीवित हैं तो इसलिये कि आपको भी कोई न कोई प्यार करता है अथवा आप किसी न किसी को प्यार करते हैं। कुछ हसरतें...कुछ इच्छाएँ...कुछ सपने होते हैं हर आदमी के, जिसके लिए जीता है वह। किसी को अगर यह लगने लगे कि वह किसी के प्यार के लायक नहीं तो वह या तो आत्महत्या कर लेता है या यह साहस न हो तो जीकर भी लगभग मृतावस्था को प्राप्त हो जाता है। प्यार न हो तो इस दुनिया में कुछ भी अच्छा नहीं है सदाव्रत जी...सबकुछ बेकार है...निस्सार है...और जिसे प्यार होता है उसके लिए यह दुनिया हर तरह से खूबसूरत एवं रंगीन दिखती है। प्यार करने वाला आदमी दुनिया की हर बुराई, हर बदसूरती, हर ठोकर, हर दुख-दर्द, पीड़ा, आँसू, उपेक्षा, गरीबी बर्दाश्त कर लेता है। बाई द वे सदाव्रत जी...मैं अगर आपसे बेइंतहा मोहब्बत करने लगूँ तो क्या आप मुझे इस उम्र में भी मना कर सकेंगे...ठुकरा सकेंगे।"

सदाव्रत से कोई जवाब देते नहीं बन पड़ा। जूसी ऐसी ही थी...वह किसी को भी कन्विंस कर देती थी।

जूसी के इस खुलेपन और फराखदिली का, उसके साथ के एक-दो ऑफिसर लड़कों ने एक भ्रामक अर्थ निकाल लिया कि यह एक चालू किस्म की लड़की है और डिविजनल मैनेजर तथा अन्य अधिकारियों से इसके यौन-सम्बन्ध हैं। ये लड़के बड़े बाप के नालायक बेटे थे जो बाप के रसूख और पैरवी के कारण सीधे ऑफिसर में बहाल कर लिये गये थे। अपनी मेरिट पर इन्हें नौकरी ढूँढ़नी होती तो वे चपरासी के लिए भी अयोग्य करार कर दिये जाते। लेकिन इस कम्पनी में इस सामंती प्रथा पर खूब चतुराई से अमल होता था कि उच्च अधिकारियों के नालायक बेटे का क्लास भी बुर्जुआ ही बना रहे। तो इन नाकारा लड़कों का कम्पनी में यही जॉब था कि काम करने वाली लड़कियों को कैसे चारा डालकर फँसाया जाये। इनमें एक लड़का रोहन राय था, जिसका बाप मैनेजिंग डायरेक्टर का फैमिली डॉक्टर रह चुका था। रोहन को एम डी आज भी अपने परिवार के एक सदस्य के रूप में मान्यता देते थे।

रोहन ने एक दिन ऑडियो-विजुअल रूम में जूसी के वक्ष पर हाथ डालते हुए उसे किश करने की कोशिश की। जूसी ने तड़ातड़ उसके गाल पर तीन-चार झन्नाटेदार तमाचे जड़ दिये। उसने तनिक परवाह नहीं की कि इस कम्पनी का एम डी उसका क्या लगता है। रोहन तिलमिलाकर रह गया, "देख लूँगा मैं तुम्हें. ..मुख्यमन्त्री कितनी बार तुम्हें बचाने आता है?"

जूसी ने जब हमें इस घटना की जानकारी दी तो हम मन मसोसकर रह गये। हमें बहुत बुरा लगा...हम जूसी को हमेशा खुश देखना चाहते थे। रोहन को हमने ताकीद की कि आइन्दा जूसी के साथ ऐसा दुर्व्यवहार नहीं होना चाहिए।

रोहन ने हमें बरगलाने की चेष्टा करते हुए कहा, "आप लोग इस लड़की को नहीं जानते...यह सचमुच परले दर्जे की करप्ट है। मि. देवव्रत एवं कई अन्य उच्चाधिकारियों से इसके नाजायज रिश्ते हैं। राजधानी में भी मुख्यमन्त्री के कई मुँह लगे लोग इसके पक्के आशिक थे। मुझे खेद है कि आप सब एक गलत और गन्दी लड़की को अपना विश्वास और समर्थन दे रहे हैं।"

रोहन के कहने से हम प्रभावित या परिवर्तित नहीं होना चाहते थे, लेकिन मैंने महसूस किया...हम अप्रभावित भी नहीं रहे और अपरिवर्तित भी नहीं।

डिविजनल मैनेजर देवव्रत के बारे में बहुत पहले जूसी ने मुझे बताया था कि लड़की के मामले में यह आदमी बहुत चटोरा है। मुझे टटोलने की कोशिश करता रहता है।

हम लोग सुनकर दंग रह गये थे...सफेद और जेन्टलमैन दिखनेवाले ये लोग कितने वहशी और पतित हैं। इसने न जाने कितने मासूमों को रौंदने की हवस पूरी की होगी।

रोहन ने हमें आजमाने के बाद डिविजनल मैनेजर देवव्रत के कान भी भर दिये कि जूसी नीचे के लोगों की हितैषी बनी हुई है और उनके कहे-सुने अनुसार संचालित होती है।

देवव्रत ने जूसी को बुलाकर समझा दिया, "देखो जूसी, ननऑफिसर स्टाफ से ज्यादा मेलजोल नहीं रखना चाहिए। इट बिल नॉट बी ए हेल्दी साइन इन योर पार्ट। यू नो। ऑफिसर और ननऑफिसर के बीच एक दूरी न हो तो प्रबन्धन इसे अच्छा नहीं मानता। तुम अभी नयी हो...तुम्हें काफी ऊँचे पद पर पहुँचना है...कम्पनी के एथिक्स और डिकोरम का अनुपालन करो।"

जूसी जब इस पूरे प्रकरण से हमें अवगत करा रही थी तो उसके चेहरे पर एक मायूसी छायी थी।

मैंने उससे कहा, "जूसी, इस कम्पनी में तुम क्या सचमुच बहुत ऊपर जाने की हसरत रखती हो? अगर हाँ तो इसके मूल्य तो चुकाने ही होंगे और नहीं तो मायूस होने की कोई जरूरत नहीं है।"

जूसी ने बहुत पारदर्शी नजरों से हम सबको निहारा। उसके चित्र में कुछ बेबसी और बेचारगी की रेखायें भी खिंची थीं।

जूसी की प्रसन्नता हमें आह्लादित करती थी। उसने हमारे हृदय के सारे परकोटों, गवाक्षों, अर्गलाओं, मीनारों, कक्षों, रौशनदानों पर अपनी छाप लगा दी थी। हम उसे कई बिम्बों और प्रतीकों में देखते थे, तितली की तरह...स्वप्न की तरह...तरंग की तरह...खुशबू की तरह...वसन्त की तरह...संगीत की तरह...चाँदनी की तरह... रोमाँच की तरह...कल्पना की तरह...कविता की तरह।

हमारी इस घटाटोप अनुरक्ति की अवस्था में ही जब जूसी ने हमारी तरफ आना धीरे-धीरे कम कर दिया, तो ऐसा लगा कि आंतरिक अनुभूतियों की एक जीती-जागती तस्वीर के रंग बदलने लग गये। तो क्या वह सचमुच अपने को ऑफिसर में ढालने लग गयी?

एक दिन उससे बोलने-बतियाने के लिए आतुर निगाहों से ताक़ते हुए मैंने पूछा, "जूसी, क्या सचमुच तुम बदल रही हो?"

वह हंस पड़ी... एक ऐसी हंसी जो व्यथा के गर्भ से निकलती है। कहा, "आपलोग मेरे बहुत अजीज हैं नन्द जी। मैं कुछ ज्यादा ही अल्हड़ और बातूनी हो गयी थी...अब सचमुच खुद को बदल रही हूँ...लेकिन चाहती हूँ कि आप लोग मेरे लिये न बदलें। मुझे अपने दिलों में जो जगह दी है वह सुरक्षित रहे।"

मैंने कुछ नहीं कहा...किसी ने कुछ नहीं कहा...हम समझ गये थे कि उसका अभिप्राय क्या है। हम सभी लोग यह चाहते थे कि जूसी आसमान की बड़ी से बड़ी बुलंदियों को छुए, जिस पर फख्र किया जा सके।

सुमंत कभी-कभार जूसी से मिलने आ जाया करता था। हममें से कोई न कोई उसे बुला लेता और उसका हालचाल पूछते हुए यह निवेदन रखना नहीं भूलता, “सुमंत भाई, जूसी को खूब प्यार करना...वह बहुत अच्छी लड़की है। समुद्र में अथाह पानी है, लेकिन जूसी के हृदय में समुद्र के पानी से भी अथाह प्यार है...देखना यह प्यार कम न हो।”

सुमंत यह कहते हुए हंस देता, “भाई साहब। जूसी को आपलोग इतना मान देते हैं, सचमुच यह उसका अहोभाग्य है। मैं तो जी ही इसलिये रहा हूँ कि उसे प्यार करना है।”

जूसी से हमारे लगाव विरल होते जा रहे थे। ऑफिसियल प्रयोजन लेकर सप्ताह में दो-एक अतिसाधारण-संक्षिप्त वार्तालाप से ज्यादा की अब गुंजाइश नहीं रह गयी थी।

इस दर्म्यान सिर्फ एक वार्तालाप ऐसा हुआ जिसे विशिष्ट और यादगार कहा जा सकता है।

मैं अपने कुछ दोस्तों के साथ समुद्र देखने के खयाल से पुरी गया था। अब तक समुद्र नहीं देखा था मैंने...बहुत ललक थी मन में। मित्रों ने कहा कि जहाँ से लहरें बार-बार आती और जाती हैं, उस बालुका-वक्ष पर हमसभी अपने दो अति प्रियजन के नाम लिखें...इस कामना से कि इस अनंत-असीम सागर का उन्हें आशीर्वाद प्राप्त हो।

मैंने स्वतः स्फुर्त जो दो नाम लिखे उनमें पहला अपने बड़े बेटे दीर्घायु का और दूसरा जूसी का था। अनजाने में अपने ही लिखे पर मैं चकित रह गया। तो क्या ये दो जन ही हैं जिन्हें मैं दुनिया में सबसे ज्यादा प्यार करता हूँ?

जूसी से जब मैंने इसकी चर्चा की तो उसके चेहरे पर एक ताजे फूल की रौनक उभर आयी। उसने कहा, “नंद जी। मैं धन्य-धन्य महसूस करती हूँ कि आप मुझे इतना महत्त्व देते हैं। सागर की गोद पर दुआ के लिए लिखा गया मेरा नाम, मेरी स्मृति में सदा कायम रहेगा और मेरे उर-अन्तर को स्पर्श करके मुझे भावुक बनाता रहेगा।”

मुझे नहीं मालूम कि जूसी ने मेरे उस बालिग बचपना को कभी याद किया भी या नहीं, लेकिन इतना तो मैं जरूर ही महसूस कर रहा था कि हर प्रकार की जरूरी-गैरजरूरी बातें करते रहने से हमारे बीच जो एक अनौपचारिक रिश्ता बन गया था, उसकी साँसें अब टूटने लगी थीं।

“क्यों इतनी वाचाल और बातूनी हो तुम?”

कभी किसी के टोकने पर जूसी ने ही कहा था, “जिसे प्यार या फिर घनिष्ठता कहते हैं, उसकी बुनियाद होती है आपस में बातें, खूब बातें, चाहे वे जैसी भी हों। बल्कि जब खूब बातें हों, अनर्गल, बेमतलब, नादानी और बेवकूफी भरी, तो उसे ही

प्यार कहते हैं। अर्थात सघन संवाद ही सम्बन्ध की नींव है...यह हर जगह लागू होता है...पिता-पुत्र के बीच...भाई-भाई के बीच...दो दोस्त के बीच...दो पड़ोसी के बीच। अनौपचारिक बातें कम हो गयीं...समझिये दूरी बढ़ने लगी।"

जूसी अब रोहन से खूब घुल-मिलकर बातें करने लगीं। देवव्रत के कमरे में वह पहले जाना पसन्द नहीं करती थी...अब उसका वहाँ खूब उठना-बैठना शुरू हो गया। सुमंत भी अब कभी-कभी यहाँ आकर अड्डा मारने लगा। अपने अखबार के लिए ज्यादातर फैक्स और एस टी डी कॉल वह यहीं से मुफ्त करने लगा।

बहुत विचार करते-करते एक दिन मैंने पूछ लिया, "जूसी, हमसे दूरी बनाकर अब अपनी मंजिल की ओर तेजी से बढ़ रही हो न!"

बहुत द्रवित और स्नेहिल नजरों से उसने मुझे देखा, फिर कहा, "आपसे सच-सच कहूँ नन्द जी! आप लोगों से कटकर रहना मेरे लिये भी एक सजा है। सुमन्त चाहता है कि हमारे पास ढेर सारा पैसा हो, इसके लिए मुझे नौकरी करते रहनी होगी। अगले सप्ताह हम लोग कोर्ट-मैरिज करने जा रहे हैं...अब साथ ही रहेंगे, इसलिये उसकी ख्वाहिश को तवज्जो देना जरूरी है। मैं नहीं जानती कि शादी का मेरा निर्णय कितना उचित है?"

"मुबारक हो जूसी...निर्णय पर अब कोई संशय मत करो...सुमंत तुम्हें दिल से चाहता है...तुम दोनों को खुश देखकर हमें भी अपार खुशी मिलेगी।"

मैं समझ गया—सुमंत ने जूसी को कम्पनी के फ्रेम में ढल जाने की हिदायत दी है...इल्तिजा की है...गणित समझायी है।

इसके बाद जूसी का इस तेजी से रूपांतरण होता चला गया कि हम भौंचक रह गये।

कम्पनी ने कारखाने की जमीन के अलावा शहर में अपनी टाउनशिप तथा इसके विस्तार एवं अन्य सम्भावित योजनाओं को सोचकर आसपास की काफी जमीनें राज्य सरकार से लीज पर ले रखी थीं। इन्हीं में एक परती बेकार पड़े निपट एकांत के भूखण्ड पर घर के मोहताज छोटे व्यवसाय करने वाले तथा लघु उद्योगों में काम करने वाले सौ-डेढ़ सौ लोगों ने एक-एक झोपड़ी उठा ली। यह स्थल शहर से इतना अलग-थलग था कि प्रबन्धन को बहुत बाद में पता चला। जब पता चला तो मन-मुताबिक एस पी-डी सी के नहीं होने की वजह से कुछ नहीं किया जा सका। लेकिन ज्योंही प्रशासन उसके अनुकूल हुआ कि उसने बुलडोजर चलवाकर सारे घर पस्त करवा दिये।

इस कांड की तीव्र निन्दा हुई और सरकार तक भी शिकायत पहुँचायी गयी।

इसी साल कम्पनी को लीज का फिर से नवीकरण कराना था। सरकार पर चारों

ओर से यह दबाव पड़ने लगा कि नवीकरण न किया जाये। अगर किया भी जाये तो उतने ही क्षेत्र का जिनमें इसके निर्माण हैं।

इस विषय पर जूसी से कई बार चर्चा हुई थी और उसने भी माना था कि कम्पनी का यह रवैया अमानवीय है...फालतू जमीन का नवीकरण सचमुच नहीं होना चाहिए।

हमने सुना कि जूसी राजधानी भेजी गयी है यह प्रस्ताव लेकर कि मुख्यमन्त्री जो भी कीमत चाहें ले लें, लेकिन नवीकरण कर दें। हमें बहुत क्लेष पहुँचा, जैसे खुद पर से ही ऐतबार उठ गया हो और जूसी की जगह हम ही अपनी नजरों में गिर गये हों।

मैंने एक दिन सुमंत को पकड़ा और अधीर स्वरों में पूछ बैठा, "सुमंत। मूल्यों की हमेशा कद्र करने वाली जूसी को क्या हो गया...सुना वह राजधानी...।"

सुमंत ने मुझे घूरकर देखा। उसकी नजरों में ऐसी वक्रता मैंने पहले कभी नहीं देखी थी। उसने झिड़कते हुए कहा, "जूसी को क्या करना है, यह उस पर छोड़ दो नंद जी। तुम बस अपना खयाल रखो...दूसरे की चिन्ता में सेहत खराब करना अच्छा नहीं। जूसी नहीं जाती तो क्या समझते हो, मुख्यमन्त्री तक जाने के लिए दूसरा आदमी नहीं मिल जाता? इतनी बड़ी कम्पनी क्या जूसी से ही चलती है? यह तो जूसी का नसीब है कि कम्पनी ने उसे इतने बड़े दायित्व के लायक समझा। मैं पत्रकारिता से जुड़ा हूँ...जानता हूँ कम्पनी के एहसानों से लदे अखबार तक इसके खिलाफ नहीं लिखते, फिर जूसी अकेली क्या कर लेगी?"

सुमंत से अब मेरा जिरह करने का कोई औचित्य नहीं रह गया था। इस विभाग में होने की वजह से जानता था कि एक पत्रकार के रूप में वह कम्पनी के साथ अपनी किन-किन चीजों का सौदा करता है। कम्पनी एक-एक लाख रुपये का विज्ञापन औसतन हर अखबार को हर वर्ष देती थी।

इस दम्पति के पास अब एक आलीशान कार थी...एक बड़ा बंगला था। कम्पनी के वाइस प्रेसिडेंट्स और डिविजनल मैनेजर्स द्वारा क्लब में दी जाने वाली पार्टियों में ये आमन्त्रित होने लगे थे। डिविजनल मैनेजर के पीए ने बताया कि जूसी को प्रोमोशन भी मिलने जा रहा है।

मैंने तय किया कि जूसी की तरफ से अब ध्यान पूरी तरह हटा लेना ही उचित है। नाहक तकलीफ होती है मन को। आखिर यह लड़की मेरी लगती ही कौन है, जिसके उठने-गिरने की मैं परवाह करता रहूँ।

पहले वह नजरें चुराती थीं, अब मैंने मुँह फेरना शुरू कर दिया। शायद ताड़ गयी वह और एक दिन मेरे सामने की कुर्सी पर आकर बैठ गयी। मुझे बहुत असहज लगने लगा। उसने मुझे अपनी सघन मासूमियत से निहारते हुए कहा, "नंद जी। जानती हूँ...बहुत नाराज हैं आप मुझसे। मैं भी खुद से प्रसन्न नहीं हूँ। आपसे कहा

था मैंने कि मैं बदल रही हूँ, लेकिन चाहती हूँ कि आपलोग मेरे लिये न बदलें... मुझे अपने दिलों में जो जगह दी है वह सुरक्षित रहे। हवा के विपरीत चलते हुए छोटी यात्रा में ही थक-सी गयी हूँ, नंद जी। चाहती हूँ कि मैं गर्भवती हो जाऊँ... लम्बी छुट्टी में रहूँ और एक बेटे को जन्म दूँ। लेकिन सुमंत ऐसा नहीं चाहता नंद जी मैं क्या करूँ?"

अपनी सरलता में जूसी ने ऐसा समाधान मुझसे पूछा कि मैं कुछ भी कहने की स्थिति में नहीं था। यह उसकी अदा थी, जिससे वह बार-बार हमें अन्तरंग-आत्मीय बना लेती थी। इस एक संवाद से मुझे ऐसा लगा जैसे उससे कभी मेरी कोई दूरी हुई ही नहीं।

बातचीत से हमें यह स्पष्ट हो गया था कि सुमंत ने उस पर माया के महाजनी एवं उपभोक्ता पाठ पूरी तरह आरोपित कर दिया है कि दुनिया में सुख, ऐश्वर्य, भोग और सारे ठाट-बाट का जरिया सिर्फ अर्थ और यौवन है।

कम्पनी के बड़े-बड़े मेहमान आते थे...कस्टमर्स, वी आई पी, एक्जीक्यूटिव्स, डिग्नेटरीज, टेक्नोक्रैट, शेयर होल्डर्स, गवर्नमेंट बॉडीज...इनका प्रोटोकॉल एसाइनमेंट अब अधिकाशंतः जूसी को ही दे दिया जाता था। वे कहाँ जायेंगे, कहाँ ठहरेंगे, किनसे मिलेंगे, कहाँ डिनर और लंच करेंगे...सारा कुछ करवाने में उसे साथ रहना होता था।

एक बार मैंने मजाक में बहुत पहले कहा था, "जानती हो जूसी। आज जिसे हम प्रोटोकॉल ऑफिसर कह रहे हैं...वस्तुतः राजे-रजवाड़े के समय में इसे अर्दली कहा जाता था।" वह हँस पड़ी थी और देर तक हंसती रही थी...मुझे लगा था जैसे कोई स्वच्छ निर्झर फूट पड़ा हो।

जूसी की देखभाल एवं सत्कार से अतिथि सन्तुष्ट एवं खुश होकर जाते थे। डिविजनल मैंनेजर और एम डी के पास लिखे पत्र में जूसी के लिए खासतौर पर प्रशंसात्मक उद्‌गार दर्ज होते थे। विभागीय मीटिंग में इसका जिक्र होता और जूसी की तारीफ की जाती।

रोहन और उस सेक्शन के दूसरे ऑफिसर एकदम कुढ़ जाते थे। रोहन धड़ल्ले से मुँहफट फिकरा कस देता था, "हुस्न, खूबसूरती और जवानी का इससे अच्छा इस्तेमाल कम्पनी में और क्या हो सकता है? काश। हम भी लड़की होते।"

जूसी को चरित्रहीन और अमर्यादित कहने में कितना दम था...इस बारे में हम दुविधाग्रस्त थे। लेकिन उसके बदले हुए रंग-ढंग और तेवर देखकर उसके बारे में अब कोई अतिरंजित सूचना भी हमें अविश्वसनीय नहीं लगती थी। हम अब यह मानने चले थे कि हमारी दिनचर्या का एक सबसे सुरीला साज किसी यांत्रिक खराबी के कारण बेसुरा हो गया...इसी बीच जूसी ने एक ऐसा राग सुना दिया कि हम सभी मन्त्रमुग्ध रह गये।

कस्टमर के रूप में एक टेक्निकल टीम के साथ सऊदी अरब का एक बहुत बड़ा शेख आया। उसे एक स्टील प्लांट बैठाना था, अतः टेक्नोलॉजी और सारा संयंत्र खरीदने का सौदा इसी कम्पनी से उसे करना था। टीम गेस्ट हाउस में ठहरायी गयी और शेख डायरेक्टर बंगलो में, जहाँ उच्चस्तरीय आवभगत का पूरा सरंजाम था। एक रात मैनेजिंग डायरेक्टर ने शेख के सम्मान में अपने घर पर डिनर दिया।

शेख की मेहमाननवाजी की पूरी देखरेख जूसी कर रही थी, इस हिदायत के साथ कि जरा-सा भी कोई नुस्ख न रहे।

एक शाम जूसी जब उसे शहर के सबसे हसीन पार्क की सैर करवा रही थी तो उसने लक्ष्य किया कि शेख की हरकतें कुछ बदल रही हैं, नीयत में एक खोट समा रही है और उसकी आँखों में कामुकता की परछाई तैरने लगी है। जूसी ने जब बदतमीजी को अनदेखा करके अपनी अरूचि दर्शायी तो वह जरा खुलकर अपना इरादा जाहिर करने लगा। कहा कि वह दुनिया के पन्द्रह सबसे धनी आदमियों में एक है...तेल के कई कुएँ हैं उसके पास...उसे अगर खुश कर दिया गया तो वह एक बहुत-बहुत कीमती तोहफा दे जायेगा।

उसने यह भी कहा, "मेरे हरम में दर्जनों लड़कियाँ हैं...कई-कई मुल्कों से लायी हुईं। जानता हूँ कि इस मुल्क में भी चाहूँगा तो कई बिकने वाली लड़कियाँ मिल जायेंगी, लेकिन तुम्हारी खूबसूरती में जो कशिश है वह मेरे दिल में उतर गयी है।"

जूसी बड़ी मुश्किल से उसे टालकर घर लौट पायी। साले ये गुस्ताख शेख समझते हैं कि पैसे से दुनिया की हर चीज खरीद लेंगे। सुमंत से बहुत अधीर स्वर में उसने शेख की अशिष्टता का बयान किया, इस भाव से कि अनुकूल प्रतिक्रिया और आश्वासन द्वारा उसे लगे आघात का उपचार हो सकेगा। लेकिन सुमंत ने इसे इस रूप में लिया जैसे पड़ोस से पिटकर आये किसी नादान बच्चे को फुसला रहा हो, "कम ऑन जूसी...शेख लोग तो थोड़े मनचले और ऐय्याश होते ही हैं। इसे इतना तूल देना उचित नहीं है, डार्लिंग। थोड़ी चतुराई से टेकल कर लो। कम्पनी का वह खास मेहमान बनकर आया है...नाराज हो गया तो यू नो, कम्पनी के करोड़ों की आशा पर पानी फिर जायेगा। देश को भी विदेशी मुद्रा की जरूरत है...सो डोंट बी सो सेंटीमेंटल, माई स्वीटहार्ट।"

जूसी सन्न रह गयी...पत्नी के आबरू पर एक गैर मुल्क का गैर मर्द हाथ डाल रहा है और पति इसे एकदम मामूली बात कहकर विदेशी मुद्रा अर्जित करने की राष्ट्रीय चिंता कर रहा है। अन्दर ही अन्दर घुटकर रह गयी वह।

अगले दिन इस मुद्दे को उसने चिन्तातुर और परेशान मुद्रा में डिविजनल मैंनेजर देवव्रत कुमार के सामने रख दिया। देवव्रत से बेहतर और कौन जान सकता था कि चरित्र के मामले में जूसी का क्या रुख रहा है। देवव्रत ने अपने प्रशासनिक कौशल

का प्रयोग करते हुए बड़े मसीहाई अन्दाज से उसकी ओर देखकर पुकारा, "जूसी, डोंट बी सिली। तुम नाहक डिस्टर्ब हो गयी हो। बी प्रैक्टिकल यार। आज हर चीज में ग्लोबलाइजेशन की हवा है...हमें अपने बिहेवियर, हैबिट्स और कल्चर को भी उसके अनुरूप ढालना होगा। यह नहीं कि सिर्फ वस्तुओं को...प्रोडक्ट्स को बेचने-खरीदने से ही ग्लोबलाइजेशन और लिब्रेलाइजेशन हो जायेगा। यह शेख कम्पनी का बहुत बड़ा कस्टमर है...एम डी बार-बार उसका खैरमकदम पूछ रहे हैं। देसी बाजार में इन दिनों भारी मंदी चल रही है...यू नो, इस शेख पर कम्पनी के इस साल के प्रॉफिट का सारा दारोमदार टिका है। एक मामूली से पर्सनल इशू के लिए पब्लिक इंट्रेस्ट की बलि मत होने दो, जूसी। तुम्हारा प्रोमोशन लैटर तैयार है...।"

जूसी की आँखों में मानों खून उतर आया। उसे लगा कि यह आदमी डिविजनल मैंनेजर नहीं किसी कोठे का दलाल है जो उससे कह रहा है कि घर आये मोटे आसामी को प्लीज जाने मत दो...मालामाल होने का अवसर बार-बार नहीं मिलता।

उसकी तनी हुई भंगिमा जरा भी ढीली नहीं हुई। इसे देखकर देवव्रत की मनस्थिति बेचैन हो गयी। उसने तुरन्त फोन पर एम डी से सब कुछ बता दिया। एम डी ने फोन पर ही सीधे जूसी को तलब कर लिया, "जूसी, आई नो यू आर ए वेरी इंटेलीजेंट गर्ल। आई बिलीव दैट यू नो योर पी आर (पब्लिक रिलेशंस) रेस्पांसिबिलिटी वेरी वेल। इट इज योर ड्यूटी टु मेक सिचुएशन फेवरेबुल फॉर द सेक ऑफ कम्पनी। यू आर अवेयर विद आवर स्लोगन "कस्टमर फर्स्ट हर हाल में। ग्लोबलाइजेशन इज आवर चैलेंज जूसी...वी मस्ट फेस इट। गो एहेड एंड विन द गोल। होप यू विल सक्सीड इट...ओके...बेस्ट ऑफ लक...।"

जूसी अगले दिन फिर उस शेख के साथ रही। दिन में उसने छूने, चिपकने, चूंमने की बार-बार कोशिशें जारी रखीं।

रात में शेख के डिनर हो जाने के बाद वह लौटने लगी तो उसने सीधे जूसी का हाथ पकड़ लिया।

जूसी ने झटके से हाथ छुड़ाकर उसे बेपनाह नफरत से निहारा और कहा, "लानत है तुम पर शेख...तुम हमारे मेहमान नहीं होते तो अपनी जूती से मैं तुम्हारा चेहरा बिगाड़ देती। तुम तेल के दर्जनों कुओं के मालिक और दुनिया के जानेमाने रईसों में एक हो सकते हो...तुम्हारे ऐशगाह में दुनिया के कई मुल्कों सहित हिन्दुस्तान की भी लड़कियाँ हो सकती हैं...लेकिन एक गैरतमंद की खुद्दारी को जबर्दस्ती खरीदने के लिए दुनिया की सारी दौलत भी कम पड़ जाती है, शेख...इसे याद रखना...गुड बाय।"

जूसी ने रात में ही अपना रेजिग्नेशन ड्राइवर के हाथों सीधे मैनेजिंग डायरेक्टर के घर भिजवा दिया।

सुबह ही सुबह मेरे घर आकर उसने पूरी दास्तान सुना दी। मुझे लगा कि उसने महीनों के अबोले को एक ही साथ ढेर सारे अर्थगुंफित सम्वाद से भरपायी कर डाले हैं।

जूसी फिर कई बिम्बों और प्रतीकों में हमारे दिमाग पर छा गयी, तितली की तरह...स्वप्न की तरह...तरंग की तरह...खुशबू की तरह...वसन्त की तरह...संगीत की तरह...चाँदनी की तरह...रोमाँच की तरह...कल्पना की तरह...कविता की तरह...।

जूसी इसके बाद हमारे इस विभाग में कभी नहीं आयी, लेकिन उसका न आना भी हमें रोज उसके आने की आहट दे गया। उसने हमें बता दिया कि इज्जत, आबरू और संस्कृति का लिब्रेलाइजेशन नहीं होता...विदेशी मुद्रा से बड़ी हैं ये चीजें। ये हमारे मूल्य हैं...ये बचेंगे तो हमारा समाज बचेगा...हमारा देश बचेगा...हमारा परिवार बचेगा। हम तुम्हारे कायल हैं जूसी...हमें तुम पर गर्व है...हम तुम्हें प्यार करती हैं...दिलोजाँ से प्यार करते हैं...आमीन।

आई एस ओ 9000

बेसेल में 1600 डिग्री सेंटीग्रेड तापक्रम पर पिघला हुआ (मोल्टेन) इस्पात था, जिसे प्लेटफॉर्म के नीचे स्टील ट्रांसफर कार पर रखे लैडेल (बाल्टी) में ढाला (टैपिंग करना) जा रहा था। ठीक इसी वक्त ओवरहेड क्रेन के ऊपर से कोई वर्कर ज्वालामुखी से भी तप्त लैडेल में धम्म से गिर पड़ा। कौन था वह अभागा? पूरे शॉप में अफरा-तफरी मच गयी। विभाग के काफी लोग जुट आये...लेकिन कोई कुछ नहीं कर सकता था, चूँकि सभी जानते थे कि वह आदमी गिरते ही ठोस से द्रव में बदलना शुरू हो गया होगा। उस बाल्टी से छिटककर एक बूंद भी अगर जिस्म पर पड़ जाये तो गोली लगने से भी बुरा घाव बन जाता है, यहाँ तो भरे लैडेल में ही वह बदनसीब गिर गया। डिविजनल मैंनेजर (विभागाध्यक्ष) सहित इस स्टील मेकिंग विभाग एल डी-1 शॉप के सारे अधिकारी इकट्ठे हो गये। उनमें खड़े-खड़े तुरन्त मंत्रणा हुई और एक निश्चय के तहत सभी वर्करों से कहा गया कि इसी वक्त कॉन्फ्रेंस रूम चलें, वहाँ हाजिरी होगी।

एक शिफ्ट के लगभग सौ आदमी की भीड़ में सभी लोग अपने-अपने नजदीकी आदमी को ढूँढ़ने लगे थे। इस भीड़ में सीनियर मेकेनिक तरुण भी अब तक शामिल हो गया और वह अपने इलेक्ट्रिशियन दोस्त संदीप की टोह लेने लगा। संदीप उसे हठात् कहीं नजर नहीं आया, फिर भी उसे यह खयाल में भी लाना अच्छा नहीं लगा कि ऐसा दुर्भाग्य उसके दोस्त का हो सकता है।

मौके पर पहले से मौजूद कई वर्करों ने देखा कि महज एक क्षण के लिए लैडेल में जरा-सी तड़फड़ाहट हुई और सब कुछ शान्त हो गया। जीवन और मृत्यु के बीच सचमुच कितना कम फासला है और जीवन को बचाने में इस शरीर का कवच कितना क्षणभंगुर है।

मातम, मायूसी और असमंजस में डूबे लोग कॉन्फ्रेंस रूम पहुँचे। अब तक शॉप के कोने-कोने से ए शिफ्ट के पूरे लोग आ चुके थे। तरुण की निगाहें लगातार संदीप को ढूँढ़ रही थीं, लेकिन वह कहीं दीख नहीं रहा था। वहाँ अटेन्डेन्स की कम्प्यूटर शीट मँगायी गयी और उसके अनुसार एक-एक आदमी की मौजूदगी पर टिक-मार्क लगाया गया।

डी एम को यह शक था कि अवकाश-ग्रहण उम्र के करीब पहुँचे किसी बूढ़े कर्मचारी ने जान-बूझकर अपनी मौत मोल ली होगी। चूँकि कारखाने के भीतर सांघातिक (फेटल) दुर्घटना की अवस्था में मरे कर्मचारी के किसी वारिस को सहानुभूति आधार पर तत्काल नौकरी देने का प्रावधान अब भी समाप्त करना सम्भव नहीं हो पाया था। पहले आम कर्मचारियों को पच्चीस साल सेवा देने के बाद अपने एक बेटे या दामाद के लिए नौकरी पाने की सुविधा बहाल थी, जिसे अब कम्पनियों में वैश्विक प्रतिस्पर्धा शुरू होने के बाद खत्म कर दी गयी थी। चूँकि अब पुरानी तकनीक पर आधारित ज्यादा लागत पर कम गुणवत्ता के माल उत्पादित करने वाले शॉप बन्द कर दिये गये थे और उनमें काम करने वाले कर्मचारी वालिंटियरली रिटायर्ड करा दिये गये थे।

डी एम की आशंका से अवगत होकर तरुण में एक बेचैनी समा गयी। जमाने का यह कितना निर्लज्ज, विद्रुप और भयावह दौर था कि अपनी सन्तान के अनिश्चित भविष्य को एक अदद नौकरी से नवाजे जाने के लिए अपनी जान तक देनी पड़े।

तरुण का अन्तःकरण ढेर सारी आकुलताओं से भर उठा। हाजिरी के बाद जो परिणाम सामने आया उससे डी एम का संशय तो गलत साबित हुआ, लेकिन तरुण का संशय एक हृदयद्रावक सच में बदल गया। लैडेल में गिरने वाला वर्कर संदीप ही था जिसे उसकी आँखें शुरू से ही नदारद पा रही थीं। संदीप बूढ़ा नहीं छब्बीस-अट्ठाईस वर्ष का एक हृष्ट-पुष्ट नौजवान था...उसने आत्महत्या नहीं की थी बल्कि ओवरहेड क्रेन की कोई इलेक्ट्रिकल गड़बड़ी ठीक करने के लिए फोरमैन ने उसे ऊपर भेजा था और वहाँ से वह काम करते हुए गिर पड़ा। फर्श पर गिरा होता फिर भी वह मर तो जाता ही लेकिन तब उसका क्षत-विक्षत पार्थिव शरीर रह जाता संस्कार के लिए...मौत की पुष्टि के लिए।

तरुण की आत्मा एकदम बिलख उठी। आज ही शाम में उसे बहन का तिलक चढ़ाने जाना था। तरुण से भी उसने साथ चलने के लिए कहा था। सुबह दोनों ने साथ ही कम्प्यूटर में हाजिरी के लिये अपने-अपने कार्ड पंच किये थे।

देह जलने की एक तीव्र गन्ध पूरे शॉप में फैल गयी, कॉन्फ्रेंस रूम में भी हर नाक ने एक घुटन की तरह इसे महसूस किया। लग रहा था जैसे वे किसी श्मशान-भूमि में पहुँच गये हों। तरुण के भीतर इस गंध ने एक हाहाकार जैसा मचा दिया...लगा वह फफककर रो पड़ेगा। उसकी आँखें पसीज गयीं।

डी एम ने सबको सम्बोधित किया, "फ्रेंड्स, संदीप वाज ए वेरी लैबोरियस एंड एक्स्पर्ट इलेक्ट्रिशियन। आई एम रियली शॉक्ड विद दिस ट्रेजेडी। मैंने तो सोचा था

कि एक रिटायरिंग एज वर्कर जानबूझकर मरा है। संदीप जैसे डायनेमिक और स्मार्ट लड़के के बारे में तो मैं सोच भी नहीं सकता था। लेकिन हौनी पर अख्तियार ही किसका है। नाउ वी हैव टु फेस ए बिग चैलेंज ।"

डी एम ने कुछ देर के लिए एक विराम ले लिया...सबके चेहरे पर अगले वाक्य की उत्सुकता टंक गयी। उसने आगे कहा, "आप सबको मालूम है कि आई एस ओ 9002 प्रमाणपत्र हासिल करने के लिए पिछले एक साल से हमारी तैयारी चल रही है। आप इससे भी अवगत हैं कि निरीक्षण करने वाली टीम यहाँ आयी हुई है और हमारी डॉक्यूमेंटेशन सिस्टम की ऑडिट कर रही है। कभी भी वह टीम शॉप में आकर आप लोगों से भी कोई सवाल कर सकती है। आज के इस सैड मौके पर मेरा यह सब कहना अटपटा लग रहा होगा।"

डी एम ने रुककर फिर सबके उदास चेहरे की प्रतिक्रिया देखी और आगे कहा, "लेकिन इस हादसे के कारण जो परिस्थितियाँ बन गयी हैं उसी के मद्देनजर यह सब कहना ज्यादा जरूरी हो गया है। आपको बताया जा चुका है, फिर भी मैं खासतौर पर आज एक बार और दोहराना चाहता हूँ कि आई एस ओ 9000 का विश्वस्तरीय गुणवत्ता प्रमाणपत्र हमें नहीं मिला तो हमारा बनाया हुआ माल कोई नहीं खरीदेगा और दुनिया के सामने मुकाबले में हमें कोई तवज्जो नहीं देगा। परिणाम यह होगा कि हमारा यह विभाग बन्द हो जायेगा और सबका भविष्य मुश्किलों में फंस जायेगा।"

डी एम ने तनिक रुककर कर्मचारियों के चेहरे पर उभर आयी चिन्ता को लक्ष्य किया, "उस इंस्पेक्शन टीम को अगर मालूम हो गया कि इतनी बड़ी दुर्घटना यहाँ हो गयी है तो हमारे प्रति उनका इम्प्रेशन डगमगा सकता है और वे निगेटिव रिमार्क कर सकते हैं। इस शोकाकुल मौके पर मुझे कहते हुए अच्छा नहीं लग रहा है लेकिन क्या करूँ, आखिर जो छोड़कर चले जाते हैं, उसके परिजन भी अपनी जिन्दगी रोक नहीं देते हैं। फ्रेंड्स, आपको जरूर बुरा और नागवार लगेगा सुनकर...लेकिन हमें यह करना होगा। संदीप की मौत की खबर हमें अपने सीने में ही दफ्न कर देनी होगी। हमें छाती पर पत्थर रखकर यह कहना होगा कि यहाँ कोई ऐसी अप्रिय घटना नहीं हुई। संदीप को आज हम एब्सेंट दिखा देंगे। आपको अपने और अपने परिवार के परवरिश के लिए भूल जाना होगा कि आपने यहाँ कोई हादसा होते देखा है।"

कुछ देर गहरी खामोशी छा गयी जैसे काली अंधेरी रात की भयानक नीरवता उतर आयी हो।

तरुण रोक नहीं पाया स्वयं को, "ऐसा कैसे हो सकता है, सर?" वह अपनी कुर्सी से खड़ा हो गया...उसकी आँखें जार-जार बहने लगीं, "संदीप सुबह मेरे साथ ही आया था ड्यूटी। आज शाम उसे वर्षों से विवाह की प्रतीक्षा कर रही बहन के लिए तिलक

चढ़ाने जाना था। उसके माँ-बाप को यह तो पता होना चाहिए कि उसके लाड़ले बेटे की ड्यूटी इतनी लम्बी हो गयी है कि वह अब कभी घर वापस नहीं आयेगा। मुझसे ही वे पूछने आयेंगे...मैं कैसे उनसे झूठ बोलूँगा, सर?" बोलते-बोलते तरुण का बिलखना तीव्र हो गया।

डिविजनल मैनेजर ने दिखावे की कोमल सांत्वना देते हुए तरुण को एक ऑफिसर के साथ अपने कमरे में भिजवा दिया। अफसोस की मुद्रा में देखते हुए फिर कहने लगा, "मैं तरुण का इमोशंस समझ सकता हूँ, लेकिन हमें इस मौके पर प्रैक्टिकल होना ही पड़ेगा। मैं नहीं समझता कि उसके परिवार के चार-पाँच जनों को सन्तुष्ट करने के लिए यहाँ काम करनेवाले चार सौ आदमी को जोखिम उठानी चाहिए। इसलिये यह मेरा अन्तिम फैसला है कि आप में से किसी के मुँह से किसी के भी सामने यह नहीं निकलना चाहिए कि आपने यहाँ कोई दुर्घटना देखी है...इसी में सबकी खैर है...ओके, अब आप लोग जा सकते हैं।"

.

जब सभी वहाँ से चले तो ऐसा लगा कि हरेक के माथे पर धर्मसंकट का एक पहाड़ लद गया है, जिसे बहुत दूर और देर तक ढोना आसान नहीं है। उन्हें यह भी लगा कि डी एम के कहने के लहजे में सिर्फ परामर्श नहीं आदेश भी है जिसकी अवहेलना करने पर वे अनुशासनात्मक कार्रवाई के तहत सख्ती भी बरत सकते हैं।

डी एम ने तरुण को अपने ठंढे कमरे में बैठाकर ठंडा पानी पिलवाया और उसकी जज्बात को कद्र करने की भंगिमा दिखाकर समझाने की कसरत शुरू कर दी, "तरुण, आई नो दैट संदीप वाज योर क्लोज फ्रेंड, तुम्हारे लिये मुश्किल है उसकी मौत को पचा लेना। लेकिन तुम एक पढ़े-लिखे होशियार आदमी हो, कम्पनी और सभी कर्मचारियों के हित को देखते हुए तुम्हें अपने-आप पर काबू रखना होगा।"

"मुझे कुछ मत कहिये सर...मुझे कुछ मत कहिये। इस समय मैं कुछ भी सुनने की स्थिति में नहीं हूँ।" तरुण अश्रुविह्वल बेचैनी के साथ उसके कमरे से बाहर निकल गया और स्टील ट्रांसफर कार के पास, जिसपर संदीप की चिता बना हुआ वह लैडेल रखा था, जाकर खड़ा हो गया। उसकी आँखें ठहर गयीं खौलते हुए लाल द्रव पर। देह-दहन की एक तेज गन्ध अब भी बाल्टी से बाहर निकल रही थी। उसका क्रन्दन कर रहा अन्तःकरण पूछने लगा—

संदीप! मेरे दोस्त! मरने की यह कौन-सी शैली हुई यार? लोग बड़े-बड़े हादसों में दबकर, कुचलकर, कटकर मरते हैं...लाशें विकृत हो जाती हैं...टुकड़ों में बँट जाती हैं...लेकिन तुम्हारी यह मौत तो ऐसी मौत है जिसमें लाश निकली ही नहीं...कहीं है ही नहीं तुम्हारा पार्थिव शरीर। ऐसी मौत तो कभी नहीं देखी-सुनी गयी यार। सबकी आँखों के सामने तुम मौत के मुँह में गये...फिर भी सबको असहाय कर गये...कुछ करने की किसी के पास कोई युक्ति नहीं। सबके सामने निकले तुम्हारे

प्राण...फिर भी किसी को पता नहीं कि तुम्हारी अस्थि कहाँ हैं...तुम्हारा धड़ कहाँ है...तुम्हारा शारीरिक ढाँचा कहाँ है? ऐसा लगता है तुम कभी थे ही नहीं...कभी हो ही नहीं।

तुम थे इसका प्रमाण तो है...लेकिन अब तुम नहीं हो, इसे हम कैसे प्रमाणित करें, संदीप? इतनी जल्दी थी तुम्हें मरने की? बहन का तिलक तो कम से कम चढ़ा दिये होते। नहीं जाना था तो तुमने न्यौता क्यों दिया था मुझे? अब मैं क्या मुँह दिखाऊँगा तुम्हारे घर जा़कर? किन मुश्किलों में फंसा दिया तुमने...हम यह तक नहीं कह सकते कि तुम मर गये।

आखिर क्या पंड़ी थी तुम्हें अकेले ही क्रेन के ऊपर चढ़ जाने की? कई दिनों से तुम यही कर रहे थे। मैंने पिछले सप्ताह ही तुम्हें टोका था, "संदीप, कोई छोटा-मोटा नुक्स भी हो तो बिजली ऐसी खतरनाक चीज है जिससे इतना ऊपर चढ़कर अकेले कभी छेड़छाड़ नहीं करनी चाहिए। मेंटेनेंस के लिए दो आदमी के एक साथ होने का चलन यों ही नहीं बना दिया गया है।"

तुमने कहा था, "सिर्फ पैनल में कोई ओवरलोड स्विच ट्रिप कर जाता है यार। फोरमैन घोंचू अकेले मुझे हाँक देता है, तुम तो जानते ही हो वह मुझसे कुछ ज्यादा ही मोहब्बत करता है...मैं ऐसा लल्लू हूँ कि मुझे इन्कार करने आता नहीं।"

अब मैं किससे पूछूँ संदीप कि आज डी एम तुम्हारी मौत की खबर देने से मना कर रहा है, मैं इन्कार कैसे करूँ?

तरुण गहरे अन्तर्द्वन्द्व मैं निमग्न था तभी अचानक उसे कन्धे पर एक सांत्वना-स्पर्श महसूस हुआ, वह उसका एक करीबी दोस्त केतन था। उसने कहा, "आओ, चलें तरुण। इस तरह अधीर होने से दुनिया के व्यापार नहीं चलते, यार!"

पीछे विभाग के अन्य अधिकारी भी खड़े थे। इनमें कुछ की मुद्रा सख्त और तनी हुई थी, जैसे वे धमका रहे हों कि बहुत नौटंकी हो गयी...शराफत से नहीं मानोगे तो हमें टेढ़ा बनना भी आता है। शायद वे अब प्रबंधकीय रौब में आ गये थे।

कुछ ही देर बाद देखा गया कि स्टील ट्रांसफर कार पर से लैडेल ओवरहेड क्रेन द्वारा उठाया जाने लगा। तरुण भौंचक रह गया कि आखिर क्या करनेवाले हैं ये लोग इस चिता में बदले अजूबे कैम्बिनेशन से बने इस मोल्टेन स्टील का? क्रेन ने उसे ले जाकर 1600 डिग्री सेंटीग्रेड पर गर्म वेसेल में दोबारा हीट करने के लिए उढ़ेल डाला। अब संदीप के जिस्म की बची-खुची गाँठें भी पिघलकर तरल बन जायेंगी। इस दुर्गति पर तरुण और भी कातर हो उठा।

हाय संदीप! तुम्हारा जिस्म अब पूरी तरह इस्पात में एकाकार हो गया। मतलब अब तुम पुल बन जाओगे...रेल की पटरी बन जाओगे...डब्बे बन जाओगे...जहाज बन जाओगे...कूलर, फ्रीज, गैंता, कुदाल, पाइप, खम्भे, छुरी, चाकू, बन्दूक, रिवाल्वर,

तोपखाना और पता नहीं किस-किस चीज में रूपांतरित हो जाओगे। लेकिन नहीं ढलोगे तो फिर से आदमी में...और आदमी में नहीं ढलोगे तो अपनी नवविवाहिता के सुहाग, बूढ़े कृशकाय पिता की लाठी और शादी की उम्र पार कर रही अपनी कुंवारी बहन की राखी से तुम्हारा कोई सम्बन्ध नहीं रह जायेगा। आज भले ही आदमी की कीमत इस्पात से सस्ती हो गयी हो लेकिन इस्पात बनानेवाली कम्पनी आदमी नहीं बना सकती, मेरे दोस्त। जबकि आदमी ही हजारों-लाखों मिलियन टन इस्पात बनाता है और बनाता चला जायेगा।

केतन ने तरुण की पीठ थपथपायी, "चलो तरुण, घर चलें...अब संदीप कहीं नहीं है।"

"लेकिन केतन...संदीप यहाँ था सुबह से इसी जगह... ।"

"कोई साक्ष्य अब नहीं है उसके यहाँ होने की।"

"कम्प्यूटर है...यहाँ के दर्जनों लोग हैं...मैं हूँ।"

"कम्प्यूटर में उसकी हाजिरी थी, अब नहीं है। लोगों ने उसे देखे थे, अब वे भी अनदेखे हो गये हैं। एक तुम हो, तुम्हें भी अब तय कर लेना है कि ज्यादा जरूरी क्या है—संदीप की मृत्यु का पर्दाफाश करना या अपनी नौकरी की साँस कायम रखना। चूँकि इतना तय है कि प्रबन्धन के खिलाफ जाकर मृत्यु का राज उजागर करनेवाला आदमी नौकरी में बना नहीं रह सकता।"

"तो क्या केतन तुम भी यह नहीं मानते कि सच को छुपाना एक अपराध है और सच को छुपाने की हर कोशिश के पीछे एक गहरी चाल होती है?"

"मानस की एक पंक्ति है तरुण—समरथ को नहीं दोष गुंसाई। गोस्वामी जी के समय से आजतक अलग-अलग व्यक्ति के लिए न्याय के अलग-अलग मानदण्ड तय होते रहे हैं। आज के समय में अपनी औकात से बड़ा सच बोलना एक गुस्ताखी (मिसकंडक्ट) है।"

तरुण ने कुछ नहीं कहा। केतन की तार्किकता से वह बेअसर नहीं रह सका। सोचा इस तरफ से ध्यान बंटाने के लिए घर ही चलना उपयुक्त रहेगा।

घर पहुँचा तो उसे लगा कि घर के अर्थ कुछ बदले-बदले से हैं। सम्भवतः आराम, चैन और इत्मीनान की आर्द्रता को अन्तस में समाये फर्नेस के तापमान ने घर से बाहर ढकेल दिया। घर में वह अकेले ही था, चूँकि अबतक शादी नहीं की थी। संदीप के चित्र उसके दिमाग में तैरने लगे। बेचारा बहन की शादी के लिए हमेशा परेशान रहता था। कहीं रिश्ता न पटने की वजह से वैष्णवी बहुत उदास और हीनभाव से ग्रस्त रहती थी, यह उससे देखा नहीं जाता था।

अन्ततः उसने अपनी औकात से बहुत ज्यादा की दहेज-राशि पर एक जगह बात पक्की कर ली थी। पिछले ही सप्ताह प्रॉविडेंट फंड एवं सोसायटी में लोन के

लिए उसने आवेदन किये थे। कल दोनों ही जगह से उसे चेक मिलनेवाले थे। अब वे चेक कभी नहीं मिलेंगे, पता नहीं इनके बिना वैष्णवी की शादी का क्या होगा।

शाम के सात बज गये थे। संदीप के घरवाले पाली समाप्त होने के समय दो बजे से अब तक पाँच घंटे उसके आने की प्रतीक्षा कर चुके होंगे। आज के दिन चूँकि उसे एक बहुप्रतीक्षित खास सगुन में जाना था, इसलिये सिर्फ प्रतीक्षा नहीं, विशेष व्यग्र प्रतीक्षा कहना ज्यादा उचित होगा। अब उसके पिता बेचारे लाठी के बल पर अपना बुढ़ापा संभालते हुए यहाँ आने ही वाले होंगे।

वे सचमुच ही आ गये। केतन ने उन्हें देखते ही तरुण के चेहरे पर उभरे पेशोपेश को भाँप लिया। कहा, "तुम्हें कुछ कहने की जरूरत नहीं है...मैं इनसे बात कर लूंगा।"

"क्या बात कर लोगे तुम? इस बूढ़े को ठग दोगे, बहला दोगे, फुसला दोगे...यही न।"

"देखो तरुण, सच बोल देने से भी संदीप जीवित तो नहीं हो उठेगा? उसके बिना जो रिक्तता आ गयी है वह भर तो नहीं जायेगी? वह तो बेचारा मुसीबतों की भट्ठी में विलीन हो ही गया, हम सच बोलकर अपने ऊपर क्यों मुसीबत आयद करें? कभी-कभी तो यार एक पिता को सदमे से बचाने के लिए उसके बेटे की मौत को छुपा लेना ही उचित होता है। अच्छा है कि इन्हें धीरे-धीरे इस सत्य को स्वीकार करने दो। डी एम ने मुझे तुम्हारे साथ खासतौर पर इसलिये भेजा है कि तुम्हारा सन्तुलन बना रहे।"

अबतक खाँसते हुए संदीप के पिता अन्दर आ गये थे।

"तरुण, संदीप कहाँ है अब तक? जबर्दस्ती उसे ओवरटाइम में तो नहीं रोक लिया गया?"

तरुण उनके गले लगकर फूट पड़ना चाहा, "चाचा जी, संदीप तो आज एक ऐसे ओवरटाइम में रोक लिया गया है जो कभी खत्म नहीं होगा।"

केतन ने मन को थोड़ा सख्त करके अपनी बात शुरू कर दी तो तरुण खाँसते हुए थूकने के बहाने अन्दर चला गया और अपने दोनों कानों में उँगलियाँ डाल लीं, आवाज फिर भी उसके कान में पहुँच ही गयी, "संदीप तो आज सुबह से ही नहीं दिखा...बल्कि हम तो आपके घर ही जा रहे थे यह पूछने कि वह कहाँ है?"

संदीप के पिता की सकल झुर्रियों में सिहरन दौड़ गयी, "तो क्या शॉप में तुम लोगों से आज उसकी एक बार भी मुलाकात नहीं हुई? सुबह ड्यूटी ड्रेस में ए शिफ्ट के लिए गेटपास और टिफिन लेकर निकला है वह। अन्य दूसरी जगह जाने का तो कोई सवाल ही नहीं है।"

"ठीक है, आप घर चलिये...हम लोग पता करते हैं।" केतन ने तनिक मुँह चुराते हुए कहा।

"जल्दी ही पता करके बताना बेटे। आज के दिन उसका इस तरह बिना कोई सूचना दिये रुक जाना कोई मामूली वाकिया नहीं है। जबतक इसका कोई समाचार मुझे नहीं मिल जाता, मेरा ध्यान, बल्कि पूरे परिवार का ध्यान इस तरफ ही टंगा रहेगा।"

तरुण को रातभर नींद नहीं आयी। केतन भी उसके साथ ही लगा था...डी एम की हिदायत थी। वह कैसे टाल देता। नौकरी का मामला था...आज के जमाने में कितनी दुर्लभ चीज है यह नौकरी। नींद तो केतन को भी नहीं आयी...इतने बड़े सच का गला घोंटना क्या कोई आसान काम है?

अगले दिन तरुण का मन ड्यूटी जाने का नहीं हो रहा था, लेकिन घर में भी अकेले बोर एवं दुखी होने के अलावा और क्या करता। चला गया ड्यूटी...केतन साथ ही रहा।

डी एम ने केतन को बुलाकर पूरी रिपोर्ट ली। तरुण से उसने कहा, "सत्यवादी होने के दौरे अगर तुम पर अब भी लगातार पड़ रहे हैं तो तुम गाँव चले जाओ, एक महीने की स्पेशल छुट्टी देने के लिए मैं तैयार हूँ।"

तरुण को यह बिल्कुल नागवार था कि डी एम के एहसानों की छतरी उसे बौना कर डाले। गाँव में वह अगर चला भी जाये तो उसका इत्मीनान यहीं छूट जायेगा और संदीप के घर के आसपास ही मंडराता रहेगा, इस व्यग्रता के साथ कि उसके घर वालों पर क्या गुजर रही है...घर के एक स्तम्भ के ढह जाने के अंदेशे ने उन्हें कितना कातर बना दिया है!

तरुण ने संदीप मिश्रित उस स्टील को बड़े ध्यान से देखा जो अब ठोस बिलेट में ढल गया था। उस समय यह ऐसा तरल था कि संदीप को अपने में घुला लिया और अब इतना सख्त है कि कोई इससे टकराये तो उसका पुर्जा-पुर्जा छितरा जाये। संदीप के रुधिर, माँस या अस्थि की कोई निशानदेही उसमें गोचर नहीं थी। दस-बारह घंटे में ही पूरा प्लांट सामान्य हो गया था, जैसे यहाँ कुछ हुआ ही नहीं हो। तरुण को याद आ गया कि जिब्ह किये गये बकरे के बगल में बैठे अन्य बकरे निर्विकार जुगाली करते रहते हैं, उन्हें इसका कोई इल्म नहीं होता कि अगले ही पल वे भी हलाक होने वाले हैं।

शाम को संदीप के पिता तरुण के घर फिर आये। केतन ने आज भी उन्हें पढ़ा दिया, "हम उसे तलाश रहे हैं, अंकल।"

"पुलिस में जाकर एफ आई आर करवा देता हूँ आज...लेकिन जानता हूँ इससे कुछ नहीं होगा।" जाते हुए उन्होंने कहा।

इस तरह संदीप के वृद्ध और अशक्त पिता कई दिन तक आते रहे...कभी अकेले,

कभी वैष्णवी के साथ, कभी खुद से भी ज्यादा लाचार हो गयी अपनी पत्नी के साथ। इन तीन-चार दिनों में ही उनकी बढ़ती जा रही दयनीयता ने उनके बुढ़ापे को और भी जर्जर कर दिया। वे अब तरुण के घर ही नहीं, विभाग के दूसरे वर्करों के घर और पुलिस स्टेशन भी जाने लगे।

कोई मर जाता है और उसके प्रियजन को उसकी लाश मिल जाती है या फिर पक्की खबर...तो वे रो-धोकर अपनी छाती पर पत्थर रख लेते हैं। लेकिन जब इस तरह की दुविधाजनक स्थिति बन जाती है कि वह जीवित भी हो सकता है और नहीं भी...तो घर का सारा कुछ रुक जाता है, अव्यवस्थित हो जाता है।

संदीप के घरवाले कोई शोक भी नहीं कर पा रहे थे और इत्मीनान भी नहीं हो पा रहे थे। कब तक चलेगा ऐसा? इस परिवार के ऊपर यह तो तिहरा जुर्म है। एक तो बेटा मर गया...दूसरा, इस दुर्घटना की जानकारी पाने के हक से इन्हें वंचित कर दिया गया...तीसरा, काम पर मरने का मुआवजा भी पचा लिया जायेगा।

दुर्घटना के पांचवें दिन इंडियन रजिस्टर क्वालिटी सिस्टम की टीम ने स्पॉट इंस्पेक्शन के लिए शॉप का दौरा किया। इनके पूछे जाने वाले सवालों का कैसे जवाब दिया जाये, इसकी तैयारी हर मजदूर से करवायी गयी थी। सबको मुँहजबानी याद करवाया गया था कि हमारी क्वालिटी पॉलिसी क्या है और हमारे शॉप के लक्ष्य क्या हैं? इस प्रमाणपत्र की यह कसौटी थी कि उत्पादन-प्रक्रिया में शामिल हर मजदूर को पूरी प्रणाली की जानकारी होनी चाहिए और हरेक दिन उनके द्वारा किये गये जॉब का स्टेटमेंट उनके ही द्वारा लिखा जाना चाहिए।

तरुण को केतन के साथ ही जॉब में रहने के लिए कहा गया था। दोनों वेसेल (भट्ठी) के मुवमेंट में आयी एक गड़बड़ी को ठीक करने के बाद उसे आब्जर्व कर रहे थे। वेसेल में जी ब्लास्ट फर्नेस से आये हॉट मेटल, मैगनीज, लाइम तथा स्क्रैप मैटेरियल मिलाये जा रहे थे। इंस्पेक्शन अधिकारी ने कुछ देर ठहरकर वेसेल के ज्वालामुखी सदृश तापमान को विस्मय से निहारा, फिर एक वर्कर से पूछ लिया, "आप बता सकते हैं कि इस्पात बनाने के लिए इस वेसेल में क्या मैटेरियल्स मिलाये जाते हैं?"

तरुण का मन हुआ कि वह चीख पड़े, "सर, यहाँ इस्पात बनाने में आयरन ओर, बॉक्साइट, लाइम, सल्फर आदि के अलावा और भी बहुत कुछ, जिंदा आदमी के खून, हड्डी, माँस और प्राण तक मिलाये जाते हैं। बहुत नायाब और स्पेशल स्टील बनता है यहाँ।"

टीम के दूसरे सदस्य ने एक अन्य मजदूर से पूछा, "यहाँ कोई दुर्घटना तो नहीं होती...पिछली दुर्घटना कब हुई, आपको मालूम है?"

जवाब देते हुए उस मजदूर का गला अचानक भर आया और वह "सर...सर...सर"

कहते हुए लड़खड़ाने लगा। हालांकि इसका जवाब उसे अच्छी तरह रटा दिया गया था।

जाँच-अधिकारी ने उसे नर्वस होते देख प्रोत्साहित किया, "घबराइये नहीं... मालूम है तो आराम से जवाब दीजिये।"

जाँच-अधिकारी के साथ शॉप का असिस्टेंट डिविजनल मैनेजर भी था। मजदूर से उसकी नजरें मिलीं तो खुद को संभालते हुए वह फटाफट कह गया, "हम लोगों ने...हम लोगों ने दस मिलियन दुर्घटना रहित जनघंटे पूरे करने का रिकार्ड बनाया है सर।"

तरुण ने फिर चीख पड़ना चाहा, "झूठ...यह सरासर झूठ है। यहाँ तो हर पल एक दुर्घटना हो रही है, सर। हम लोग ऊपर से आपको साबुत दिख रहे हैं...वस्तुतः हम सभी लंगड़े, लूले, गूंगे, बहरे, अंधे और कुबड़े हैं। बल्कि इनसे भी बदतर...जिन्हें इंसाफ, सच्चाई, हक़ और अपनी जिन्दगी के मकसद तक का इल्म नहीं।"

चीख घुटकर रह गयी तरुण के हलक में ही। टीम एक असत्य का सर्वेक्षण करके चली गयी।

अगले दिन डी एम ने एक धन्यवाद-ज्ञापन की नोटिस लगवायी, जिसमें कहा गया कि सबके सहयोग से निरीक्षण का परिणाम हमारे अनुकूल रहा है और जल्दी ही हम सबका यह विभाग इन्टरनेशनल आर्गेनाइजेशन फॉर स्टैंडर्डाइजेशन-9002 प्रमाणपत्र से पुरस्कृत होने जा रहा है।

तरुण ठगा रह गया था कि गुणवत्ता माल बनाने की गारंटी देने वाले इस प्रमाणपत्र को हासिल करने में भी कितने सारे गैरगुणवत्ता तरीके अख्तियार किये गये। उसने केतन से पूछा, "तब केतन, अब हम विश्वस्तरीय इस्पात बनाने लगेंगे न?"

"तरुण, यह महज विश्वसनीयता का एक मानक है, यार, जिसे भूमंडलीकरण के इस जमाने में हासिल करना जरूरी हो गया है ताकि विश्व में कहीं भी माल बेचा जा सके।"

"केतन, सुना है कि देश में सैकड़ों कम्पनियों ने और खुद इस कारखाने के भी कई विभागों ने ये प्रमाणपत्र हासिल कर लिये हैं, फिर भी क्यों देश में औद्योगिक मंदी चल रही है...क्यों सबके माल जाम पड़े हुए हैं? हम देख रहे हैं कि जब से भूमंडलीकरण के तहत खुली बाजार-व्यवस्था का दौर शुरू हुआ है, देसी कम्पनियों के शेयर्स भाव मुँह के बल गिरते जा रहे हैं...इन्हें छंटनी करके मजदूरों की संख्या कम करने को बाध्य होना पड़ रहा है...उद्योग बढ़ने की जगह कम हो रहे हैं...बड़ी कम्पनियों पर आधारित छोटी कम्पनियाँ सिक हो रही हैं या फिर रेंग रही हैं।"

केतन असहमत नहीं था तरुण से, फिर भी भरोसे का सूत्र ढूँढ़ना उसकी

प्रकृति थी। कहा, "सिस्टम जब बदलता है तो शुरुआती दिक्कतें आती हैं और कुछ नुकसान भी उठाने पड़ते हैं। अब कोई भी देश सिर्फ अपनी सीमाओं में रहकर सर्वाइव नहीं कर सकता। हमें बहुत वैसी चीजों की जरूरत है जो दूसरे देशों में उपलब्ध है...हमारे पास भी कई ऐसी चीजें प्रचुरता में उपलब्ध हैं जिसकी जरूरत... ।"

बीच में ही बोल पड़ा तरुण, "इस व्यवस्था में क्या हम संवेदना, भावुकता, इंसानियत और रिश्ते पर आधारित अपनी संस्कृति की परिभाषा बदल डालेंगे केतन? जैसे कि इस गुणवत्ता प्रमाणपत्र को हासिल करने के लिए हमने संदीप की मौत के पश्चात किसी भी शोक, आँसू और फर्ज को परे ढकेल दिया!"

केतन निरुत्तर हो गया।

कोई उत्तर न पाकर तरुण ने फिर पूछा, "केतन, अब सर्टीफिकेट मिल गया, फिर संदीप के पिता को और क्यों भटकाया जा रहा है?"

"तरुण, अब यह मामला खत्म हो गया है...संदीप की मौत कैसे और कहाँ हुई, यह राज हम कभी उजागर नहीं कर सकते। भूल जाओ इस घटना को। प्रबन्धन अगर नहीं चाहता है तो मुँह सिल लो, तरुण। मुँह सिलकर रह सकते हो...लेकिन पेट सिलकर रहना मुश्किल है।"

"यह तो अपनी खुद्दारी और गैरत पर निर्भर करता है, केतन। किसी-किसी के लिए पेट सिलना ही आसान है और मुँह सिलना मौत के समान है।"

"तरुण, मैं तुम्हें जानता हूँ...तुम कम से कम उनमें नहीं हो। हम बहुत छोटे लोग हैं भाई...दर्शन से हमारे पेट नहीं भर सकते और जिनके पेट नहीं भरे हों उनके लिए रोटी से बड़ा दर्शन कुछ नहीं है।"

"मैं असहमत नहीं हूँ तुमसे...चूँकि तुम्हारे इस विचार को संदीप की मौत के चश्मदीद गवाह यहाँ के डेढ़ सौ कर्मचारियों की चुप्पी ने प्रमाणित कर दिया है।"

तरुण का बोलना अभी जारी ही था कि क्रोध से लाल होकर उसका फोरमैन आ धमका, "थोड़ी-सी भी हया बची है या नहीं तुमलोगों में? एक घंटे से बातें किये जा रहे हो...यह कारखाना है या कोई पार्क? बेखबर बन जाते हो और कोई दुर्घटना हो जाती है तो प्रबन्धन को कठघरे में खड़े करने की जिद करने लग जाते हो। संदीप-कांड पर सबसे ज्यादा तड़फड़ाने की कसरत तुम्हीं कर रहे थे न।"

तरुण ने चाहा कि मुँह नोंच ले इस घोंचू का। यही वह नालायक मनहूस फोरमैन था जो संदीप को अक्सर असुरक्षित जगह पर अकेले काम करने भेज दिया करता था। दोनों हमउम्र और इंटर तक सहपाठी रहे थे। संदीप कक्षा का अव्वल विद्यार्थी था और यह फोरमैन सबसे फिसड्डी। लेकिन संदीप एक वर्कर का बेटा था और यह फिसड्डी एक बड़े अधिकारी का। पिता के रिटायर हो जाने के बाद संदीप को तुरन्त एक नौकरी चाहिए थी। वह प्रतियोगिता-परीक्षा पासकर ट्रेड-अप्रेंटिस में आ गया और यह घोंचू डोनेशन देकर कहीं से डिप्लोमा की डिग्री ले आया और

सीधे फोरमैन में बहाल कर लिया गया। दुर्योग कि उसने संदीप के सेक्शन में ही रहने की जुगत भिड़ा ली और अपने पिछले फिसड्डीपन की ग्रन्थि को ढंकने के लिए कुछ ज्यादा ही धौंस जमाने लगा।

संदीप ने तरुण से एक दिन कहा था, "यह घोंचू जैसे-तैसे डिप्लोमा का सर्टीफिकेट लेकर अपने को बहुत तोप समझने लगा है...मैं इसे ए एम आई ई पूरा करके दिखा दूँगा।"

संदीप ने सचमुच ही ए एम आई ई का सेक्शन ए कम्पलीट कर लिया था। इस घोंचू को इससे और भी चिढ़ होने लगी थी, उस हास्यास्पद परिणति को सोचकर कि फोरमैन खिंचतिरवा डिप्लोमा और वर्कर इंजीनियर के समतुल्य।

संदीप के मर जाने पर इसे जरा-सा भी मलाल नहीं हुआ, नाहीं इस पर कोई ऐक्शन लिया गया। जैसे क्वालिटी माल बनाने के लिए इस निखट्टू के अनाड़ीपन की ही जरूरत है, संदीप जैसे मेधावी वर्कर के स्किल की नहीं।

तरुण ने बिना कुछ बोले थूक देनेवाली मुद्रा में उसे देखा और वहाँ से अपने सेक्शन की तरफ चल पड़ा।

शाम को वह घर पर अकेला था। केतन को अब उसके साथ रहना जरूरी नहीं रह गया था। चूँकि अब आई एस ओ प्रमाणपत्र मिल गया था और मौत की घटना पुरानी पड़ने लगी थी। प्रबन्धन इत्मीनान की मुद्रा में दिखने लगा था कि छह दिन हो गये, किसी ने मुँह नहीं खोला...अब क्या खोलेंगे।

संदीप के पिता कल नहीं आये थे। तरुण अप्रत्यक्षतः उनका इन्तजार करता रहा था। सोचा, अब वे नाउम्मीद हो गये शायद।

आज वे अचानक आ गये। चेहरे पर उदासी एवं थकान पहले से भी घनी और दयनीय थी। वे कमरे में तरुण के सामने बैठ गये और एक घंटे तक बैठे रहे... चुपचाप...न उन्होंने कुछ पूछा और नाहीं तरुण ने। वे फिर बिना बोले उठकर चले गये। वे बहुत लदे और झुके थे जैसे अपने शरीर से कई गुना ज्यादा बोझ उन्हें ढोना पड़ रहा हो। तरुण को लगा कि उनका न बोलना उसके लिए और भी बड़े धिक्कार तथा हाहाकार का विषय है।

वह बिना कुछ खाये-पिये ही सो गया। गाढ़ी नींद तो आनी नहीं थी... कच्ची-फीकी में ही वह करवटें बदलता रहा। आधी रात के आसपास वह अचानक उठ बैठा। एक बुरा सपना देखा उसने—संदीप जिस इस्पात पिंड में मिक्स हो गया था उसकी क्वालिटी खासतौर पर जाँची गयी। पाया गया कि इसकी किस्म (ग्रेड) आश्चर्यजनक रूप से बहुत बढ़िया और नायाब हो गयी है। दुनिया में ऐसा इस्पात तो आजतक बना ही नहीं। यह तो कमाल की बात है कि बिना किये ही एक रिसर्च हो गया। देखते ही देखते इस ग्रेड के इस्पात की माँग दुनिया में बढ़ गयी। कम्पनी

के लिए अधिक से अधिक विदेशी मुद्रा अर्जित करने का इससे बढ़िया अवसर और क्या हो सकता था। वह इस ग्रेड के इस्पात बनाने लगी और एक-एक जिन्दा आदमी वेसेल में डाला जाने लगा। एक दिन तरुण की बारी भी आनी थी और उसकी बारी आ गयी...उसे वेसेल में डालने के लिए उठा लिया गया...और इसके पहले कि वह खुद को द्रव में बदलता देखे, नींद से जाग गया।

इस सपने ने तरुण के रग-रग को हिला डाला। फिलिंग को निकाल दिया जाये तो मनुष्य खनिज और वस्तु ही तो बनकर रह जाता है। आई एस ओ प्रमाणपत्र हासिल करने के लिए यही तो हुआ है यहाँ।

शाम होने के पहले उसे लगने लगा कि कल जिस तरह संदीप के पिता चुपचाप वापस चले गये अब और इधर कभी नहीं आयेंगे। उसके पैर अनायास संदीप के घर की तरफ बढ़ चले। कुछ ही देर चला होगा कि संदीप के पिता रास्ते में ही आते हुए मिल गये।

तरुण ने कहा, "मैं आपके घर ही जा रहा था।"

बूढ़े ने ताज्जुब से निहारा, "तुम क्यों तकलीफ कर रहे थे...मैं तो आ ही रहा था तुम्हारे घर...तुम्हारी चुप्पी को सुनने...तुम्हारी बदहवासी को पढ़ने...।"

तरुण उनका मुँह देखता रह गया। उनके चेहरे पर एक गहरा भाव झांकता प्रतीत हो रहा था। उन्होंने फिर कहना शुरू किया, "तरुण, मुझे याद है—आज से बीस-पच्चीस साल पहले मजदूरों में इतनी आग और एकता हुआ करती थी कि किसी भी बेईमानी एवं नाइंसाफी के खिलाफ लोग एक साथ आन्दोलन करने पर उतारू हो जाते थे, जबकि उस समय प्रायः लोग गहन अभावों और मुश्किलों में जीते थे।"

तनिक रुककर उन्होंने तरुण की खामोशी की नब्ज टटोली, फिर कहा, "आज लोगों के पास साधन है, सुविधाएँ हैं फिर भी इनकी मानसिकता इतनी तटस्थ और नपुंसक क्यों हो गयी है कि कम्पनी के अन्दर या बाहर किसी भी नाजायज पर विरोध तक दर्ज नहीं करते।"

वे फिर जरा-सा रुके और अपनी लय पकड़ ली, "तरुण! मुझे याद है—मेरे एक साथी का एक हाथ कट गया था। प्रबन्धन उसकी असावधानी बताकर मुआवजा देने से आनाकानी करने लगा था। जानते हो, उसे हक दिलाने के लिए विभाग के हम सारे कामगारों ने काम बन्द कर दिया था। विकास के रास्ते में असहमति का होना बहुत जरूरी है...और इस असहमति को व्यक्त करने का माद्दा न हो तो समझ लेना चाहिए कि बहुत बुरे दिन आने वाले हैं।"

तरुण की आँखें संदीप के पिता के तात्पर्य टटोलती हुई हैरान होती जा रही थीं। वे कुछ देर मौन हो गये और फिर अत्यंत उदास। उनकी आँखें आँसुओं से डबडबा गयीं। रुंधे गले से कहा, "तरुण, सात दिन हो गये...तुम्हारे होठों से एक

लफ़्ज तक नहीं फिसला...तुम्हारे भीतर जो एक द्वन्द्व चल रहा है, उसे मैं समझ सकता हूँ, बेटे! संदीप तुम्हारा जिगरी दोस्त था...इसलिये पुष्टि तो तुम्हें ही करनी होगी...तुम बोलोगे तभी मैं इसे अन्तिम सच मानूंगा। लैडेल में जो आदमी गिरकर पूरी तरह खत्म हो गया, वह मेरा बेटा संदीप ही था न...बोलो, तरुण बोलो...संदीप ही था न वह...?"

तरुण रोक नहीं सका खुद को...उनके गले से लगकर फफक पड़ा, "हाँ, अंकल, हाँ...वह अभागा संदीप था...आपका बेटा संदीप...मेरा दोस्त संदीप। मुझे माफ कर दीजिये अंकल...मैं तो संदीप से भी अभागा हूँ और उससे भी ज्यादा मरा हुआ कि उसके मरने की खबर तक देने की प्राणशक्ति जुटा नहीं सका...।"

संदीप के पिता उसकी पीठ थपथपाने लगे। रोते हुए तरुण को लगा कि आज वह जरा-सा जी उठा है...।

□□